2003 作者与时任浙江省人民政府法制局局长郑志耿合影

2013 年作者在黄河壶口瀑布前

1980 年作者参加浙江省第二次文代会的合影

1962 年作者与平阳报社成员合影

2008 年作者与夫人在法国参观、游览

西湖楹联大观

鄭立于文集

謝雲題

西湖楹联大观

第五卷

郑立于 著

浙江工商大学出版社
ZHEJIANG GONGSHANG UNIVERSITY PRESS

图书在版编目(CIP)数据

郑立于文集. 第五卷，西湖楹联大观 / 郑立于著.
— 杭州：浙江工商大学出版社，2016.9
ISBN 978-7-5178-1696-6

Ⅰ. ①郑… Ⅱ. ①郑… Ⅲ. ①郑立于—文集②对联—作品集—中国—当代 Ⅳ. ①I217.2

中国版本图书馆 CIP 数据核字(2016)第 149071 号

郑立于文集

——第五卷 西湖楹联大观

郑立于 著

责任编辑 罗丁瑞
封面设计 叶 斌 林朦朦
责任印制 包建辉
出版发行 浙江工商大学出版社
(杭州市教工路 198 号 邮政编码 310012)
(E-mail:zjgsupress@163.com)
(网址:http://www.zjgsupress.com)
电话:0571-88904980,88831806(传真)
排 版 杭州朝曦图文设计有限公司
印 刷 虎彩印艺股份有限公司
开 本 710mm×1000mm 1/16
印 张 153.25
字 数 2725.2 千
版 印 次 2016 年 9 月第 1 版 2016 年 9 月第 1 次印刷
书 号 ISBN 978-7-5178-1696-6
总 定 价 350.00 元(共 8 册)

浙江工商大学出版社营销部邮购电话 0571-88904970

目　录
CONTENTS

总序 …… 1

前言 …… 1

上　册

卷一　湖中三岛 …… 1

卷二　北山路 …… 13

卷三　南山路 …… 35

卷四　孤山路 …… 51

卷五　苏堤　杨堤 …… 75

卷六　灵隐景区 …… 89

卷七　虎跑　满觉陇　三台山　烟霞洞 …… 109

卷八　玉泉鱼跃　灵峰　黄龙洞　西溪 …… 123

卷九　万松岭　凤凰山　玉皇山 …… 137

卷十　六和塔　九溪　之江路　云栖 …… 147

卷十一　龙井　南天竺 …… 161

卷十二　吴山　紫阳山 …… 167

卷十三　湖滨城区 …… 179

卷十四　余杭 …… 201

卷十五　兰山 …… 209

下　册

卷十八　十四世纪七十年代以前……215
卷十九　十四世纪七十年代至十七世纪五十年代……241
卷二十　十七世纪五十年代至十八世纪（清顺治至乾隆）……255
卷二十一　十九世纪……303
卷二十二　二十世纪至二十世纪五十年代……357
卷二十三　二十世纪五十年代至今……393

上册

卷一

湖中三岛

小瀛洲牌坊

三潭印月最南端，有小瀛洲牌坊，赵朴初题额，这里有好多的名联：

天赐湖上名园，绿野初开，十亩荷花三径竹

人在瀛洲仙境，红尘不到，四围潭水一山房

——程云俶撰　沙孟海补书

《历代楹联选注》云此联为黄倬题。旧时过“三潭印月”的九曲桥后中心绿洲上有静凉轩，有此联，现移此。上联写轩边池里荷花盛开，花艳香郁，使人心醉。联中“十亩”“三径”都是指多数的意思。条条幽径两旁有万竿翠竹，开轩远望，绿野涌绿云，这湖上名园似乎不是人造的，而是天赐的。下联讲诗人在瀛洲仙境的感受。红尘，佛教、道教等称繁华的人世为红尘，这里说红尘不到，就是纤尘不染、超脱人世的境界，四围都是清澈的潭水，倒映着岛中的一房假山。巧化了唐人李洞“半潭秋水一房山”的诗意，更切合了静凉轩的静凉环境。

记故乡亦有仙潭，看一样湖山，添得石桥长九曲

至此地宜邀明月，问谁家秋思，吹残玉笛到三更

——沈阆崐撰　俞樾书

据光绪丙申获版《西湖楹联》。而《绝妙好联赏析辞典》作沈阆崐，未知根据仅版本。俞樾是位大学者，诗词曲赋楹联碑碣无所不精，而此联却请沈阆崐撰述，而由自己书写。旧代文人并不相，而是相俞樾的故乡在离杭州以此很远的德清县，德清有避暑胜地莫干山，山上名胜古迹颇多。上半联中所云“仙潭”，就是莫干山上的剑潭，也称剑池。那里有九曲石桥，初建于清雍正五年(1727)，自南至北，弯弯曲曲，很有气势。作者的立脚点是小瀛洲，而却想到剑池的波光、曲桥，“看一样湖山”，一作“看一样湖光”。将两地的景物种种联想。下半联，描写小瀛洲的情景，特意点到“三潭印月”宜邀明月。每当一轮皓月当空秋风瑟瑟，天凉人静，怎不勾起绵绵秋思、思乡思家思有！而对溶为一体的月光湖光，塔影云影，从远处又传来时断时续戏笛的笛声，周围的景色更显幽静，令人陷入更有诗情画意的沉思。

大地少闲人，谁能作风月佳宾，湖山贤主

前朝多圣迹，我爱此荷花世界，鸥鸟家乡

——彭玉麟撰　周而复补书(旧联在三潭碑亭)

大地指普天之下，有的人为名利纷争，有的人为权势角逐，有的人为生活奔波，那就很少有闲人。谁来充当风月的闲适嘉宾，湖光的美贤主人呢？翻阅一下黄庭坚《次韵文潜立春日三绝句》之一：“试问淮南风月生，新年桃李为谁开？”任渊注引苏轼帖云：“江山风月本无常主，闲者便是主人。”这“闲者便是主

人”，闲人便是管领风光景色的主人；下半联说上桥，该是泛指西湖，有很多的胜迹，作者更爱这花艳荷绿的荷花世界，鸥鸟喜欢飞来栖息的家乡。生态没有失调的园林都会引来鸣禽走兽。彭玉麟晚年退隐西湖，自喻是到处奔飞的鸥鸟，为今住在湖上退省庵，这里就是自己的家乡。可是他对西湖达到炽热爱恋程度。

台榭浸芳塘，柳浪莲房，曲曲层层皆入画

烟霞笼别墅，莺歌蛙鼓，晴晴雨雨总宜人

——郑烨撰　有的版本设署名，注佚名，有的署俞樾

这是一副人建筑与自然景色结合，动态与静态结合，读来朗朗上口的佳联。台榭是建在高台上的木屋，敞开的，没有行坐居室，作为游观之所。有的建在水房，俗称水榭。宋代孔光宪词有“有池有榭即濛濛，浸润翻成长养功”之句。在盛开花卉堤塘上的台榭里可仔细地观察温柔的柳浪，为蜂窠般有孔分隔的莲房，弯弯曲曲，层次分明，是一幅幅画面。烟霞笼罩着的别墅里，不管是天晴还是微雨，都能闻得“莺歌蛙鼓”，多么宜人的情调！

四敞亭

三潭印月景区曲桥交叉处，有一座四根石柱构成的方亭，可通东南西北，甚宽敞，与孤山四照阁相对，惯称四敞亭，四句都是题额。影东题颜是“东朗”，在此可远眺山色飘拂的杭州城，有开朗、高朗的感觉。虽然高楼如林，但湖滨还是以绿色的丛林挽住西湖。联云：

四面荷花三面柳

一城山色半城湖

——陈承鋆撰　朱春城书

此联，以《西湖古今楹帖新某》为底本的《西湖楹联选》民国初年版《正读西湖楹联》以及光绪丙申秋知止轩藏版《西湖楹联》都有刊载，亦署陈承鋆题，而大明湖也有此联，为刘凤浩所题。又据梁章钜《楹联丛话》云，系刘金门题济南大明湖等汇泉寺薛荔馆联。

从题额“南舒”往南望，山舒水缓、南屏山苍松翠竹的岚气扑面而来，又闻得荷花浓香，因在影南的石柱上镌有下联：

三面湖光，四围山色

一帘松翠，十里荷香

——张澐卿题

从题额“西清”的西向，可以鉴赏月夜的景色，月在波面上跳动，一片空明，何等清越，何等清冷，触使人们抒发情怀，故有联云：

亭与湖心相掩映
月从波面鉴空明

——许　盛题　董正贺补书

每当皓月悬空，三潭的月影更使人在心灵深处畅旺、畅和，产生种种幻想，幻梦，因而在题额“此畅”有下联：

潭月澄心印
湖光豁性灵

——秦萼生撰　刘江补书

青山如髻石坊

小瀛洲后，有马泉于丙子秋月题额“青山如髻”之石坊。两边石柱镌下联：

来往游人，须知爱惜花柳
春秋佳日，切莫辜负湖山

——退省老人旧句　庚申夏日费新我书

退省老人就是彭玉麟，湖南衡阳人，清末湘军将领，随曾国藩与太平军作战，常以巡视长江之隙来杭钓游于此，后以衰病辞，住退省庵。他以温和的态度告诉杭人，要爱惜西湖的树木花卉，但又提醒人们，春秋佳日，正是游览西湖的好日子，要尽情漫游，不要辜负这么美丽的湖山。联句十分通俗易懂，又很雅致，不是用什么“严禁”“切勿”等命令口气，令人愉愉快快地接受善意的爱护公物的教育。

三潭碑亭

亭柱镌旧联几幅，其中有副长联：

岛中有岛，湖外有湖，通以卅折画桥，览沿堤老柳，十顷荷花，食莼菜香，如此园林，四洲游遍未常见
霸业销烟，祥心止，水阅尽千年陈迹，当朝晖暮霭，春煦秋阴，山青水绿，坐忘人世，万方同慨更何之

——庚申四月南海康有为撰书　萧娴补书

这副楹联形象地概括了三潭印月的美景，而且真情地抒发了自己对人生征途的感慨。毛泽东看了此联，沉思片刻，对随行人员说：“景情融合，佳作，佳作：可惜心情灰暗。”并随即交代随行英语教员林克：“劳驾你把笔记下来，回去研究。”

联中所谓霸业，原指称霸的诸侯或维持霸权的事业，亦谓国家富盛之业。《蜀志·诸葛亮传》：“诚如是，则霸业可成，汉室可兴矣。”康有为这里说的是“戊戌变法”失败，张勋拥宣统复辟不成，这“霸业”为烟销了，灰飞了，因而归隐西湖。

所谓禅心止水，是佛家术语，心已寂定，止息妄念，为一潭死水了。“止水所以留鉴者，为其澄清故也。”这时的康有为在澄清塵庵回顾既往，才看透人世，感慨万千，才归依佛门了。我们也可以这样体味，当“戊戌变法”正在推行时，康有为绝不会有这样“灰暗”心情。

毛泽东对康有为此联作出中肯的评价。平时，他颇注意联句，先后对开封城此龙亭康有为的另一副楹联和四川杜甫草堂武侯祠的楹联作出评论。因此武侯祠那联“能攻心，则反侧自消，自古好兵非好战；不审势，即宽严皆误，后来治蜀要深思”联句，不仅是建议四川省的负责人为好研读，也是叫全国各地的负责人好好研读，作为治理文革混乱局面的良方。

退省庵长联

旧时三潭印月有退省庵，系彭玉麟归隐处，殁后又作为专祠。那里有许多名联，为陈隽丞、谭钟麟、王闿运、唐树森、高鹏年、黄体芳、长善、徐琪、叶森松骏等撰书的楹联，其中不少长联都是佳作，传诵一时。杭州出版社出版的《西湖楹联大观》已有详载。这里仅录俞曲园一长联，一飨读者。

伟矣哉！斯真河岳精灵乎！以诸生请缨投笔，佐曾文正创建师船，青幡一片，直下长江，从贼巢夺转小孤山去。东防歙婺，西障湓浔，日日争命于锋镝丛中，百战功高，仍是秀才本色，外授疆臣辞，内授廷臣又辞，强林泉猿鹤，作霄汉夔龙。尚书剑履，回翔上接星辰，少保旌旗，飞舞远临海澨，虎门开绝壁，悬崖突兀，力扼重洋；千载后过大角炮台，寻求遗迹，见者咸肃然动容，谓规模宏阔，布置谨严，中国诚知有人在

悲也夫！今已旂常俎豆矣！忆畴昔倾盖班荆，借阮太傅留遗讲舍，明镜三潭，劝营别墅，从珂里移将退省庵来，南访云栖，北游花坞，岁岁追随到烟霞深处，两翁契合，遂联儿辈姻缘；吾家童孙幼，君家女孙亦幼，对桃李秾华，感桑榆暮景，粤峤初还，举步早怜蹩躄，吴阊七至，发言益觉含糊，鸳水遇归桡，俄顷流连，便成永诀；数月前于右台仙馆，传报噩音，闻之为潸焉出涕，念风物不殊，琴歌顿杳，老夫何忍拜公祠

——俞　樾撰书

上半联扼要地记述彭玉麟辅助曾国藩作战的功绩，后来人寻求遗迹受其感动的缘因。激昂慷慨之气势益于言词。后半联抒发彭玉麟与作者本人优游西湖和景区的足迹，“两翁契合，遂联儿辈姻缘”，以及吊念故人的悲痛心情。情深意切，不妨一读。

湖心亭

旧时，湖中三塔、三潭，都属湖心亭，南为放生池，有三潭印月亭。田艺衡游

记由涵镜亭西渡湖心为振鹭亭，未几圮。于是孙隆在四周叠石，扩大其址，建了喜清阁。女作者陈仪兰在《西泠游记》中云：“今之三潭，已非其旧矣，且荒芜已甚，清喜阁犹存。”她是趁沪杭刘常状来游西湖的，当时的清喜阁就是有张岱在《西湖梦寻》里提到的一副楹联：

四季笙歌，尚有穷民悲夜月

六桥花柳，浑无隙地种桑麻

——胡来朝撰(朝一作潮。另一联某为郑烨撰)

光绪丙申状《西湖楹联》载有此联，此联是西湖所有楹联中立意最高，影响力最广的楹联之一。上半联为写西湖四季笙歌，灯红酒绿，游乐的人想到是黄金屋，人为玉，而他却想到尚有许许多多的贫福交加，在饥寒线上挣扎的人们望着凄冷的月光而呻吟，而哭泣，而悲伤。下半联说的是，六桥花柳，虽然艳丽，繁盛，简直(几乎)没有空隙的地方种桑麻，农作物了。这也是告诫人们，不应光种优化环境的花柳，也不是不要这些美化生活的奇木异花，而是要想到能填饱肚皮的稻麦，能纺织衣裳的桑麻，提高穷民的整体生活水准。

亭立湖心，俨西子载扁舟，雅称雨奇晴好

席开水面，恍东坡游赤壁，偏宜月白风清

——郑　烨撰题于清喜阁　俞振飞补书

此联上半联从西湖“晴好”、“雨奇”入手，联想到这座亭子矗立在湖心，俨然像西子载着一叶扁舟在湖面上游荡，悠然自得。可以看出，这是从苏东坡七言绝句“水光潋滟晴方好，山色空蒙雨亦奇，欲把西湖比西子，淡妆浓抹总相宜”中很自然的生发出来。湖心亭把西子与西湖连在一起，让人欣赏西湖之美，如同西施之美。下半联从在湖心亭临水面的边上，摆开酒席、茶具，想到苏东坡贬官黄州，泛舟游于长江赤壁的情景，“惟江上的清风，与山间之明月，耳得之而为声，目遇之而成色”苏东坡悠闲的心情才能与大自然共适。最后感叹道：“月白风清，如此良夜何?”在亭旁对酒当歌，恍若趁上西子扁舟游于赤壁，遇上了最相宜的“月白风清”景致，“西子”与“东坡”，“雨奇晴好”与“月白风清”皆为妙对。后半联又是得到苏东坡的诗后《赤壁赋》的启示，才撰出如此精妙的联句。由此可见撰联者郑烨，也精通诗词曲赋。

如月当空，偶以微云点河汉

在人为目，且将秋水翦瞳人

——张岱撰题清喜阁

张岱字宗字，号陶庵，祖籍剑州(今四川剑阁)，隶籍山阴(今绍兴)，移居钱塘(今杭州)四十年，对西湖景物了如指掌。所著《西湖梦寻》、《琅嬛文集》、《陶庵梦忆》等如今远流传于世。此联也称是一副名联，“瞳人”有的联某作“瞳神”。上半联以西湖好比中天的明月，清喜阁包括整个湖心亭便像偶然点染河汉（即银河）上的一小朵微云，正如清代周起谓的诗句“若把西湖比明月，湖心亭是广寒宫”的比喻一样，有异曲同工之处。下半联又以人的眼睛好如西湖，那澄澈的秋水翦裁成的瞳人（即瞳仁）就是湖心亭了。湖心亭在湖心，湖心是西湖的眼睛，湖心亭这个瞳仁显现出整个西湖的心灵与精神。此联构思巧妙、清新，值得反复品味。

一片清光浮水国

十分明月到湖心

——粤东陈子豪撰

这是在湖心亭夜静时观察明月的情景。“湖心平眺”原是清代西湖十八景之一，诗人陈灿有诗句“夜静湖心亭上望，水晶盘涌碧玻璃”，也是说湖心亭的月夜景色。联的密句写水国即西湖水域的上空，浮动着一片清光。这清光来自何方呢？对语中说明白了：是一轮十分圆满的晚月，照耀了湖心，清光满布湖面，多么令人心情神怡。如再读一遍俞曲园的词《虞美人·月湖》：“一轮乍透疏林缺，洗尽人间热。湖心亭上倚栏杆，便觉琼楼玉宇在尘寰。树荫满地流蘋藻，夜静光愈皎。天心水面两相摩，时有银刀拨刺跃金波。”此词特地提到“夜静光愈皎”的景色，“天心水面两相摩”如果不是亲身体察，是看不出一个所以然来的。七言短联，把夏季深夜的月色描写得如此激动人心，是此联一大特色。

中央宛在

一半勾留

此联在湖中亭是最短的一副，全联只有八个字，乍看好像是副某句联，似曾相识，其实却韵味很长。“所谓伊人，在水一方，溯洄从之，道阻且长，溯游从之，宛在水中央”这是《诗·秦风·蒹葭》中几行爱情诗，描写了恋人的可望而不可即，“宛在水中央”。宛，这里应作明显、真切的意思。《白雪遗音·南词·西湖十景之六》：“闻说断桥桥不断，又道孤山山不孤。天下少，世间无，宛比名人笔墨图，不信人间有此景，画工还是欠工夫。”这上半联只是把“宛在水中央”改为“中央宛在”，就是说水中央真切地矗立着湖心亭。下半联就是拿白居易的诗句“未能抛得杭城去，一半勾留是此湖”的“一半勾留”作为对语。为什么会“勾留”，就说读者自己去体会了。湖心亭正在处在令人“一半勾留”的西湖湖心，可见湖心亭在西湖的众多亭阁中的突出地位，为西湖而勾留，更为湖心亭而勾留了。联中“浮”与“到”两个动词用得很好，尤其是“到”字，明月姗姗未到，把明月写活了。

阮墩环碧

是西湖新十景之一。清阮元抚浙时，浚湖所掘之土堆于此，故名阮公墩。

1984 年建仿古游乐园，有环碧小筑、云水居、忆芸亭等。阮公号台芸，此亭也有纪念阮元之意。阮元官云贵总督时，因对孙髯撰的昆明大观楼长联作了徒劳无益的篡改，为后人讥笑。但悬于阮公墩此联却是阮元所撰，颇有功力，如今由蒋北耿补书。联云：

胜地重新，在红藕花中，绿杨阴里

清游自昔，看长天一色，朗月当空

此联原是于平湖秋月，平湖秋月也是西湖中的大岛屿，由于有白堤与西泠桥的连接，成为湖中半岛，两处景物相差无几，且又是阮元亲手所撰，将平湖秋月那联悬于此处，更有亲切感。昔日曾有人将悬于韬光一联“楼观沧海日，门对浙江潮”改悬于望湖楼，望湖楼不是浙江，那就有半头不对马咀之嫌。虽楹联也是文学作品，可以夸张想像，但还是以切地切人切时为好。

阮元也是撰联高手。昔日悬联的平湖秋月，亭阁刚经修缮，所以有胜地重新之说，如今移至新建的阮公墩并无不可，阮墩环碧，当就是碧水、绿杨之中，至于“红藕花中”就不能太强求，与平湖秋月那片湖面一致。从古以来清代的游乐者，最喜欢长天一色，朗月当空，此阮墩并补逊于平湖秋月也。

西湖游船联

二十世纪八十年代西湖夏出第一艘画舫，船型仿南京太平天国王府石舫，沙孟海题名“画中游”，有联云：

波中画舫樽中酒

堤上行人岸上山

随后有仿宋御舟豪华型游船，船名“兰槐”，御舟名，槐同枻，船舷，清魏源有“艤舟月在水，舟行月随枻”之诗句。此舟有联云：

彩船笙兰吹落日

画楼灯烛映残霞

——王安石句　姜东舒书

昔日西湖游船，多种多样，楹联也各不相同，蕴藏着的游船文化。

载酒来游，助画意诗情，歌声笛韵

引人入胜，有湖光山色，鸟语花香

——郭沛霖撰

郭系道光十六年(1836)进士，著有《日知堂集》。见《西湖楹联新集》。

亭亭古树流疏日

漾漾轻凫泛碧烟

高风还忆浮梅槛
短烛长吟理旧毡

——以上两联系明代钱塘女诗人顾若璞撰题。璞，字知和，早寡。对子女教育有方，曾置读书于读书船，令独泛湖中幽寂处读书。《秋日为两儿修读书船泊断桥作》等诗作，情景交融，百读不厌。

小槛拓浮梅，任先生画外垂纶，柳边载酒
明湖容泛宅，愿同人春堤门鸭，秋渚盟鸥

——俞曲园久居西湖，自置湖舫名曰"小浮梅俞"。此舫命令，由来颇为有趣。《俞楼杂纂·自跋》载："花农为吾造一舟，小舟之名初拟用余吴下曲池中'小浮梅'之名，又拟名'俞'舫，余因合而名之曰'小浮梅俞'。"盖俞之本义，《说文》云"舟也"，犹曰"小浮梅舟"云尔。

依照水枕风船，重向烟波寻旧梦
何必淡妆浓抹，一空色相见天真

——这是题总宜船之楹联，竹坨翁《说舟》中述"总宜"取东坡"淡妆浓抹总相宜"之句名焉。李宗表诗"总宜船中载酒波"。凌彦翀诗"几度涌金门外望，居民犹说总宜船"。可是当时总宜船是很有影响之船。此联亦通畅可读。空，佛家术语，无形曰空，有形曰色。般若心经曰："色即是空，空即是色。"色相，谓色身之相貌现于外而可见者。联最后一句的意思是，只要一空色相，看透尘世，就能见天真，天然的真泉！

三十里光景无边，开口问西湖，可能都变作尊中绿酒
七百年风流未歇，从头数南渡，几曾见销尽锅里黄金

——沈文忠撰　江小云书　此云舫系沈云舫制造。

试看他春如醉，秋如醒，合四时间变幻景光，尽消凝晴姿雨态，夕霭朝晖，雪映霞酣，星初月午，安排着诗酒琴歌，话南渡当年，过去漫牵无限感
恰好这山为迎，水为送，买一篷儿拓开怀抱，遍探寻邃馆岑台，回楼古刹，名泉秀石，宠柳研花，狎玩些烟波鱼鸟，算西湖此日，到来俱是有情人

——熊香海撰

以上两联都是从当时的西湖与南渡当年的西湖作生动的对比，漫牵着无限感慨。熊香海撰的联，从四时间变幻的景光，不论是朝夕晴雪，还是初露的星星，午夜的月亮，都是诗酒琴歌。下半联，从山水的迎透，拓开怀抱，不论是邃馆岑台、名泉秀石，宠柳娇花，烟波鱼鸟，都照应到篷船里来，供探寻欣赏，供狎玩嬉戏，到问花舫来的人俱是西湖的有情人。联中许多词句具有双关意味，既含蓄，又幽默，不是热讽，而是冷嘲，不同人群不同阅历不同心境有不同的理解，读了联语，难以忘怀。

九姓渔船

这是一种以船为家漫游水上的游船。相传前明陈友谅兵败，其部属人员约

有九姓逃到浙江，为渔业为生，称“九姓渔船”。后又精制游船，游弋于如钱塘江一代，拥有歌妓，让游客度休闲欢乐的时光。《楹联三话》载有下面两联：

游目骋怀，此地有崇山峻岭，茂林修竹
赏心乐事，则为你如花美眷，似水流年
——陈荔峰题就姓渔船船窗联

泛宅便为家，有红粉青娥，长新风月
他乡忘作客，看千岩万壑，如此江山
——艺名

第二联泛宅，就是以船为宅为家。《新唐书》：“愿为浮家泛宅，往来苕霅间。”红粉青娥，红色的铅影——化妆品，青色的娥眉，是借指美人。杜审言有“红粉青娥映楚云”之诗句。游人来到船上，依红偎翠，饮酒品茗，如在家中，风月无边。下半联说游客，沉醉于两岸美景，几乎忘记身在异乡作客。联之结尾“如此江山”，既指一路山水，亦指游船又一名称——江山船。

上册

卷二

北山路

保俶塔

此塔在宝石山顶。吴越国王钱镠封此山为寿星宝石山。由吴越大官吴延爽建此塔。宋咸平(998—1003)间,僧永保重修。自宋以来,屡毁屡建。保俶塔倒影映在北星湖。南社诗人顾无咎说:"北星湖一名金牛湖,盖以保俶塔为牛角也。"金牛翘角,是吉祥景象。

雷峰如老衲

宝石似美人

——闻子将撰　历代联集载,雷峰指雷峰塔。

保俶塔,塔顶尖,尖如笔,笔写五湖四海

锦带桥,桥洞圆,圆似镜,镜照万国九州

锦带桥在白堤中段,与保俶塔相对映。将保俶塔比喻为美人、巨笔,其实这美人的髻鬟,这巨笔的笔尖,也就是塔刹,竟是铁铸的龙大构件,约数吨重。到实地考察,就能了解古代选塔工程的伟大、艰巨,也可领略西湖十景之一宝石流霞的风采。

1933年重修保俶塔时,有一个经过科学密封的箱子藏在塔顶,其中有余绍宋书写的《心经》、《金刚经》,某女士的观世音像,还有下列这副修建保俶塔工程具体主持者撰写的楹联:

三面云林,六朝烟柳

一池清水,十里湖山

——吴　寅撰

大佛寺

寺在宝石山南麓。相传秦始皇东游入海,缆舟于此山上。僧思净就石镌大佛半身,饰以黄金,构殿覆之,名大石佛院。后移来兜率寺旧额,随称兜率。明永乐间重建,敕大佛禅寺,香火极盛。1920年太虚和尚住持此寺,清康有为题了"兜率寺"额,今寺宇不存,石佛仍在,定为市文保单位。寺中原有副楹联,可以看出此寺旧貌。石佛如今还有斑斑苔痕,古藤丛生。故联云:

天生佛石苔攒髻

洞有神猿臂挂松

大肚能容,包含色相

开口便笑,指示迷途

——题弥陀殿　佚名　联句皆佛家语。

沁雪贮寒泉，一片清虚，照彻大千世界

开山成宝相，十分圆满，想见丈六金身

——题沁雪联

此泉在大佛寺。此寺有好几次岩隙渗出泉水，此泉在石佛右壁。联句全用佛家语撰述，很切合大佛寺的环境，也不十分深奥。出句说雪水般的寒泉从岩壁渗出贮于池中如明镜，是一片清净虚无的境界，可以照沏大千世界。大千世界，我们一般理解为整个世界。而佛经里却说得很神奇，一个世界是四大洲日月诸天，一千世界名小千世界。小千加千倍，名中千世界。中千加千倍，名大千世界。对句说这个大佛，是开山而成的庄严佛像，十分圆融圆满，这尊石佛是真正的丈六金身。《傅灯录》里说“西方有佛，其形丈六面黄金色。”实际上，如今这半身的石佛还十分雄伟、高大，似乎在对过往的行旅者说：吾乃西湖最古老的文化遗迹，愿世人以慈悲为怀，能给卿避风雨栖身之所耶！

来凤亭

昔亦称西爽亭，在宝石山寿星石侧，原宋代西太乙宫遗址。亭距巨石，眺保俶塔宛如凤首，山势如振翅欲飞之凤凰，故名“来凤”。清代浙江总督李卫始建。清秋木落，风景绝佳增修十八景所谓“宝石凤亭”就是指此。

古杉树和仙人宅

太乙光合分处士庐

小筑一楼，存西爽遗迹

相离数步，即东坡古庵

——以上两联皆徐　琪撰

太乙就是太一，到家所称之道，宇宙万物之本源。这里指北极星。《星经》：“太一星，在天一南半度。读了此联，再观察四周景物；有仙人居住的葛岭抱朴庐遗迹，可以看到到处是昔时的古庵，或许就是指有苏东坡手迹和堂后有东坡与道潜遗像的智果寺，那两副楹联的用意就容易理解了。

葛　岭

初阳台由此上达

抱朴庐亦可旁通

——陈尚礼撰题

这副楹联像指路标志一样，告诉人们进了这座郑熙题额“葛岭”的砖石结构的大门就可以登上葛嶺，通到仙人之家抱朴庐。但大门边还有一联：

卓缀名山，有勾漏丹砂着色
登临绝顶，看扶桑旭日来朝
——王家治撰句并书

葛岭因东晋年间葛洪在此结庐炼丹而得名，元代钱塘八景中已有“葛岭朝暾”的名目。葛洪晚年想祈求长生不老，一心想炼丹药。听说炼丹的主要原料朱砂出产在交趾郡（今越南河内一带），要求去做勾漏（今越南河内之西）县县令，结果被广州刺史邓岳留住，没有去成。宝石山是西湖边上的名山，山崖呈粉红，赭红色，内耀着光芒，这是大自然赐给的。出句说有勾漏县的朱砂来以添色彩，就把名山点缀得更美丽了。扶桑，是神话中的一种树木，相传太阳从它下面升起。对语说登临最高山顶的初阳台，便可观瞻欣赏从扶桑上升的旭日前来朝见的奇景。初阳台观日出是怎么情景，清代李卫在《西湖志》中说得很生动：“盖地势极高，直望东北海际。当日轮乍起，微露一痕，瞬息间霞光万道，天半俱赤，红若琥珀，大如铜盘，光景离奇，倏然变幻，不可端倪，故有东海朝暾之目。”

初阳台

在葛岭之巅，巨碑上“初阳台”三字由诸乐三题鸟。

晓日初升，荡开山色湖光，试登绝顶
仙人何处？剩有石台丹井，来结闲缘

登山观日出，凡是山峰高处都能观。而初阳台观日出却独具特色。清代李卫主纂之《西湖志》云：“日出起时，四山皆晦，唯台（指初阳台）上独明，山鸟群起，遥望霞气中，时有海风荡潏水面，更有一影互相照耀，传是日月并升，询之故老皆然。”这里所指“日月并升”，老少皆知，大概是指初阳已升，月亮未落的现象。因此，此联上半联说，当晓日初升，从晨雾中荡开山色湖光时，可以试登葛岭绝顶，欣赏西湖清晨的美景。这里是炼丹的道人吸取日月光华，浮练精神气的地方，因而想到了葛仙。葛仙虽去，还剩有炼丹台、炼丹井、葛仙庵、葛洪墓等遗址，人们到此可以结闲缘。这个“闲”字用得颇有韵味。另据《晋书·葛洪传》载，说他八十一岁时在广州罗浮山羽化成仙，那葛洪墓到底在哪里，又是一个疑团。不过皆为传说而已。而黄龙洞却有不少楹联是广东罗浮山的道家撰的，恐也是一个难得的“闲缘”。

葛岭的暮色苍茫，渎月初升的景象如何？光绪丙申秋版联集有两副楹联作了回答，联曰：

月似丹光出高岭
鹤固梅树住前山
——阮文达撰

出句只能在葛岭，才能从月光联想到月光从高岭上透出，一片玄虚境界。在别处是不可能存在的。对语是作者重见里西湖对岸的孤山放鹤亭旁的梅树，想象到林处士放的鹤，该伴着梅树归巢了。这也是只能在高岭，才如此切人切事，切情切景！

抱朴庐

葛岭，是葛洪在此结庐炼丹的地方，他著有《抱朴子》一书，因而他后来所住的抱朴庐名闻远近。旧有一名联：

魏晋诩风流，是翁抱朴传书，棋局樗蒲忘世业

湖山蓊云气，此处炼丹成汞，柳堤仙岛护瀛寰

——阮元撰

魏晋时期，社会上层的士大夫阶层有服用药求长生的风气。晋书:《葛洪传》记载:他“无所爱玩，不知棋局几道，樗蒲齿名……寻书问义。不远数千里崎岖冒涉，期于必得，遂究览典籍，尤好神仙导养之法。”樗蒲，是古代用樗(木名，俗名臭椿)做成的赌具，后世亦以樗蒲为赌博。葛洪《朴抱子百里》说:“或有围茶樗蒲而废政务者矣，或有田猎游饮而忘庶事者矣。”正由因为葛洪专心致志于炼丹、医学、社会的研究，不知道棋盘化成几道，赌具有哪些名目，把名利忘得干干净净，所以能著出使之后代的《抱朴子》一书。《抱朴子》分内外篇，内篇二十卷，读神仙方药，养生延年:外篇五十卷，详论人间得失，世事风云。他还有《金匮药方》《肘后要急方》等医药著作。

上半联着重写葛洪这个人，了解了上述情形，就知道联语有高度的概括力。下半联写葛岭这个特有的环境，这美好的湖山聚集着云气，而抱朴庐昔时那一块，正是炼丹养生的地方，白堤苏堤上的杨柳，盛栽松竹的孤山，都在护卫着这个人间“仙寰”。

半闲堂、红梅阁

据《古杭杂记》度宗赠贾似道第于湖上，更筑新亭、扁曰“半闲”，还建了红梅阁等楼台，通称后乐园、养乐园。贾似道在此过着荒淫无耻的生活。后因似道领兵抗元大败，被贬，郑虎吕于监押适中的木棉庵将他处死。《红梅阁》中李慧娘屈死的冤情大白。奸臣死后，后乐园成为一片废墟。下面几联可以看出些许状况。

南宋到于今，流水空山，四壁但闻虫太息

西湖浑似旧，清泉白石，一亭引得鹤归来

此联是半闲堂遗址一个小亭子里。南宋到于今，将近千年。当年的半闲堂

只能知道遗迹，流水空山，而看不到那么华丽的亭台楼阁，因此，四壁只能听到昆虫长叹的声音。但西湖还是老样子，清泉白石，是清净境界，可以引得鹤归来。

孤隐对邀林处士

半仙坐论宋平章

——来裕恂撰　高邕之书　乙卯(1915)镌抱朴庐半山亭

此联林处士指北宋诗人林逋，他不趋慕荣利，也不做官，长期隐居对面的孤山，植梅养鹤，临终时所作诗中，有“茂林他日求遣稿，犹喜曾无封禅书”之句。与林处士作对照的是南宋奸臣贾平章，就是升任太师、平章军国事的贾似道。坐在半闲堂议论宋平章，以林处士作对比，更显的鲜明、与说服力。

贾似道处死地有下面两联镌刻在石柱上：

明春秋大义

为天下除奸

误国半闲堂，罪恶贯盈，垂老投荒犹恨晚

锄奸一片石，春秋笔削，乱臣贼子必书诛

——佚名

孤云草舍

新新饭店西楼原先主人是吴兴富商刘梯青后来转借给同乡朱家骅。朱家骅曾留学德国，获博士学位曾任北大地质系教授兼德文系主任。1936 年任浙江省政府主席，赴台湾后一直也任要职。这座名为草舍的洋楼始就作为名人的故居吧。

深情相托，身心相寄，三十年恩爱竟成空

命不可赎，最难堪惨惨凄凄，殁存永诀

生则同衾，死则同穴，千万迭盟誓天靡它

魂兮有灵，应念我茕茕孑孑，孤苦无依

——朱家骅挽妻联　另一联集“茕茕孑孑”为“茕茕独立”，对不上“惨惨凄凄”，似不宜。

读了此联，令人对朱氏两夫妻的真切情感而不忘，也看出他不仅善于从政，也颇工楹联。出句主要是对殁者而言，深情深心的互相寄托三十载夫妻的恩爱已落空。命运啊，又不可赎。惨惨凄凄，这最难堪的情景，从此殁者与存者永远诀别了。对语主要是存者自己的回忆、诉求、感叹。生既同床同被，死后必应同墓同穴。千万次的山盟海誓矢靡它，靡它，亦作“靡陀”“靡他”谓无二心，至死不变心。潘岳《寡妇赋》:“要吾君兮同穴,之死矢兮靡陀。最后存者对殁者说:”你的魂魄如果有灵,该会想到我茕茕孑孑,孤苦无依。存者有多少衷情向谁表达呢?结语说:“孤苦”是可以的,但“无依”却不妥。未知朱氏誓词及其他亲人看了怎么想法。对撰用血泪凝成的挽联不应苛求,无非是无聊的探讨而已。另录彭醇士挽朱家骅联:“供闲览,祖道,古代为出行者祭祀路神,并饮宴送行。联曰:

四十年祭酒儒林,相知微恨晚

三千士衔哀祖道,有泪欲成河

彭醇士(1896—1976),江西高安人,曾住广东省政府秘书、参事。去台湾后,致力于诗词楹联研究,造诣颇深。

菩提精舍

北山路上的菩提精舍,背依葛岭,面临里西湖,多少年来一直紧闭大门,近年已让人进去参观游览了。精舍前面石柱镌着两副楹联,篆书。因为石柱离围墙不到一米,来往行人很难看到它。此舍宇建于民国十五年(1926),

民国以来剩出来的西湖楹联都未载此两联。

大会启无边,贝叶翻经云轶荡

上堂听说法,天华满地雨缤纷

——安吉吴昌硕时年八十有二

佛家也有许多会,如法会,无边大会等。无遮就是宽容而无遮阻的意思。梁武帝华同泰寺,设四部无遮大会。这种会,是贤圣、道俗、贵贱,上下无遮,一律平等的法会。此联都是说佛事活动的盛况。贝叶翻经,将佛经的梵文翻译成中文记录在贝叶上,贝叶,是树干与叶都像棕榈的贝多罗树上的树叶。用这种树叶记载的佛经就叫贝叶经。这些活动,如解云安闲吴东地在飘逸。下半联说上法堂听佛法、得到天华满地,法雨缤纷的际遇。这里有个典故,《维摩经·观众生品》:“时维摩诘室有一天女……见诸大人闻所说法,便观其身,即以天华散诸害隆大弟子上。”吴昌硕是篆刻高手,书写此联已是八十二岁高龄,篆书极其圆抐成熟,石工镌刻亦精。

地临西子湖边,一览超然万缘寂

人美菩提佛国,须知普度众生难

——丙寅四月　黄岩喻长霖

此联亦篆字。缘寂与菩提都是佛家语,缘是攀缘的意思,人之心对客观环境的理解与作用。寂,就是灭度,盘槃,是佛教修习所爱达到的最高理想,亦指熄灭生死轮回后的境界。菩提,就是求真道求正觉,抒发的菩提心。此联出句写地,站在西子湖边,一望是高超脱俗的境界,也就是万缘皆寂的境界。对句写人，人都向往羡慕菩提佛国，一人求解脱较易，要普度众生出苦海，就非常困难。

通志馆

抗日战争时期，浙江通志馆成立于云和，后迁葛岭山麓濒湖处，就是当时的静江路108号。首任馆长余绍宗（樾园），善于诗文联语书法。

此杭州最新建设

是青年第二家庭

——王卓夫撰，余绍宗书　此联系题当时刚建设的基督教青年会。

六十多年前成立的通志馆接纳了许多优秀人才。有位顾家相者，曾在江苏、江西、河南等地做过地方官。当时在行志局分担《厘税志》、《金石志》等收集编纂工作。不久去世，挽联很多，现仅存下列两联：

读哀思一曲，似开府端忧，是书生结皆未除，托之秀黍离，聊自安排作遗老

志厘水三篇，仿兰台食货，惜古刻蒐奇犹缺，以此吉金乐石，更谁磨洗认前朝

——刘大自挽顾家相

其经术，是儒林；其词章，是文苑；其考厘税，搜金石，又是史官。事事可师，草志尤资吾辈法

于浙东，为耆四；于秦中，为寓公；于江左有右，河南北，并为循吏。洋洋盈耳，知名不独故相多

——刘大白代绍兴县志探访处和友人撰联挽顾家相

泊鸥山莊

在葛岭麓，隔湖对面就是孤山放鹤亭、梅亭。《西湖新志》补遗卷一云，泊鸥山莊在“为会稽陶篁村别业。陶年六十余，娶一妾。”当时社会议论纷纷。六十多岁的老人还要娶这么年轻的女子。当门那位林和靖看了这对一老一少的配偶无可奈何，只好冷冷地抱着梅花叹息。也有人撰联调笑陶氏，说简直是天女伴着维摩，可指没出家奉佛的居士，也指菩萨，也称维摩诘。唐诗人王维，字摩诘就是以菩萨之名为其名字。古代，山莊附近有宝严院，院里有借竹轩。《湖山便览》载：秦观尝宿轩中，梦天女以以维摩像求赞。”联云：

不是朝云侍坡老

恰如天女伴维摩

——梁山舟讽陶篁村

后来，陶篁村病逝，有子方在贵州为官，万里迢迢，一时赶不回来。梁山舟又撰联表示哀悼：

万里儿啼，此日愁攀贤令辙
卅年老泪，隔江空盼少微星

南阳小庐

葛岭麓旧有南阳小庐，是邓瑞人在西子湖畔的别墅。邓瑞人很有正义感。获悉邓世昌率致远舰在黄海抵抗入侵的日舰，英勇奋战，最后壮烈牺牲。谈对邓世昌为国捐躯，感到无比敬仰；也对腐败的清政府签订丧权辱国的《马关条约》感到万分愤慨。于是邓瑞人就辞官隐于南阳小庐。邓瑞人，广东罗浮人，与西湖结下不解之缘。

家传高密遗风，痛吾兄突舰捐躯。罢战海东远，退隐犹寻林处士
我是罗浮四侣，怅古国罨尘蔽日，卜居湖上住，比邻犹近葛仙翁
——邓瑞人撰

高密，这里乃指汉代邓禹。邓禹以功封高密侯。清吴伟业有"上相始兴开北府，通侯高密镇西京"诗句。高密遗风，也泛指邓氏宗风。罗浮，在广东江北岸，风景优美，为粤游览胜地，葛洪在此修道，道教称为第七洞天。了解上述两个注释，再读这副楹联就知道作者原是罗浮人，葛仙翁曾在罗浮修道，而今一同在葛岭山麓，也是一种因缘也。

秋水山庄

山庄倚葛岭，临西湖，东临孤云草舍。主楼是幢两层中西式风格，装饰与摆设有民族特色。楼后有个优美庭院，仿《红楼梦》中的怡红院而建。山庄主人是民国报界后人史量才。史以爱侣沈秋水的名字命名此山庄，并以"秋水山庄"为题吟诗。沈秋水谱成动人心弦乐曲，夫唱妇随，其乐无穷。

禽语乐声面性命
湖光岚翠绕梅台

后来，史量才由杭去沪，在海宁翁家埠惨遭军统特务杀害。沈秋水为其营造坟墓，墓在南天竺附近的天马山麓。

山中岁月无古今
室外风烟空往来
——史量才自题

孙花翁墓

《西湖便览》卷四："翁名惟信，字季蕃。罢官隐西湖。工长短句，自号花翁。既卒，赵之　葬之水仙庙旁，刘克庄为志。"此墓人云在葛岭下，坚匏别墅右侧坡

地上。孙花翁在宋代，名重江浙。逾樾曾这一古墓，以铁锢之，并作《孙花翁墓记》，丁丙(松生)为刻之墓前，丁丙著《孙花翁墓征》一卷，翁樾作序。

千家锦机一手织
万古战场两锋直
——叶水心评孙花翁诗联

遇客但知寻铁墓
词人谁更吊花翁
——翁樾题

井菊风号冢
山花月返魂
——徐某孙题

征信幸凭金管记
传疑得破铁围山
——丁丙撰

此墓原已荒废，俞樾泛舟里湖，见湖边有古墓以铁锢之，赋一诗曰："古墓竟谁是，坟前石几亩。何年铸顽铁，锢此土馒头。"丁丙看了此诗，经一番考证，以抱山堂词为证，方知道是宋人孙花翁也。丁丙因有此联。

招贤寺

新新饭店一旁那个大食库场地，旧时就是招贤寺。唐德宗时，郡人吴元卿罢官学道，结庵于此。开运三年，钱氏改建为寺，东坡出扁。寺中有山花一树，色紫气香，白居易名为紫阳花。释弘一曾在此静居科研佛学。作为弘一门生的丰子恺常来此寺。1947 年他携眷住在寺里一处平屋里。偶然想起"门对孤山放鹤亭"这一联句，巧好友人章瑒琛、叶圣陶到来，就凑成一副对子了：

居临葛岭招贤寺
门对孤山放鹤亭
——上半联章瑒琛、叶圣陶　下半联丰子恺

丰子恺对佛学也很有研究，《丰子恺散文全编》里有题弘一创办佛教养正院：

须知诸相皆非相
能使无情皆有情

丹照清净觉相，悉以普贤行愿力，供寿诸佛
明宣天上菩提，尽于本来一切劫，利乐众生

"丹"字作为做顶式联句嵌入句首，因此联是丹明寺撰写的。联句都是佛教语言，普贤乃佛殿里供奉的骑白马的菩萨，劝人专心修行，行愿力供奉诸佛。未来指来世来生。劫世界在一个极久远的时间，毁灭了再开始，这就叫“劫”，下半联就是奉佛能度走一切劫，达到众生有益，使众生欢乐。佛教语是从梵文译过来的，很深奥。大体上懂得用意就可以了。

薛　庐

清代同治年间，薛时雨曾住杭州知府并主讲西湖崇文书院十几年。他住在葛岭山麗的薛庐。此庐为崇文书院门人建筑。后供蒋神位，春秋祭祀，可见旧时尊师之道盛行。薛庐原来有很多楹联。今录蒋时雨自撰的两副楹联：

十四年蜡屐重来，感今话昔，讲艺论心，霎时托想千秋，期对此湖山不愧

二三子抟沙再聚，循吏清曹，闲官冷宦，他日各成一传，幸铭诸金石无渝

上半联说十四年重来此地，忆旧话多，感慨良多，共同讲述学术，倾心交谈，一时托想千秋大事，期望对杭州湖山不愧就是最大的欣慰。下半联说一班门生再聚在一起，不论是有良好政绩的官员吏差，或有清要的官署。清要是高显重要的官员。范仲淹有“刭篴清曹，仍居回话，辉荣大业，志愿何求”之句。不论是不重要的政务不繁的闲冷职务，将来各位都能立传，希望铭镌在金石美玉上，同时也瑜不掩瑕，比喻优美不能掩盖缺点。

自设论文，留此间香火因缘，割半壁栖霞，暂归结十六年尘梦

青山有约，期他日烟云供养，挈一肩行李，重来听百八杵钟声

此联是薛时雨离别西湖葛岭时撰的联，情景交融，堪称佳作。

洪忠宣祠

在北山路虎头岩麗。《西湖便览》：“公讳皓，字光弼，使金十五年不屈，放归，赐第于西湖葛岭。寻以和议忤秦桧。……卒，既归葬，即因赐第建祠祀焉。理宗改为坟寺。元毁。明嘉靖中重建。”清雍正九年(1732)李卫重修。此祠如今已不存，但洪浩的民族气节却使之久远。

身窜冷山，万死竟回苏武节

魂依葛岭，千秋长傍鄂王坟

——李卫撰书

凤林禅院

在葛岭虎头岩西。唐元和二年(807)始建。僧道林开山，道林尝楼止松上四十余年，有鹊在他身旁做窝，人称“鸟窠禅师”，俗称此寺为喜鹊寺。白居易在杭州当太守时，常往参见，过往甚密。旧时西湖名寺钟声，算凤林寺最为洪亮，故

有联：

明月倒涵鱼港棹
晓霜背听凤林钟

如今寺虽不存，钟也不鸣，而四时楹联堪称佳作。

法镜现慈云，观秋月春花，尽是三空妙谛
智灯是宝座，听晨钟暮鼓，无非一点禅机
——范为金题

法镜，谓佛法佛经如镜，能照沏万物。有了此法镜，观秋月或春花，都能得到三空精妙的真谛。三空，就是佛教所谓言空、无相、无愿之三解脱。此三者共明空厘，故曰三空。

下半联说佛殿宝座上悬着智慧之灯，听到晨钟暮鼓，此无非也是一点禅机。大意是说。佛家坐禅，心体寂静，心能定止于一境而悟也。

百八百杵声，撞醒痴梦
五千言慧典，参破禅机
——彭雪琴题

是无远虑，颠倒梦想
皆大欢喜，信受奉行
——曲园居士题

以上两联也都是说为何通过佛经及佛教音乐，惊醒塵梦，悟出禅机。“五千言”慧典一般是指道教的老聃（即老子）《道德经》，作者可能是认为佛道同源互通之说。鲁迅《集外集·〈奔流〉编校后记》说：“老聃作五千言，释迦有恒河沙数说，也还是东洋之人中‘好事之徒也’。”俞樾不仅博学，而且对佛学也很有研究，往往以曲园居士署名为佛寺题联。《金刚经》：“……闻佛所说，皆大欢喜，信受奉竹。”他干脆就用佛经这一结束语作为联语了。

静逸别墅

葛岭山间有两幢欧式风格的两层小楼，每幢楼各有宽敞的阳台，可浏览湖光山色。这就是民国奇人张静江的别业。张静江又名张人傑，佛号饮光，湖州南浔人。曾以白银数万量自助同盟会，得到孙中山的赏识。张一席出任国民党中央政治会议主席，代理过国民政府主席。仕途中，曾两次出任浙江省主席，是 1929 年西湖博览会的策划者和主持人。1938 年寓居美国纽约，1950 年 9 月 3 日奉佛而终。

满堂花醉三千客
一剑霜寒四十洲
——孙中山曾题此联与匾额”丹心侠骨“赠张静江

粤东话别，倏届七年，□我公组织同盟，鼓吹革命，推翻帝制，创建中华，三民五权，河岳日星同不朽

燕北欢迎，才逾两月，怅小子身羁病榻，神系行辕，肠断九回，缘悭再面，千愁万绪，帡幪覆载痛难名

——张静江挽孙中山。上半联欲孙中山革命业绩，像黄河、五岳、日星，永远不朽。下半联，主要表达自己悲痛的情感。缘悭再面，没有缘分再见面。帡幪，本指帐幕，后亦引申为覆盖、庇荫，再得不到我公之关照、爱护，千愁万绪痛难名也。

坚匏别墅

别墅在葛岭山麓，朝北的后面如今还留有“坚匏别墅”四个白底黑字在古老的门楣上。主人是湖州南浔江南首富刘镛。刘镛之子刘锦藻，为清代进士，所撰《续皇朝文献通考》四百卷，被商务印书馆汇印《九通》时增入，成为《十通》。下面长联可以看出文字功底：

世习刑名，惟我公独精法律。由郎署出膺二千石，晋擢监司，棘寺需才，芝纶特简，李宫庞任，竹简重修，汇欧亚熔铸一炉。凡职隶西曹，群尊北斗，已负白云重望，伏案犹是老诸生，数百卷麟士勤抄，倘访茂陵书，遗札决无封禅稿；

情笃乡谊，于贱子尤迈等伦。缔神交几及三十年，靡间终始，鸿儒征召，鹗荐谬登，马考续成，螭坳代递，莽乾坤烽烟四起。忆国门话别，病榻亲依，从此青岛潜居，闭户不谈天下事，重五节龙舟竞渡，忽传楚些曲，大招长痛屈原魂。

——刘锦藻挽沈家本

刘锦藻之子刘承干不仅会经营，懂管理，且醉心于收书藏书刻书，修建之嘉业楼如今还享有盛名。

与家君蕊榜同年，供奉翰林，直到屏藩江左，浩修罗一劫打开，大节凛寒霜，草草黄冠高隐去

合遗老淞滨结社，生涯笔墨，犹然魂梦朝湍，奔阎九原催召，易名待恩露，觥觥青史特书来

——刘承干挽李瑞青

涵石为阶饶古意

栽花成径没平芜

——严建祯题坚匏别墅。看了此联仿佛又回到昔日别墅古朴幽静之情景。

——朱瑞撰题

风雨亭

清政府当局对秋瑾严刑逼供。秋君坚贞不屈，仅书“秋风秋雨愁杀人”七字，而风雨亭尚存。

共和五载竞前功，美名直抗罗兰欧亚，东西烈女女双烈
风雨一亭还慧业，抔土重依武穆湖山，今古秋社千秋
——佚名

巾帼拜英雄，求仁得仁又何怨
亭台悲风雨，虽死不死终自由
——陶浚宣题　魏传统补书

此联开头即是“拜巾帼英雄”的倒装句，接下文字出于《论语》，用孔子赞扬伯夷、叔齐的话，说秋瑾的牺牲原属她的革命壮志，毫不怨悔，也出于她的自白。她说：“我怕死就不会出来革命，革命要流血才能成功，将我绑赴断头台，革命至少可以提早五年。”对语说此风雨亭回忆当年{“秋风秋雨”的情景，深感烈士虽死不死的精神；人民获得自由，可以告慰先烈英灵！

秋瑾短暂的一生，有《秋瑾集》传世，还有一些楹联作品。试举一例：

树欲宁而风不静，子欲养而亲不待，奉母百年岂是？哀哉！数朝卧病，何意撒手竟长逝，只享春秋六二
爱我国矣志未酬，育我身矣恩未报，愧儿七尺微躯！幸也他日流芳，应是慈容无再见，难寻瑶岛三千。
——秋瑾挽母楹联　读来仿佛是李密的《陈情表》，句句是真情，令人泪湿衣襟。

苏小小墓、慕才亭

在西冷桥畔，苏小小是南齐时钱塘有气质的歌妓，貌绝当时，才学超群，由于遭遇险恶，以致年轻造势。古《乐府》载有西陵苏小小诗云：“妾乘油壁车，郎骑青骢马，何处结同心，西陵松柏下。”当即指此。墓在亭中，近年重修。如今六柱亭竟有十二副楹联，如旧时乡下人结婚，大小门窗都贴上了对联，苏小小走了艰难坎坷小路才回到家，人们应祝贺一番。

湖山此地曾埋玉
花月其人可铸金
——皮　琳集句　茅盾易“花”为“风”

上半联说秀丽的西湖边曾有苏小小如玉的骨骸。

“埋玉”有个典故，《晋书・庾亮传》记载：征西将军庾亮将要下葬的时候，有人悲叹道：“埋玉树于土中，使人情何能已。”下半联说如花似玉的没人可以铸金。这里也有个典故：《吴越春秋》记载：越国大夫范蠡离国远行后，越王勾践乃使良工铸形，置之座侧。此联用埋玉树、铸金像的大人物典故，来比喻苏小小的人品和美貌能解这样来反映一个人格曾被侮辱损害的下层女子，可是集句人人别具慧眼，善良心肠。

桃花流水杳然去

油壁香车不再逢

——徐兰修题

徐兰修乃清嘉庆举人。此联为集句，出句集自唐李白《山中问答》：“桃花流水杳然去，别有天地非人间。”对语集自宋晏殊《寓意》：“油壁香车不再逢，峡云无迹任西车”。用集句感叹一代人为桃花流水一去不回，油壁香车不能再逢来譬喻，寄托无限哀思与怀念。

灯火珠帘，竟有佳人居此里

笙歌画舫，独教芳冢占西冷

——王成瑞　题

上半联写苏小小生平，灯红酒绿、珠帘漫卷的的北里，竟有才貌双全的佳人居此。北里，旧时原指歌妓娱乐的地方。下半联写苏小小身后，今日笙歌画舫仍似昔日，然而只有苏小小的芳冢独占西冷一席，为西湖增添光彩。人们叹息她生平虽不幸，死后却得到世人的同情与赞美。苏小小墓屡废屡建原因就在于此。

岳王庙

旧称忠烈庙，宋孝宗寻得遗骸以“孤仪”（按即一品礼）追封二亡王，所以又称鄂王庙，祀民族英雄岳飞等，系全国吴文保护单位。大门台有联：

三十功名尘与土

八千里庐云和月

——岳飞《满江红写怀》词句　张爱本书

岳飞，河南汤阴人，青年时应募抵抗金兵屡立战功，三十二岁做到清远军节度使，与韩世忠等人刘成为抗金名将。《满江红 · 写怀》“怒发冲冠”一首突出了为国血耻的雄心壮志，体现了强烈的爱国主义精神，书写岳飞三十岁前后的情景。所以有“三十功名尘与土”联句，八千里路是约数，指直捣金统治的后方黄龙府的路程，“云和月”是“披星戴月”的意思。联的出句显示岳飞自谦，说自己年纪虽已三十，而功业尚如尘土一样微不足道。联的对语是自勉，望前途任重道远，还须日夜长驱驰骋。选用这词句，体现了豪迈奔放、慷慨激昂的特色。

奉诏班师，怅南宋偏安，结此一局

尽忠报国，壮西湖遗迹，范我千秋

——李锋书

李锋是清康熙时任杭州知府，此联是悬挂在岳王庙正殿岳飞像龛的柱上的。1979 年整修岳庙时，经人重修书写悬于前殿。

当岳飞部队英勇抗金，节节胜利，收复许多失地的时候，宋高宗赵构、宰相秦桧却密令张俊等部队撤退，传岳飞部队处于孤军深入境地，然后送来召旨，命令岳飞班师。上半联就是说，实在感叹南宋当局无能，偏安一偶，迫使岳飞部队奉诏班师后出现的悲惨结局。《宋史·岳飞传》记载岳飞背上有“尽忠报国”四个大字，是岳飞母亲姚氏在岳飞少年时刺上去的。下半联“尽忠报国”的行动和精神，使湖山增光，可作为千秋万代的楷模。

岳飞纪念馆

这是依托原来的启忠祠建成，陈刘岳飞年谱、著作二百年余件展品，其中一具从岳飞墓道中挖出的石翁仲，一口由清人胡光墉从日本买回三百年前铸造的铜钟，原赠运给众安桥岳庙，1979 年移此。纪念馆有冯玉祥、王道常、沙孟海、赵模祁

民族主义，历元清鼎革，始达完全，如神有知，稍解生前遗恨

圣湖风景，得祠墓点缀，差不寂寞，兹地之胜，允直庙貌重新

——蔡元培撰书　沙孟海补书

天下太平，文官不爱钱，武官不惜死

乾坤正气，在下为何岳，在上为日星

——王荤撰书　沈鹏补书

《宋史·岳飞传》记载，有人问：“天下何时太平？岳飞答道：”文官不爱钱，武官不惜死，天下太平矣！“上半联就是依据岳飞的看法和语言撰写的。下半联却按民族英雄文天祥《正气歌》开头云：”天地有正气，杂然赋流形。下则为河岳，上则为日星，于人曰浩然，沛乎塞苍冥。”《正气歌》是无言古诗，诗意是山岳河流与日月星辰都是天地间正气形成的，对人来说，便形成了浩气正气，就是岳飞文天祥在乾坤中形成的那种英雄气概。

观瞻气象耀民魂，喜车朝祠宇重开，老柏千寻抬眼望

收拾山河酬壮志，看此日神州奋起，新程万里驾长丰

——赵朴初撰书

岳飞墓庙经历浩劫，屡毁屡建，终于在 1979 年修复。所以这联上半联说，瞻望景象是以显耀民族精神，喜看今朝岳王庙庙貌重新，人们又能看到高耸入云的老柏树了。下半联突出了岳飞的激烈壮怀，高志未酬的无限忠愤，再看此日神州奋起，为振兴中华齐驾长车而予建新功，对读者有很大的鼓舞与激励作用。联中“抬望眼”、“收拾山河”、驾长车等词语都是从《满江红·写怀》中截取来的。这些古词句熔铸在新联中，感到很自然，很有力量。

奈何铁马金戈，仅争得偏安局面

至今山光水色，犹照见一片丹心

——王遂常撰书

此联上半联用疑问句表达了岳飞一生戎马生涯，却识赵构、秦桧的投降路线，仅争得了偏安局面。下半联说西湖壮丽的山光水色，看来很有灵性，还照见岳飞的一片爱国忠心。

奇祸临风波，南宋山河终半壁

精忠贯日月，西湖俎豆足千秋

——王桂秋撰书　诸乐山补书

联中“终半壁”一作“馋半壁”。上半联说岳飞遭到“莫须有”的奇祸，被害死在大理寺狱中的风波亭，抗金无人，才落得南宋江山半壁的结局。下半联说岳飞尽忠保国的精神上贯日月，在他被害后，有许多人家出于义愤，不怕惹祸，画了他的像在家中供奉起来，经历了千秋万代西湖上的岳飞庙墓都会受人祭祀、崇敬。“俎”与“豆”本是古代祭祀用的器具，这里用作祭祀、敬礼的意思。

岳庙大牌坊

在岳庙前近湖处，上书“碧血丹心”四字，系光绪丙戌季夏浙江巡抚许应荣补上。如今看到的牌坊系文革后重建。旧有联：

官忠子孝，万古英声赫赫，并乾坤不朽

妻节女贞，一门芳誉明明，同日月争光

——佚名

岳飞墓

在岳王庙西侧。墓前照壁石刻“尽忠保国”四大字，洪珠书。

正邪自古同冰炭

毁誉于今判伪真

——吴迈传

正当岳飞出击金兵，收复失地，取得大捷的时候，被赵构、秦桧等卖国投降派召回临安（杭州）解除兵权，诬陷成了“谋反”被杀害。联的出句七字揭示了历史本质：忠奸不两立，水火不相容。真是一针见血！此联对语是说评价这一历史事件是非功过主题。秦桧病死，南宋最高统治者给他封赠“申王”，同时秦桧“身死之日，天下相庆，盖恶之如此”。赵构死后，人们用各种形式进行讽刺、抨击，经过历史的检验，哪些毁誉的孰真孰假判若霄壤，弄个明明白白。对语“毁誉于今判伪真”真是入木三分，令人赞叹！

青山有幸埋忠骨

白铁无辜铸佞官

——徐氏撰　陆维剑补书

徐氏系松江女史，原题铁槛。联语上句运用烘托的手法突出了岳飞忠烈的价值。正为清诗人袁枚《谒岳王墓作十五绝句》中所云："江山也要伟人扶，神化丹青即画图，赖有岳于双少保，人间始觉重西湖。"岳飞与于谦两人生平都封过少保，同具崇高的民族精神和为国捐躯的晚节，所以诗中有"岳于双少保"之称。

面对岳飞墓有秦桧、桧妻王氏、万俟卨、张俊这四人的铁铸跪像。秦桧是秉承高宗赵构的意图，杀害岳飞的主犯。王氏从旁唆使，说了"捉虎易，放虎难"等等的话。万俟卨"主审"岳飞。张俊 & 嘱坏人出面诬告，并非法将张宪打得体无完肤。无辜的白铁来铸佞官，也算是受冤受屈，正如清诗人舒拉《铁人》诗所写"恨铁不铸矛，以刺贼臣头。恨铁不铸钟，以铭将军功。痛饮黄龙府，铁不铸樽俎。招魂五国城，铁不铸打檠。而独铸胚胎，屈铁铁跪阶。"

咳！仆本丧心，有贤妻何至若是

啐！妇虽长舌，非老贼不到今朝

——佚名

这是一副秦桧跪铁像夫妇对骂的联语，读来颇风趣，亦称一格。

人从宋后少名桧

我到坟前愧姓秦

——秦涧泉题

秦桧卖国求荣，陷害岳飞，生平已遭世人唾骂，死后更被历史裁判。原先，松、柏、樟、楠、桧等常绿乔木，历来受人重视，自从秦桧秦桧的臭名传开，人们就不再"桧"为自己或自己的子女命名。岳墓前小桥边旧有"分尸桧"是元代杭州郡差人先将桧书树锯开再种下去的，象征秦桧罪当分尸而死的意思。《宋史·罗汝楫附罗愿传》记载，殿中侍御史罗汝楫在岳飞冤案中耍过诬陷、罗织等手段，扮演了不光彩的角色，后来他儿子做了鄂州知州，因为父亲的缘故不敢进鄂州的岳飞庙。上述对联作者秦大士，清乾隆时江宁（今南京）人，仅仅与秦桧同姓而已，与友人游西湖时，到了岳王墓，友人请他撰联，他满含愧意竟有"我到坟前愧姓秦"的联语。真可谓善于措辞！

张宪殿

岳王庙正殿东侧原有烈文侯张宪殿，张宪，四川阆中县人，是岳飞的爱将，后与岳飞、岳云等同遭杀害，旧有联：

在当年从难，碧血埋幽，蜚语何来哀太尉

以列校奋身，丹心亘古，瓣香有记吊英雄

——佚名

上半联写当年随同岳飞一起受难，满腔忠血竟埋幽壤；不知那许以无线电流言蜚语从何而来，令人更为太尉哀痛。太尉，这里用作武官的尊称，即指张宪。下半联写张宪从下级军官奋战立功，一片丹心自古至今长远流传世间，后人焚香敬礼，镌刻碑记……来凭吊张宪这些英雄，“碧血”有个典故，春秋时期有位周大夫遭谗，被流放归蜀后自杀，蜀人感其精诚，把他的血收藏起来，三年后竟化成碧玉，后人因称“碧血”。

牛皋殿

岳王庙正殿西侧原有辅文侯牛皋殿，牛皋是汝州鲁山（今属河南）人，也是岳飞部属、爱将，顽强抗金，屡立战功，终于被秦桧指使用师中将其毒死。

云旗风马，生死相从部曲有同心，想见随军依鄂国

桂醑椒浆，英灵来格，墓门求近地，惜难筑冢象祁连

——佚名

上半联把牛皋毕生心愿和表现与岳飞的亲密关系写道：旌旗高入云霄，战马犹如追风，生死紧相跟从，难得有这样同心的部属，可以想见他长期依傍着鄂王的雄姿。下半联即写用桂花或椒浆制作的美酒祭祀，当牛皋的英灵来临，牛皋的墓门也接近岳坟，大家只叹息难以学汉武帝刘彻那样，能给骠骑将军霍去病建造一座似祁连山的坟墓，来表彰他的功勋。这实际上是对牛皋抗金功勋未得表彰而自身却遭毒害作了强有力的呼吁！

牛皋墓

在栖霞岭，屡建屡废，1987 年重建，墓侧有碑，墓前石牌坊有联：

将军气节高千古

震世英风伴鄂王

——徐渭撰书　郭仲选补书

灵鬼灵山，风马云车历历

一丘一壑，玉阶凉夜泠泠

——汪嵚题　胡宗成书

岳庙、岳坟旧联

岳庙、岳坟历代的楹联为当时岳家军的旌旗，该数以千计。兹再录一二。

万里坯长城，南渡朝廷从此小

一抔留古墓，西湖烟水到今相

——王凯泰撰书

南人归南，北人归北，小朝廷建宫求活耶

孝子死孝，忠臣死忠，大丈夫当如是矣

——董其昌撰书

予唯命，夺唯命，进退唯命，三字冤狱，摧坏长城，堪恨枢廷无切谏

歌于斯哭于斯聚族于斯一角残山尚留旧第应知柏树有余馨上

——杨昌濬撰书

香山寺、香山洞

在栖霞岭南，香山麗岳王庙西，原名香山庵、香山精舍，是个很有名气的寺院。今寺已不存在，遗址就是如今西湖某一招待所，名曰“栖霞山庄”。旧时有许多联，有一联人人称佳：

翠色傍栖霞，远人境以结庵，解脱伏慈悲，三字狱了却岳家公案

金容瞻满身，广汝州而度世，灵明同印证，九老社借参白傅诗禅

香山洞就在招待所主楼后面，此联可隐约看出旧时状况：

古洞云深，气吞南海

春山霞蔚，春满西湖

香霭白莲，南海慈云遮十地

山　　后，细纺法雨洒三天

在镌有楷书“香山洞”的洞口岩壁两旁上面一联。有几个字几乎湮没，难以辨出。探身进洞，有“层此一报”四个大字深深地镌刻在石壁上，苔藓掩不住刚强苍劲的笔力，这就是抗日志士范续亭赴前线抗日时刻上的。

1935年12曰26日，范续亭作为国民党陆军新编第一军中将总参议，在南京中山陵前剖腹明志，表示抗日决心。在生命垂危之际，被救送往杭州，后来他的挚友杨虎城来杭公干，找到他，与他共谋抗日大计，随即镌刻“尽此一报”四字，下署中华民国二十五年山右范续亭。迈上新的征途。

法西主义对头，鞠躬尽瘁，韬奋毕生五十岁

革命文化旗手，誓死不屈，鲁迅而后第一人

——范续亭挽韬奋

1947年9月12日，这位为百姓操戈铁马的范续亭因病谢世，不少人送来挽联：

为民族解放，为阶级翻身，事业垂成，公胡遽死

有云水襟怀，有松柏气节，典型顿失，人尽含悲

——毛泽东挽范续亭

十载共艰辛，方幸大业垂成，胜利在望，何期一病竟千古

三军齐痛苦，誓将美帝驱逐，蒋贼歼灭，清平六合告重泉

——贺龙挽范续亭 此联由贺与李井泉、周士第、甘泗淇、张经武、陈漫远共挽。

五显灵庙

原在西湖栖霞岭之南，风景荟萃之地。庙已不在，而下联却留在楹联集中，并在民间传诵：

远观如画，近看似诗，及至身到此间，始觉诗画俱无着笔处

善者敬神，恶者畏鬼，究竟都非异物，须知神鬼出在自心头

——李渔题

这副楹联通俗易懂，好像是用白话文写的。其实李渔(1601—1680)是明末清初人，祖籍浙江兰溪，曾客寓江苏，两度移居杭州，擅长于戏曲、诗文楹联，素有“才子”之称，终身未仕。上半联写景，似画如诗，似有似无，待到此间，诗画都无法着笔，那景致之美就可想而知了。下半联很富哲理，联系到神鬼人。善者敬神，恶者畏鬼，皆生动地刻画了通常人的心理状态。这些都非异物。所谓神鬼都出在自心头，说它有就有，说他无就无，反正都是人的心理活动。不像有些人敬神驱鬼，保佑庶黎。李渔在此联中可以说是唯物论者。

上册

卷三
南山路

涌金门

旧有涌金城楼。《云麓漫钞》云：其地即古金牛出现之所，故名。杨万里有“未说湖山佳处在，清晨涌出小金门”句，小金门即涌金门。此门倚湖为外势。稍北旧有水门，是越时引湖水入城为池。西湖南线整修后，使这一带风光更佳，古韵犹存。读了涌金城楼三幅楹联，便可略知一二。

极目水云低，莲渚游鸥闲自得；
昂头霄汉近，林亭放鹤任高骞。

上一层楼，领略湖光山色；
对三尺竺，惊心暮鼓晨钟。

长堞接清波，一色水天供啸傲；
高楼临闹市，万家烟火绕回环。

上面第一联任高骞，一作任高飞，骞通飞。杜诗有“如今尽雄俊，志在必腾骞”句。第二联惊心，乃戒慎、警觉之意。《四分律·法揵度》：“佛言：阿兰若比丘不应尔，应初夜、后夜警心思惟；今为阿兰若比丘制阿兰若法。”另有一联集，警作惊。第二联，《西湖楹联选》为“长堞接清波，看天水一色；高楼临闹市，绕烟火万家。”烟火一作灯火。

三雅园

昔在涌金门外。游西湖者有到码头上吃碗茶去的口号，即以三雅园为目的地。文人雅士，多在三雅园临湖啜茗。为今三雅园设在六公园。杭州人陈蝶仙，以天虚我生为笔名，撰述《涌金门外谈旧》里有题三雅园联云：

山雅水雅人雅，雅兴无穷，真真可谓三雅；
风来雨来月来，来者不拒，日日何妨一来。
有山皆图画；
无水不文章。

——见梁章钜《楹联丛话》

为公怪，为公忙，忙里偷闲，吃碗茶去；
求名苦，求利苦，苦中作乐，拿壶酒来。

——汪次闲题

红也藕花，白也藕花，真个花花成世界；
风来水面，月来水面，尽教面面吸湖光。

——三雅园侧，光绪年间建有藕香居，题有此联。见天虚我生《涌金门外谈旧》。

水缘山青，座中人醉；
花明柳媚，湖上春长。
——彭玉麟题两宜楼酒家。此楼旧在涌金门与清波门之间，风光秀丽，四季宜人。

句山樵舍

柳浪闻莺斜对面，南山路河坊街556号，门楣上题有“句山樵舍”四字，就是清代著有《紫竹山房集》之学者陈句山的故居。长篇弹词《再生缘》的作者陈端生就是陈句山的孙女。陈端生花了十年功夫撰写八十回计六十万言的弹词，还未最后定稿就逝世了。后由女作家梁德绳续订，并改编为戏曲《孟丽君》。郭沫若以为《再生缘》可与《红楼梦》，并称为“南缘北梦”。

莺归余柳浪，
燕过胜松风。
——郭沫若题

芸窗纸笔知多贵，
秘室词章得久遗。
——陈瑞生

圣界岩跷清启远，
禅房寂静妙香高。
——此联见《再生缘》第25回。化名郦君玉之孟丽君，向一僧人探问皇甫公子的才学。僧人指着寺门这幅联道：“这是皇甫公子亲笔题联，相公观看，便知其文才如何。”此联的真正作者就是陈端生。

灵隐寺与刘基

灵隐寺在清波门北，建于宋太平兴国元年。昔时是吴越钱王故苑，因隐生其间，舍以为寺，遂名“灵隐”。元代进士，曾为浙江行省都事的刘基，字伯温，曾宿灵隐寺。刘基撰联十分奇特。

蹉跎岁月，五旬有三，
補包朝廷，万分无一。
——出幅刘基撰，对幅为茶僧

雷为战鼓电为旗，风云际会，
天作棋盘星作子，日月争光。
——出幅刘基，对幅朱元璋

人顶王，人边王，意图全任，
天上口，天下口，志在吞吴。
——出幅刘基，对幅朱元璋

柳浪闻莺

为西湖十景之一。南宋时，这里曾是御花园。种有千万株杨柳，迎风摇曳，为碧浪翻腾，绿荫深处传来莺声，令人陶醉。

只藏莺鸟春声滑，
不起鱼龙夜气腥。
——聂大年撰

如砥湖平，湖镜映天湖有月，
似锦柳软，柳阴垂地柳藏莺。
——佚名（旧时三潭印月亦有此联）

高柳垂阴，老渔吹浪，
晚花行乐，小舫携歌。
——某姜白石句

呼个朋友，看处处柳眠花香，
喝杯茶去，听声声燕语莺歌。
——陆抑非撰并书

此上联语不论新旧都能据柳浪闻莺的特点，抒情描景，引人入胜。为今虽难闻莺歌，但能常见燕舞。不少人还倚在石桥边，看碧绿柳浪，听圆润莺声。

钱王祠

原名表忠祠，祀吴越君王钱镠、元瓘、弘佐、弘倧、弘俶。初建于熙宁十年（1077），屡废屡建。祠内旧有苏轼书《表忠观碑》千方，现仅存明代重新摹刻的一方。修复重建的钱王祠，颇具规模。旧时楹联极多，其中不少是钱氏后裔撰写的，兹略述一二。

勋勒金书，纳土当年资保障，
业基石镜，筑塘奕祀庆安澜。
——乾隆御书

力能分土，提乡兵杀宏诛昌，一十四州，鸡犬桑麻，撑住东南半壁；
志在顺天，扶幼主迎周归宋，九十八年，象库筐篚，混同吴越一家。

钱王功勋是永不毁灭的，千年来历代都在歌颂他。钱镠拥兵两浙，分土一方，就是割据一方，曾组织地方武装（乡兵），杀死谋反的刘汉宏，击败叛唐称帝的董昌，因此联中有“杀宏诛昌”之说。当时钱镠遂有两浙十四州地盘，称吴越王。于是修建海塘，建造陵门水闸，发展农业，撑起来东南半壁江山。

此联还赞颂钱王顺天应时，钱镠之孙钱俶曾出兵援助后周，献两浙之地以归宗，使百姓免遭战乱。安居乐业，所以有“迎周归宋”之说。从吴越建国到献地归宋，计九十八年。大象与犀牛，古代认为是同类动物。筐篚都是竹编的器具。意思是大家都是炎黄子孙，亲密无间。钱王能顺应历史潮流，使故国统一，亲为一家，这是最大的功勋。下面数联又都围绕这一主题撰写。

讨董歼刘，征诛比汤武，称藩纳土，揖让效唐虞，九八年保障一方，我祖弘规开自昔；
筑塘捍海，吴越拓雄图，课桑训农，东南兴美利，十四州楷模全国，生民受赐到于今。

——钱氏三十二世孙钱文选撰书

吴越之间，至今乐土；
汉唐以后，无此贤王。

——孔继鑅题　见《楹联四话》

斗牛分野，吴越一星，两浙荷帡幪，犹有国人怀旧德；
戎马生郊，风云万变，百灵通肸蚃，安得壮士挽天河。

——孙传芳撰书　鲍贤编补书

唐云艺术馆

馆在南山路长桥公园旁。汪道涵题额。唐云，字侠尘，号东原，杭县（今杭州市）人。是现代著名画家，亦善书法。艺术馆主楼三大开间，有小廊连接松风园，廊侧有池日燃墨泉。

海国都来求画稿，
佳人相约拜先生。

——唐云赠申石伽，申擅长山水兼画墨竹，有《石伽十万图山水画册》等。

爱画入骨髓，
吐词合风骚。

——词句原是朱竹垞集句赠程有声者，唐云用来题一画展。

白云在天，无非诗境；
素湍激石，忽上琴丝。

——唐云赠诗人画家芦芒

孔庙·杭州碑林

位于杭州市劳动路。大成殿、戟门、棂星门等主要建筑已修缮。内存历代碑刻 400 多方。其中南宋太学石经，为宋高宗赵构与皇后吴氏所书。还有南宋重刊的李公麟画孔子及七十二弟子像，贯休画十六罗汉像，赵子昂书佑圣观重建玄武佑圣观重建玄武殿记等。昔日孔庙规模很大，有孟子祠、曾子祠、颜子家庙、仲子祠、昭伦堂等建筑，楹联极多。兹仅录数副。

尊王言必称尧舜，
忧世心同切禹颜。

孔门功冠三千士，
周室生当五百年。

性道在文章，深造自得；
廉平称治绩，遗爱无穷。
——端木子祠联

允哉圣人之徒，闻善则行，闻过则喜。
大哉夫子之勇，见危必拯，见义必为。
——仲子祠联

气备四时，与天地日月鬼神合其德；
教垂万世，继尧舜禹汤文武人之师。
——△△△联

此联概括了孔子承前启后道德文章的风尚、气节、气度、气派。这里所谓“气”，就是古代哲学概念，主观唯心主义者都用以指主观精神。宋代及以后的客观唯心主义者认为“气”是一种在理(即精神)之后的物质。朱熹《答黄道夫》：“天地之间，有理有气。理义者，形而上之道也，生物之本义也；气义者，形而下之器也，生物之具也。是以人物之生必禀此理，然后有性；必禀此气，然后有形。”朴素唯物主义者则用此指形成宇宙万物的最根本的物质实体。

净慈禅寺

后周显德元年(954)由吴越王钱俶始建。因位于南屏慧日峰下，故初名永明院。康熙题寺额与楹联，张船山所绘“柳塘寿”画主轴和许多高僧、名人所撰写的楹联都属上乘之作。

云间树色千花满，
竹里泉声百道飞。
——康熙

瘦影在窗梅得月，
凉云满地竹笼烟。
——王梦楼题

净业在加持，无垢湖光，四众心开圆镜智；
慈云垂庇荫，常明山色，三时人仰佛头青。
——启　功和南

和南，佛门称敬礼、顶礼、稽首为和南。上半联指清净的净土宗善业在加持，身处无尘垢的湖光，四众定能得到圆满的智慧与正果。下半联谓在慈云的庇荫下，山色常明，早午晚三时人可以仰望像佛那样青黛色的山峦。林逋《西湖》诗：“春水净于僧眼碧，晚山浓似佛头青”。

一偈遍梵天，看东土普现光明，照彻净慧因缘，庄严法相；
百年有桑海，与西湖长留香火，记取灵山塔影，上界钟声。
——于右任书

此联出于书法家、国民党元老于右任的大手笔，联语视野开阔，切地切时，书法凝练隽永，堪称西湖楹联敕品。

净理胜因，愿从今日称居士；
慈恩慧业，长与名山作主人。
——谭泽闿撰并书

六桥烟水，三竺香云，正觉南屏钟破晓，
双树戢晖，五天潜响，却欣东土佛常春。
——甲戌春南屏老僧太虚撰书

问何人与禅定法喜为缘，几时探寂随机，重见三十二种如来宝相；
惟是处有绿水青山可住，好约闲云孤鹤，来听一百八下慧日钟声。
——粪　翁撰书

大雄宝殿中还有著名撰句刘江敬书、章炳麟撰书、沈轶刘撰虚谷书、伊觉任书、王明甫撰书、潘天寿某句并书、经亨颐集金刚经句并书等楹联，皆值得一读。

永明延寿禅师塔院

这个塔院原在净慈寺内，现在寺左。始建于光绪初年，民国修缮完成。院内矗立白色高塔，供奉永明禅师石像及舍利。周围有二十条根方石柱，皆镌刻名家撰书之楹联。永明阐发禅宗，著《宗镜录》百卷。

宗镜圆照，万善同归，本教义而续慧命；
法华一部，佛事百八，振大机以警群论。
——佛历2963年春修建永明延寿禅师塔院成，为题柱志喜，右莘释印光敬撰　江南净业学人萧退暗

随处得宗，一湖春水；
心外无法，满目青山。
——蠲戏老人

容岛佛比邻，留得梅花遗蜕；
笑弥陀饶舌，云是明月前身。
——夏成焘

忆毕生定慧兼修，竟完西愿
看一点精灵不昧，永表南屏

此外,尚有太虚撰书,欽谷撰虚谷书,兴慈、芝峰、郑陈球、大醒等撰书的楹联。

放生池牌坊

广施慈心于万物,鱼乐人亦乐;

普发宏愿济大千,放生救众生。

——新加坡籍华人信士　何宝珊献

放生池原称万工池。熙宁年间(1068—1077)净寺僧宝文募化资重建池。因参与辟池逾万人,故日“万工池”。几经变迁,1985 年才由新加坡籍华人居士何宝珊全家捐巨资重新开竣修建。

祝愿世界和平讲经法会

1953 年 3 月,杭州佛界在净慈寺举行“祝愿世界和平讲经法会”。特邀时年 114 岁之虚云长老主持,上海玉佛寺方丈苇舫主讲《金刚经》大义。法会为期七天,哄动杭城,要求皈依者近三千人。这次法会随缘乐助香宝,开支存余,全部拨作修建净慈寺殿宇和资助佛教界所办的善化小学。这是杭州市现代佛教史上一次盛会。在法会上悬挂的楹联云:

是法门龙象,是缁林领袖,在可爱祖国土地上阐扬圣谛;

为人类举福,为世界和平,与罪恶魔鬼战斗中创造乐园。

南屏晚钟・雷峰夕照

南屏山石壁高崖若屏障,故称南屏。旧时西湖十景,南屏有其二:一日“南屏晚钟”,一日“雷峰夕照”。南屏山下有莲花洞。《净慈寺志》记述:郑郡丞煜读书莲花洞下,自号莲石教主,尝书一联殿柱云:

松韵鼓笙簧,和南屏之晚钟,清如雅奏;

禅心开定慧,对雷峰之夕照,湛若明生。

这幅楹联高度概括了这里景区的特点,使南屏与雷锋,晚钟与夕照互辉映,感动人心。当寺钟敲响时,南屏一带山谷都回应。净慈寺周围的松树竹丛,在和风的鼓动下,竹声松△为吹响了堇簧之类的乐器,伴和着南屏晚钟,为雅乐在演奏,发出清清琅琅的声音,将人们带进虚幻的境界。这是上半联的意思。

下半联描述僧侣的心理状态。在上述幽静空灵的自然环境中,使人产生清净寂定的心境,也就是佛家所谓“禅心”。就佛家而言,修行者还得念经参佛,恩慈集中,学会“定”功,领会“慧”学,升华智慧,使修行在断绝杂念,去却世尘烦恼,得到解脱。在此种氛围中，就是非僧侣的人们或许也会产生种种联想、幻想，感悟到平时难能感悟的常理。同时写到晚钟与夕照的还有一些联句：

南屏秋色归诗版，
北苑春山证画禅。
——释　际详题南屏晚钟亭

塔影园明清静地，
钟声响彻夕阳天。
——陈蔚题寺菱亭

风月最相宜，我欲弄舟，划开秋水千重碧；
桑榆犹未晚，谁同登塔，撷取夕阳一片红。
——苏振学撰　杨西湖书

石上留天语，
钟声洗佛心。
——徐为正题

平湖印月开宗镜，
远树来风度晚钟。
——陈华题

依净土以印净心，回峰现亿万化身，觉悟群迷成净果；
引慈航而宏慈星，慧日照三千法界，庄严重耀证慈缘。
——梁楚香撰书

此联作于系道光进士，时官浙江巡抚。上下联中第二字、第六字和倒数第二字各嵌“净慈”两字，没有仔细琢磨，看不出来，这就显得自然了。

雷锋塔

雷锋塔有不少旧联，有许多征联，皆从略。现仅录悬挂在塔层间的四副长联：

湖天涌七层佛国浮图，杰构上摩空，允宜鉴古观今，击节吟百杵疏钟，千年夕照；
吴越留两浙人文胜迹，鸿猷逢入世，正好凭高眺远，披襟揽一轮海日，万叠江涛。
——王翼奇撰　朱关田书

新塔峙雷峰，近接双堤，远邀三竺；
明湖映云树，晴看夕照，雨听晚钟。
——吴亚柳撰　刘　江书

毁以火，毁以兵，几许沧桑，都付与荒野落照；
谋于朝，谋于野，十方钦善，共生成宝界浮图。
——吴战垒撰　郭仲选书

梯云直上。拂面天风浩浩。看数峰夕照镕金，百顷湖光塔影，都写入丹青巨卷

玉鉴初开，当头明月依依。听几杵疏钟曳韻，万家楼内笙歌，俱谱成市井新声

——金鉴才撰并书

白云庵

雷锋塔侧，旧有白云庵。《西湖新志》载，漪园，明末为白云庵。光绪间，杭州著名藏书家“八千卷楼”主人丁松重修，并增塑月下老人像。清末白云庵主持得山及其徒意周在革命党人孙中山、徐锡麟、秋瑾、陶成章等人的影响下，参与许多革命活动，白云庵成为革命党人秘密某会场所。抗日战争杭州沦陷时，此庵又成为掩护抗日游击队员处所。

石墨一枝春，问山僧：梅子熟未？

梵钟几杵晓，唤世人：尘梦醒来。

——金日修题

瓶添涧水盛将月；

袖挂松梢惹得云。

日日携空布袋，少米无钱，却剩得大肚宽肠，不知众檀越。信心时用何物供养。

年年坐冷山门，接张待李，总见他欢天喜地，请问这头陀，得意处是什么东西(一作来由)

此联题弥勒殿。弥勒是一个眉开眼笑，敞怀袒腹，令人可亲可爱的形象。田汝成在《西湖游览志余》曾说过，五代时浙江奉化县有一位游方和尚，自名契此，整天携一布袋到处行乞化缘，随处栖息，癫狂无拘，人们传他“行也布袋，坐也布袋放下布袋，多少自在”，故被称为布袋和尚，也说成是弥勒佛的化身。他圆寂于后梁贞明三年(917)。杭州名寺院多塑此像，后来也传到全国各佛寺。福州鼓山涌泉寺亦有此像此联。檀越，就是施主从梵文译出。头陀，佛教游方乞食的僧侣。

哲人云亡，那是不幸。

共和复活，民何能忘。

——白云庵主持得山挽陈其美

月下老人

又称月老殿。在西湖白云庵印漪园。《俞平伯散文杂论编》：“1922 年 11 月 20 日，冬天的游人真少，船到了漪园，依然清清冷冷。从殿宇旁踅进去，便是老人的祠宇。前后两院落，中建小屋三楹，龛内老人披半旧红袍，丰颐微△，面浅赭色，神仪俊朗，佳塑也。旧时天竺与吴山亦有月老殿。

愿天下有情人，都成为眷属；

果前生注定事，莫错过姻缘。

俞平伯回忆文△：在漪园看到的记得清楚的是此联上半联原出关汉卿的《续

西厢》。下半联于自《琵琶记》,集句联能凑得完美,达到天衣无缝,亦称上乘。

廿四风吹开红萼,悟蜂媒蝶使,总是姻缘,香园无边花有主;

一百年系定赤绳,愿浓桃夭李,都成眷属,情天不老月常圆。

——魏滋伯撰

顾五茎华,结宿世缘,我佛何尝昧因果;

作七经纬,著未来事,通灵毕竟是文章。

——朱福诜撰

莫专问婚姻,叹人间万事,随缘都是前生注定;

为兼司禄命,笑我辈一官,需次也曾此处邀灵。

——顾　恒题　(以上两联在吴山月老祠)

魏源墓

魏源是清代著名的思想家、文学家,咸丰七年(1857)在杭州南山一寓所去世,葬于南屏山。魏源,湖南人,湖南人民为了纪念他,曾在故里建纪念馆,2004年底选派人到杭州四处寻找魏源墓。魏源曾为此乐于忠肃公祠题联:

砥柱中流,独挽朱明残祚;

庙容永奂,长赢史笔芳名。

烟雨漫湖山,佳壤初封,千古儒林凭吊奠;

姓名留宇宙,遗篇在案,几行涕泪点斑斓。

——何绍基题魏源墓

勿饮酒,日食一斗饭;

不择地,文如万斛泉。

——龚自珍赠魏源联。见《龙眠联话》

读万卷书,行万里路;

综一代典,成一家言。

——魏源撰《圣武记》成时,龚自珍特赠此联,见《新世说》

引水亭

位于太子湾公园。宋代皇室有庄文、景献两太子埋葬于此,故名。钱塘江水引进西湖就是经过这里。饮水时有瀑布,有激流,气势磅礴,极为壮观。1987年建了引水亭,亭侧崖上嵌时刻《引水亭记》。亭有联:

引力竟神通,汩汩清流,不舍昼夜;

水源何绵邈,深深幽径,净化湖山。

——沙孟海

苏东坡纪念馆

在南山路苏堤口。苏轼(1037—1101),字子瞻,号东坡居士,四川眉州人。曾先后任杭州通判。知州。有许多惠政。庭院中耸立花岗岩镌刻的苏东坡石像。馆额由苏步青题识。昔时苏公祠建立在孤山,有不少名联:

欲共水仙荐秋菊,
长留学士住西湖。
——阮元 撰书

泥上偶然留指爪,
故乡无此好湖山。
——华秋槎集苏东坡句

官如草木吾如土,
舍有风雷笔有神。
——梁同书集苏轼诗句

一生与宰相无缘,始进时魏公误抑之,中岁时荆公力扼之,即论免役,温公亦深厌其言,贤奸虽殊,同怅君门违万里;
到处有西湖作伴,通判时杭州得诗名,出守时颍州以政名,垂老投荒,惠州更寄情于佛,江山何幸,但经宦辙便千秋。
——金安清撰书

此联概括了苏轼一生的主要经历,宦游浮沉,终不得志,但在诗文与惠政上却千古留名。

故乡无此好湖山,公如鸾鹤偶飘尘;
何人更似苏夫子,肯与梅花作伴来。
——陈增寿题苏公祠 见《郑孝胥日记》

章太炎纪念馆

在南屏山荔枝峰,与张沧水祠并列。馆后“章太炎之墓”系章氏生前自题。一侧“章夫人汤国黎先生墓”,系沙孟海题。

蓟汉昌言,是旧民主革命健将;
泌丘高致,推本世纪国学宗师。
——沙孟海撰书

革命仰先躯,岂独文章称巨子;
湖山添胜境,长留楷范励来人。
——张雪理撰 沈定庵书

遗志托南屏,谋国岂逊张阁学;

高名仰北海，传经难忘郑公乡。

——门人　汤炳正撰书

内之颉籀儒墨之文，外之玄奘义净之术。

专志精微，穷研训故。

上无政党猥贱之操，下作儒夫奋矜之气。

首正大义，截刀众流

——徐寿襄集章太炎文句

国事心常在

梨花手自栽

——江波撰嵌字联

断梦惊魂，师座春风悲已远

回灯怯影，锦帆夏日泣声得

——朱延春撰

以上两联题汤国黎墓。汤氏富有才情，能九十八岁辞世，著有《影观诗稿》

张沧水祠·墓

毗邻太子湾公园，1983 年主修。

东浙结丹心，钱沈几人同一辙；

南屏埋白骨，岳于二墓共千秋。

——赵光联句　顾建仑补书

抔土表忠魂，湖山生色

阁门留王气，日月争光

——光绪年间周巨涟撰书　谭建丞补书

日月双悬于氏墓

乾坤半壁岳家祠

——张沧水《入武林》诗句表志，阮元书　王遽长补书

这幅楹联原是张沧水七言律诗中的颔联。读了仍然感△与原诗、△表现了磅礴正气，令人久久缅怀，深受教育。

慷慨捐躯，从容殉节，书生膺重寄，凭赤手以迴天，当年翼鲁通滇，海圖梦金銮，溅血表两间正气

壮怀裂发，义愤填胸，缪力竟无功，缅同心于异代，相与友于师岳，湖山埋铁骨，鼎足成千古完人

——郭仲选书

东浙谱悲歌，两士罗杨从患难

西湖赠壮色，千秋于岳共光辉

——郑玉浦书

作万古忠义心，不愧文山随北虏
争一片干净土，愿从武穆峙南屏
——张沧水祠墓旧联

张沧水据守浙东沿海一带，与清兵作了艰苦卓绝的斗争，最后穷败，隐居于悬岙岛，(今泉山县南)，康熙三年(1664)七月十七日，被清兵俘获，押送杭州，在狱中作《放歌武林狱室书壁》长诗(据章太炎刻本)，九月初七殉难。

此联上半联对照文天祥(号文山)在蒙古贵族面前所表现的浩气正气，张沧水也△△有万古忠义心，象文天祥北虏最后牺牲，可以说毫无愧色。故理学家黄宗羲在《有明兵部左侍郎沧水张公墓志铭》中云："今公已为千载人物，比之文山，人皆信之。"下半联述张沧水未死前，曾赋诗欲葬湖上岳飞、于谦二墓之间。于是鄞人有的献资，有的买地，在南屏山北麓争得了这一片干净土，埋葬忠骨。

上册

卷四

孤山路

平湖秋月

《方兴胜览》列此景为西湖十景之首。在白堤西端，孤山南麓，濒临外湖。《西湖志》云“平湖秋月，盖湖际秋而益澄，月至秋而逾洁，合水月以观，而全湖之精神始出也。”有望湖亭、罗苑、四面厅、湖天一览等建筑。“平湖秋月”匾额旧联为御书，现为启功题。

穿牖而来，夏日清风冬日日
卷帘相见，前山明月后山山
——骆成骧撰　萧　娴补书

平湖秋月较多从秋湖与秋月入尾，而此联却不提“秋”字。而且是站在窗内，亭交穿牖而来的夏日清风与冬日和煦的日光；卷帘相见是前山初升的明月和后山映着重叠的山峦。啊！此地真是休憩尝景的佳处，同时也说明这里的美景，不仅秋天有，夏天冬天也有，一年四季都有，永远令人留恋。

胜地重新，在红藕花中，绿杨阴里
清游自昔，看长天一色，朗月当空
——阮元题

佳景四时，最好秋光何况月
静观万物，欲平天下有如湖
——陶　镛题

此联嵌入了“平湖秋月”四字。四时都是佳景，最好是秋天的月夜。下半联含有哲理，宋程颢有“万物静观皆自得，四时佳兴与人同”诗句，其本意可在《大学》里找到出处。“知止而后有定，定而后能静，静而后能安，安而后能虑，虑而后能得。”因此静观世间万物，能有得于心，要治理天下就该使安像湖一样平静，太平，不起风波。

点缀湖山，凭借花鸟
清筑骚雅，广注鱼虫
——张宗祥撰

凭栏看云影波光，最好是红蓼花疏，白苹秋老
把酒对琼楼玉宇，莫辜负天心月到，水面风来
——彭玉麟撰书

彭玉麟对平湖秋月的景色有深刻的理解，上半联为一幅“西湖秋色图”，云影、波光、红蓼、白苹，光影相映，红白相同，色彩多么绚丽而华艳。这是白天的风光。下半联写了夜景、风到天心，也就是月到湖心，映着月光徐徐吹来的微风，更为清凉。这时，坐车到平湖秋月的亭阁里，对酒当歌，真正是琼楼玉宇中的仙人，

给人以无限美的享受。昼夜景致不同，人的兴趣也不同，千万“莫辜负”夜景，尤其是秋天的夜景：

玉镜静无尘，照万岭苏堤，万顷波定天倒影
冰壶清濯魄，对六桥三竺，九霄秋净月当头
——德　馨撰

佳趣此偏多，量来秋水平篙，照我全身都入画
吟怀闲不得，携有清风两袖，看花沿路去寻诗
——江湘岚撰句　朱彝伯书

平湖秋月每个亭台楼阁，各有佳趣，在此漫述观尝，仿佛置身画中。凡是喜欢“吟怀”的人不要间断自己的爱好，尤其是没有政务牵挂，“两袖清风”时，一路看花，一路寻访，多么自由自在：

鱼戏平湖穿远岫
雁鸣秋月写长天
——黄文中撰

此联出句写鱼辟在平湖中游戏好像在有洞穴的山峦中穿行。对句写辟雁在秋月下飞翔鸣叫，宛为在长天上写字。以鱼戏对称雁行，更显活泼天机，联中还嵌进“平湖”“秋月”四字，意境浑然一体，天衣无缝。

白公祠

原在孤山，与苏文忠公祠毗连，祀唐白居易。白居易(772—846)，字乐天，自称香山居士。祖籍太原。长庆二年出任杭州刺史，在杭州有惠政，曾撰《钱塘湖石记》、《冷泉亭记》等文，撰有西湖诗二百余首。在《郑孝胥日记》中记载，陈增寿曾题白公祠联：

两株玉蕊明朝暾，定是香山老居士
一盏寒泉荐秋泉，仍呼我辈不羁人

联中“玉蕊”，指玉之秋英，非常珍贵的琼花树。白居易《代书一百韻寄微之》诗中有“唐昌玉蕊会，崇敬牡丹期”之句。朝暾是清晨初升的太阳，阳光照耀。寒泉是清澈的泉水，这里有“寒泉之思”之含义。以寒泉作为追思、孝敬长辈的典故。不羁，指才行高超，放浪不羁，轻世傲物之人。从而能理解体味联中原意。联与诗一体，机械般的解释，反而说不清楚，还是各人凭自己的见解与领会。昔时白公祠还有以下数联：

但是人家有遗爱
曾为诗句结风流
——阮　元集句，是《楹联丛话》，九江白公祠亦有此联。

明月来相照
好风与云俱

昔与香山友，今与香山祀，载诵篇章，允配西湖新结社
生而退之状，殁而退之铭，聿傅著作，派分东浙再开宗
——钱塘童献德题 见《西湖联话新编》

文昌庙

香火有缘，当白傅堤边，苏公祠畔
文章生色，似杏花二月，桂子三秋

文昌就是主管人间功名、禄位的神明。故旧时各地普遍建文昌庙祀之。《史记·天官书》："斗头戴匡六星曰文昌宫"。各地文昌庙的联语大都是能功名成就、禄位高升。而孤山的文昌庙却别出一格，将香火因缘从白堤边、苏祠畔联想到白居易与苏东坡，既切地又切人。就望生色的文章为二月的香花，仙湖绚丽，似三秋的桂子，香馨浓郁。这在当时来说，亦是楹联创新之举。

南洋华侨赈灾纪念亭

中山公园题有"孤山"两大字后之两侧各置一石亭。建于二十世纪三十年代。东边的亭子三重檐六角形，称"文亭"。1988年毁于台风，1991年重建。两边亭子是宝塔顶式方亭，称"武亭"。此两亭为今纪念南洋华侨赈灾所建。

救灾希金，出水火而登衽席
纪功勒石，立碑塔以壮湖山

"希"字，该是盼望、谋求的意思，俞樾《诸子平议·管子三》："希，读为稀。"《说文·目部》："睎，望也，上下相睎，谓上下所望也。"上半联说救灾得到资金等方面的赈济，救出在水深火热之中的百姓，使他们过着太平安居的生活。"衽席"，是床褥等寝具，这里泛指最起码的生活条件。下半联述立碑塔，勒石纪功，不仅可以歌颂慈善美德，也能使湖山更为壮丽。

已溺已饥，恩周浙境
尔积尔寿，辉映湖山

昊天不佣，载胥及溺
将伯助予，永矢弗谖
——集《诗经》句 黄庆阑书

西湖天下景亭

亭在中山公园幽深之小山凹池水中，有曲桥连接回廊。“西湖天下景”横额系二十三年(1934)春又左黄文中书，额上有跋曰：“康南海题西湖联，有如此园林西湖游遍未尝见之语，弥觉坡仙此句可珍也。”

水水山山，处处明明秀秀

晴晴雨雨，时时好好奇奇

——黄文中撰　任政补书

上半联说湖上的山山水水，处处山容风媚，山色秀丽，这是大家共同感受到的特色；下半联的苏轼“水光潋滟晴方好，山色空蒙雨亦奇”的诗意，从游览角度来写，西湖晴时固然美好，但雨时也觉奇妙。南宋诗人高天民有一七绝：“一堤杨柳占春风，柳外群山细雨中；人若未晴浑不到，只宜老眼看空濛”，就是描写对晴雨空濛景物的看法。

这幅叠字回文对，可以读成：

秀秀明明，处处山山水水

奇奇好好，时时雨雨晴晴

广化寺

旧在孤山南麓，唐、宋时称孤山寺。唐元和十二年，僧惠皎镌《法华经》于寺之石壁，丐元稹作碑祀。宋大中祥符间，僧方简重建，改额“广化”。周围有许多古迹、景观。绍兴间，改曰圣观，寺徙此山，雍正时改称圣因寺。

不雨山常润

无云水自阴

这幅五言短联，上半联写山光，常润，写出了山的丰腴、滋润、秀丽，下半联写水色，自阴，突出了水之深沉，平静清冽，将山容水貌浓缩于十个字中，意味自出。

建刹傍孤山，溯天嘉永福初基，试与寻长庆残碑，读微之遗记

题楣仍广化，还大中祥符旧观，愿重立辟支古塔，刻法华真经

读了此联，可知广化寺的历史和有关胜迹，然后作进一步的考查，为恢复孤山旧观作参改。

山外皆山，峦岫绕成清净界

画中有画，笙歌谱就太平国

——佚名

此联以佛像的心境观察圣因寺的周边环境，环抱的山峦成了清净境界。笙歌，此处应指佛教音乐、梵唱。梁简文帝《吴都石像碑》：“顶礼皈依，歌唱赞德”。

佛教音乐、梵唱可以谱就太平图，求得国泰民安，天下太平。

六一泉

在孤山西南麓俞曲园纪念馆东侧。崖壑凹处有约二米面积的池子，上覆半壁亭，旧时有副名联：

湖山两孤，此处有泉可涑也

天一地六，先生自号无说乎

此联有个典故。苏东坡于元祐四年(1089)任杭州知府时，为怀念其师自号六一居士的欧阳修而命令此泉为六一泉。欧阳修因有《集古录》一千卷，藏书一万卷，酒一壶，棋一局，琴一张，及自身一老翁，计六个“一”，故自号六一居士。因而下半联“天一地六”，既嵌进泉名，又融入了《易经》中“天一生水，地六成之”的阴阳八卦之说，使联语看似平常，其实显示了奥秘而典雅，令人可以深深地玩味。上半联湖两三孤与“天一地六”，不仅句与句对，而且句中亦自对。湖两，指里西湖与外西湖的两湖，山孤，指西湖之间突兀的孤山，孤就是“一”，因而构成了数词两、孤、六、一的巧对。足见古人撰联字字精选，一毫不苟。

文澜阁

在孤山南麓。乾隆四十七年(1782)，以行宫全面的玉兰堂为基础改建文澜阁，贮藏《四库全书》，近人顾志兴著有《文澜阁与四库全书》(杭州出版社版)译为述评。这里旧有一副楹联：

故宫寥落认前朝，天下为公，莫忘怀四部图书，一园草木

胜迹登临容我辈，人间何世？试极目东西浙海，南北峰云

上半联，提及天下为公，这是儒家经典之一《礼记》中说：“大道之行也，天下为公，”孙中山也借用“天下为公”作为民权主义的解释。意指君位不为一家所私有，政权等均为一般平民所共有。此联估计撰于民国年间。面对寂寥冷落的清王朝旧行宫，还可辨认出许多遗迹，天下应该为公，别忘掸义澜园中四部珍贵图书和一园亭台水池，假山花木。下半联说，像文澜阁这样的胜迹，收藏三千五百多种，仅八万卷的图书以及文澜阁周围的名声，该容许我辈登临，这人间是什么世界？且极目纵观东西两侧的大海，西湖南北双峰的飞云。这含有万千的感慨和深远的思念。上下两半联，各有“四部图书”与“一园草木”和“东西浙海”与“南北峰云”的句中自对。使联语更富声韵和内涵。今此联书于最一书院。

岁寒岩

在孤山之巅。石壁陵绝，苍藓剥钟中，隐约可见篆书“岁寒岩”三大字，下镌一联，此系西湖最古老最富文物价值的楹联之一。福州鼓山涌泉寺山崖上亦有此联，看来似是后来镌上去的。

爵此郭令公，历中书二十四考
寿同广成子，住崆峒万八千年
——薛东坡书刻

上半联说郭令公，就是唐大奖郭子仪，世称郭令公。《旧唐书·郭子仪传》：“(郭子仪)校中书令考二十有四”，因郭屡立战功，任职时间最长。广成子，古代传说中的仙人。晋葛洪《神仙传·广成子》：“广成子者，古之仙人也。居崆峒之山石室之中。皇帝闻而造焉。”说昭广成子是长寿而受尊重的仙人。

岩赛岩昔有岁寒亭，南宋时此亭居西太乙宫。今已圮。旧有短联：

卷龙千岁质
白鹤九霄翎
——程钜天撰

西泠印社

在孤山西南麓。社址原为清蒋公祠(祀蒋果敏)。光绪三十年申丁仁、王媞、叶为铭、吴隐寿创办。因地近西泠桥而命名为西泠印社。为中国研究篆刻之学术团体。1913年推无啰嗦为首任社长。经过百年的艰苦奋斗，印社卓有成就，印人辈出，为中国印学之研究与实践作出了重大贡献。

卜筑明湖，坡邻玛瑙
刻画乐石，珍此琼琚
——徐新华题

印社卜筑在明湖，既湖就此西湖，因宅又名明圣湖，简称明湖。孤山就在湖中，北麓有玛瑙坡。上半联述印社地理位置。下半联说印社同人细微描摹古代碣文字进行新创作，珍贵的作品比得上晶莹的佩玉。乐石，这里泛称碑碣。琼琚，原出《诗经》：“投我以木瓜，报之以琼琚。”后世常以琼琚比喻华美的艺术创作。

石藏东汉名三老
社结西泠纪廿年

此联镌在西泠印社石坊上。至今，浙江已发现的石碑，年代最早的要算藏在西泠印社三老石室内那块东汉建武末年所刻的石碑。因碑文开头是“三老”两字，所以一般都称三老碑。此碑于清咸丰二年(1852)五月在余姚出土，1921 年被运到上海，将由外国高人购去时由浙江爱国人士用重金赎归。此联出句即记述收藏三老碑这一大事。对语述西泠印社成立三十周年纪念。联语一虚一实，足见撰联人是充满爱国思想和自号的激情的。

高风振千古

印学活西泠

——康有为题

我思古人，有扁斯石

其究安宅，莫高匪山

——张钧衡集《诗经》句，镌于三老石室内侧石柱上。“我思古人”，《诗经》原意是说：我想起古时贤德的人。“有扁斯石”，诗经原意是有一片扁平的石头。从一片扁平的石头，想起古时贤佳的人。因为三老碑只是二尺九高、一尺四寸五分阔，三四寸厚的一块碑石，想起了辗转抢救过程，更使人前崇古人。

“莫高匪山”，《诗经》原意是说不高的不是山。下半联说，三老碑终究得到安放的处所，“安宅”了，而且珍藏了这么贵重的三老碑，使原来不高的孤山在人们的心目中增加了分量，变成了别有意义的高山。撰联人借“莫高匪山”的诗句来赞叹贮藏主要文物的孤山是很深刻而巧妙的。

题襟馆

又名隐闲楼，在西泠印社内小山上。站在这里远眺西湖，三岛呈现“品”字，尽收眼中，使人心胸开朗。

诗书画而外复作印人，绝艺飞行全世界

元明清以来及于民国，风流占断百名家

——于右任撰书

登高一呼，万山皆应

得少佳趣，众英与欢

——杨天禄集句　陆俨少书

印讵无原，读书坐风雨晦明，数布衣曾开浙派

社何敢长，识字仅鼎彝瓴甓，一耕夫来自田间

——吴昌硕撰　1955 年诗乐三里书

此联是 1917 年吴昌硕于上海所撰。上半联触及了印学及开创浙派源流的轮廓。讲到丁敬等贫寒出身的数布衣，读书不论风雨明暗，手不释卷，开创了浙派金石篆刻艺术。下半联，吴昌硕千寻地说到怎敢担任印社社长，因为自己只认识些钟鼎砖瓦上面的古字，不过是田野间来的一个耕夫(农民)。吴昌硕在《西泠印社记》中说过：“予好篆刻，自少至老，与印不一日离，稍知共源流正变，同人谬

重予，社沃成，推予为之长。予备员。何敢长诸君子？惟予与诸子商略山水间，得此进德修业，不仅以印人终焉，是则予之私华耳！”这是士家可以领会的文字，可见他不仅谦逊，而且重视进德修业，砥砺学行，决不甘心做一个空头的艺术家。

梅鹤为邻，小坐依然图画

纯鲈下酒，故乡无此湖山

——观津老人撰　清道人书

北宋诗人林逋隐居孤山，种梅养鹤，筑有梅鹤二轩。梅鹤二轩与隐闲楼也就是题襟馆相邻，小坐隐闲楼，会产生“已共孤山入画图”（林逋诗句）的感受。苏轼于熙宁五年（1072）任杭州通判时，曾吟诗：“未成小隐聊中隐，可得长闲胜长闲。我本无家更安住，故乡无此好湖山。”下半联便以苏轼、张翰等人的事迹与诗意，想到自己想回故乡用纯鲈下酒，无奈故乡没有杭州这么好的湖山。还是坐在孤山隐居闲楼，悠闲自在，比什么地方都好。联语巧妙地扣住“隐闲”两字着笔，含蓄不露，堪称特色。

仰贤亭

在西泠印社内，创建于1905年，由印社同仁用明代的亭名题额，吴潜篆刻丁敬画像嵌于壁上。后再访求二十八人画像，加以传赞，刻嵌壁上。丁立中撰《仰贤亭记》。

印成秦汉一家，丁布衣归乎，斯文未坠

社邻梅鹤二轩，林处士去矣，吾道岂孤

——张惟楙撰书

此联对语正好是上联“梅鹤为邻，小坐依旧图画”联语的注脚。林处士隋饶去了，但还有许多过去先贤吾道岂孤?！吴昌硕在《西泠印社记》中说：“印之佩见于六国，著于秦，盛于汉……纯丁诸人尤为浙派领袖。”印学在秦汉始成一家，“纯丁”就是丁敬的别号，丁布衣等先贤的英灵归来兮，印学永远代代相得：

名重文章，在野辞朝为大隐

学宗秦汉，勒金刊石别同人

——丁不石集曹全碑字

诵印人传记，如龙泓之雄浑、鹤田之渊懿、完白之清奇，自子行铁笔后各具丰裁。固不囿两浙专家，集同好讨论一堂，洵能绍秦汉先型，斯冰遗法

考西湖志乘，若君复作水亭，嗣果作书楼，东坡作石室，于乐天竹阁侧，别开幽胜，更卜筑一椽精舍，继往哲重联八社，允足助林泉逸兴、唐宋风流。

——丁立中撰　缀云楼卓立书

此长联上半联从印人的事迹和成就写起，诵读印人传记，看过他们治印的风

格，譬如龙泓（丁敬的别号）的雄浑，鹤田（林皋的表字）的渊懿，完白（邓石为的别号）的清奇，自从马行（吾近游的表字）铁笔以来，各人具有美好的体制，本来就不图限在两浙专家范围内，而现在某同好者研讨印学于一堂，定能继承秦汉等先代的典型，斯（指李斯）冰（指李阳冰）等书法家传下来的方式。

下半联撰联人考察西湖地志，这一来曾经有君复（林逋的表字）建造石室，为今在乐天（白居易的表字）的竹园旁侧，别开一宅幽美的境地，添筑数间精舍，继续前贤重结诗社，确实会有助于山林泉石间的高起情怀和唐宋流传下来的风尚。仰贤亭及其他建筑都在竹园以北，并不在竹园的旁侧。这里效法前贤，以文会友，研讨艺术的精神至今仍有现实意义。

先生扇遵社清风，刻画只书负鸿博

胜地是桃溪深处，渊源一派溯龙泓

——金　鉴撰书

上半联赞扬丁敬（别号龙泓山人）鼓起东晋高僧慧远创立佛教社团遵社那样的清高风气，又能刻画先秦以来古文、奇字、篆书、左书、缪篆、鸟虫书等文种字体，享有鸿儒博学的盛名。下半联写西泠印社地当桃溪深处，而后人追寻印社的印字源头，应当上溯到龙泓山人——丁敬。

缶　亭

《西泠印社志稿》在“缶龛”条下载：“岁辛酉（1921），就间泉上峭壁中凿龛支吴昌硕铜像。”此铜像乃二十世纪二十年代日本篆刻家出于对吴昌硕印学之敬仰。铜像赠送给吴昌硕。吴随自题铭于像背移赠西泠印社。吴罗硕号缶庐，又号老缶，因而称为“缶龛”，后改题“缶亭”。

金仙阅世

石室遁形

——辛酉仲冬　王震

金仙乃是神仙得到的最高品级。道教将天界神仙得到的程度分为九个不同的品级，金仙居第一第二品级。上半联说吴昌硕乃得到极深的神仙在人世阅历极深的哲人。“遁”就是避隐、退让的意思。吴昌硕的生平也是一布衣，只在清末做过一个月的江苏安东（今涟水）知县，后来一直退隐下来，专心从事书画、篆刻艺术。所谓在石室遁形，就是含蕴着吴的生平事迹。联句虽短，极为工整，要言不烦，耐人寻味。

遁　盦

遁盦原是西泠印社创始人之一吴隐的别号，也是堂名，崇祀吴氏先德泰伯、仲雍、季礼……旧有联：

既随世而无闷
发潜德之幽光

——张祖翼撰书

此联上领较诨，上款题："遁盦仁兄先生三十揽揆之长，筑精舍三椽于西湖孤山之麓。即颜曰'遁盦'，更幽石为小池，引山泉注之，曰"僭泉"，属撰楹联，以为纪念，即希雅鉴。"下款题："时岁柔兆执涂夏正孟冬之月，桐城张祖翼书于海上。"实际上，张祖翼于丙辰年（1916 年）夏历初冬十月在上海撰成此联。

联的出句赞颂吴隐既是有才德的君子甘心隐居，故无烦闷；对语祈望吴隐继续发扬大德的光辉，也就是承袭泰伯、仲雍、季礼……的"遁世无闷"的品质，将篆刻艺术推向前进，发出幽光。吴隐不仅对西泠印社作出相当大的贡献，还绢印《遁盦丛编》等大部丛书。为祖国诗经文化事业作出贡献。

天地有正气
山水函清辉

——李瑞清集文信国、谢康乐句

文天祥在南宋元年（公元 1278）封为信国公。谢灵运在东晋元兴元年（402）袭封康乐公，因而联语就集文天祥与谢灵运的五言讨论一句。文天祥于 1281 年写出五言古诗《正气歌》，歌颂许多历史人物奋勇不屈的事例，赞扬民族气节，忠义人士的气节就是天地的正气。1982 年文天祥壮烈牺牲。此联出句就是《正气歌》的第一句"天地有正气"，李瑞清借来赞扬遁盒里供奉的诸先德先贤。对语运用谢灵运五言古诗《石壁精舍还湖中作》开头两句"昏旦变气候，山水含清辉"，是写早晚之间气候虽在变，但山水总怀藏着清弱的光彩。在这里是指遁盒人杰地灵，永远函着清辉。函与舍通用。出句写虚，对句拟实，呼应德很巧妙。

山川雨露图书室

《西泠印社志稿》在三川雨露图书室条目下载有下联：

湖胜潇湘，楼若烟雨，把酒高吟集游客
峰有南北，月无古今，登山远览属骚人

——会稽陶在宽书

上半联湖胜潇湘，乃指代洞庭湖。因为湖南面有潇水、湘江。潇水北流到零陵方注入湘江。湘江北流到湘阴注入洞庭湖。烟雨便是嘉兴南湖的烟雨楼。西泠印社有许多楼名，不必实指。有了这么好的西湖，楼台，可以游集浙家饮酒赋诗。下半联开头写南高峰、北高峰，并说湖上的明月并无古今之分，高峰长存，明月常新，登孤山眺望湖光山色，往往属于骚人。战国诗人屈原曾作《离骚》，后世惯称诗人为骚人。此联句中层层相对,上下联之间又相对,读来自然流畅,勃发雅兴。

高会来旧今雨
丹篆照东西洋
——沙孟海

以文会友
与古为徒
——王个书撰书

四照阁

在西泠印社琼堂之上,明窗四照,遥对外湖三岛。该图最早是钱塘人吴鲁所建,别业建筑,吴鲁生六子,皆举进士。其故地不可考。清雍正七年,李卫建一亭于孤山之巅,御题额"云峰四照",岁久又圮。民国三年,西泠印社重建四照图于今之华严经塔处。民国十三年,印人弘西捐建此塔时,又迁建四照图于今北。宋僧辨才有《四照图怀少游学士》诗。今额谢稚柳题。

面面有情,环水抱山山抱水
心心相印,因人传地地传人
——墨君女史叶翰仙撰,织云女史孙锦书

印社同人汪承君作《四照图记》中说:"天景程霭,左眺平湖之秋月,右抱曲院之风荷。两峰夏云,排因送青;两湖春涨,拍案登碧"上半联赞扬此图的地理环境,西湖环抱孤山,绕湖辟又环抱西湖,湖光山色在四照湖各方澄碧、秀清,显得面面有情。心心相印,佛家语,意思是心意相投,彼此契合。佛教禅宗不立文字,不依语言,只以心传心,以佛心定众生心,澄不二相,故称心印。心心相印,同心同德,使印社传名,又以印社育人,印以胜地而传,胜地又以印社闻名。这里所谓"印",一语双关,以印(篆刻作品)相知,因印生情。联语最后那个"人"字,指印社代出传人。此联为女史所撰,女史所书,为串珠玑,晶莹可爱。

旧雨、新雨,西泠桥畔各题襟,溯两汉渊源,籍征鸿雪
文泉、印泉,四照阁边同剔藓,挹孤山苍翠,合仰名贤
——胡宗成撰　沙孟海书

此联现悬碑廊。唐代诗人杜甫散文《牧述》中说:"牧,杜子卧病长安旅次,多雨生鱼,青苔及榻。常时车马之家。旧,雨来;今,雨不来。"后世常用"旧雨"、"新雨"作为老朋友、新朋友的代称。新旧朋友聚集在西泠桥畔印社,纷纷题襟,以文会友,《汉三老讳字忌日碑》,应为雪泥红爪,留下古老往事的痕迹。四照阁边有文泉、印泉(印泉由日本篆刻家长尾甲题署),印人长在四照阁边剜剔石刻上的苔

薜，研究古代文字，欣赏汲取孤山与西湖的灵秀，并且敬仰、效法前辈名流贤才。

亚字阁，万字桥，丁字箔，心字香，翼就井然，咸宜左右

东瞰月，西瞰月，南瞰山，北瞰水，高也明也，宛在中央

——佚名

环水抱山，眼底天然图画

吉金乐石，座中自由周秦

——金尔珍撰题

趣洽情趣超，信知翰墨有真乐

选极境忍辟，漫从书画记姻缘

——丁上左撰书

宝印山房

“宝印山房”在仰贤亭北，岁壬子建。先有赵之琛书额，因袭用其名，这段文字见之《西泠印社志稿》。

把臂入林，呼吸湖光饮山渌

抚心希古，网络秦汉近唐虞

——古校丁　仁题

人与自然的灵秀，原来也是因呆关系，所以有人杰地灵之说。苏轼七言古诗《书林逋诗后》：“吴侬生长湖山曲，呼吸湖光饮山渌，不论世外隐君子，佣儿贩妇皆冰玉。”上半联直接饮用苏轼的诗句，说明自己和印社同人携手在山林中漫步呼吸湖上明丽的阳光并汲取孤山清冽的泉水和美景，借助于西湖景色的惠陶与启示。因而印社同人坚定高尚的心志，搜网秦汉石刻，追求唐尧虞舜的古风。我国文字流传至今最为古老的也只是商、周时代的契文、金文，所谓追唐虞，无非是一种夸张的说法。

彝鼎图书自典重

金石刻画启能为

——童大年撰书

浩劫忍重论，经五十年尘世沧桑，韵事流传，犹有图书开浙派

昔贤今不作，抚二百家印人翰墨，香瓣宋仰，可容衣钵倡欧风

——叶鸿翰撰书

叶鸿翰，号砚农，温州人，著有《柳荫山房印谱》。此联从印字开浙派，说到继承衣钵倡欧风，联作者看来有务实的态度。

吴昌硕纪念馆

就在旧时的关乐楼，此楼所占地势较高。丁人在《关乐楼记》中说：“遁盦之

后有楼，名越观乐，横览西湖，全景在目。”

合内湖外湖风景奇观，都归一览

萃东浙西浙人文秀气，独有千秋

——徐炳灿撰书　程十发重书

上述联语诗，合并了内湖外湖的风景奇观，在关乐楼上可以一览无余。这就把关乐楼的凭高凌盛的气象显现出来。下半联说印社萃集了浙东浙西人士，且已赢得国内外声誉。其浙派人文秀气，已达到“独有千秋”。徐炳灿是广东印人，他篆此联就是给印社浙派篆刻艺术的高度评价。

剧云起高阁

叠石疏流泉

——靖　盒题（靖盒为辉暐字）

西泠印结千秋社

东汉石传三老碑

——童大年题

小印刻初成，遐哉罗古

长城攻不克，突起义军

——吴昌硕赠

许吾为金石精神，自愧衰年，有道乃先书墓碣

救世曰棉铁政策，纵经世变，此语可长悬国门

——吴昌硕挽张　謇

宜晴宜雨，静观自得

尽美尽勇，为乐至斯

——丁上左撰　高时县书

此联旧题观乐楼，为今楼下就是吴昌硕纪念馆。上半联连缀了苏轼和北宋理学家程颢的诗意。苏轼诗中有“晴方好”、“雨亦奇”的词句，程颢诗中有“万物静观皆自得，四时佳兴与认同”的佳句。下半联借《论语》所记孔子的事迹，突出并渲染了观乐楼这个“乐”字。《论语》记孔子讲到《韶》这一乐舞时说：“尽美矣，又尽善也”指艺术形式与内容都尽美尽善。又记孔子在齐国听到了《韶》乐，竟至于“三月不知肉味”，说：“不图为乐之至于斯也。”上半联第六字与下半联第六字分别嵌进了“观”“乐”二字，不细心就看不出来，一点也不生硬，撰联功夫在此焉。

竹　阁

旧在孤山柏堂之南。白居易在那出游，每偃息其间，杭人因肖像祀阁。阁东临水池，前后各有雕栏，为精巧暖阁式木结构建筑。现为西泠印社展览室

之一。

万家犹是视生佛
一日何可无此君
——佚名　此君即指竹。

清虚当眼药幞
幽独抵归山
——白居易

柏　堂

在孤山，这是西湖的古老的建筑之一。广化寺有陈时所植二柏。苏东坡作《孤山二咏》序云：柏二株，其人为人所养，山下老人自为儿时已见其枯矣，然坚悍为金石，愈于未枯者。僧志铨作堂其侧，名曰“柏堂”。南宋，堂基在太乙宫，有孝宗御书苏诗刻石，覆以小亭。

双干一先神物物
九朝三见太平年
——苏轼

诚意复加，国论所倚
前峰如幞，后墩如屏
——佚名　幞同幕　前峰为悬空平遮在前面的帷幔。

藻泳溯眉山，鹤首龙姿化神物
棠阴同手泽，翠旗羽葆想军容
——濮治孙撰书

天遗无私，吴阖庐，越勾践，吴楚鬻熊，一时崛起东南，遂使衣冠画上国
地传有自，宋武穆，明忠肃，坚就果敢，到此项知景仰，莫使风月揽西湖
——湖南黄敦孝

以上三联见《正读西湖楹联》

梅　亭

在孤山。梁章钜《楹联续话》记载，林少穆观察杭州时，曾修孤山林处士祠，又葺梅亭，题亭楹一联云：

世无遗草真能隐
山有名花特不孤
——林则徐

林逋隐居孤山。种梅养鹤，有“为见梅花辄入诗的自由。在七言绝句中曾吟：“湖上青山对结庐，坟前修竹亦萧疏。武陵他日求遗稿，犹喜曾无封禅书。”禅

书就是禅让皇位的诏书。末二句是出于汉武帝求司马相如遗稿得封禅书的典故，表白自己不曾写过封禅书那一类吹捧阿谀的文字，确属洁身自好的隐士。苏轼亦称林逋“自言不作封禅书，更消悲吟白头曲。上半联就是借司马为反衬林逋不阿权贵，不慕荣利，做到“真能隐”。下半联是孤山有了著名的梅花，名士云集，显得不寂寞了，孤山不孤了。此联系林则徐革职后所题，更见贤者胸襟。

梅横孤影自绝俗
山附高人亦可传
——武僧保书

此联也是称赏孤山的梅花和隐士林逋，

南宋哲学家朱熹在《赋水仙花》诗中说：“隆冬凋百卉，江梅厉孤芳”，所以联的出句突出了梅的特色：孤山的梅枝横斜着烛秀的花影，自是超凡绝俗，令人留恋、神往。对语诗有了林逋这样的前人，孤山更显得高贵，代代流传。北宋政治家、文学家在《寄赠林逋处士》诗中赞颂林逋“风俗图君厚，文章至老淳”。正好为联语作了注释。

鑑 亭

在西泠印社内，朱祖谋题额，亭柱上镌联：

乐石吉金以为鑑
苍官青士伴斯亭
——叶 舟题

叶舟是叶铭的别号，是西泠印社创始人之一。联语出句写印社同人的虚心与好古。乐石原指做乐器的材料，后来泛指碑碣。古代祭祀常用鼎彝做祭器，把祭祀看成吉礼，因而又将鼎彝做祭器，把祭祀看成吉礼，因而又将鼎彝等称为“吉金”。这样就清楚地看出，印社同仁把古代鼎彝碑碣上铸镌的文字作为镜子，重视古代的金石文字。鑑，亦作鉴，青铜制。可盛水或借为照影之用。那鑑亭命名的意思就知道了。对语中语苍官是指松柏，因为秦始皇曾封松树为五大夫，武则天曾封柏树为五品大夫。松柏苍苍，固称“苍官”。“青士”系雅称青翠的竹子。亭子周围伴着松柏竹这些常绿长新的植物，就是祝愿鑑亭长留人间的意思。出句与对语最后自然地嵌进了“鑑亭”两字。

林和靖祠墓

在孤山之阴，放鹤亭右。旧有墓亭，1986 年重建。

祠傍水仙王，北宋尚留高士迹
树成香雪海，西湖重见古时春

——陈岩霖

为祭祀林和靖的祠旧时傍水仙王庙。水仙王庙亦称龙君庙、龙王祠。这里还留着许多北宋时期高雅之士林逋的遗迹。树指梅树，花时一望为留，香闻十里，称为“季香海”。从季雪海，遥忆林高士，西湖又重视古时春，孤山永远不孤！

云出无心，谁放林间双鹤
月照有意，即思冢上孤梅
——张　岱题

香擁冷泉，曲院孤山藏处士
春逢巢鹤，平湖秋月照先生
——虞文桂题

大义秉纲常，千秋浩气昭云汉
德墨辉翰墨，万古文章灿斗半
——佚名(旧题墓前石坎)

鹤　冢

在林和靖处士墓右，相传葬林和靖所养之鹤。

终古吟魂恋
空山旧梦迷
——佚名

巢居阁

林和靖自构山阁，作为居所。旁有水亭，岁久登圮。元儒学提举余谦、李祁，先后重建，后又屡建屡废。此阁四周云树四合，巍然独出，真像巢窦存在树梢上。

公生几何年，长留半阁闲亭，权与寒梅成眷属
我来数千里，凭吊孤山抔土，好从明月认前身
——林鹤年题

第三桥是苏学士堤，间夹岸垂杨，可似老梅冷淡
不数武有岳鄂王庙，慨中原战马，何如野鹤逍遥
——王家治题

苏堤有六桥，第三桥居中，故以第三桥指整条苏堤。出句以杨柳、老梅为比喻，颂林和靖的清冷淡薄。不数武就是没有多少路，古以六尺为步。以半步为武。对语诗以岳鄂王庙为邻，感慨中原战乱，武指内战，民不聊生，还是野鹤逍遥自在。

楼外楼

楼外楼菜馆始建于清道光二十年(1848)，取宗林升“山外青山楼外楼”诗意

以“佳肴与美景共夕”而驰名海内外。馆中珍藏不少有关楼外楼的诗画楹联。

屈醒陶醉随斟酌
春韭秋霏任品题
——彭玉麟撰

屈指屈原，其在《渔夫》中有“众人皆醉我独醒”句。陶指陶渊明，其在《五柳先生传》中云：“造饮辄尽，期在必醉”。醉后曾作《饮酒》诗二十首。出句说不管饮多饮少，半醒半醉，任你自己斟酌。对语不论是春季的韭菜或是秋季的杭州特色莼菜，皆任人品题。所谓品题，还包括评人物时事。李白《与韩荆州书》：“一继品题，便作佳士。”

闲开东阁索梅笑
坐对西湖把酒尊
——易　铨

东阁泛指迎贤之所，即接待贵家的居舍。索梅笑出于林逋《梅花》诗：“巡檐共索梅花笑，冷蕊疏枝半不禁。”在东阁里面对西湖把居前，该是何等诗意的时刻。居尊既是盛酒的器具，亦表示敬词。

西子湖畔，孤山之麓
名楼色秀，佳肴芳馥
——顾建龙撰

客中客入画中画
楼外楼看山外山
——佚名

好景尽将讨记录
欢情竭用酒维持
——俞曲园曾在楼外楼上题此联

俞　楼

清末著名学者俞樾晚年讲学孤山诂经精舍时门生为其营构之居处。现为俞曲园纪念馆。中堂曾国藩题“春东堂”。

合名各名士为我筑楼，不等五百年后斯楼成矣
傍山北山南循地选胜，适在六一泉侧其胜为何
——俞　樾自撰

楼以姓传，万里关山未后学
地因人杰，一湖风月属先生
——王崇鼎书　（鼎另有集子为胤）

坐曝书亭，登小仓山，文采风流，二百余年无比盛

对退省庵，近巢居阁，功名德业，两三间屋并生春

——徐洪撰

忠厚留有余地步

和平春无限天机

——俞平伯题

依稀兰景曾游，只而今草长莺飞，寒艳不招春妒

叹息胜棋难再，又何论龙盘虎踞，伤心付与秋烟

——俞平伯撰

1937 年南京沦陷，俞平伯想起 1923 年曾与朱自清同游莫愁湖，读论联作，并撰此联。联语情景交融，炽热的爱国心灼灼可见。

惊座文章传四海

新民德业播千秋

——俞平伯挽矛盾

五四先驱，红楼辟探，书香百代

九旬大寿，白玉修成，名著千秋

——孙有暄挽俞平伯

俞平伯是五四运动的先驱，是《红楼梦》研究专家，虽曾遭批判，但研究成果与学术观点是正确的不朽的。书香百代，指读书治学的风尚可以传承百代。白玉指最高贵晶莹的白璧，玉玺。亦隐指神仙所居洞府或书香人家的民宅或翰林院。所谓白玉堂也。古人有“主人白玉堂中老，曾侍凝旋”的词句。

放鹤亭

在孤山东北角，面临里西湖，遥对镜湖厅。明嘉靖年间建，近年重修。亭后壁有清康熙帝临昭董其昌书。南朝宗鲍照的《舞鹤赋石刻》。上述梅亭林则徐联，今移此亭，由林散之补之。

梅花已老亭空鹤

处士长留山不孤

——故松上撰　虞文竣书　陈叔亮补书

华表千年，遗蜕可闻玄鹤语

孤山一角，暗香先返玉梅魂

——吴棣华题　见《冷庐杂识》吴丈蜀补书

我忆家风负梅鹤

天教处士领湖山

——林则徐撰

林　社

在孤山之阴，放鹤亭右，祀清杭郡太守林启。林启，福建侯官人，字迪启，以御史出守杭州，政绩颇多，兴办许多教育事业，故后人建林社以视焉。长乐高风岐曾是他守杭州时主要助手，亦有政声，亦附祀之。

教有与蚕桑，三载贤旁襄太守
追随有梅鹤，一龛香火共孤山
——陆之鼎题

林启从 1896 年任杭州知府，次年就办起了“求是书院”，章太炎是第一名学士，这就是浙江大学的前身，后来又办了蚕学馆，就是蚕桑学校，又改当时的圆通寺为“寿正书塾”，这就是今天杭州高级中学的前身。1990 年林启卒于任上，他家人原要运灵柩回福建老家，杭州人热爱自己的太守，恳请留在孤山安葬，同时也了却林启诗句“为我名山留气节，看人宦海渡云帆”的心愿。从而就知道这幅楹联的本意了。

平生随波，吾气一何壮，于何见颜色，隔岸耸秋嶂
文章万朽耳，在日即竹状，为我问孤山，年来谁绝唱
——郑孝胥撰书　郑氏系林启同乡　此联见《正读西湖楹联》

林启墓

林启墓在林社后。

树人百年，树木十年，树谷一年，两浙无两
处士千古，少尉千古，太守千古，孤山不孤
——佚名

清福几身修，伴逋仙高隐，少尉孤忠，一岭梅死寻冷趣
遗风三代上，继白传呼英，苏公判事，两堤杨柳系讴思
——周锡璠撰书

林启纪念馆

就在林社原址。

两浙展宏图，桃李争艳怀太守
孤山留气节，鹤梅对舞邀先生
——张学理撰　姜东瑶书

香月亭

在孤山上。亭周环植梅花。明人结香月诗社于此。

疏影横斜水清浅
暗香浮动月黄昏
——林　逋句　赵昀书

赵昀乃南宋理宗帝，大书此联于此亭。林和靖梅花诗，可谓千古绝唱。然而人们但知“疏影”“暗香”此联之妙，而不知他作更清逸也。试举二例：

人怜红艳多应俗
天与清香似有私

池边倒窥疏影动
屋檐斜入一枝低

云　亭

为六角石亭，亭柱方形葫芦顶。亭址原为著名书法金石家徐炳璬生圹。民国九年亭建成。其侧后为吴昌硕题字的“玛坡”，亭畔为云泉。徐炳璬字奏云。所以以云名亭。亭联共七副。合录两幅：

斯世竟何之。幸得伴孤屿寒梅，岳填忠柏
此心无所恋，数未搪钱江夜月，珠海多云
——徐炳璬撰并书

有客梦中来，为说两百年因果
待启天上去，更栽三万树梅花
——张其诠撰书

敬一书院

在孤山东端。《西湖志》：“在孤山四贤祠之右，康熙二十四年巡抚赵士麟”建。每月之朔，集绅士耆老宣讲圣谕于此，至望日会师儒讲学。既擢去，士民即以祠之。”

园中草木春无数
湖上山林画不如
——集林逋诗句　旧联　石雨补书

阑槛倚晴空，俯看绕郭湖山，勾留座上聊中隐
画图收胜概，回忆故乡云水，浩荡樽前得大观
——佚名

秋瑾墓

在西泠桥畔。秋瑾，号竞雄，1875 年生于山阴(今绍兴)，1907 年 7 月 15 日在绍兴轩亭口就义，遗体由同善局葬于卧龙山麓。后由其以秋誉章秘密迁到严

家潭。同年冬，秋瑾生前好友徐自华、吴芝瑛遂照烈士遗愿，营葬西泠桥畔。后又辗转迁移。最后于 1981 年重建于此。正面大理石上刻孙中山亲手书“巾帼英雄”，座上有有汉白玉雕秋瑾之像。旧时秋瑾墓在西泠桥畔，墓前座柱上有联

丹心应结平权果

碧血常开自由花

——冯玉祥题

秋瑾早就感慨“世无平权共强权”《秋瑾集·宝剑歌》“金瓯已缺总该补，为国牺牲敢惜身”(《勉女权歌》)因而被清王朝统治者逮捕后，英勇就义了。《庄子》里记载过周大夫苌弘的血经三年化为碧玉的传说，后世常将“碧血”、“丹心”，称颂卫国牺牲者。此联就运用这一典故，赞扬秋瑾的牺牲精神一定会开出“自由花”，结出“平等果”。秋瑾墓昔日楹联极多，再举数副：

容沉七字

墓表千秋

——陶睿宣题

悲哉，秋之为气

惨矣，瑾其可表

——将“秋瑾”二字嵌入联的第三字，谓之“坎肩格”。

大通讲学，光复楹联，按剑说同仇，不图三十三岁弱女子，成仁取义，胜血先埋，抱沉痛四年余，竟英灵旋转乾坤，诚想贵福奸奴，而今安在

春社留题，西泠感旧，拈华谭慧果，长作六月六日新纪念。崇德振功，丰碑重树，垂会名千载后，使晋敞眷表风雨，当并伯森诸烈，终古鹣忘

——朱 瑞题

化身作自由神，姓氏皆香，剑花飞上天去

呕心作长吉语，龙莺一啸，诗草还让君传

——胡启复题 胡氏于民国初年活跃于上海文坛，编著有《古今联语汇选》。

西泠桥

栖霞岭麓到孤山之间，古时为西村唤渡处，后架小桥，为今是一座大型的环绕拱桥，日西泠桥。西湖又东泠、南泠、西泠、北泠，东泠与北泠，鲜有人知，为今遗迹还在。南泠尚有南泠亭。唯西泠最称著。西泠桥有联：

到处孤山如旧识

此间风物属诗人

——郭尚先题

上册

卷五

苏堤　杨堤

乐水亭

在南山路与杨堤连接处，亭临西湖。

游鱼鸣禽，同吾真乐
高花深柳，及时清欢
——七十七跛叟　吴昌硕题

花港观鱼

在苏堤南端以西，北倚西山，东南临小南湖，东北濒西里湖。

两面长堤三面柳
一园山色一园湖
——佚名

晚霞轻盈泛紫艳
朝阳照耀生红光
——诸乐三书矛盾题额“牡丹亭”

八面虚亭春色荡
四围佳气锦鳞回
——刘辉乙撰　顾廷龙书“印影亭”

印影亭在牡丹亭北面，八角两檐。上半联说敞开的亭子八面都充满了春色。虚亭，就是八面都没有遮住、开敞空旷的亭子。人在亭中，八面春色直似扑面而来。下半联说四周全是美好的景象和风光，华丽的游鱼来回周旋，这种动态的景色风光，令人目不暇接，无限欣喜。

断霞半空鱼尾赤
晚山浓似佛头青
——佚名

这是集林逋、苏轼诗句组成，是很有名的一副旧联。苏轼由汴京赴杭州就任通判时，路经镇江金山寺，《游金山寺》诗中有“羁愁畏晚寻归楫，山僧苦留看落日，微风万顷靴文细，断霞半空鱼尾赤”的句子。当时他看到的景色是：宽广的江面，微风细波直似靴上皱纹，半空中片片晚霞，显出鱼尾的赤色。《诗经》里有“鲂鱼频尾”诗句，旧时解释为，鲂鱼受了劳累，白色的鱼尾便变成赤色，“鲂鱼频尾”也象征了旧社会人民的劳苦。这样，上半联可理解为写眼前景物，又含有深邃的寓意。

林逋歌咏西湖的诗作不少，有题为《西湖》的诗中有“春水净于僧眼碧，晚山浓似佛头青”。上述楹联的下半联正是说湖上晚山的色彩浓得比佛头的螺髻还青。全联突出断霞、晚山等景观，气象壮阔，别开生面。

魏　庐

在花港公园西边，靠近杨堤。具有浓郁的江南建园特色，养有许多孔雀、红鱼。

蓼港环庐，苏杨堤送六桥翠

芳园连界，姚魏丛分一带红

——张学理联句　钱法成书

庐前孔雀张屏，客忘逋鹤

亭下池鱼结队，惟识濠鱼

——王漱居撰书

小万柳堂

小万柳堂系自号“万柳夫人”之吴芝瑛与丈夫廉惠卿所筑。吴芝瑛（1862—1933），清同城派文学家吴汝纶侄女，善诗文，长联语，工书画。

驹隙光阴，聚无二载

风流云散，天各一方

——1904年秋瑾去日本为践行，吴芝瑛撰此联以赠

国无可为，后来千秋且勿哭

死皆不免，今弱一个庸何伤

——廉惠卿与吴芝瑛共挽陈英士

野老一时望

游子澹忘归

——吴芝瑛题西楼

澄霁敛氛，为明月故

悲泪顶礼，发海潮音

——吴芝瑛题悲秋阁

新堤旧井各无恙

引杯着剑坐生风

——吴芝瑛赠吕公望　见《对联话》

马一浮纪念馆

小万柳堂后转让给官商蒋国榜，改名为兰陔别墅。蒋国榜对经商不感兴趣，一心跟随马一浮读书。改建园舍后，又请冯老师住进来，其主楼叫“真赏楼”，马氏住此长达十六年。如今此处作为马一浮纪念馆。

宅畔拓三弓，养志犹惭，胜地烟云恣供忆
经开来二仲，清时有待，名湖风月任淹留
——蒋国榜自撰诸　涵书

任呼茂树穷禅客
早判公羊卖饼家
——马一浮自撰　朱关田书

千年国粹
一代儒宗
——梁漱溟句　钱君

胸中泛滥五千卷
足下纵横十二州
——林散之撰　郭仲选书

这个纪念馆还有许多名家的名联。现仅旧蒋国榜自撰一联读点看法。“宅畔拓三弓”，是说在住宅的旁边开辟了三弓的地方。弓是旧时丈量地亩的工具和计算单位，一弓合五尺，三弓，也就是三平方弓的面积。这就是一个不大的面积用于建造起居的住房，若说在这里培养不慕荣利的志向，那还自觉惭愧，不过有名的胜地烟云景色可供随意享用。下半联用了汉代历史人物蒋诩和羊仲、裘仲友好的典故。说自己在庭院中修筑了小径，也有二仲那样品格的朋友往来，要说太平盛世却还须等待，只有西湖风月景色全凭你停留和消受。据《汉书》记载，蒋诩“以廉直为石。王莽居攝。……诩以病免官，归乡里，卧不出户”还有古代文献记述：“蒋诩字元卿，舍中三径，唯羊仲、裘仲从之游。二仲皆推廉逃名。”联中的“二仲”就是指此，其实也是蒋国榜以蒋诩为自况。

红栎山荘

在苏堤南端，现只剩藏山阁。此山荘亦称豁庐，为杭人高云麟别墅。主人爱鹤，豢于庭中，不加樊笼，后鹤死，即于庭中立一鹤冢，由吴昌硕书碑。

选胜到里湖，过苏堤第二桥，距花港不数武，
维舟登小榭，有奇峰四五朵，又老树两三行
——俞　樾题

饲鹤调琴，止谈风月
养鱼种竹，不问春秋
——姚孟起题

湖外湖荘

在苏堤南端红栎山荘旁。业主为钱士青，又名钱荘。钱氏也曾沉浮宦海，在

国外留有游踪，因在莊内自题一联，以抒心情。

从东西各国游历言旋，宦海息征骖，好领略三竺烟霞，六桥风月
与南北两峰比邻相望，圣湖营别墅，放眼看千条杨柳，万顷芙蕖
——钱士青题

环碧湖舍

在苏堤环碧桥畔，因名环碧湖舍，又名仁寿山莊。这座花园别墅的主人叫王晓籁，1907年加入光复会，1930年住上海商会理事长、全国商会联合会理事长。1949年，王晓籁从香港返回大陆，在宋庆龄、周恩来的关照下，以中国人民银行总行代表身份为经济建设作出贡献。他还将这环碧湖舍赠送给国家，受到人民尊重。

在事实上阐扬真理，的确是讽世砭俗的大文豪
从文学上领导革命，不愧为卧薪尝胆的老同乡
——王晓籁挽鲁迅　王　时任绍兴七县旅沪同乡会委员长。

西湖国宾馆

就是旧时的刘庄、道村。称西湖第一名园，入口桥上石栏杆“松岛长春”碑石，镌有吴昌硕书题“嬗叶”二字。园主刘学询，广东香山人，清光绪十二年间，与孙中山过从甚密

五月荔枝香，千里乡心归未得
六桥杨柳绿，两家春色共平分
——刘学询自题刘庄大厅恩荣堂

论古今兴废，百感苍茫，登楼望松岭凤凰，何处故宫禾黍
从山林幽处，数椽卜筑，此地有桑麻鸡犬，自成尘世桃源
——刘学询自题望山楼

偷得半世余闲，惟啸月吟风，快然自足
留此数弓隙地，且莳花种树，聊寄乡心
——刘学询自题

宦海忆同舟，曾经万顷波涛，到此处方知实地
圣湖留别业，占尽六桥风月，是君家本有仙缘
——毕　奎题

西邻是水竹新居，路转风回，更添绝好楼台，三竺湖山如旧识
东望有坚匏别墅，花明柳暗，又复自成村落，四时风月属君家
——时庆莱撰书

故乡亦有西湖，一半勾留，行窝且傍蕉屏石

旧宅尚留南海，三千里路，别梦应寻荔子湾

——陈璚撰书

人天庐

在丁家山上，康有为政治失意后居此，俗称康庄。最高处有屋三楹，额曰“开天天宝”，其地即蕉石山房遗址。

割据湖山少许，操鸟兽草木之权，是亦为政

游戏世界无量，极泉石烟云之胜，聊乐我魂

——康有为自题人天庐

沧桑多迁，陵谷多易，教宗多劫，国土多沦，亭阁鸡虫看得失，无一物当情，历尽成住坏空，觉来栩栩

天地不大，毫末不细，大椿不寿，朝菌不短，微尘世界何爱憎，叹我自度，仍行慈悲喜舍，想入非非

——康有为再题人天庐

复生不复生矣

有为安有为哉

——康有为挽谭嗣同

谭嗣同字复生，故有此联出句。

傀儡曾遣登场，维新变法，备历艰辛，廿年出奔已矣。中间灰飞劫易，几阅沧桑，寿人笙磬忽闻，北海劫来如梦幻

歌舞业经换剧，得失兴亡，空劳争攘，一世之雄安在。此时雾散烟消，徒留感慨，老子婆娑而已，东山兴罢整乾坤

——康有为六十自寿　见《楹联新话》

毛泽东读书处

丁家山顶上如今有个“毛泽东读书处”，是毛泽东在此主持过一个多月的读书活动，胡绳、陈伯达、邓力群、田家英等曾参与。毛泽东住在西湖宾馆一号楼，如今室内还是当年摆设。

贵有恒，何必三更眠，五更起

最无益，只怕一日曝，十日寒

——毛泽东治学联

学界泰斗

人世楷模

——毛泽东挽蔡元培

隐身免留千载笑

成书还待十年闲

——田家英赠毛泽东

金溪别业

在金沙港西北玉带桥头，旧为唐庄，使为元人虞伯生故址。建筑古朴，春风品茗，秋雨看花，较他处别看风趣。

金溪小筑，宛在一方，其地为虞伯生故址

玉冰分流，汇成五亩，此中有唐山人诗瓢

——俞　樾撰书

溯南荆重望，推北宋名臣，八百年峻节流传，奕叶无忘缵绪意

自东武旧家，拓西湖新址，数十本嘉桐茂豫，孙枝永衍锡圭荣

——陆钟渭撰书

汾阳别墅

在卧龙桥北堍，是西湖池馆中最高幽趣者。俗称郭庄。

红杏领春风，愿不速客来醉千日

绿杨足烟水，在小新堤上第三桥

——盛庆蕃撰书　顾建龙补书

宰相溯家声，诗赋流传，鸿篇诵红杏词妍，观寒梅丽句

林泉容小筑，壶觞雅集，胜景看平湖秋月，眺竺岭还云

——罗榘旧题　喻蘅重书

盖叫天墓

在杨堤，空军疗养院前山坡。墓碑镌“艺人盖叫天墓”。

英名盖世三叉口

杰作惊天十字坡

——吴湖帆书

燕此真好汉

江南活武松

——陈　毅句　沙孟海书

一代孟优，允文允武

千秋绝艺，如柏为松

——唐　云题

燕南寄庐

在流金桥堍、金沙港畔，系著名京剧表演艺术家盖叫天故居，盖在此生活了

40 多年。盖叫天原籍河北高阳，寄寓江南，故名燕南寄庐。

不大地方，可家可国可天下
人物寻常，能武能文能圣贤
——佚名　题戏台联

燕南瑞雪得一剑
赵北鹰鸣合瑶琴
——蒋北耿书

有一室悬盖叫天哲嗣张二鹏作的画“喜从春上来”旁有联：

临水知鱼乐
当春听莺歌
——天庐赠张二鹏联

武状元坊

在赤山道口浴鹄湾岸边。南宋时，南高峰顶曾设比武露台。嘉定七年(1214)右榜武状元刘必方(《湖山便览》作万)在此立武状元坊。2003 年重建。

效武穆精忠，英年习艺图兴国
承寄奴功业，高第论魁独建坊
——徐元撰联　驾沧书

虎榜登魁欣此日
石坊题柱仰斯人
——周友生撰句　刘江书

绿水青山，长留剑气
金戈铁马，远入涛声
——余荩撰句　陈振濂书

当年右榜抡魁，花簇马蹄人共睹
今日西山揽胜，风传鸟语我重寻
——△　驹

力压群英，光腾锦绶
名传奕代，宗耀华坊
——王漱居撰并书

演武占鳌头，犹留胜迹
修文剩鸿爪，更发幽思
——薄松涛撰句　祝遂之书

赵之谦纪念亭

赵之谦墓原在西湖丁家山侧，因建路被毁，现仍有墓址碑祀。纪念亭近来建在墓址前西湖滨。赵之谦，为清代后期著名的"海上画派"代表人物，也是书法名家。纪念亭，木構，十字形，题额"半隐亭"及内副楹联皆赵之谦手迹，分别有篆、隶、行、草诗体。

举头望明月
倚树听流泉

杨柳亭台凝晚翠
芙蓉帘幕扇秋红

万顷月波秋雨后
一篝烟翠夕阳间

新雨客疏尘锁几
故山秋淡树藏楼

茅家埠石牌坊

在茅家埠公路西侧。

丹桂动吟怀，过径微香疑石屋；
碧桃怡醉眼，沿河秀色隐苑家
——王漱石撰并书

车马远嚣尘，路接宝山天咫尺
林泉抒妙绪，云开玉宇月清园
——林崇增撰　骆恒光书

公路东侧，都锦生故居进口处亦有一石坊。

佛国行香，是百年黎庶遗风，古道遥通三竺去
圣湖迎客，正一片桃花春水，扁舟撑出大桥来
——王翼奇撰并书

通利桥边，柳色含烟明镜里
茅乡道上，钟声和月翠微间

都锦生故居

在茅家埠。都锦生(1898—1943)，号鲁滨，著名实业家，对中国丝绸业的贡献巨大。

腾蛟起凤
绣虎雕龙
——镌在庭院通道门楣石上的联句

凤起武林，东万奇葩又添异彩
龙游西子，人间福地再展雄姿
——都锦生博物馆门联

都锦生故居前石坊

渡湖海江河，登岸不唯通佛国
来东西南北，安心自可悟禅机
——钱法成撰并书

古寺遥通，中天竺又上天竺
长堤回首，里六桥连外六桥
——戴　盟撰并书

醉白楼

在茅家埠。据说白居易任杭州刺史时，常到茅家埠西湖处饮酒。有位名叫赵羽的酒楼主人，请他为酒楼取名题字。白居易为之题“醉白”二字。

佳名醉白非耽酒
古埠黄昏独倚楼
——童晏方书

红灼饮君近湖月
青旗沽酒趁梨花
——鲍贤伦书

时有妙香，一瓣氤氲来问佛
岂无佳酿，三杯飘渺欲寻仙
——尚佲文撰　张耕源书

金溪毓秀石牌坊

在杨堤东赵堤上。

连水接山，向山居，看水萦堤卧
鉴古观今，登古道，觉今是昨非
——铁瑛

古道重辉，自向诸峰深处
今影更美，尤当双桨来时
——尚佐文撰　杜高杰书

九里松接，十里荷花独开胜境
四方客来，一方宝地尽展欢颜
——徐客道撰书

此去看山无俗虑
我来听水有清音
——蒋茵炎撰　驾沧书

小隐园

在燕南寄庐与杭州花圃之间，是新辟的一处园林。

雨后双禽来占草
秋深一蝶不寻花
——马公愚书

杯酒纵横廿一史
瓣香次第十三行
——石雨书

杭州花圃

在杨堤侧，占地28公顷，前临西湖，后倚西山，是久负盛名的花卉盛景观赏胜地。

入室发幽香，知遇君子
凌波佩芳草，譬彼美人
——张宗祥撰并书

曲院风荷

西湖十景之一。濒临岳湖、里西湖，与苏堤遥遥相望。如今辟为规模宏大的园林，昔日许多旧景观，都在这个景区里。

四壁藕花，香风入座
三间水榭，明月满湖
——迎薰阁联　高鹏年撰　杨仁凯书

水凭冷暖，溪间休寻何处来源；咏曲驻斜晖，湖边风景随人可
月自缺圆，亭畔莫问当年初照；举杯邀今夕，天上嫦娥认我否
——杜　麟题水月亭

清风一握自为笑
新月半观殊有情
——张景云题扇面亭　见《正续西湖楹联》二西山房邱行

三五夜中新月色
二千里外故人心
——(日本)藤野严九郎书　联旁有跋：“读白居易之诗怀鲁迅君”

此联在曲院风荷，福井、杭州友好公园内。这个公园建于1994年，日本酒井哲夫题额。

左宗棠祠

旧与湖山春社毗连，祀左宗棠。左宗棠，湖南人，曾官两江总督兼通商事务大臣。卒谥文襄，著作辑为《左文襄全集》《左文襄公文集》均附联语一卷。今祠已不存。

都想要拜相封侯，却也不难，这里有现成榜样

最好是忠臣孝子，看来容易，问他做几许工夫

——左宗棠题戏台联

三古而还，代有述者

九原可作，我所思兮

——左宗棠题邓完白墓门

杭地用兵年，居者水火，行者流亡。自我公入衢州，率蒋果敏前驱袭富春，宅留下，血战始成功。然后兴学校，倈商旅，復农桑，百万户还定苍黎，完家室而长子孙，两浙康休皆所煬

史编大事记，勘贼东西，撫贼南北。追诸君集闽海，效汉武卿尽瘁有进寸，无退尺，无心旋悔祸。犹欲议边防，筹将材，策吏术，七十岁撑撑精力，竭股肱以绥中外，千秋肸蠁永宋思

——全浙士民公献

痛今日骑鲸西去，满腔血洒向空林，七尺躯委残荒草，谁来歌骚歌曲，按铜琵冢畔，挂宝剑枝头，凭吊此松楸魂魄，愤激千秋，纵教黄土埋予，应呼雄鬼

倘他年化鹤东远，一瓣香祝完真性，三分月认出前身，从兹为牧为渔，访鹿友山中，寻鸥盟水上，消磨着锦绣心肠，逍遥半世，只恐苍天厄我，又作诗人

——左宗棠自勉

朱应镐《楹联新话》云："或传左季高侯相二十七年疾剧，自撰挽联云云。按公自少即负经世之略，不屑以诗文自见。此联语气，与其平日志趣绝不相类，必属伪传，故录而辨之。"

崇文书院

在苏堤第六桥——跨虹桥西。前身是元时西湖书院。康熙四十四年，御赐"正学阐教"额。

云路及时登，盼诸君同咏霓裳，遥传南海

风帆随处好，许他日重携文酒，泛到西湖

——王凯泰撰

大庇寒士皆欢颜，欣夏屋重开，纵观地有湖山美
净洗甲兵长不用，听和声共谱，鸣盛文成雅颂音
——章鋆题

至乐莫过读书，至要莫如教子
寡智乃能习静，寡营乃可养生
——蒋士铨题书院大厅

闭户自精，云无心以出岫
登高能赋，文异水而涌泉
——胡书农题书院仰山楼

讲艺重名山，与诸君夏屋同居，岂徒月夕风晨，煮酒湖滨开社会
抽帆离宦海，笑太守春婆一梦，赢得棕鞋桐帽，扶筇花外听书声
——薛时雨题院内敬修堂

延青山榭

在金沙港，旧时颇有名，今不存。

新水涨三篙，绕槛波光平似镜
好山环四面，开窗岚翠拱如屏
——富海帆题

镜面湖光，苏堤一线横窗碧
云端梵唱，竺岭千盘压阁青
——张允垂撰

上半联写水，水镜的西湖，湖光闪耀，在窗内眺望，唯见一线苏堤横窗碧。下半联写山，在山榭里还能听到三竺的钟声梵唱今从云端传来，千盘青翠的竺岭压阁青。联中“横”“压”二字把静态的景色写活了。

上册

卷六

灵隐景区

集庆寺

宋理宗淳佑十一年(1251)，贵妃阎氏在九里松集庆山建功德院，就是俗称的集庆寺。阎氏，鄞县人明艳绝伦，后宫妃子为了夺宠，寺建得十分考究。寺有三池、九井、月桂亭等，犹存有理宗御容一轴，燕游图一轴。《西湖游览志》载："一日，忽于法堂鼓上，得大字一联：

净慈灵隐三天竺
不及阎妃好面皮

"于是行下天府，缉捕其人，终不得"其撰联人未被缉捕归案，而联语却永远留下来了。此联无非以净慈、灵隐、三天竺等，最有代表性的寺院，其布局建筑都极其雄伟、壮严，但还比不集庆寺。集庆寺所以超越这些寺院，就是靠阎妃这张好面皮。联语虽不规范，可是却揭露一个千万人想揭露的事实。说明佛法虽然无边，可却比不上皇权。撰联人取于将联语置于集庆寺法堂鼓上，且产生久远的影响。可见这副讽刺性联语的战斗力与影响力。

蝶　冢

西湖真有趣，孤山有鹤冢，北高峰有犬冢。灵隐景区还有墓碑镌"蝶冢"，葬的是爱国文陈碟仙。陈蝶仙原名寿嵩，别署天虚我生，南社社员，曾主编《游戏杂志》、《申报》副刊，著有长篇小说《泪珠缘》。蝴蝶，无敌也。抗日战争时期，他制造蝴蝶牌牙粉，蝶霜，蝴蝶牌花露水等数百种产品。日本曾炸毁他的工业社。1940年含恨去世。

接见都为投刺客
相亲总是直肠人
——陈碟仙题仙堂

花鸟与人若相识
富贵于我为浮云
——《泪珠缘》中题雨香草堂

道艺兼钦，难忘低唱浅斟，几座沁园春照座
人琴俱渺，怕对高山流水，一围凉岸柳凝烟
——小蝶挽彭醇士

小蝶是陈蝶仙的儿子陈定山，原名遵。与其父共创实业，办有造纸厂四十余家。去台湾后，任中兴大学教授。彭醇士系台湾诗学研究的副所长。

刘大白墓

在灵隐呼猿洞旁，依山傍水，坐北朝南，为一长方形水泯棺穴，埋于地下。墓碑镌“刘大白先生墓”，系沙孟海手迹。碑阴镌“刘大白，号靖裔，一八八0年十月二日生于浙江绍兴平水。五四时期白话诗的创导者之一——著名诗人、文学家。一九三二年二月十三日病故于杭州。”

读春秋左传，吴有胥，越有种，皆名为报仇雪耻，奈无民族精神，成败若弗论，潮汐往来，应渐后起

严中外大防，宋则岳，明则于，惜志在尊王攘夷，难免家奴事业，英雄纵不朽，湖山管领，合让先生

——刘大白挽徐锡麟

此联对徐锡麟为推翻清王朝的辛亥革命给予很高的评价。上半联说读了春秋左传，知道吴有伍子胥，越有种，他们皆名为报仇雪耻，乃无民族精神；下半联严十处大防，大防。就是大堤，这里应为国防。《明史·范辂传》：“臣以为尊无二上，凡不称臣者，皆不宜具朝服，以严大防。”宋代的岳飞，明代的于谦，都英勇就义了，但惜志在尊王攘夷，难免家奴事业。安葬在此，管领湖山的只有徐锡麟先生。在联中对历史人物的评价，刘大白却有新意。是否妥当，尚传公论。

深巷中宵闻吠犬

长堤破晓听啼莺

——此联出句乃刘大白少时作，对语是他的表兄作

逝者如斯夫，生民未有

大道之行也，天下为公

——刘大白挽孙中山

有乐山乐水者来，到此见仁见智

无唯物唯心之别，当前即美即真

——刘大白题西湖博览会教育馆内花园之茅亭

记十七年前，为共和纪元，中山先生始建国

有二千万众，待教育普及，大学之道在新民

——1929年元旦，刘大白为浙江大学撰此联，这一年全省人口调整为二千一百多万。

灵隐寺

在西湖西北，东晋咸和年间由西印度僧人慧理创建。寺面飞来峰，慧理赞叹：“此乃天竺国灵鹫山之小岭，不知何以飞来；佛在世时，多为仙灵所隐。”因而取名灵隐，又称云林禅寺，系我国佛教禅宗十刹之一。五代吴越国时有九楼、十八阁，七十二殿，房舍一千二百余间，僧徒三千余人。1949年后亦多次整修。

立定脚跟，背后山头飞不去

执持手印，眼前佛面即如来

——张载阳书

上半联说，参禅拜佛，只要立定脚跟，坚定信念，即使背后的灵鹫峰一旦飞去，也能毫不动心。下半联说，诵经偈时能执持手印，即公面对的佛像也就是真身如来峰，也就是佛教始祖释迦牟尼。手印是佛教名词，指两手手指所结之形。《陀罗民集经二》:“诵咒有身印等种种印法，若作手印诵诸咒法易得成验。”此联将深奥的禅理与周边的景物结合起来阐述，说人获得浅显的禅宗知识。

鹫峰从天竺飞来，乃生成佛地

鹿苑弘泉唐施济，为汲引圣湖

——佚名

上半联说由于鹫峰从天竺飞来，所以开辟出这一大片佛地。下半联有个典故，释迦牟尼修持成道后，来到鹿野苑对五个侍者说法，使他们成为第一批佛教信徒。佛教把鹿野苑的施济——施佛法、济众生在泉唐（即钱塘。也就是杭州）扩大，人们都颇为这事而汲引西湖水作功德水。佛教传说，须弥山等处都有功德水，佛门法师以八功德水洒众人，众人身心即得到安慰、安乐。用“鹿苑”指称佛与“鹫峰”构成对仗，尤属巧妙。

峰从天外飞来，见一线光明，万壑松涛开觉路

泉自石边流出，悟三生因果，十方花藏证根源

——王念撰

峰峦或再有飞来，坐山门老等

泉水已渐生暖意，放笑脸相迎

——张载阳题

上述二联都是从“峰”与“泉”入手，很自然地联系佛门经典，阐弘禅宗理念。

飞来峰

生公说法，雨堕天花，莫论飞去飞来，顽皮石也会莫头

慧理参禅，月明长啸，不问是黑是白，野心猿都能答应

——张岱撰

生公，东晋时高僧。南朝梁慧皎《高僧传》记载，他在苏州虎丘寺聚石为徒，宣讲佛法，石皆点头。上半联说灵隐寺也有高僧生公说法那样，雨堕天花，不论飞去的山峰，飞来的山峰，任它怎么顽皮的石头也会点头。下半联即写到灵隐寺创建人印度高僧慧理。旧传，东晋咸和元年，惠理到此，说飞来峰是从印度中天竺国灵鹫山飞来。有人不相信，慧理又说，此峰间有黑白二猿在洞中修行，必须相随而至此。说罢，他果然从洞中呼唤出一黑一白的两只猿猴，向慧理拱手下拜，从此有了“飞来峰”、“呼猿洞”的名目。据此传说，才有慧理参禅，探究佛理，著有所悟，在月明的夜晚长啸，不问事野心的黑猿、白猿都能答应他的呼唤，乖乖

地听法。此联在文字上又显得空灵剔透，生动活泼，对仗工巧，别具匠心。

南高峰，北高峰，世事尽傥来，莫问峰来何处

在山泉，出山泉，人心先耐冷，才能泉冷几时

——杨叔怿撰

上半联，无论是南高峰、北高峰，令像世上其他事情那样全是意外地忽然凑上来的，因此，就不必问飞来峰从何处飞来。这也是回答落其昌的联句“峰从何处飞来?”下半联是说，且不论在山泉水清冷淡泊，出山泉水浑浊热中，总要人心先肯耐冷，才会知道是冷泉从几时冷起的。“人心先耐冷”，这对于旧时热中岗贵，竞选名利的人物，恰似当头棒喝，令人深思。下半联也是给董其昌联句“泉从何时冷起?”一个佛学哲理的回答。

洞里白猿呼自出

岩前残石梅飞来

——张岱　见《西湖梦寻》

灵鹫向云中隐去

奇峰自天外飞来

——佚名　联中散嵌“灵隐飞来峰”五字，谓之“碎锦落”联。

灵隐寺旧联

唐代，灵隐寺有位僧名叫贯休(832—913)兰溪人，字德隐，七岁出家为僧，善诗，兼工书画，以画罗汉为著名。在吴越为钱缪所重。贯休有诗联：

满堂花醉三千客

一剑霜寒十四州

钱王看了十分欣赏，说能否将“十四”改为“四十”。贯休说：“州既难添，诗亦不改”，随佛袖而去，西入四川，又为王建所礼遇，号为“禅月大师”，又有联句传遐迩：

一瓶一钵垂垂老

万水千山深深来

贯休年八十有一示集，有《禅月集》二十五卷刊行并收进《四部丛刊》。

龙涧风回，万壑松涛连海气

鹫峰云敛，千岩桂月映湖光

——赵孟頫撰题

赵孟頫是元代书画家，他深知历代西湖文献。白居易说：“东南山水，余杭即为最；就郡言，灵隐寺为尤。”灵隐寺在山坏水绕的奇胜地方，冷泉又名龙涧，飞来峰东麓有蛟龙潜藏的龙泓洞。因此上半联说，天风在龙涧——冷泉一半回旋，所

有山谷岩鹤回应着松涛声，还挟带着滋润的水气，这就把灵隐寺濒临冷泉一带风雨龙吟气概刻画出来了。下半联说鹫峰周围的云彩全部收净时，就能看清无数山崖的月色与西湖水光相互辉映。这也把飞来峰一半皎洁逗人的月色描绘出来了。此联可以说是西湖楹联中最“工对”之一。

天王殿

天王殿供奉着韦驮天和四大天王。

本来妙好威仪，幻成殊珠饰双缨，庄严法相
如此婆娑世界，仗着金刚一杵，扫荡群魔
——佚名

韦驮天是佛教天神。传说他姓韦，名琨，为南方增长天王的八大神将之一，在四天王三十二神将中以勇武著称。上半联说韦驮天本来就具有妙好的威仪，现在又幻成天将军的庄严法相。灵隐寺天王殿韦驮天的神像姿势是：左手握金刚杵拄着地面，右手插腰，左足略向前立。金刚杵原是古印度的一种兵器，佛教用作伏恶魔、断烦恼的法器。佛教把释迦牟尼进行教化的世界叫做“婆娑世界”——“婆娑”是梵文的音译，音译当作“堪忍世界”，指世界充满不堪忍受的苦难。下半联的意思是：这么苦难的现实世界，全靠韦驮菩萨的一把金刚杵在扫荡成群的邪魔。印度教中的韦驮天，和中国化了的韦驮菩萨，就是佛教寺中的守护神、护法神。

辅正摧邪，教承大觉
振威显圣，德副群心
——佚名

上述联语出句开头四句就指出了他的教化是“辅正摧邪”。释迦牟尼早就说过：“诸恶莫作，众善奉行，自净其意，是诸佛教。”这是说的自己觉悟，除了“自觉”，还要求“觉他”（传别人觉悟），而且还要求“自觉觉他”的智慧与功行都达到最高最圆满的境地。韦驮示现的庄严法相，表明他的职责是“振显圣威”，也是他的德行，而这种德行又正符合世上众人的心愿，这就是“德副群心”了。

布袋无双，破颜垂笑，尔等待龙华三会
法门不二，大腹能容，来人全凭念佛一心
——佚名

《宋高僧传》《佛祖历代通载》等书记载，五代后梁时有个僧人名叫契化，大肚肥胖，笑嘻嘻的，常背一布袋向人乞讨，人称布袋和尚。贞明三年（公元 917 年）死于浙江奉化岳林寺，临终说偈：“弥勒真弥勒，分身千百亿，时时示时人，时人不自识。”当时人以为弥勒佛显化，到处画起他的形象，后世因而雕塑他的像作为弥勒来供奉。上半联描绘他的身边的布袋，举世无双，笑着对人们说：你们不要等待龙华三会。龙华：今就是指弥勒菩萨从兜率天内院降生人间，在华林园龙华树下成佛，三次说法，都有许多人成为罗汉。因而有龙华三会说法。

《维摩诘经》等书中说，达到佛教"真理"的分法称为"不二法门"。世人持戒修行和称念弥勒名号，死后便可往生净土——西方极乐世界。下半联就是根据这些佛经说法：获得佛果的门户独一无二，弥勒的大肚能包含一切，来者只要一心念佛就行了。

大雄宝殿

高甍飞宇，琉璃瓦顶，殿高 33.6 米。殿前有两座八角九层石塔，系北宋建隆元年(960 年)吴越王弘俶命永明延寿禅印重修灵隐寺建造的。

宝坊阅千载常新，楼阁喜重开，依旧前台花发，清夜钟闻，东涧水流，南山云起

胜境数西湖第一，林泉称极美，试看驼岘风高，鹫峰石峙，龙泓月印，猿洞苔斑

——沙孟海题

宝坊，是对寺院的美称。经过千年宝坊常新，楼阁重开。接下去就是根据白居易《寄韬光禅师》的诗意写道："依旧前台花发，清夜钟闻，东涧水流，南山云起。"上半联就是说寺院内外风物仍然与往昔一样，十分珍贵。下半联赞誉灵隐的林泉胜景：驼岘风高，鹫峰石峙，龙泓月印，猿洞苔斑。驼岘，就是驼岘岭，从仙姑山西南，绵亘至九里松一带。鹫峰就是飞来峰，龙鸿、猿洞即龙泓洞、呼猿洞，都在飞来峰下。联语一再用排比句式，并组成突出的句内对，正像连珠、迭璧，美不胜收。

古迹重湖山，历数名贤，最难忘白傅留诗，苏公判牍

胜缘结香火，来游初地，莫虚负荷花十里，桂子三秋

——长汀罗庸撰　吴敬生书

上半联说灵隐寺这古迹给西湖山水增加了声价，知名度，并将与灵隐寺有关的名流贤达一个个数下来，令人最难忘怀的是白居易在杭州留下的诗篇，记述。文宗大和九年(公元 835 年)，白居易授太子少傅，因称为白傅。苏公判牍，指苏东坡在杭州住内的公务与文牍，有时还在灵隐的冷泉寺批阅文牍，剖判讼事。"历数名贤"时着重数到白居易、苏东坡两人，当然并不否定其他名流贤达与灵隐寺的密切关系。下半联说旅游者来此焚香烧烛、参拜佛缘，是结了香火胜缘。"来游初地"，"初地"是佛教术语，本指菩萨修竹中的最初阶位，这里借指一般所谓佛地。对语的结句叫人们莫辜负荷花十里，桂子三秋。是引用北宋词人柳永，在《望海潮》一词中描绘杭州西湖"重湖叠巘清嘉。有三秋桂子，十里荷花"等句，

并在词序上稍作调整。说全联更突出了灵隐在湖山古迹方面和西湖在自然风光方面的价值、品味。读了令人永远缅怀。

古德此安禅，似岳镇西湖，看庭前树老，陌上花新，衲僧莫道闲机境

林神常奉足，喜法流东土，任狮子嚬呻，象王蹴踏，游人只认好溪山

——马一浮撰并书

苦海驾慈航，看出没众生，有登彼岸，有溺深渊，百千万劫凭缘法

善门呈宝相，发菩提宏愿，或现宰官，或为童子，五十三参证佛心

——张宗祥撰

入殿参三世释迦，不须问过去未来，仅现在一尊，微笑拈花，指点群迷登觉岸

开山是东晋慧理，无论为云门临济，均禅宗嫡传，顶香持戒，永传家法守丛林

药师殿

在大雄宝殿后，系近年新建，楹联皆新撰写的，改有七八副，今仅存三副：

药师如来，大愿发十二教循，遵礼苦行修善果

琉璃世界，尊经诵卌九虔诚，念拜皙求得再生

——姜亮夫撰书

灵隐腾辉，西湖环秀，暮鼓晨钟护古寺

飞峰拥翠，冷泉奔流，慈云法雨济群生

——潘景郑撰　陈从周书

消灾延寿，满愿随心，药师如来施法慧

利乐有情，庄严刹土，琉璃世界放光明

——释真禅撰书

翠微亭

在灵隐飞来峰山腰，面对灵隐寺。《湖山便览》："在飞来峰半，绍兴十二年韩世忠建。韩解枢柄，自号逍遥居士，常策驴游湖山涧，因岳鹗王有《登池州翠微亭》诗，用以名亭，盖隐痛之也。"清光绪中，钱塘丁丙重建。亭下右侧崖壁上，旧时嵌有韩彦直题记刻石。

飞鹫何来，佛国有缘留净土

骑驴且去，湖山无恙付斜阳

——陈训达撰书

此联是 1928 年重新修复翠微亭时撰写的。出句云：飞来的印度灵鹫山小岭，究竟为何而来呢？对，该是佛地特有的因缘，竞自留下一片干净的土地。

南宋抗金名将韩世忠，常遭高宗赵构、宰相秦桧压制、打击，当岳飞被诬下狱，便自清罢官。“自此杜门谢客。绝口不言兵，时跨驴携酒，从一二奚童，纵游

西湖以自乐，平时将佐罕得其面”“晚喜释、老，自号清凉居士”（据《宋史、韩世忠传》、《续资治通鉴长编》）这实际上是宋朝逆投降派的抗议。因此此联对语是说：骑着驴子聊且去西湖散散闷气，泄泄愤懑，眼前的西湖山水好像还平安无事，但是实质上也已经交付斜阳管领——故国江山已日薄西山，气息奄奄了。

路转峰回藏古迹
亭空人往仰前贤
——夏𬂩题

翠微亭题记刻石，文曰：“绍兴十二年，清凉居士韩世忠因过灵隐登览形胜，得旧基建新亭，榜名‘翠微’，以为游息之所，待好事者。三月五日男彦直书。”上半联所谓“古迹”就是这一系列史实。“古迹”在山经旋绕、峰峦曲折的地方。下半脸是深情地缅怀韩世忠抗金往事，虽然原亭已毁，昔人已逝，然而典型犹存，前贤的精神不死，仍然令人景仰。

回钟岩漾融闻性
幽翠玄微印觉心
——释太虚题

孤亭似旧时，登临壮士兴怀地
鹫岩标远胜，翻动平生万里心
——黄文中集句

冷泉亭

此亭始建于唐代。“冷泉”二字乃白乐天所记，“亭”字乃苏东坡读书，久不存。明代左赞、董其昌先后补书。今亭系 1980 年修建，郭化若题额。

泉声咽危石
日色冷青松
——王维句　欧阳中石书

泉自几时冷起
峰从何处飞来
——董其昌撰题　许麟庐补书

明代大书画家董其昌这一联上下句都没问，引起许多名流撰联作誉。

在山本清，泉自源头冷起
入世皆幻，峰从天外飞来
——左宗棠撰

此联说泉水在山崔里是清的，出山后才逐渐变浊，因此说泉应该是从源头冷起；入世以后，变幻无穷，真真假假，所以飞来峰才从天外（指印度）飞来。

泉水澹无心，冷暖惟主人翁自觉

峰峦青未了，去来非佛弟子能言

——金眉生撰

丘壑定禅心，泉水出山犹自冷

烟云空变态，峰峦何处更堪飞

以上三联皆以佛学哲理从不同角度回答了董其昌的提问。文字浅显，细细品味，名有道理，亦有兴趣。

据传俞曲园与夫人、次女同游灵隐，小憩于冷泉亭上，共读董其昌联，夫人云“此联问得有趣”清丈夫作答语。俞曲园心想：“为山灵作答语亦妙”，随应声回答：

泉自有时冷起

峰从无处飞来

——俞曲园撰

泉自冷时冷起

峰从飞处飞来

——俞夫人　听了俞的回答，认为不如改为上联。上联有的联集注明为石治棠撰，但更多的联集与文献中为俞夫人撰，俞曲园在《春在堂随笔》里也记述了此事。

泉自禹时冷起

峰从项处飞来

——俞次女　听了父母亲的联语后亦别出心裁。撰了上联，让父母亲惊奇。俞老便对该联作了评价：大禹治水，经过疏导，将凶猛的洪水驯服了，传水势平缓，此泉就于此时冷起，还可以。但下半联这个“项”字不知何指？次女答：“若不是项羽在垓下高吟‘力拔山兮气盖世’将山拔起，怎能飞来？”一短联涵两典，可谓巧妙！

通过董其昌这一联的提问，还引出了许多构思奇特的联语：

常恐峰来欲飞去

不愁泉冷无热时

——黄　霖撰

春秋阅尽水长冷

风雨到来山欲飞

——佚名

洗热肠，泉是冷

护净土，峰故飞

——祝庆年撰

山峰且有飞来悔

泉水偏从冷后傅

——赵铁山撰

世出世清一泉水

往无往心半峰云

——升泰撰

涤热肠，泉是冷好

卫净土，峰故飞来

——范伦选题　见陆以湉《冷庐杂识》

未出山时，一寒至此

飞来峰下，有亭翼然

——李淡愚撰　见《对联话》

圆机风与溪相答

妙义人同石共读

——胤禛撰

泉在山中，自是清流甘冷落

峰高世外，孰从飞去悟来因

——升泰撰

胜境重新，门前峰列如屏，未必飞来不飞去

俊游若昔，亭畔清清可掬，漫论泉冷与泉温

——瞿傅墫撰

尚有热心，肯与人共冷

何堪退步，甘让峰飞来

——张学智撰　见《中华名胜对联大典》

有本如是者

知几其神乎

——吴芝瑛撰

这位曾冒风险将秋瑾灵柩运至西子湖畔后葬之吴芝瑛却用短短五言联，对上述联语纷纭的意作了小结。反正都是文字游戏，艺术创造，不同的信仰，不同的观感，便产生许许多多不同风格与内容的联语，很难作出定论。或许，将来还有更巧妙的联语来作答。

春淙亭

旧在灵隐寺合间桥。取苏文忠“二涧春梁一灵鹫”之句命名。明见琼有记。吴越时名清绕桥厉鹗有《清绕桥新建春淙亭记》，乾隆癸亥，僧义果构新亭于回龙桥上。

山水多奇踪，二涧春淙一灵鹫

天地无凋换，百顷西湖十里源

——黄文中集太百、东坡句并书

李白《送通禅师还南隐静寺》诗中有“我闻隐静寺，山水多奇踪”，隐静寺在安徽境内,楹联集句号,借用它来说灵隐山水多有奇特的踪迹。接着,集句者用上苏轼诗"两涧春淙一灵鹫",这样就把灵隐山水奇踪,从广大的范围收缩到春淙亭四周来了。联中的两涧指北涧、南涧,两涧合流,上面跨着就是合涧桥,春淙亭就建在桥上。楹联的对语来用了李白"天地无凋换"这句诗,下半截用了苏轼的诗句"百顷西湖十里源"。百顷西湖之所以澄清如镜,因为有源头活水源流而来,不断新陈代谢。"天地无凋换"的生命力也来自"新陈代谢","百顷西湖十里源"正与此一脉相承。集句联虽选择前人的诗句凑成一联,但要达到意境清新、浑然天成却是不容易的。

泉水在山清,听天籁淙淙,到此且停双不借

烟岚随地好,问尘寰扰扰,几人来作小游仙

——石治棠撰

春淙亭下的流水清幽幽的,可箕在山泉水,加上水声淙淙,有如天籁般的自然音乐,所以撰联人说:"到了这个地方,应该暂且停下双脚。古人称鞋或麻鞋为"不借",因为它价廉而容易穿破,一般不必向人借,也不借给人,这里是用"双不借"来借代双脚。

下半联说春淙亭周边随时随地有云烟蒸腾之气——烟岚,让人赏心悦目的不仅是清泉淙淙,而且在混蜀尘寰里有几个人能脱离尘俗,来此山水胜处作小游仙呢?从而说明具有山水清兴的人实属难能可贵。这就描绘了景,抒发了情。

壑雷亭

在冷泉亭侧,宋赵安抚建。1980年秋日楚图南题额。

飞瀑欲凌空,远渡峰头作霖雨

出山能泽物,先从壑底起风雷

——查亮采联　范前生书

雷不惊人,在壑原非真霹雳

泉能泽物,出山要有热心肠

——时庆莱句　钱定一书

止水盟心,三代△△还似水

如雷贯耳,一鸣人巨更惊雷

——许炳敖题　此联早废,载此联集皆二字

飞瀑亭泉,迹在名山偏耐冷

巨雷纵壑,心如止水总无惊

——许应荣撰

苏轼由诗句"不知水从何处来,跳波赴壑如奔雷"。亭濒临冷泉而筑,所以撰联人说，冷泉的飞瀑有时也积聚成平静的水流，踪迹停留在名山胜地，却又偏偏受得起冷。接着在对语种说，巨大似雷的鸣响从峡谷中发出，只要心如静止的水，那便总能毫无惊恐。此联是面对冷泉和壑雷亭即景抒情，描绘了水的形象与声响，又通过想象、比拟等手法，深化了意境。

梦谢亭

在灵隐山。《西湖游览志》："晋杜明禅师为谢灵运建。灵运，会稽人，其父举之，尤不宜畜，乃寄养于杜明。杜明梦东南有贤人相访，翌日，灵运至，遂建梦谢亭，一名客兜亭"白诗自注云：州西灵隐山犹梦谢亭，即是杜明浦梦谢灵运之所，因名客兜也。

长松晋家树
绝顶客兜亭
——卢元辅题

韬光庵

平常就叫韬光。在灵隐西北巢枸坞中。晋天福三年吴越王建，院名广岩。唐长庆中，有诗僧自号韬光来此结庵，常与白居易唱和。庵中有元丰二年赵阅道题名，元祐五年苏东坡题名等。

湖光塔影连三竺
海日江潮共一楼
——黄文中撰　王得才书　有的联集将此联置于北高峰

此联从居高远瞩的角度着笔，这里可以看到西湖水光、佛寺塔影，一直连接上天竺、中天竺、下天竺——三竺。清代诗人林成栋律诗有"游人莫漫夸灵鹫，若到巢枸更绝群"之句，说巢枸坞的景观能够压倒灵鹫——即灵隐飞来峰一带。下半联说，极目远眺，这里还可以看到钱塘江潮和东海初升的太阳。全联眼界开阔，对仗工整，读来令人心旷神怡。

松声竹声钟磬声，有声俱妙
山色水色烟雾色，是色非空
——启功改联　李骆公书

旧联系点忠礼撰："松声竹声钟磬声，声声自在；山色水色烟雾色，色色皆空。"

观海亭

韬光观海亭有副对联

楼观沧海日
门对浙江潮
——宋之问句　舒同书

这是初唐诗人宋之问五言排律诗中的一副诗联。诗名为《灵隐寺》，全诗是“鹫岭郁岧峣，龙宫锁寂寥。楼观沧海日，门对浙江潮。桂子月中落，天香云外飘。扪萝登塔远，刳木取泉遥。霜薄花更发，冰轻叶未凋。夙龄尚遐异，搜对涤烦嚣。待入天台路，看余度石桥。”晚唐孟棨在《本事诗》一书中说，宋之问因事贬官降职，后来放远，到了江南。有一天游灵隐寺，在月光下作诗，已经做了首联二句，第二联推敲多时，终不如意。长明灯下有一位老和尚坐在大禅床上，向宋之问动向后院：“何不云“楼观沧海日，门对浙江潮”宋之问感到老和尚这两句诗十分遒劲奇丽。于是宋之问就做完了全诗。天亮时去拜访那老和尚，竟不知去向。寺僧说那是骆宾王。这仅仅是有趣的传说。后来俞曲固等人对此表示怀疑。“考宾王集中有赠宋之问诗，非不相识者。”此联登高远观海上的日轮，门户遥对钱塘江的浪潮，气势何甚壮阔，“遒劲奇丽”的短联确称得上千古名联。

山衔古寺穿云去
树隐流泉倚石听
——佚名

韬光庵旧联

韬晦竹林深，客至徘徊，一尘不染
光辉莲座放，堂开迤逦，万象皆空
——王信孚题

一卷诵清芬，溯从蜡屐游时，台阁山林重入画
两家怀祖德，行到绿筠深处，甘棠乔木竟同春
——徐琪题韬光诵芬阁

要将人力回天，枝枝香满
留得春光驻世，月月花开
——张宗祥题

张宗祥在领题中有“月季有香者，无香者，近处皆栽接使有香。”当时韬光庵的月季花在进行人工嫁接，要使原来不香的都变成香的，因而上半联说：要将人力回天，枝枝香满。月季花有一品种叫月月红，常年开花，因而下半联说：留得春光驻世，月月花开。

北高峰

系灵隐寺最高峰，海拔 314 米，与南高峰对峙。东是屏风岭，西是鸟峰，南为

白猿、香炉、月桂诸峰。旧有浮屠七层，唐天宝中建，钱王修复，后毁。

江湖俯看杯中泻
钟磬从此地底闻
——邓林题

此联出句说，低下头来看钱塘江和西湖，好像只是倒下去的一杯水而已。唐代诗人李贺已经写过："遥望齐州九点烟，一泓海水杯中泻"的诗句。邓林曾受到影响。灵隐寺在北高峰下面，此联对语就是写寺中敲击钟、磬等法器的声响，在北高峰上听起来，仿佛是地底下传来似的。全联从所见所闻的景象，刻画出北高峰高峻挺拔的特点，在写法上有实感，也有夸张，有实有虚，虚实相生，令人耳目一新。

毛泽东诗碑亭

毛泽东曾三次上北高峰，并有诗作，建亭作为纪念馆。

巨人三棱顶，诗赋天堂美景
神舟万载春，辞凝华夏真情
——郭仲选书

战乾坤睿智奇谋驱长夜
揽古今雄才大略辟新天
——朱关田书

北高峰财神殿

在北高峰极顶，徐渭题额"天下第一财神庙"。

茀禄尔康，福泽共西湖月满
正直是与，财源如东浙潮来
——董其昌书

无以为宝，唯善以为宝，财神恒是矣
义然后取，人不厌其取，又从而照之
——俞樾撰　徐邦建补书

下天竺法镜寺

在天竺山莲花峰麓，西接飞来峰，东傍月桂峰。东晋咸和五年(330)僧慧理在此建翻经院，原与灵隐寺为一体。所以白居易有诗"一山门作两山门，两寺院从一等分。此寺高僧接踵，僧才辈出。"

三竺并传，一样全身，世上皈依独后
五峰环绕，千年香火，人间瞻拜为先
——释子敬书

开辟灵山，创来千百余年，惟此道场第一
慈悲佛园，添得上下两院，居然天竺成三
——陈凤诰书

此联以及上联题圆通宝殿石柱。上半联说，开辟灵山，创建以来已有一千几百年，只有这里是杭州最早的佛教道场。灵山，又名灵鹫山。就是开辟佛地。

隋文帝开皇十七年，僧人宝掌在下天竺西南二里许创建中天竺寺。五代后汉乾佑年间向吴越王前俶在中天竺西南的四里创建天竺观音看经院，后改院为寺，就是上天竺寺。下半联就是联系这些史室，说这一书是慈悲为怀的佛国，居然成了“三天竺”了。杭州人一般也称下天竺为三天竺。

法镜观慈云，观秋月春花，尽是三空妙谛
智灯悬宝座，听晨钟暮鼓，无非一吴禅机

真实不虚大慈悲，渡一切苦恼
意识无界空色相，观五蕴光明
——以上两联镌于药师纭坜石柱上

中天竺法净寺

在天竺山稽留峰北。安南（今越南）僧人登观曾在此泽著了不少佛经。旧时有天季阁、水月楼、华严阁等建筑。诗人墨客常到水月楼吟诗题字。寺内设杭州市佛教学院。

野鹤闲云，喜到人间净土
镜花水月，频添此地清光

生欢喜心，证菩提果
登清凉地，结香火缘

天竺国中，满路香云登正觉
金容不远，举头触目即灵山

耸峙山腰，普渡人间苦厄
中分法界，群瞻自在慈悲

因为法净寺处在下天竺至上天竺山间，所以上半联说中天竺法净寺耸峙在天竺山的山腰三个天竺寺都是供奉观音菩萨的道场，都能“普渡人间苦厄”。中天竺中分了三天竺一米的佛地，法界。法界也就是佛界。结尾六个字是说，信众正在瞻仰观自在菩萨的大慈大悲。“观自在”意即“观世界而自在拨苦与乐”。也就是以慈悲为怀，救苦救难的菩萨。

上天竺法喜寺

在天竺山乳窦峰北，白云峰南。后晋天福初，僧道翊游来杭，在此结庐修竹，发现山中奇术发光，遂刻成观音像供奉。历代不少帝王参拜该寺。乾隆曾十上天竺，亲题寺名“法喜寺”。寺前数尺见方的刻石“观自在菩萨”系清代洪于高书。

天竺最高峰，到此方知不落三千世界
西湖打圆镜，当前即是只余一片空明
——夏寿田撰　马祥生书

像留奇术，庐结名山，舍利屡放光，西子湖头西竺似
寺近诸天，钟闻下界，普陀遥在望，白云峰里白衣来
——钱罕题

此联富有传奇色彩。僧人道翊结庐在此山，发现奇木刻成观音像，舍利子屡屡发光，西子湖头与印度西竺何等相似。这是上半联含义。下半联说，寺近诸天，钟角下界，多么显灵呀：看白云峰里走出白衣观看来！

佛亦爱临安，法像自北朝留住
山皆学灵鹫，洛迦从南海飞来
——张岱题

山名天竺，西方即在眼前，千百里接踵朝山，海内更无烟火比
佛号观音，南摩时闻耳畔，亿万众同声念佛，世间毕竟善人多
——陈家幹题

此联反映了三天竺香火兴盛的状况。自宋以后，天竺成了名闻遐迩的“湖上小西天”。明清时天竺进香成为江南的民间风俗。乾隆所咏“灵感无不应，香市倾城走”就是指此。“天竺香市”，清时曾被刘为“十八景”之一。香市也带动了市场贸易。

是福地，是洞天，佛法无边，片叶慈航资济度
有崇山，有峻岭，湖光并映，三莲雄殿聿辉煌
——姜乾书

洞天福地本来是道教称神仙所居的名山胜景，这里是借道教的说法，称赞上天竺是神佛菩萨所居的福地、洞天。接着说观音菩萨，法力无边，有慈悲的舟筏用来济度世人，过苦到达彼岸。下半联汲取了《兰亭集序》开头“此地有崇山峻岭，武林修竹……”的精华素描写上天竺的风光，山光水色同时照映，壮严的殿宇显得更其辉煌。佛教中原有“三处莲华藏世界”的说法。正如田汝成《西湖游览

志》中所写的："上至天门，则诸山下伏，双峰（指南高峰、北高峰）锥立，西湖镜开。"

沈氏园

在三天竺附近。旧有楼三间。《联选》云，应敏斋布政五十岁生有五子。自苏藩乞归，置杭州沈氏园居之，极园林之胜。

母九旬，儿六旬，更欣绕膝人多，商瞿五十岁后，兰玉丛生，得峥嵘五男子

官二品，阶一品，尤喜乞身归早，灵隐三天竺外，园林胜地，有突兀三层楼

——俞樾题

竺仙庵

竺仙庵在杭州何处，翻了好多种杭州与西湖的志书以及地方文献，并在三天竺作了实地调查，都没有找到。《古今对联故事大观》云："杭州天竺山顶，旧有茅棚一座，人称'竺仙庵'。"而《中国名胜楹联大观》（1987 年中国旅游出版社版）却在上、中、下天竺诸景点后，录有竺仙庵联：

品泉茶，三口白水

竺仙庵，二个仙人

——佚名

上册

卷七

虎跑　满觉陇　三台山　烟雾洞

虎跑梦泉

是西湖新十景之一。景观都在虎跑寺内及周边。虎跑寺在虎跑路大慈山，又名大慈定慧禅寺。唐开成二年僧钦山建。僧寰中居此。得泉。寺名以著。寺内有苏东坡题诗石刻。寺内有观音殿，滴翠轩，东西尘楼，东西斋堂等等。

山翠滴前楹，榜草曾留名宦迹
水香馀片石，画兰争访腾朝碑
——陈豪撰　徐敏达书

古墨霭垂秋，苏长公榜留书草
幽香风蕴夕，潞佛子石映画兰
——丁　丙题

原借吾师手中半叶蕉，煽灭吾辈热中热
留得此地山上一勺水，渴鲜丛生难中难
——彭教仁题

此联以佛家慈悲的心肠，原借师父手中半叶蕉，解救在热火中生活的黎民。这里写处火中的黎民，盼望都能“渴解”，但仅靠虎跑泉一勺水是难以办到的。其目的是期盼普天下蕉叶都能煽灭热火。普天下的泉水都能为热火中的众生解渴。

炉火红深，与我煨芋
窗树绦满，烦公写蕉
——吴敬义题

此联系钱塘吴敬义题僧访虎跑寺平山和尚，情景交融，色彩鲜明，随手拈来，毫无制作。

含晖亭

石涧泉喧仍定静
松阴路转入清凉
——佚名

滴翠亭

已种稚松三百本
待移蚕竹一千根
——马一浮题　见《中国近现代名家名联》

虎跑泉

《咸淳・临安志》：“旧传性空禅师尝居大慈山，无水。忽有神人告之曰‘明日当有水矣’，是夜二虎跑地作穴。泉湧出。因名。”为今滴翠崖仗为二虎跑地湧泉之处。虎跑泉与龙井茶誉为“西湖双绝”。

灵泉湧地寒浸骨
胜迹名高著虎跑
——康熙题

山势北连三竺去
泉声西自五云来
——张以宁对联　王登书

此联是明代诗人张以宁律诗《题虎跑寺》的颔联。上半联写登上大慈山，看到这山势向北走向。可以连接上、中、下三天竺，视野宽阔，气势宏大。下半联联系虎跑泉，似乎泉声是从五云山传来，五云山在虎跑泉的西边。更联想到杭州的西南向的南岳。据传说，虎跑泉是南岳童子派了两只神虎来此地挖掘而湧泉的。这就使联语从实到虚，充满神奇色彩。

济公殿

在虎跑寺内。济公本名道济，宋绍兴三年隆生于台州李氏。疯狂不扬细节，坚持正义，好抱不平，饮酒食肉，与市井浮沉，故称济颠。始出家灵隐寺，后玉净慈寺，年七十三端坐圆寂于虎跑寺。昔时在寺右建济公塔，清代修建时，梁同书撰写《宋道济和尚塔复向碣》。

谁识如来面目，不坏金身犹住世
是真菩萨心肠，浑然铁舌尚留尘
——报本团上海办事处敬献

弘佛旨，渡众生，惟此颠僧称活佛
就机缘，参妙法，何妨玩世显神通
——台湾二十九人敬献

一柄破焦扇，一领垢衲衣，终日嘻嘻哈哈，人笑痴和尚，和尚笑人痴，你看怎样
本来豁虎条，趼去翻触斗，到处忙忙碌碌。我为渡众生，众生不我渡，佛唤奈何

作艺术形象的济颠和尚，不仅不畏强暴，救苦救难，也喜欢吟诗撰联，出语多警世醒人。郭小亭《济公全传》中多次提到他以联答对，妙语连珠。略举三二联：

醉是个醉，睡是个睡，李太白怀抱酒
坛在山坡睡，不晓他是睡，不晓他是睡
月长是个胀，月半是个胖，秦夫人怀抱大肚在满院逛。不晓他是胀，不晓他是胖

怕事忍事不生事，自然无事
平心守心不欺心，何尊放心

天雨虽宽，不润无根之草
佛门广大，难渡不善之人

李叔同纪念馆

弘一系李叔同法号。原籍平湖，光绪六年出生于天津。后至虎跑寺披剃出家。拜了悟为师。同年9月到灵隐寺依慧明受具员戒。1942年农历至9月初千日圆寂于泉州温陵寿老院晚晴室，其骨灰一置泉州清凉山弥陀岩，一置虎跑寺弘一法师舍利塔。塔侧有仰止亭。

无尽奇珍供世眼
一轮圆月耀天心

——赵朴初题　其语为“李叔同纪念馆落成，因录前年为弘一大师书画金石音乐展所作诗句为颂”

密行净名，与湖山不朽
惊才多艺，开风气之先

——沙孟海题

以情恕人，以理律己
勤能补拙，俭以清廉

——弘　一手迹

弘一法师不仅精于书法，也善于集句为联，撰联。著有《华严集联三百》《南山律在家备览略篇》等。1939年弘一在泉州开元寺尊胜院设南山律学苑。集合学者十余人研究律学，并为南山律学苑撰联：

南山律学，已八百年湮没无传，何幸遗编犹存东土
晋水僧园，有十余众乘习不绝，能令正法再住世间

弘一圆寂后，海内外寄来许多挽联挽贴挽诗。补录一二：

遍界不曾藏，岳峙依然，川流犹是
无声亦如幻，缘了自去，原在即来

——陈铭枢挽李叔同

一念真如，问华枝春满，天心月圆，几辈修持曾到此
亡言何适，怅晚照留情，秋莫含秀，其时飞锡更重来

——章锡琛挽李叔同，章氏曾在商务印书馆主编杂质，并创办开昭书店。

艺术精神备众长，声名中外春雷震
律宗功德诚无量，词赋诗书国宝传

——再传弟子桐铆　钱君匋

满陇桂雨

新西湖十景之一。

在满觉陇村。石屋洞前一米。以烟霞坊路口为上满觉,以地产杨梅之杨梅坞为下满觉。此处因吴越时有佛寺满觉院而得名。满觉意为“圆满之觉悟”。明代以前此处即盛产桂花,为西湖著名贵贵胜地。巨石上刻有渡粟九十高龄时题“满陇桂雨”四字。

花气入禅语
钟声流夕阳
——张 洵题

得山水清气
极天地大观
——萧峰题月桂馆

曾国藩醉鞭名鸟
生怕多情累美人
——郁达夫撰

石屋洞

在南高峰下,满觉陇内。洞内镌罗汉共516尊。洞外石壁旧有此宋陈襄、苏轼及南宋贾以遁尊题名刻石多出。金人亦有众多题刻。

林深容月色
古洞隐春秋
——李文秉书

古树苍苍金粟丹
亭堂朗朗一洞天
——蒋维松题桂花厅

宿鸟翻风去
惊番触石回
——朱彝尊题芳石屋寺即大仁寺。

水乐洞

《临安志》云:在烟秀岭下,旧为钱氏西关净化院。四望林峦耸秀,岩石蟠峙,有洞双启,穹若大厦。洞中水生如金石。熙宁二年,郡守郑謝名之曰“水乐洞”。苏轼曾在此赋诗。

谷虚而后能应
水激而后有声
——贾似道句

贾似道一生做了许多坏事,最后横死他乡。但他对西湖的山水却十分关怀水乐洞泉水的来龙去脉，为什么能发出动人的声音，然后得出上述语句的结论。从下面楹联的内容也证明了这一点：

悬崖滴水鸣金磬
激涧流泉走玉沙
——杨载题

合池开日月
泉石介烟霞
——岳　珂题上下四方之宇，即水乐园亭。在山之右麓，西湖群峰，江湖海门，皆在眼下。亭后洞中水引贯而下，山之洼为池而爱之，伏流飞注，喷薄如崖瀑然。

留馀山居

在南高峰北麓。昔山阴人陶蕖，在此疏石得泉，泉从石壁下注，高数丈，飞珠喷玉。陶蕖就在此结庐，建亭榭。时称陶庄。泉左有楼直达顶部叫“白云寓”，楼西有“流观台”，台下为堂三楹。乾隆临幸，赐题“留馀山居”“听泉”额，并有听泉亭。

瀑雷陈迹改
云窦见飞泉
——傅玉露题

凿开石径通云径
搜出真山作假山
——佚名

上述两副联语都是描述留馀山居的自然景观。尤其是下联，写得十分神妙奇特。这里奇石林立，仄经缎横，白石出岫，不可言状。凿开石径通到云径，经过云径仍是石径，很平凡的事物写出了韵味。假山一般都是用绌、疲、透一类的石块经过巧妙构思堆叠而成。这里有的是奇石，搜出真山就可作假山。这假山比原来的真山更美好，更可爱。真山就是假山，假山也就是真山。用了一个“搜”字，更把隐藏的真山搜出成为比假山更令人喜爱的真山。

南高峰

对见惯大山的人而言，南高峰不过是个小山头，只有一千六百丈高，体力健者很快就攀登到山顶。站在峰顶，揽之江为书，俯西湖如杯。晋天福年间建的南高峰塔已圮，仅留塔北与残砖。为今建有悬空式重磅亭。

凭栏宵月近
倚仗海云回
——田汝成题

此五言联文字极面，但容量很大，站在高峰的塔栏距九霄明月很近，似乎伸手可触；倚仗俯瞰，钱塘江、西湖、东海的云雾在迂回，令人胸襟开阔，尘虑尽清。

两脚不离大道，吃紧关头，须要认清岔路

一亭俯瞰群山，占高地步，自然赶上前人

——佚名

此联语的是平常话，但细细体味，还深涵处世哲理。人生的征途，每个人都在奔跑，到紧要关头和岔路、歧路要特别认清，不要错过机遇，或者走向岔路、歧路。更应胸怀大志，站得高，看得远，这样自然能赶上前人，超越前人。旧时贵杭图云关亦有此联，只是“逐”为“地”，“楼”为“亭”。

四大空中独留云住

一峰缺处还看潮来

——戴启文题南高峰汲江亭。联语含有佛语，先作出世思想，后作入世想法，令人有更大的思维空间。

法相寺

《湘山便览》云：“在颖秀坞，旧名长耳相，宗大中祥符向改额。后唐时，有僧行修，号法真者，耳长九寸，自天台国请来游钱塘，吴越王待以宾礼，延居寺中。逝后，僧徒漆其头相奉之。”寺内旧有宗慧堂、竹园、云壑、禅栖、颖绣山房。香莲居、梦化石等。

观空机奉息

阅世法身留

——洪　生题

法相何空，环十洲而锡嗣

色身不坏，磨百劫以长春

——张仁撰此联主要是赞颂圆寂后陈其号夫相的长耳和尚。法相，指诸法显现于外各别不同的相状。十洲，原是道教称大海中神仙居住的十处名山胜境。这里泛指十方。普天之下，都有弟子继承香火，继承宗风。色身，佛教指四大寿色法所组成的身体。这里指长耳和尚躯体，经过“百刻”，还能保持其“长寿”。这也是西湖佛教界的趣闻。

右台仙馆

右台山鹿，近法相寺有右台山鹿。俞樾《右台仙馆笔记自序》：“余自己卯夏，姚夫人卒。其年冬，葬夫人于钱塘之右台山，余亦自啻生圹于其左。旋于其旁买得佛地一区，筑屋三向，竹篱环之，杂荫花木，颜之曰‘右台仙馆’”。下面录俞曲园自题的三幅楹联：

自筑行寓傍生圹

兼留书塚在名山

不妨姑说梦中梦
自笑已成身外身

生无补乎时，死无关乎数，辛苦苦著二百五十卷书，流传人间，是亦足矣
仰不愧于天俯，不怍于人，浩荡荡历半生三十年事，放怀一笑，吾其归乎

于谦墓祠

在三台，为浙江省重点文物保护单位。墓前翁仲、石兽分列两旁，祭桌与香炉为明代原物。祠也修复。

赤手挽银河，公自大名垂宇宙
青山埋白骨，我来何处吊英贤
——王守仁撰书

此联传为明代哲学家、教育家王守仁少时手笔。上半联歌颂于谦用一双赤手旋乾转坤的功业。钱塘人于谦，明永乐进士，官丞兵部尚书。时有北方蒙古族瓦剌部酋长大举向明进攻，于谦全面负责保卫宗师的重任，坚决抗敌，由于宫廷矛盾，于谦被以“谋不轨、迎立外藩”的谋逆罪而惨遭杀害。后冤案得意昭雪。于谦的盛大名声永远流传在世上。上半联末五字就出于杜甫诗。杜甫七言诗《咏怀古迹》中有“诸葛大名垂宇宙，宗臣遗像肃清高”句。

于谦葬于三台山，当时大级还未见祠宇——旌功祠，用此在下半联只说青山埋白骨，仅是一抔荒坟，却没有场所供人凭吊这位英贤，令人感到万分遗憾。联语真诚动人，具有一种质朴的感染力。

千古痛钱塘，并楚国孤臣，白马江边，怒卷千堆雪浪
两朝冤少保，同岳家父子，夕阳亭里，心伤两地风波
——王阳明撰　刘江补书

此联梁章钜《楹联丛话》、《西湖志》载，皆说系杨鹤于撰，撰者究竟是谁，待考。

上半联大意是千古以来，令人痛悼钱塘恨事，于谦同春秋时楚国的孤臣伍子胥一样，遭受谋杀，在白马江边怒卷千堆雪浪。

宋代的岳飞因抗击女贞贵族之功，封了少保的官爵，明代的于谦因抗击瓦剌贵族立功，也封了少保的官爵。他们两人先后都遭冤狱，被错杀。岳飞的冤狱还使养子岳云、爱将张宪等人受到株连，惨遭杀害。因此下半联是说，竟有西湖少保猛兽冤狱，于谦和岳飞父子同样，今在夕阳亭里伤心南北两地的政治风波。夕

阳亭有个典故，此亭原在洛阳城西，东汉延光三年（公元124年）太尉杨震遭人诬陷，在夕阳亭饮鸩自杀。传说有种鸩的毒鸟，以羽浸酒，饮之立死。用夕阳亭这个典故借指杭州西湖同样也有忠臣义士屈死埋骨的场地。

赖社稷之灵，国已有君，自分一腔抛热血

竭股肱之力，继之以死，独留青白在人间

——董其昌撰　刘正成书

撰联者根据当时明朝内外斗争错综复杂的情况，在上半联说，靠着土神谷神的英灵，也就是国家先辈的英灵，于谦早就发誓愿抛洒一腔热血。股是大腿，肱是手臂，从肘到腕部分。旧时用此比喻帝王左右辅佐得力的将官。《左传》记载：晋献公早先派荀息辅助公子奚齐。这时献公得病，召见荀息说，我已病了，无能为力，我把这孤儿付托你，你该怎么办？荀息扣头回答："臣竭其股肱之力……不济，则以死绝之。"下半联用了荀息这句话，肯定了于谦保卫宗都、保卫明王朝的功绩，赞扬于谦"鞠躬尽瘁，死而后已"的决心，最后用于谦自己的诗句"独留清白在人间"。此联读来悲壮刚烈，令人敬佩。

宗室无谋，岁输卤数万币；和议既成，安得两宫归朔漠

汉家斗智，幸分我一杯羹，挟求非计，不劳三寸返新年

——张　岱撰　马世晓补书

公论久而后定

何处更得此人

——林则徐撰　尉天池补书

两袖清风昭万世

一轮明月跃三台

——胡树沛撰　祝遂之书

双手扶明光日月

一心救国壮山河

——詹瀛生撰　驾沧书

于谦祠前石牌坊

在三台山于谦祠前，面临西湖。近年新建。钱茂生所书董其昌撰之楹联在祠中记述，不再重复。昔日李瀚章（李鸿章）所撰联句有："赖社稷之灵，国有君矣；竭股肱之力，死以继之。"

砥柱中流，独挽朱明残祚

庙容永奂，长赢史笔芽名

——言公达

赤手挽银河，公自大名垂宇宙

青山埋白骨，我来何处哭英雄

——王文成撰　邬西濠书

祀典攸崇，苍松劲柏环祠墓

感应随至，玉烛金炉布庙廷

——刘　江书

三合别墅

《西湖新志》卷八："在三台山麓。陈六笙制军曾筑以避嚣者。前后两重，制极朴素。"陈六笙年过古稀，雅慕苏白，归任杭州，自号"西湖寓公"，书名冠一时，湖口各处联额，多为其所书。时人便以三合别墅的建筑以朴素见长的特点，针对清代人李鼎在《西湖小史》中指出西湖某些建筑一味追求净化的倾向，撰了下联：

欲把西湖比西子

而今西子做西装

俞曲园墓

靠近六通宾馆，法相巷 1 号绕进去就是。文革时被毁，后重建，未见石坊。墓边竖一小石碑，文曰："本生祖父寿山公之墓碑，孙俞铭衡平伯重立　一九七九年十二月"

五十年宦海抽身，小隐吴中，合洛社香山，一代耆英推老辈

四百卷遗书寿世，闻名海外，数儒林文苑，千秋史册此传人

——陆润庠撰

一代斗山韩吏部

四秩文空邵尧夫

——沈钧儒撰

一代硕师，名当在嘉定、高邮而上，方冀耄期集庆，齐算乔松，何因梦兆嗟叱，读两平议遗书，朴学销沉同堕泪，

卅年私淑，愧未列赵商、张逸之班，况复父执凋零，半悲宿草，今又神归化鹤，拈三大帙手墨，余生孤露更吞声。

——孙诒让撰

薄植荷栽培，附公门桃李行，今成松木

名山藏着作，自中兴将相后，别是传人

——吴昌硕撰

陈夔龙墓

在三台山路一侧，与俞樾墓近邻。陈夔龙系清

光绪年间进士，贵阳人，曾任河南巡抚、直隶总督兼此洋大吕，有政绩工于诗。1948 年病逝葬于此。墓前石坊联语颇多，录两副：

梦回蕉鹿，振缨九牧
诗在光宣，吟咏三台
——王其煌撰　周国成书

为政有解名，占籍贵阳无所愧
吟诗联逸社，安魂湖畔亦其宜

玉岑诗社

玉岑诗社在三台山路玉岑山上，一路古树苍翠，奇石林立。为今只复建一座玉岑阁。底层壁上镌刻名家书写昔日玉岑诗社诗作。

秀出一峰，高岑蕴玉
翩来群侣，胜日寻诗
——王翼奇撰并书

杨堤接赵堤，岁月无心留胜迹
莲社成诗社，湖上有意属名流
——王其煌撰　杨西湖书

三台阁

在三台山顶。明代周龙所绘《西湖全景图》上有三台阁，为今修复，成为登山兼可看湖的最佳景点。

四面晴光是百景
千秋正气拥三台
——吴亚柳撰句并书

小鸟悠闲，台边穿水去
丛云忙碌，阁外拥山来
——玉漱石撰书

烟霞洞

是西湖最古老的洞府之一。相传为五代后晋时弥洪和尚所发现。五代遗像有 30 多尊。

一角夕阳藏古洞
四周岚翠楼遥村
——佚名

半空虚阁有霞佳

上月深松无暑来

——王隋槐书

尚他日蜡履重来，湏汜取山中松径。

携一片红云归去，莫认错世外桃源。

——佚名

苏东坡石像

烟雾洞口有苏东坡石像。原先是清代错刻的财神像！后人嫌其太俗，铜臭味太重，因而改为苏东坡像。有一联记其事，

钱如真可通神，此座巍然，何不与烟雾终古。

石亦有时变相，长公热矣，莫非是因果前缘。

——佚名，有联某因果前缘为香火前缘。

胡明复墓

在烟霞岭上。胡明复(1891—1927)无锡人，为我国在国外获得教学博士学位第一人。1923年不幸在无锡溺水身亡。1929年中国科学社将遗体迁葬于西湖烟霞洞山坡上。旧时蔡文培题写的碑文虽有缺陷，还能看出其墓旧貌。

未世高风，无双国土

神州科学，第一牺牲

——蔡元培撰书

随遇而安，好领略半盏新茶，一炉宿火

会心不远，最难忘别来旧雨，经过名山

——佚名

避世竟无干净土

看花徒对可怜春

——佚名

以上三联均见《秋存斋联语备录》

刘师复墓

在烟霞岭上，在杂树野草丛中有一悬壁上刻“师复墓”三个大字，另有一方墓德铭。

刘师复，广东香山人，15岁中秀才，东渡日本后为同盟会早起会员。回国后参与赵，断了左手。被捕入狱，于是便彻底奉无政府主义，去姓留名，不食肉，不吸烟，不饮酒，不涉政坛，乃至一生不婚。他编报出刊，只凭一只右手工作。当时

有一联：

　　稚晖五体投地

　　师复只手回天

1915年病逝。巴金曾在一篇回忆文章里写过，1930年从法国回来后他第一次到杭州，便去满觉龙祭扫过他们敬重的刘师复这位中国无政府主义活动家。

上册

卷八

玉泉鱼跃　灵峰　黄龙洞　西溪

玉泉鱼跃

在灵锋青芝坞，泉上建亭，左右夹以迴廊，环以曲槛，游人可凭栏观鱼。旧时，这里是玉泉净空院，又称玉泉寺。董其昌题额“鱼乐园”。

鱼乐人亦乐
泉清心共清

——董其昌撰　启功书　据新编《西湖志》，而王荣初编著《西湖楹联》载：有人说是邹鲁所作。

此联的上半联是根据《庄子·秋水》的典故，说玉泉是鱼乐人亦乐的“鱼乐园”。《庄子·秋水》篇的故事是：庄子和惠子在濠水的桥上游玩。庄子说：鲦鱼自由自在地在游水，这是鱼的快乐啊！惠子说：你不是鱼怎么知道鱼的快乐？庄子说：……我是在濠水的桥上知道的。后人分析，这故事体现了庄子观赏事物的艺术心态。以自己在桥上看到鱼游水的快乐的心情，推测鱼在游水也有同样的快乐心情。明代文学家王世员有七言律诗《玉泉寺观鱼》中有“还将吾乐同鱼乐，三复庄生濠上篇”同样先讲“鱼乐人亦乐”的意思，庄生濠上篇，就是指《庄子》的《秋水篇》。

唐代诗人白居易《题玉泉寺》：“湛湛玉泉色，悠悠浮云身；闲心对定水，清净两无尘”把玉泉的晶莹澄澈，令人清净高洁的情景生动地描绘出来了。下半联就是据此诗“泉清心共清”一切尘慮都洗涤了，无忧无愁了，这是何等难得的心境。

桃花红压玻璃水
蘋藻深藏翡翠鱼

——马忠骏撰　张朝坡上　程十发补书

上半联写鱼池周边桃花盛开时，嫣红一片，倒映在玻璃般的池水上，上下辉映，何等神奇可爱！下半联写鱼池的水面和水中的景物。蘋，就是浮在水面的田字草，其色青碧，根垂在水中。藻是绿色的水藻。翡翠，指翠绿色的鱼。看，青蘋绿藻的深处藏着翡翠般的鱼群。从这里，游人可进一步领会水中花影荡漾迷离，水上的桃花交相辉映的情景。读联，不能光咬文嚼字，更应深入体味情景。有的联集“蘋”作“苹”字，苹藻也是绿色的，不就是红色的鱼或是黄色的鱼，游到苹藻底下，便被绿色染成了翡翠色。

休羡巨鱼夺食
聊饮清泉洗心

——沈　铭题　钱君匋补书

玉泉鱼池系活水流注，清洁晶莹，而今放羊五色巨鱼数百条。撰联人看到池中鱼群夺食饵，尤其是巨鱼夺食的情景，因而警戒自己及世人不要产生争夺的念头，要和睦、和谐对待。联的对语勉励自己及世人要洗濯不净、邪恶的心肠，涤荡心中自私妄想的杂念。《易・系辞上》："……六爻之义易以贡。圣人以此洗心，……"，后世人又有"洗心革面"的说法。旧时，玉泉还筑有"洗心亭"，如今已经不存了。此联从景物中赋予哲理，另有一标。

水翻鸭绿

山叠螺青

——董其罗题　刘江补书

全联仅八个字，就能看出山色翻动着鸭头似的嫩绿，山光耸叠更显出螺壳般的青葱。一个"翻"字和一个"叠"字，更使景色充满动态，活泼泼的，又把"青""绿"等色调描绘得十分形象、生动，实在令人叹服！

玉泉昔时还有许多旧联，试举三副：

此即濠向，非我非鱼皆乐境

恰来海上，在山在水有遗音

——陶文毅题

鱼有化机参活泼

人无俗感悟禅心

——盛和颐题

浩浩羡无涯，身坐宫中通造化

洋洋皆得所，眼观池内起慈悲

——陈小豪题

双峰插云

在洪春桥晚。旧称"两峰插云"，西湖十景色之一。"双峰"，指南高峰、北高峰。南宋时峰顶各有古塔一座，每逢云雾低横之日，峰行隐晦而塔尖兮明，因以名景。康熙三十八年，御题十景，改"两峰"为"双峰"，建亭勒石于此。

玉簪拔地三千仞

宝盖撑空一七层

——聂大年撰

风起云行快

山高月上迟

——佚名

华盖渐迷云缥缈

浮图时见碧玲珑

——高得易

灵峰禅寺

在仙姑山西北，青芝坞后。晋升运间，吴越王建。宋治平二年改为灵峰禅寺。

堂可藏云，山开伏虎
泉堪洗钵，池有潜龙
——佚名

此联可以说灵峰景观的高度概括。堂可藏云，主要指眠云堂，其实这里不少楼阁都与云为友，时见时散。灵峰禅寺乃延伏虎光禅师居之，故有山开伏虎联句。这里有掬月泉、洗钵池，相传池中有潜龙，因而对语作泉堪洗钵，池有潜龙。

南北高峰天外笔
东西流水屋头琴
——佚名 见《中国名联辞典》

即同灵隐双傍路
不减云楼三聚亭
——灵峰亭联 见《实用楹联大全》

补梅庵

在灵峰上。清咸丰时，有陆小石所绘灵峰探梅图。一时题者有陈春晓等数十人。吴兴周梦坡以其地故多梅，为补钟三百株，浚洗钵池，因以名庵。

漫空竹翠扶山住
数点红梅补屋疏
——沈钧儒题

小住为佳，梅鹤有情联眷属
大观在上，云山经用始鲜明
——戴启文题

排日快登临，心远地偏，怎禁在秋老西湖，寒生北郭
八山容放鸟，境闲人静，最好是松间煮雪，竹外探梅
——周庆云

上半联说登临补梅庵，此庵在仙姑山西北，地偏心远，怎幽禁在秋老的西湖，风寒的北郭？下半联说入山任称放鸟，是个境闲人静的所在。为呆在松间煮雪品茗，竹外探索梅花开放消息是最好不过了。号称补梅翁的周庆云，对佛学颇有造诣，又工诗词，所以能写出这么好的楹联。

掬月泉

在补梅庵右。泉旁石壁上镌“掬月泉”三字并有题祀：“宣统二年，乌程周庆

云灵峰山中起屋得泉，清宁容月，恍若可掬，爰作兹名，以谂来游。”泉旁有亭，亭中有重修西湖北山灵峰寺碑记。

流水悟禅机，砭耳松风僧洗钵；

空亭忘世事，沁心梅月客横琴。

——王礼仁题

此联出句诗僧人耳闻松风，小心洗钵，见到汩汩的流泉，可以悟得禅机。对句说季客游人沁心于梅月在亭中横着琴瑟轻弹，能将烦琐的世事忘却，进入另一种境界。此联，僧人爱读，俗人也爱读，因为它数着浓郁的禅味。

来鹤亭

《灵峰志》云：“在灵峰寺右，由掬月泉侧石径盘旋而上，高二十丈，敷石磴七十余级，筑亭其上。”亭始建于宣统二年，系吴兴周庆云建。与宝石山来凤亭遥相呼应。2001 年重建。

高亭临极巅，无数云山供点笔

皓月出岭表，才有梅花便不同

——坚　匏立人集句　仁和叶　铭篆

此地还宣招鹤伴

隔湖常看渡鸥来

——补梅翁屋书　金匮俞彬蔚

占得云峰十笏地

今来孤屿万梅花

——周庆云题

笏，是古时大臣朝见皇帝时所执的手板，长二尺六寸，“十笏地”不过两三丈地，这里是说占地有限而已。灵峰在清代道光年间广种梅花，后来荡然无存，直到周庆云建补梅庵时才从灵峰亭至来鹤亭补栽三百株。这些梅花好似从孤山分来了万株梅花，所以才有如此对语。孤山北宋以来赏梅堂事以孤山最为著名，因为它在里湖与外湖之间，好像一座孤零零的小岛屿，因而有人称宅孤屿。

踞鹫岭，傍桃源，面芝坞，小筑苑亭，是林壑最幽处

曲江涛，吴山云，西湖水，生成画本，极宇宙之大观

——补梅翁撰句属书　乌程蒋汝藻

上半联说建亭的地理位置，是林壑最幽处，直到当今，还是那么清幽宁静。苑亭，是小茅亭。其实宅是石柱瓦顶，对联皆镌刻于石柱上，而今还保存完好。以苑亭自称，无非是谦逊之意，极言宅古朴简陋而已。

下半联，曲江，西汉辞赋家枚乘的《七发》写了观清曲江，写得惊心动魄。根

据原句“观潮乎广陵之曲江”，一般以曲江在扬州附近，但也有人认为钱塘江，因为别称之江的钱塘江存好几曲，所以称为曲江，也就是确指钱塘江。在亭里看不到吴山，所谓吴山云，无非是出于作者联想。下半联总括西湖钱塘江的山水自然美，为天生的画本，极致的宇宙大观。全联笔法有合有开，笔锋由近及远，还用排比手法，加强了语气与风韵。

黄龙吐翠

即黄龙洞，在栖霞岭后扫帚坞，现为西湖新十景之一。自宋至清皆为佛教胜地，民国修改为道观。内奉石刻黄龙祖师像。

黄泽不竭

老子其犹

——大厂居士题

此联悬于山门口。此地故老相传，常有黄龙出没于松上，因称黄龙洞。另一说是江西黄龙山高僧惠开在淳佑年间来此结庵说法，因而有黄龙洞之称。作为道观，后山峭壁间塑有龙头，水从龙口喷出，下注池中，池边有石刻“有龙则灵”之字。上半联就是说黄龙的口泽不竭，也可以说是黄龙山高僧惠开的教泽不竭，堪称妙语双关。

圯桥风远留黄石

古洞云深护素书

——黄宗林题黄大仙洞洞口

《史记·留侯世家》记张良先生是韩国人，秦始皇灭韩，张良卫报先世之仇，狙击秦始皇未中，逃亡下邳(今江苏睢宁北)。有一天在邳圯桥上遇见一位老汉。老汉把鞋掉到圯下，叫张良给他拾鞋并为他穿上，张良如嘱照办，老汉称赞说：“孺子可教矣！”后与张良相约日期相会于圯上，老汉把一本书交给张良，又说：十三年后“见我济北，谷城山下黄石即我。”张良拿回书一看，才知道是《太公兵法》，经常诵读，钻研兵法。后来张良辅佐汉高祖刘邦打天下。张良于十三年后过济北时，果然见到谷城山下的黄石，他就珍藏起来，并定时祭祀。后世因把这老汉称为“黄石公”。根据这些史料，作者在联语种说：圯桥的教化为时虽远，当年却留下了黄石；这古洞(指黄大仙洞)白云深处至今还保护着《素书》。其实，黄大仙洞中不会藏着《素书》(指一种兵书，不是指白色的书)只是一种想象而已。

本惠开说法之场，佛与道通，重建有人追祖吉

以买济封侯而祀，新缘旧启，联吟愧我学张丹

——徐国谦题黄龙洞山门口

黄龙洞寺院初创于公元十三世纪四十年代，最先是僧人惠开主持、说法的道

场，当时皇帝宋理宗赵昀还把传说中的黄龙封为灵济侯，因抗旱求雨，十分应验。上半联说，这里本是惠开说法的场地，佛教与道教有相通之处，现在有人追踪祖吉重修院宇。下半联说，黄龙因灵感济世得以封侯、立祠，祠宇从旧变新，作为撰联者的“我”也想接踪前人予以吟咏，却自愧学不到张丹的水平。张丹，清代钱塘诗人，喜爱山水，著有《秦亭诗集》、《从野堂集》等。

玉版启玄机，三洞秘文通壁落
金炉通道诀，九宫瑞气霭黄健
——鲍伯麟题撰书

七芨列牙签，云采高幡，灵物长为仙籍护
九光开主殿，洞章朗诵，清飔时送步虚声
——广东惠为西湖玄妙古观主持明理性教献

内山门

黄龙洞晚清以后成为杭州著名道观，是我国道教八大道观之一。山门进去还有内山门，旧有一联：

葛岭接仙踪，玄鹤、青牛，太上明禋传古洞
罗浮联道统，白沙、丹汞，冲虚支派纪名泉
——至然道人陈南屏撰并书

上半联写道：地接葛岭神仙踪迹，这里黄龙洞有玄鹤、青牛，是祭祀太上玄元皇帝——太上老君混元上德皇帝留传下来的古洞。道教奉祀道教教主，春秋时期的思想家李平，称为老子。唐代最高统治者公然自称是老子的后裔，封老子为太上玄元皇帝，定期祭祀，后又加封为太上老君混元上德皇帝。所谓玄鹤，青牛，《列仙传》记载，老子晚年曾乘青牛西游。玄鹤就是仙鹤。

葛洪晚年又往葛岭到广东罗浮山修道炼丹，创立了冲庵观。旧传葛岭、黄龙洞一者产有朱砂等炼丹材料，黄龙洞西面路旁的百沙泉便是黄龙洞“黄龙喷水”的水源头。因而不妨当作“冲虚等派”了。所以下半联写道：罗浮山与黄龙洞道统相联，黄龙洞的百沙泉鹤丹汞，也就可以用冲虚等派的名义记入地志图经中去。玄鹤与青年，白沙与丹汞，构成鲜明的“句中对”，传此联显得别具匠心，五彩缤纷。

太清宝殿

这是黄龙洞奉祀道教教主老子的宝殿，老子是三清尊神之一的“道德天尊”。

记素王问礼殷勤，其犹龙乎，敏而好学，信而好古，君应称老
述黄帝传心秘要，执大象也，听之不闻，视而不见，道莫能名
——邓炽昌撰书

这副联对老子及其“道”作了宣扬，把“道”涂上神秘色彩。《论语》记载，孔子说自是“述而不作，信而好古”，又称赞卫国的大夫孔园“敏而好学，不耻下问”。汉代的儒者以为孔子修《春秋》是代王者立法，有王者之道，而无王者之位，所以称孔子为“素王”，也就是“无冕之王”。上半联从孔子说即老子，将“敏而好学，信而好古”加在老子身上，说他具有同样的好德行。所以句末四字说他称得上老子、太上老君的尊号。

下半联说老子传达了黄帝以心传心的秘文要道，接着根据《道德经》：“执大象，天下往。……道之出口，淡乎其无味。视之不是见，听之不是闻……”等内容，说老子掌握了最大的形象——掌握了“道”。这个“道”，听它，又听不见；看它，又看不见。这个“道”，很玄，是不可能称说名状的。

道德犹有经，自东粤西湖，同奉遗教

天地不能久，惟妙门玄北，竟传长生

——康有为撰书

老子的《道德经》奉为道教的主要经典，唐代将《道德经》尊为《道德真经》。因此，上半联说，老子有《道德经》流传下来，从东粤到西湖，道教信徒还一同尊奉他的遗教。康有为是广东南海人，又长期寓居西湖，所以用“东粤西湖”来代表广大的地域。

《道德经》第二十三章：“飘风不终，雨不终日。孰为此者？天地，无地尚不能久，而况于人乎？”意思是说，刮起狂风暴雨是天地，天地的狂暴势力尚且不能持久，何况是人呢？下半联开头五个字其出处就在这里。既然天地不能长久，只有《道德经》所讲的“道”，竟能流传到长生永存的地步。《道德经》第一章讲到“众妙之门”，意思指一切变化的总门。第六章讲到“谷神不死，是谓玄北”，意思是说：“道”是永恒存在的。修道可以长生，得道了以羽化成仙。

读上清璚书宝箓，响琅法鼓，烟馥众香，天际常瞻紫气

到此地修竹茂林，朝吸湖光，暮饮山渌，人间自有丹邱

——罗浮冲虚玄门弟子宗礼陈礼庭教撰

上半联说在太清宝殿诵读仙境传下来的经籍符箓，诵经声与法鼓声应和，殿中充满浓烈的香烟，天上时常能瞻说到紫气。下半联说黄龙洞处在半林修竹中，清晨吸着湖上的晨光，晚上喝着山中清洌的泉水，真是人间自有仙境，“人间自有丹邱”。屈原《远游》中说：“仍羽人于丹邱兮，留不死之旧乡。”丹邱，亦作丹丘，传说中神仙所居之地。宋林景熙说：“荒驿丹邱路，秋高酒易醒。”唐韩翊说：“何用别寻方外去，人间亦自有丹丘。”

长乐亭

此亭在黄大仙洞洞口。黄大仙洞是奉祀道教神仙黄石公的。旧有一联：

于人间继老子传经，天书宛在
记圯上使留侯拾履，湖月联辉
——陈礼庭、邵杰卿、何觐林、冯炽南谨识

此联主要记述黄石公故事。黄石公圯上老人，张良接受他所拾《太公兵法》后，如获至宝。汉王朝建立，张良被封为留侯。这为故事前面已经引述。上半联说黄石公在世上继承道教教主——老子传经，他用过的天书经文好像还在。下半联说，撰联人记起《史记·留侯世家》所记黄石公在下邳圯上叫张良拾鞋的故事。还联想到，当时授天书可能是在月夜，因而联中有“湖月联辉”四字，也就是说杭州西湖月色链接这昔日下邳圯上的月光。这种想象，舒展自如，令人神往。

鹤上亭

北宋诗人林逋隐居孤山养鹤种梅，他和鹤有时飞到栖霞岭此麓扫帚坞一带停息，因而后来有人在黄龙洞景点内筑亭而命名为鹤上亭。

月上新亭，把酒待招玄鹤至
风来古洞，倚松静听老龙吟
——陈次平撰联　王福厂书　吴玉为补书

根据崔豹《古今注》记载，旧传，鹤千年化为卷，又千年变为黑，称为玄鹤，也就是仙鹤。因而联语出句说：当月亮升上新建的鹤止亭的时候，把杯斟酒，要招呼黑色的仙鹤到来。上述楹联对语说，有风从古老的洞穴吹来，人们可以依靠在松树干旁静听老龙的鸣叫。黄龙洞峭壁上有水从龙头流出，下垂池中，发出的声音宛如老龙在呻吟。此联既报传说写实，又充满浪漫主义色彩，堪称佳作。

紫云洞

此洞在栖霞岭顶上，有前洞、后洞。洞中岩壁略带紫色，光线从悬崖峭壁间透入，看似紫云缭绕，故名紫云洞。旧有联：

洞有紫云，当盛暑清凉，宛似慈航普度
佛留胜迹，与群贤觞咏，居然香火因缘
——黄文中撰　宋左林书

上半联旧以紫云洞似有紫云的特点着手，当盛暑来此为进入清凉境地，好像慈悲的航船普济众生。紫云洞中途有佛像，洞测旧有佛殿，所以下半联说，佛留下有名的古迹，游客可以和众多的贤达饮酒赋诗，在此结下香火因缘。佛教称彼此契合为香火因缘，有前生或今生，也泛指因佛教的亲密关系为香火因缘。

西　溪

在西湖之西，北山之阴。宋南渡时，高宗初因这里有灵气钟秀，原想都在此。后来到了凤凰山，就指着西溪对臣子们说："西溪且留下吧！"后来就把"留下"两字称道至今。这里山雄水秀，气象不凡，昔日夹岸十八里满是茶竹梅栗，花开处处，别有洞天，仿佛昔时的桃花源。有"秋雪八景"，历代题咏意丰。

有屋尽从梅里出
无泉不是竹边来

——胡　介撰

我喜读王维。诗中有画
谁你爱西溪，景里有诗

——唐淑仪撰　淑仪撰有《西溪心影》等收入《西湖游记选》，生平不详，看来是一位极有才华的女诗人，散文家。

秋雪庵

在西溪葭蒹葭深处的东北角，就是现在的蒋村北边。庵在曲水潆洄。深溪盘古里。明代陈儒眉公取唐人"秋雪蒙钓船"之诗句，题名为"秋雪"。旧有弹指楼，董其昌题额"弹指楼开。"

美人名士联翩至
泼墨秋毫逸兴高

——周梦坡撰

说剑风生座
题诗月满楼

——厉　鹗题　此联悬楼上

词客有灵应识我
西湖虽好莫题诗

——此联出幅朱孝藏撰　对幅陈曾寿撰

历代两浙词人祠

祠在秋雪庵后，供奉历代两浙词人及宦游词人、流寓词人一千零四十四位。祠榜"草堂之灵"四字，系无锡王西神之篆书。这是民国十年，浙江省教育厅人长厦教观发起改建的,词人周庆云出资。

月夜归来,此地宜有词仙,拥素云黄鹤

芦花共色,独客又吟愁句,对万壑千岩

——朱疆村集姜百石词为之题联

两浙词人祠落成时,词人朱疆村题此联。上半联说此地是词人的祠堂,每当月夜,该有驾着白云黄鹤的词人的英灵——即词仙归来,来到此书词人归宿的所在。每当秋季,白色的芦花缀满地,为一片秋雪,词客往往有悲秋之叹,吟咏愁句,而对着万壑千岩,抒发胸襟的悲秋之情。

小筑吟窝,正玉笛吹凉,翠觞留醉

试招仙魄,有丝阑旧曲,金谱新腔

——周湘舟令集句 冯熙书

交芦庵

原名正等庵、芦庵,位于秋雪庵之东,南宋绍兴年间创建,董其昌曾题额“茭芦”。此庵昔日香火很盛。《实用楹联大全》载有下联:

香火因缘,弥勒同龛如是住

溪山幽胜,吟魂此地盍归来

上半联的意思是,都是由于香火结因缘,弥勒同龛,就是这样安位于所证得的果位。龛,供奉佛像的石室或佛座。下半联的意思是:此地的溪山非常幽胜、寂静、壮美。骚人墨客的灵魂怎么不会回来呢?

松梦寮

在杭州西溪景区,今已补存。《古今联语汇集三集》载有下联:

天外风来,恐成龙飞去

山中月冷,惟有鹤先知

——徐新华题

徐新华系徐珂之女,从上联可看出她的诗词楹联才华。天外之风刮过辽阔深幽的西溪,夹岸十八里的茶、竹、梅、栗因而摇曳震摄,片片花飞,恐这般天风会成龙飞去。多么空灵的想象力:山中宁静,月更冷,惟有鹤最先感受到,其实也就是作者自己的深刻感受,心中情与身外景交融在一起,浑若天然联语。

法华寺

在北高峰北麓,西溪法华山腰。原是一座著名古寺,久圮,近年重建。放生池等有碑亭。寺等有巨大照壁镌刻《重建法华寺记》。

佛法圆融，智慧三千参妙谛
梵华寂照，钟声百八涤尘心

——詹赢生撰书

东岳高峰，蕴天地精髓，堪美玉液仙泉，毓秀钟灵人气旺；
法华古寺，阅沧桑兴替，际会文明盛会，暮鼓晨钟殿宇新

——李文照补书

上册

卷九

万松岭　凤凰山　玉皇山

浙江省革命烈士纪念馆

在万松岭、陈云题“革命先烈。永垂不朽”于巨大纪念碑上。

马放东林，摇尾嚼草
人囚西牢，卧薪尝胆
——马东林撰

马东林曾任中共浙江省委候补委员、杭州市委常委兼西湖区委书记。1928年1月囚禁于浙江省军监狱时撰此联，同年2月8日被杀害。

小已生命轻一掷
服务精神足千秋
——沈钧儒挽沈黄

沈黄，嘉兴人，善绘画、木刻、书法，曾到延安参加革命。

四世同堂，极尽天伦之乐
年届古稀，爱国犹不落后
——刘英贺革命老人郑志西七十寿诞

抗战时期的1937年，中共浙江省委驻在平阳凤林，刘英住在郑志西家。为了体现国共合作，刘英还请当时任平阳县长的徐用，题了“礼隆仗国”匾额。后来，遭围剿，凤林被烧了不少房屋，而郑志西这幢房子却有了这个匾额而幸免。

同闻一多沥血牺牲，仗义执言，惨绝人寰遭杀害
浮于子三后先辉映，舍生为国，力争民主树仪型
——陆维钊挽费巩

费巩(1905—1945)字寒铁，江苏吴江人，留学英国，曾任复旦大学、浙江大学教授。1945年由遵义至重庆，未几被特务杀害。著有《英国政治组织》、《比较宪法》、《中国政治史》、《中国政治思想史》等。

尽心育才，生无憾其素学
致命遂志，死有重于泰山
——陈　立挽费　巩

杳杳江天，看秋华盘空，缅怀已往
粼粼湖水，听春莺啭树，欣喜方来
——驾沧俞建华题纪念馆后山云松亭

亭危独揽江湖秀
潮退能迴天地青
——苏渊雷题纪念馆东南山岗积仪亭

于子三墓

墓在万松岭敷文书院南。于子三，浙江大学学生自治会主席，因领导反内

战、反饥饿、反迫害运动，于1947年10月29日被捕杀害，这一惨案波及全国。

爱和平有罪，要民主有罪，争自由有罪，见他妈鬼，那狗屁宪法

打内战可以，卖国家可以，杀青年可以，滚你娘蛋，这无耻政府

——杭州学生界

万里叩乡关，雨夜凄凉东海远

千秋赍壮志，孤魂寂寞凤山寒

——山东同乡会挽于子三

居然杀了你，于先生，于先生，在这个时代，有如此国家

切莫放过他，刽子手，刽子手，既不许自由，讲什么民主

——唐　弢挽　见《近现代名人对联辑注》

男儿死耳江水白

英魂来兮凤山青

——刘操南题于子山墓　见《两浙轶事》

上述有两联是用白话文写的，也没有按联语的规范来写，尤其是杭州学生界那一联竟用了不该用的粗俗语言，这都是出于极端的愤怒、悲痛心情，匆促撰写的。

浙江陆军监狱牺牲烈士纪念亭

亭在万松岭一侧山坡上，颇雄伟。此监狱原在杭州武林路一号，当时有不少先烈为国牺牲。因立亭于此，作为永远纪念。亭柱上有张学理撰，郭仲选书，余照撰书两联。其碑记系曾在陆军监狱过着七年铁牢生涯的苏渊雷撰书的。碑文情景融洽，神采飞扬，其中不少排比句就是楹联佳作，试录一例：

白云在天，萦南北孤栖之毅魄

松涛动地，激万千来者之心潮

——苏渊雷撰

万松书院

在万松岭。明弘治十一年，以废报恩寺改奉孔子像，名万松书院。清代御书"浙水敷文"额悬于中堂，更名敷文书院。书院中有仰圣门、大成殿、明道堂、毓秀阁、居仁斋等。近年重修，规模宏大。

萦回水抱中和气

平远山如蕴藉人

——康熙撰书大成殿　王伯敏补书

倚槛俯江流，一线潮来文境妙

迎门欣湖绿，万松深处讲堂开

——俞樾撰　郭若愚补书　此联是明道堂

上半联说这里倚槛可俯瞰奔流不息的钱塘江，美妙的文境为钱塘江中秋时节那一线涛展滂而来。下半联述万松门对着西湖，可以饮湖中清沏的泉水和吸收纯净的空气，规模宏大而宽敞的书院就在万松深处。此联出句都描绘钱塘江与西湖的风光，对语才从述及讲堂与文境，感到十分自然、亲切。

竹里书声来隔院

松间棋韵静虚窗

——高鹏年题

浙水重敷文，看此山左江右湖，千尺峰头延俊杰

英才同树木，愿多士春华秋实，万松声里播歌弦

——清巡抚蒋益澧撰　张海重书

敷文，指铺叙文辞，即作文。上半联说浙江重现文化教育，看这个山岭左边是钱塘江，右边是西湖，这千尺（极言其深、高、长）峰头，招揽、延续了多少俊彦豪杰。对一个书院来说，当然包括名师与高徒。下半联述英才如树木那么繁盛，愿众多的贤士都能在春天开花。秋天结果，也就是说文采与品行学问都能获得硕果。也愿万松声里永远传播着弦歌。苏轼《和王胜云》诗中有“斋酿如渑涨绿波，公诗句句可弦歌”。

入则孝，出则悌，宋先师之道以传后学

颂其诗，读其书，友天下之士高论古人

——朱彝尊撰　陈振濂补书

节一坟·亭

在万松岭西麓，又称双吊坟。俞曲园《春在堂笔记》：“癸酉春，余至敷文书院访同年杜莲衢侍郎，乃过其地，因坟为屋，塑男女二像，门外一碑载其大略曰：嘉庆间，有崔升者，京师人，携其妻陈氏来杭州，落魄不能归。或有以夫妇两全之说过者，陈不可，益穷困，同投缳死。钱塘令哀而葬，并建亭曰‘节义’。”

劲节励冰霜，松树梅花常作伴

存心盟日月，湖光山色亦增辉

——傅璧堂题

此联说崔升夫妇的节义胜过冰霜，在高寒的冬季还有松树梅花作伴侣，亦赞扬为松梅经受起冰霜的考验。两人的寸日为日月，昼夜照耀，说这里的湖光山色亦增辉。

视死如归，只要留节义两字

浮生若梦，何如为名教完人

梵天教寺

在凤凰山南麓，钱王弘俶建。寺庙建于乾隆三年的经幢一对，极富文物、艺术价值，正在修缮。释谛闲，俗姓朱，云游全国各地，数度栖息梵天寺，与弟子商讨修缮梵天教寺事宜，未果。谛闲著有《念佛三昧宝王论义疏》等多种，后人辑有《谛闲大师遗集》行世。谛闲亦善于撰联，录一副：

将济世才，学出世法，先从戒杀放生，默念弥陀修惠业

以有漏果，作无漏因，觑破人心世道，往生净土证全身

——谛闲赠王正黼

王正黼，奉化人，曾任东北矿务局总办，1949 年移居美国，1951 年病逝。见《中国对联大辞典》。

圣果寺

在凤凰山之右翼。初名胜果，始建于隋文帝开皇二年(590 年)。唐乾宁间，僧文喜枯坐岩下，寂完放光，寺废顿兴，即名圣果。吴越王镌弥陀、观音、势至三大佛及十八罗汉像于石壁。旧有千佛阁、佛祖亭、澄观堂、松涛阁等。寺宇虽不存，但还有许多遗蹟可瞻仰。

独怜内殿成荒寺

空见前山映后湖

——释宗泐题

到江吴地尽

隔岸越山多

——释处默题

江水滔滔，洗尽千秋人物，看闲云野鹤，万年皆空，说什么南宋衣冠、西湖烟柳

天风浩浩，吹开大地尘氛，倚片石危栏，一关独闭，更何须故人禄米，邻舍园蔬

——释处默题

松涛阁

旧在圣果寺卧醉石下，明代王宗仁、夏言皆尝读书于此。天启间圮。

卷帘红色近

隐几石幢低

——樊良枢题

庭前修竹春啼鸟

屋畔长松昼宿云

——王宋仁题

南宋后殿

南宋的皇宫范围一般认为是“方圆九里”。其后殿原是绍兴初年盖的一座便殿,后孝宗诏令重修,随后又建了接见群臣商讨大事的延和殿、澄碧殿、勤政殿等。故有下联

论道谈经,殆尖炎虎观金华之比
听朝决事,兼汴都延和崇政之名
——佚名

炎汉,汉自称以火德王,故城炎汉。此联出句说论道道德经,可与汉代虎观金华相比。虎观乃白虎观的尚称,为汉宫中讲论经学之所。也泛指宫建中的讲学处。金华,即金华殿,古在未央宫里。对语说帝王听取臣上奏与决事都在此殿进行,兼用了北宋京都延和殿政等宫殿的名称。下面两联都是为南宋皇△以及为孝宗赵眘歌颂德与祝寿的,也就是西湖古老的楹联之一。

祖尧父舜真千载
禹子汤孙共一家
——杨万里题

天意分明昌大德
诞辰三世总丁年
——杨万里题

《道教楹联选编》录有南宋后殿万寿宫的两副对联,皆佚名。

梅开闻不厌
竹静望偏深

烟火万家添胜概
江山千里引近情

玉皇飞云

西湖新十景之一。玉皇山,宋称玉龙山。东接凤凰山,西连南屏、大慈诸山,山顶常有云雾飞绕,变幻无。山巅旧有福笙观及感云宫。清时较兴盛。

湖上萧萧疏雨
山间雾霭暮云
——黄苗子书

山雨欲来,且休息片刻,再影天阙
岭雲初上,看森严万象,争捧玉皇
——佚名

天阙，指天上的宫阙，亦为星名。出句述天雨就雾来了，慢点上山，且休息片刻，再朝着天上的宫阙交进。对语述岭雲初上，白云缭绕变幻，森严之万象争捧着玉皇山巅。玉皇山海拔只有二百三十多米，经此联一描述。为攀上千米名山，十分气溉。

一路松声长带雨
半空岚气总成云
——姚肇诗联　沈迈士书

山联系沈迈士九十岁时书写，时在1980年，而今沈老早已作古。上半联说，一路风吹松树，可以听得到松涛，有时还夹着雨声，这是从山麓、路上山的情景。下半联再写半路驻足时仰瞻山上的情景。半空潮湿的雾气连同丘壑里的岚气，便形成白色或略带淡紫色的白雾，将玉皇山托上缥缈的云端，使登山者引起浓厚的兴趣。

玉龙殿

在玉皇山巅中部，殿后有双井，新旧亭台楼阁错落，名人题额颇多。

水映七星，斯文瞻北斗
天成八卦，用坎镇南离
——佚名

两树晴山分画谱
白云红叶尽诗材
——杨　度题得意亭　见《中国近现代名家名联》

紫云洞

玉皇山腰紫云洞，极幽深，攀崖石刻多处。有黄帝纪元4630年岁次壬申春月镇海陈修榆题刻。

半池风雨送春冷
一夜霜花带月开
——徐　渭题

此联原为许　渭手迹，镌刻在洞中崖山，毁于"文革"，如今可以重刻。具有诗情画意的联语，游人至此往往停步默读，享受美的感悟。

七星缸，八卦田，紫来洞天，皆神工奇作
东浙潮，西湖景，龙山胜蹟，极武林大观
——旧时镌于攀崖，如今由朱其石书

玉皇山耸峙于西湖与钱塘江之间，系龙山北支脉也。近人胡寄凡编撰的《西湖新志》云："玉皇庙在育王山巅，……清雍正间，浙督李卫以杭多火患，形象谓此山为离虎之祖，乃于山腰置铁缸七，仿北斗星象，依此排列。缸之外铸有符箓咒词。"这就是七星缸的来历。八卦田在紫来洞前可看到，就在山后村庄，相传是南宋皇帝祭先农时亲耕的藉田。明代高濂《四时幽赏录》记载："宋之藉田。以八卦爻画沟塍圜布成象，迄今犹然。春时菜花丛开，自天真高岭遥望，黄金作埒，碧玉为畴。江波摇动，恍自河洛图中分布阴阳爻象。"看了上述文字，就知道，上半联所说的七星缸，八卦田，紫来洞，都是神工鬼斧开创的奇境。在玉皇山上可以俯瞰浙江潮，遥望西湖景，玉皇山是龙山支脉，所以在下半联概括地说，极尽了武林的壮观。

福星观

玉皇山的开发早从唐代开始，原名玉柱峰就是佛寺与道观。宋代又改名玉龙山，真宗赵恒、徽宗赵佶等大力弘扬道教，道观有了很大的发展，玉皇山成为道教的胜地。

伊蒲馔好留佳客
兰若楼高逭夕阳
——启功撰　康雍书

此联福星观一度作为亭院茶室里撰写的。那时虽不供道教神像，但仍有素茶、素点心供应游客。因而楹联出句说，宛如旧时玉皇山佛寺的伊蒲馔，把友好的宾客留佳。对语说，今天玉皇山的庭院建筑，也宛如当日玉皇山的兰若楼，可以高高地遮蔽夕阳。梵语称不出家的男性佛教徒为伊蒲塞。伊蒲馔，即指佛教中的净素筵席。兰，即梵语"阿兰若"的略称，意思是闲静而无苦恼、烦乱之处，具体即指寺庙。

古栖云禅寺

在栖云山南坡，始建于南朝陈室帝太建六年。南宋时，栖云山地处皇宫外围禁地，栖云庵为宦臣将帅所居。明代时，与梵天、圣果会称西湖东南三大寺。有如来像古石刻碑二方。寺后石坊系广东梅州市侯思训居士独赏献建。陆俨少书寺额，赵横初书"大雄宝殿"额，沙孟海书"庄严净土"额。

大道不离，祗要回光同本得
法身原具，若能转物即如来
——明旸题

古刹阅沧桑，咄祝融逞刼，麓烟顿消弘佛力
法堂赓梵呗，喜龙象焕新，众生尽度沐慈恩
——戴维璞撰　玉溆居书

杭州市革命烈士陵园

在南山。园里有革命烈士事迹碑廊，还有亭台池榭，天龙亭自有下联：

龙池倒映南山峰，潜龙在天，飞龙在地

青山纵横西湖水，山青为体，松青为神

——葛法瑞书

水月轩有下联：

水月当轩，玉龙在望

竹筠比竿，金粟馀芳

——吴亚卿撰 袁啸谷书

上册

卷十

六和塔　九溪　之江路　云栖

海潮寺

在望江门外，旧时为大寺院。制极宏丽僧徒众多，现仅存清光绪间重建的天王殿，重檐歇山，气势宏伟。光绪丙申秋知止轩藏板的《西湖楹联》及以后刊用的楹联集都载有下联：

法脉接祇园，同依鹫岭，慈云切莫分，谁教谁律谁禅宗，但能自性自度，皆能大觉

应身遍尘刹，普摄虎林，僧海须澈悟，无我无人无众生，若见诸相非相，即见如来

——如山撰书　作者是佛家，对佛学深幽研究，因而作出了自己对佛教名宗的看法。上半联述佛法的源脉来自祇园。同依鹫岭，就不必要分什么禅家、律宗，以及其他宗。祇园、鹫岭都是佛教圣地，在印度。白居易有“香刹看非远，祇园入始深”之句。鹫岭在古印度摩羯陀国王舍城东北，山中多鹫，故名。所以灵隐飞来峰又名灵鹫峰。唐宋之间有灵隐诗“鹫岭郁岧峣，龙宫隐寂廖”之句。他再下去说，只要能自性自度，都可达斗大觉的境界。

下半联，应身指应他的机缘而化现的佛身。塵刹，指微尘中圆融平等的境界。众僧皆在杭州西湖奉佛，应彻底领悟，无我无人无众生。诸相非相。对于“相”的理解应是事物的相状，表于外而想象于心呀。这样就能达到偿因来果，而成正觉，即如来也。

吴越碧波亭

故址在钱塘江边。《五代史》载，钱氏大阅兵于碧波亭，亭阶临水面，涸数丈。北宋陶岳《五代史补》载：“僧契盈，闽中人。……广顺初，游戏钱塘。一旦，陪吴越王（钱俶）游碧波亭，时潮水初满，舟楫辐辏，望之不见其自尾。王喜曰：‘吴越地去京师三千余里，而谁知一水之利有如此耶？’契盈对曰：‘可谓三千里外一条水，十二时中两度潮。’时人谓之佳对。时江南未通，两浙贡赋自海路而至青州，故云三千里也。”

三千里外一条水

十二时中两度潮

——释契盈撰　近人蒋北耿书于六和明轩。

联中一条水，指钱塘江。十二时就是一天一夜的十二个时辰，每个时辰二个钟头。这本来是很平常的事物，凑成一对，时地对偶，动静映衬，留许多空间与时间让人们去四放，确系妙绝。上海龙华寺亦有此联。

杭州市革命烈士纪念馆

在六和塔东，钱江大桥西。广场上有蔡友祥烈士塑像。原为蔡永祥烈士事

迹陈列馆，1984 年改会名。馆后有英烈亭，前暮侨题额，有联云：

碧血绣红旗，英风万里，催起江潮腾日夜

丹心照青史，烈魄千秋，引来福泽润山河

——吕漠野撰

白　塔

位于钱塘江北岸江干闸口，运河注入处，旧称白塔岭。《钱塘县志》云：岭峙江上，每仲秋十八日，邑令酹江于此。岭下为进龙埔，有进龙桥，一名白塔桥，昔时有白塔寺。此塔创建于五代吴越末期，塔通体用汉白玉精工雕琢砌叠而成，为八角九层仿木结构楼阁式雕制塔，高十六米。具有很高的研究价值。1988 年被列为全国重点文物保护单位。

远水欲无际

孤舟曾未归

——范仲淹题白塔驻轩亭

雁外晚钟横白塔

烟中寒月上朱楼

——见陆以湉《冷庐杂识》

以上两联虽短，但还能重现昔日景致。站在白塔驻轩亭里，可远望无际的江海，企盼孤舟归来。动态的雁外晚钟，萦绕着白塔，用“横”字多巧！烟中寒月上了米楼与白塔相映，色彩多么鲜明、深沉，烘托出静寂的氛围。

前江后山书堂

在钱塘江边，背山面江。是“扬州八怪”之一金农所构，今已不存。金农(1687—1764)，号东心，仁和(今杭州市)人，一生大半寄居庵寺，曾卜居钱塘江边，构此书堂储经籍国史。研读朝夕，他的画，在中国书画史上产生深刻的影响，又为山水游，工诗词联语，著有《冬心集》八卷。在《历代名人楹联墨迹》里录有楹联数副：

小庭亦有月

高枕乃吾庐

——无题一

手弄石上月

口吟沧浪辞

——无题二

奇书手不释

旧友心相知

——无题三

且与少年饮美酒
更窥上古开奇书
——无题四

但教有花春满眼
仅曾不醉月当头
——无题五

清为瘦竹闲为鹤
座是春风室是兰
——金农题书斋

以上诸联,当代许多联集为《中国楹联鉴赏辞典》、《古今百家名联墨迹欣赏》等都收录。是见联短味长,百读不厌。

六和塔

在钱塘江北岸月轮山麓,又名六合塔。为八角形,外观十三级,内分七层,高约六十米,内藏舍利、经文等。北宋开宝三年(970)吴越王钱弘俶为镇钱江潮而建。元明以来,屡毁屡修。近年,严格遵照国际公认之《威尼斯宪章》基本原则,对该塔进行加固、维护,1991 年底完成。此塔为全国重点文物保护单位。旧有联:

到此便含无尽意
置身已在最高层
——陶在东

潮声过诸石
暝色赴崖钟
——郭嵩焘

开化寺

亦呼六和寺,系六和塔院,始建于宋开宝三年。寺有持正泉、金鱼池、名江亭诸胜。

潮声自演大乘法
塔影常圆无住身
——乾隆题

大乘,是梵文意泽,公元一世纪逐步形成的佛教派别,传入中国后有所发展。"大乘"强调利他,普度一切众生。无体,佛教语,谓法无自性,无所往看,随缘而起。唐代张说有"应将无住法,修到不成名"之诗句。下面还有开化寺的旧联

灯传慧业三宝地
鼓应洪涛八月天
金摆池鱼惊俗眼
琴倜山溜写清音
——赵　扑题

赵扑(1008—1084),字阅道,衢州人,景佑进士。因不满王安石变法,罢知杭州,曾为钱镠表忠观于杭州玉皇山。著有《赵清献集》、《拈古颂》百篇。

六和塔碑亭

亭中立巨碑,此碑是杭州保存最完整之一方御碑。亭左有僧智昙铜像,另一旁是放生池。亭中有联四副,录其一:

挟九区爽气,扬两浙风华,拍万古月轮,问他昔日宸翰,尚显得几多文采
建百尺高亭,纳三春胜景,喜六和钟韵,为我名山事业,又播来一片佳音
——杨尚模撰书

联来自署“江淮盹叟杨尚模九十又九撰并书”。百龄老人能自撰并书一副长联确实能可贵。宸翰,帝王的墨迹,指御碑。三春,农历正月称孟春,二月称仲春,三月称季春,合称三春。此联用了八个数字,较为工整。

九溪烟树

九溪烟树,泛指九溪十八涧一带,系新西湖十景之一。《西湖新志》:“九溪所会支水九涨,凡其末入溪处,皆号曰涧。会溪之口,只九数,当其穿绕林麓,并括细流,不知几凡,约而举之,乃以十八为数,言其倍于九也。”此处群山环抱,苍翠万状,念转愈深,境愈幽秀。俞曲园昔日游九溪,有下列平凡的句子,却能高度概括九溪烟树的特点:

重重迭迭山,曲曲环环路
丁丁东东泉,高高下下雪

郁达夫在《半日的游程》里,写到在九溪十八涧观景品茗,还吃四碟糕点和茶庄里自制的西湖藕粉和桂花糖等。与老翁读到三竺六桥,九溪十八涧的景观,兴致很高,最后老翁以富有仰扬的杭州土音计算着账目,郁达夫听了拍案叫好,已经凑成了对子:

三竺六桥,九溪十八涧
一茶三碟,二粉五十文
——郁达夫

理安禅寺

位于九溪十八涧理安山麓。旧名法雨寺，大殿左有法雨泉。五代时期有伏虎志逢禅师楼息于此。近年修整重建后，仍为寺院构局，但作为茶室对外开放。关于法雨泉有数副联语很有有名：

碧螺澄法雨
绿树荫清泉

法雨晴飞，绕殿香云至
天花昼下，交空瑞石悬

薄宦寄明湖，有梦难寻荆树影
前因迷法雨，招魂空叩木樨禅

林壑剧幽深，法雨一泓参妙谛
峰峦似方广，衡云九面动归心

——郭昆涛题　见《云卧山莊别集》

妙谛：精妙之真谛。这里幽深的林壑，又有一泓法雨，可以参透佛学精妙的真理。方广：有两重意思，一是峰峦环抱，是个范围不甚大的地方；二是指佛号。隋吉藏《胜鬘宝窟》卷中："方广者，是大乘经之通名也……理正为方，言富为广。"也即直指佛寺。郭昆焘从这里的峰峦岚霭，回忆起故乡湖南衡山的云雾，不觉动了归到故乡之意念。还有一座周氏经塔，也在理写寺古老的桥上，现在难能找到，上海古籍出版社《实用楹联辞典》录有此联：

自鸠摩师重译而来，六代梵王钟，所刻灵文无比胜
与贵妃塔并传不朽，九溪功德水，甚深妙法许同参

九溪十八涧亭

从九溪溯源而上，约行三四里，溪流汇曲处之道旁，有三楹长方亭，石柱八根，无题匾。镌有石柱上楹联有四副，其中一联云：

小住为佳，且吃了赵州茶去
曰归可缓，试同歌陌上花来

——天琴道人樊增详撰书，时年七十有九

此联有两个典故弄清楚就不难理解了。赵州茶，唐代赵州有个法号从谂的高僧，极嗜品茗，世称赵州古佛。而此寺近处又盛产龙井茶，又有理安古寺。两

者联想在一起，便成上半联。下半联说到陌上花，相传吴越王妃每年春季必回归杭州，王以书遗妃曰："陌上花开，可缓缓归矣！"吴越一下人用其语谱歌，名为《陌上花》。

褚遂良祠

祠在杭州褚塘，褚遂良祖籍河南，世称褚河南，因曰："褚河南祠。"褚遂良(596—658)随先辈来杭，第宅在杭州城东隅。良博涉文史，无工隶书，继虞世南以后自成一体，丰艳流畅，变化多姿，在书法史上有很高的地位。与欧阳询、虞世南、薛稷井并称为唐初四大书法家。存世碑刻有《雁塔圣教序》、《孟法师碑》、《大字阴符经》、《房玄龄碑》等，还有文集二十卷，《全唐文》收录其奏疏章表二十篇，碑记尊十篇。祠虽不存，但后人供奉祠联还在：

庙食褚塘，大节一生垂史册

魂归阳翟，易名千古表文忠

——严保庸题　见《中华对联大典》

褚遂良祠，历代都供奉，因为他的大节存史册。唐太宗时，遂良官至中书令，参仪朝政，为宰相之一。高宗立武则天为后，遂良因曾经反对而被贬潭州（今长沙市）、爱州（今越南清化），显庆三年客死爱州，两个儿子也在途中被杀。直至德宗时，才追赠太尉。因遂良客死爱州，联中诗魂归阳翟，就是招他的魂回归到他的祖地阳翟，即今河南省禹县，也就是招他的魂回归杭州，回归褚塘褚河南祠。

陈布雷墓

世人称蒋介石"文胆"的陈布雷，原名训恩，慈溪人，曾任上海《天铎报》记者、《韦大字典》编辑，《商报》主笔、以及待从室第二处主人，国民党中央执委，总统府国策顾问等要职。1948 年 11 月 13 日凌晨自服安眠药身亡，葬于九溪上海总工会屏风山工人疗养院一院内。墓碑上镌刻"陈布雷先生墓"署"同县愚兄慈溪钱罕谨题"。

文章天下泪

风雨故人心

——于右任挽陈布雷

陈布雷的葬礼还很隆重，蒋介石选挽匾额"当代完人"，宋美龄亲去慰问陈布雷夫人王允默，蒋经国与陈仪等要员护送遗体至九溪墓地。一时挽联为林，其中以于右这幅副挽联深受两岸人民的共同赞同与肯定。是非褒贬当然任世人评论。但有一事应该提一下。他身后并无什么△储。反革命时坟墓被毁，只有一支派克金笔，是曾任抗战后期军委会政治部三厅秘书、中共党员翁泽永为他代买的。就这一枝笔，让多少人感慨万千！陈布雷还善于撰联，试录一联：

通达计然才，华殖韬光不济众

神明绛县志，匡扶看子始辞尘

——陈布雷挽郭朝沛　（郭朝沛系郭沫若之父亲）

陈三立墓

墓在九溪道旁，牌坊山麓。陈三立（1853—1937）江西修水人，近代著名诗人。年轻时辅助其父湖南巡抚陈宝箴创办新政失败，父子被革职，永不叙用。1937 年，日军派人游说他出任伪职，他不予理睬，坚持爱国热忱，因病拒不服药，终于含愤辞世。墓碑由张元济等题"诗人陈散原先生之墓"。重修后由郭仲选题碑。

为大臣嗣，画家爷，一辈作诗人，消受清清闲原有命

由南浦来，西山去，九天入仙境，乍经离乱岂无愁

——齐白石挽陈三立

陈三立夫人与长子陈衡恪墓在一侧。陈衡恪，字师曾，曾留学日本，回国后从事美术教育，善诗文书法，又长绘画篆刻。著有《中国绘画史》、《染仓室邱存》等。据黄秋岳《花随人圣庵摭忆》所记，陈衡恪曾专集委白石祠为长短联。民国十二年，陈衡恪在北京逝世，追悼会展出此联，梁启超看了，赞叹不已。联如下：

歌扇轻约飞花，高柳垂阴，春渐远汀洲自绿

画桡不点明镜，芳莲坠粉，波心荡，冷月无声

——陈衡恪集姜白石词句联

道旁踯躅一诗癯，京国十年，赠画忽怜难再得

天上凄凉此秋夕，钟山一老，寄书不忍问何如

——黄　濬挽陈衡恪　见《花随人圣庵摭忆》

陈三立次子陈寅恪历任京都中山大学教授，是位大学者。他生前后"粤湿燕寒俱所畏，钱塘真合是吾乡"诗句，希望死后归葬西湖，陪侍父母、长兄。因此，有关陈寅恪的联语也附此。陈寅恪于 1969 年 11 月在广州逝世。生前用他夫人的口气为自己撰了此联：

涕泣对牛衣，卌载都成肠断史

废残难豹隐，九泉稍待眼枯人

——陈寅恪自挽联

牛衣：供牛御寒用的草编物。这里用了"牛衣对泣"的典故：汉代王章在出仕前家里很穷，没有被子盖，生大病也只得卧牛衣中，他自科必死，哭泣着与妻子诀

别。妻子鼓励他要发奋自强。陆游亦有“一生不作牛衣泣，万事从渠马耳风”诗句。豹隐亦是一典故：汉刘向《列女传·陶答子妻》：“妾闻南山有玄豹，雾雨七日而不下食者，何也？欲以泽其毛而成文章也，故藏而远害。”后因以“豹隐”比喻洁身自好，隐居不仕。骆宾王有“我留安豹隐，君去学鹏抟”诗行。知道这两个典故，联系陈寅恪夫妇四十年的断肠史，文革被打身残，两眼失明的背景，就知此联用意所在。

十七年家国文魂销，犹余剩水残山，留与垒臣供一死

五千卷牙签新手触，待检玄文奇字，谬承遗命倍伤神

——陈寅恪挽五国维

五云山

五云山在西湖西南面。相传旧有五色祥云旋绕山顶，故名。顶有平岗，可俯瞰西湖、之江。戚之云有《五云山圈》，山腰有两亭，曰：五云瑞亭、伏虎亭。

不浓不淡烟中树

如有如无雨外山

——方回

长堤划破全湖水

之字平分两浙山

——杨度题五云山亭联

西湖有白堤、苏堤和杨堤，长堤当时指的是苏堤，如今还疏浚出杨堤，是一线长堤将如镜的西湖湖面划破。钱塘江就是之江，之江三折正对着五云山，江水将浙东、浙西的山平分为两半。联语从高处观景，以江湖着墨。将五云山的特色标出，可谓佳作。

真际院

宋乾德时，吴越将凌超在五云山顶建静慮庵，奉僧志逢为终老之所，逢携大扇乞钱买肉饲虎，虎每迎之载以还山，人称伏虎禅师。后改额真际院。如今真际寺遗址还在，有两口天井，大旱不涸。旧有联：

海门遥指三山村

梵殿常悬七宝灯

——许　谷撰

梅家坞周恩来纪念馆

周恩来曾五次来到五云山麓梅家坞，与茶农有深厚的情谊。当年接待周恩

来的一幢有八十年历史的老楼房，现辟为纪念室，室内有幅何香凝画的《梅花报春图》颇引人瞩目。

选贤与能，讲信修睦

体国经野，辅世长民

——马一浮赠周恩来

与有肝胆人共事

从无字句处读书

——周恩来昔日自题联

有雄才，有伟略，有奇勋，实在有德

无后裔，无偏心，无享受，真正无私

——老百姓挽周恩来

莲池大师灵骨塔

在云楼竹径一侧山坡下。法名袾宏，字佛慧。对栖云寺的建设与管理，卓有成就。曾在净慈寺讲《圆觉经》，为南屏盛事。师世寿八十有一，僧腊五十，为净土宗一代宗师。原灵骨塔被毁，1974 年台湾嘉义信徒重建。墓碑为“莲池大师墓”，墓后香火颇盛。

化域空三界

门徒落四禅

——陈子龙撰

三界即佛教所说的三界诸天，三界指欲界、色界、无色界。色界诸又分为四禅，即四禅定。唐王维《游悟真寺》诗有“猛虎同三逕，愁猿学四禅”之句。

开净度法门，回头便证三摩地

登极乐世界，撒手先从七笔勾

——张啸山题

云楼寺

在云楼坞云栖竹径最深处。宋建德五年，吴越王始建，后屡毁屡建。康熙、乾隆先后题额庶处。如今董其昌题记刻石以及名僧像刻石等共十六方仍嵌于墙垣壁中。昔时杭州知府余良佑闻莲池大师道德高尚，欲清池主持佛事，亲往云栖见大师。到云栖见门边有下联：

翠霭深时觅路

碧峰尽处归庵

——佚名　见《西湖拾遗》卷三十五

栖云寺还有许多名联，散见于《古今联语汇选二集》、《楹联新话》等联集。

到此方知官是梦
前生安见我非僧
——薛时雨题

身比闲云，月影溪光堪证性
心同流水，松声竹色共忘机
——佚名

山深独辟清凉界
竹翠常飞妙鬘云
——佚名，如今镌于竹简悬在遇雨亭

迎绿为栽无尽竹
缘云直上最高峰
——陆俨少题兜云亭

路边竹密能消暑
亭下泉清自洗心
——沈甲撰

理学权舆，道德文章传世业
长生福地，蘋蘩蕴藻着馨香
——孙志敏撰书

此联镌于楼云阁石柱上，楼云阁还在，是座古建筑，李文宽题额。理学权舆，就是理学从此起始、萌芽。蕴藻蘋繁，皆水草名。《文选·左思〈蜀都赋〉》："杂以蕴藻，糅以蘋蘩。"蕴藻亦指辞藻。荐就是献上。献上蘋藻之类的祭品，让芳馨之升闻。馨香祷祝，表示真诚的期望、可流传后代的名声。清惜秋旅生《维新梦》："男儿抱热血，君子不偷生，光彩留今史，馨香贻后人。"

古放生所

走进云楼竹径景区，道旁有处题额为"古放生所"，就是旧时的放生寺。这里离市肆较远，昔日山峦重叠、森林茂密，是善男信女放生的好去处。如今是三楹古朴的平屋，前后有围墙，宛如一座小庵堂。现为文物管理处办公室。《中国近现代名家名联》载有下联：

种菊成亩，种药成畦，此是僧家本分
有鸟休萝，有鱼休网，长留佛地生机
——薛时雨撰书

此联说种药材以济世，种花卉供美化，种粮种菜以自给，这都是僧家的本分，还劝诫人们不要滥捕鸟禽，不要网捕鱼鳖，才能永葆佛地生机。这对保持生态平衡极有意义。

宋　城

在杭州市西南，依五云山，濒钱塘江，是一处宋文化主题公园，以宋代画家张择端的《清明上河图》画卷构思布局。

韻事记难忘，潮生潮落，花谢花开，依旧好山好水，宜雨宜晴皆入画

古城题未识，喜益寿益奇，流光流彩，更看斯苑斯楼，如诗如幻不胜恍

——王其煌撰　姜东△书

似杭州又似汴州，对景三思，神游天地外观外

观纸上又观河上，开颜一笑，人在画图中

——载　盟撰　沈　鹏书

南倚钱江，引九曲清流萦玉带

北邻西子，看五云瑞霭护琼楼

——张学理撰　中石书

上册

卷十一

龙井　南天竺

龙井寺

原名延恩衍庆院，在风篁岭。乾佑二年居民凌霄募缘建造。有泉名龙井。“龙井问茶”为西湖新十景之一。

秀华明湖，游目频来过溪处
腴含古井，怡情正及采茶时
——乾隆题

此联点出了游览西湖，龙井过溪处事从人经常来的地方，而古井里丰润光洁，滋味醇厚的泉水，为烹刚采摘时的新茶，真是十分怡情欣喜。过溪处在风篁岭脚，有溪亭。

过溪亭

始建于宋元丰年间(1078—1085)，主其笔者为龙井寺僧辩才。亭架跨虎溪，两岸风光秀丽。《西湖游览志》：“苏子瞻访辩才龙井，送至岭上，左右惊曰：‘远公过虎溪矣。’辩才笑曰：‘杜子有云，与子成二老，往来亦风流。’遂作亭岭上，名曰‘过溪’，亦曰‘二老’。”亦曰“三笑亭”，苏东坡有诗记其事。下面联句，历代西湖联选都收入，署名唐英。记的故事是陶渊明、陆修静与东林寺僧慧远，故事梗概基本相同。联云：

桥跨虎溪，三教三源流，三人三笑语
莲开僧舍，一花一世界，一叶一如来

旧时楹联集，在三笑亭条目还录有下联：

夜壑泉归，渥洼能致千岩雨
晓堂龙出，崖石皆为一片云
——张岱撰书

此联渥洼，传说中产神马之地，亦指光润光泽之岚霭雾气，包括皇帝经常斗此的恩泽。一片云，传说此崖是赵抃施供于此，青润玲珑，亭亭丈许。明孙隆构“片云亭”，设石棋枰于前，枰上镌刻联句：

兴来临水敲残月
读罢吟风倚片云
——孙隆题片云亭

龙井寺

在龙井寺往南约数里，狮峰之麓。著名的十八棵御茶，圈从石△，呈不规则的三角形，旁有古老的腊梅、樟树。胡公庙故址左边有一堵高墙，大门上嵌着“宋广福院”楷书大石匾，右侧山崖下有池，山岩间龙咀吐出山泉，有明显高出水面的水线，民间传说为“龙溪”。“老龙井”三字传为苏东坡所书。如今建有御楼阁。清乾隆二十七年(1762)弘历第三次游龙井时有联句：

何必凤团夸御茗
聊因雀舌润心莲
——乾隆题

胡公亭

亭中竖立胡公像，顾生岳绘，侯兴发镌，胡友生教献。胡公，胡则，永康人，官杭守晋侍郎，为老百姓做了许多好事。有碑祀详记其人其事。亭楹有联：

为官一位
造福一方
——毛泽东语

辩才塔

辩才原法号元净，字无象。元丰三年(1080)从上天竺观音道场退居龙井寺，至元佑上年(1091)圆寂。灵塔旧在龙井寺旁，苏辙撰塔铭，苏轼书，后移风篁岭下，早已不存。如今在老龙井重建。旧时辩才灵塔镌有下联：

江海尽头人灭渡
乱山深处塔孤圆
——秦　观撰

胡则墓·胡公庙

胡则墓与胡公庙旧亦在此，胡公庙与永康方岩胡公大帝庙一样，香火很盛，胡则作为神明供奉。范仲淹曾铭胡则墓曰：“进以攻，退以寿，义可书，石不朽。”昔时墓庙楹联颇多。

龙井隐佳域，荡寇平潮昭显应
狮峰复古庙，祈年报社荐馨香
——佚名

墓对狮峰，来看石磴千寻，足以方岩增纵望
祠当龙井，愿借清泉一勺，好为正史洗公冤
——应宝时撰书

宿望压群英，政继大苏，铭传小范，复得颖滨海岳，摹绘山灵，悉数皆为公后辈
孤坟欣有偶，林家和靖，岳氏精忠，傍乃菊涧梅川，经营湖上，相依都属宋名流
——吴超撰

政绩炳日星，鄂褒事业，李杜才思，翘担今古儒臣，佳气独钟龙井秀

享祀虔霜露，呵护一朝，馨香千秋，聿佐湖山圣界，盛名永镇虎林麻

——何光仪撰书

史量才墓

西湖南天竺沿溪涧上山约两华里处，墓依灵石山的主峦天马山麓，面对西湖，山峦环抱双溪汇集墓前。据云，是史的爱妻沈秋水亲自督办，石材取自外地，历三年方成。巨碑上镌“史君量才之墓”六个大字，别无题款。史量才（1880—1934）原名家修，杭州蚕业馆毕业，创办上海女子蚕业学校，兼担《时报》主笔，1913 年接办《申报》，绍有改革精神，遭人忌恨，1934 年被害。改墓则为浙江省重点文物保护单位。

山中岁月无今古

世外风烟空往来

——史量才生前自提联

公抱创造奇才，事业荡南通，大名垂宇宙

我列交游末坐，笙歌闻元夕，小别隔云天

——史量才挽张謇

上半联颂张謇是很有创造性的奇才，在南通各地办了许多实业，大名可以长存宇宙。下半联说自与张公交游只能陪在末座，谦称自己为后学。元夕，旧称农历正月十五日为上元节，是夜称元夕，也就是元宵。元宵夜一起闻笙歌，多欢乐，不料一别竟隔云天，公已归真，入仙境矣。

浙江攻克金陵阵亡将士墓

原在孤山东麓，四周绕以红墙，界以铁扉，墓穴有六皆作摺扇形，俗称七星墓。墓碑当时浙江军政府都督朱瑞题写。1964 年迁鸡笼山，文革被毁。1981 年迁风篁岭脚南天竺。现列为省重点文物保护单位。旧时有联语颇多，朱瑞撰了三副，现录其中一副：

马革裹尸归，从两浙东西联袂褰裳，来此地崇拜英雄，死战沙场诚幸福

虎贲遗烈在，忆大江南北同仇敌忾，卒尔曹驱除强虏，生还乡里转伤心

——朱瑞亲题

马革裹尸，古代用马皮包裹战死者尸体，谓英勇作战。《后汉书·马援传》：“男儿要当死于边野，以马革裹尸还葬耳。”褰，揭起奋战之意。褰裳原来是《诗·郑风》篇名。上半联说东西浙将士联合作战，战死者安葬于此，来此崇拜英雄，深感死在沙场是幸福的。这说△是一种令人敬佩的生死观、价值观。

下半联回忆当时激烈的战斗情景，能驱除强虏，就是最神圣的使命，在先烈面前，感到生还乡里更伤心。虎贲，贲通奔，指战场上的勇士。从勇士成烈士的历程，更说后死者感到自疚，将化为勇猛的动力，完成先烈未竟事业。此联作者朱瑞虽死后来追随袁世凯，但当时的心境是可以理解的。

浙江辛亥革命烈士墓葬群

位于风篁岭麓南天竺。1981 年由孤迁此。墓葬群中有民主革命家徐锡麟、陶成章以及陈伯平、马宗汉等墓。孙中山题“国魂不死”巨碑竖在中央，碑阴镌碑文五百言。1595 年又在此间辛亥革命纪念馆。

登百尺楼，看大好河山，天若有情，应教四方思猛士
留一杯土，育青松翠柏，人谁不死，独将千古让英雄

——黄兴挽徐锡麟

革命十余年，亡命十余年，草草劳人，半段缘沉长饮恨
西湖一勺水，东湖一勺水，家家春社，数声铜鼓唱还神

——朱瑞题陶成章墓

有佳偶先地下驱狐狸，死亦奚恨
无大力为当世搏豹虎，生何以堪

——杭人挽陈忠权等革命烈士

上册

卷十二

吴山　紫阳山

仓颉庙

在西湖吴山，有一名联：

一画本天开，破上古洪荒，草昧无须绳更结

六书随世换，供后人摹写，英雄未免笔难投

——彭玉麟题

彭玉麟为清代兵部侍郎。一画，就是笔画“一”，相传上古洪荒时代，没有文字，先民们只得以结绳来记事。六书随着时代而转换各种形体，六书，指汉字的六种造字方法，《说文》指象形、指事、会意、形声、转注、假借。尽管用了这些原理，但具体运用已随形体不同而不同。《后汉书・班超传》：“（超）家贫，尝为人佣（抄）书以供养。久劳苦，尝辍笔叹曰：‘大丈夫他志略，犹当效傅介子，张骞立功异域，以取封侯，安能久事笔研（砚）间乎？’”后以“投笔从戎”比喻弃文就武。此言难，仍反其意义。

上溯羲皇画八卦时，文字权舆，秦而篆，汉而隶，任后来缣素流传，不外六书体制

高踞吴山第一峰顶，川原环抱，江为襟，湖为带，看从此菁华大启，振兴两浙人才

——俞樾题

羲皇，即伏羲氏。《尚书传》：“伏羲氏壬天下，龙马出河，遂则其文，以画八卦，谓之河图。”出句据此典故，诗的文字的演变，秦时重篆字，汉时重隶书，不论后来汉字写在白色的或浅黄色的绢帛上代代相传，但都不外六书体制。六书，古人分析汉字造字的理论，即象形、指事、会意、形声、转注、假借，也是指文字的六体：古文、奇字、篆书、隶书、缪篆、忠书。书法的六体是：大篆、小篆、八分、隶书、行书、草书。

对语诗仓颉庙的自然恶势，宅高踞关山第一峰顶，川原环抱，钱塘江为襟，西湖为带，这样好的风水，才能大启精华，振兴两浙人才。《晋书・文苑传序》：“《翰林》总其精华，《典论》详其藻绚。”

神灵继一画开天，玉宇全书，从此文章光明月

功德并六经传世，先河后传，长令俎豆永乾坤

——杨昌浚题

周新祠

在城隍阁景点内。宋以前杭城之城隍庙在凤皇山，旧名永固。绍兴九年，后建于吴山。《钱塘江县志》称，永乐中，封浙江故按祭司周新为城隍之神，并纪其事实甚详。因此，周新祠实际上就是城隍庙。祠后壁有《周新传记》。

浙水观潮仰孤臣，丹心贯日

吴山踏雪忆廉使，铁面凌霜

——徐润芝撰并书

面貌重怡，崇德报功，威镇吴山扶社稷

神灵愈显，仁安义重，恩敷浙水佑官民

——佚名　祝遂之补书

此乃旧联，是在一次修复中△庙貌重新，为的是崇尚周新的道德，报答周新的功绩，因而能威镇吴山扶持国家。下半联说神灵更加显耀，其仁风义气永远长存，其动恩能敷泽浙水保佑杭州的官民。

湖开玉镜，江卷银涛，杰阁俯雄州，遍数东南，如此台隍能有几

槛列云峰，寓含海日，名山增胜概，远超往昔，这边风景已无双

——汤柏林撰柳小道一书

问你生平所作何事？诈人财、害人命、奸淫人妇女、争夺人产业，日积月累，是不是睁睁眼睛，你看世上有多少恶焰凶锋，可饶恕了哪一个

到我这里有仇必报，荡尔产、追尔魂、灾祸你门庭、灭绝尔子孙；神嚎鬼哭，怕不怕摸摸心头，你在阳间做无数诡谲机谋，今还用得着么

——胡光墉题

此联纯用白话文撰写，读来句句通俗易懂，打动人心，劝诫世人诸恶莫作，为干坏事将得到城隍的惩罚。

吴山天风

西湖新十景之一。其景色取意于元代隆都刺诗“天风吹我登驼峰，大山小山石玲珑”与秋瑾诗“老树扶疏夕照红，石台高耸追天风”。登上吴山，领会上述诗句的含意，再细察江湖海与群山的景色，就可以理解镌在新立石牌坊上楹联的立意。

清景慰心期，柳浪荷风，三秋桂雨

高楼凭指顾，襟江袖海，一勺西湖

——王冀奇撰　金鉴才书

装点湖山，呼来上下几重阁

打量吴越，换了东南第一州

——叶一苇撰　邢秀华书

胸前泉石千层起

眼底江湖一望通

——德晓峰撰　此联吴山旧联，现陈荣琚题于吴山极目阁。

城隍阁

是一雄伟巍峨之仿古高阁，没有城隍的城隍阁。

画阁好凭栏，分香万井笛春往

倚窗宜品茗，倒影千峰携翠来

——王其煌撰　王冬龄书

八百里湖山，知是何年图画

十万家烟火，尽归此处楼台

——许　渭撰联　林剑丹补书

梁章钜《楹联丛话》卷之二云：杭州城隍庙在凤凰山上，地势高敞，西湖即在眼底。徐文长撰题此联。或云绍兴府城种山蓬莱阁亦有此联。在《徐文长佚稿》中，收进此联，全文为：

王公险设，带砺盟存，八百里湖山，知是何年图画

牛斗星分，蓬莱景胜，十万家烟火，尽归此处楼台

这联紧扣越国的地理分野、历史背景以及明代山阴、会稽的风景等来撰写的。后来不知何人，将这副联语的下半集，剪裁下来移用到杭州。现今杭州紫阳山上的江湖汇观亭亦是挂着这副对联。吴山城隍阁建成后，林剑丹又将此联补书于阁之第二层。此联各处争相悬挂，是证其撰得精妙。看，辽阔的湖山，不知是哪年的图画；繁盛的人烟，全部摄入了此地的楼台。那种大开大合的写法充分体现出奔放雄浑的艺术风格，登临其境，感到刻划得更其突出，是出于心灵深处的意会。还于"八百里"、"十万家"无非是文艺家的口吻。柳永《望海潮》词中有"钱塘自古繁华……参差十万人家"的词句。但南宋灌园耐得翁《都城纪胜》早就指出："柳永咏钱塘词云：'参差十万人家'，此元丰（北宋神宗年号）以前语也。今中兴行都已百余年，其户口蕃息百万余家者？"

元妙观

吴山上旧有元妙观，唐乾符二年建，名紫极宫。梁开平二年改真圣观，元改元妙观。观虽不存，但楹联却流传久远。

月中桂子吹香送

池上蕉花与屋齐

——欧阳玄题

广殿启通明，高捧五云香案

层霄仰宗敬，来朝群帝珠旒

——魏谦升题

阮文达祠

在吴山右，宝莲山上，就是重阳庵旧址。新编《西湖志》："建筑尚存，即今吴

山元宝心六十号。”阮元(1764—1849)号芸台,江苏仪征人,曾督学浙江,两次任浙江巡抚。为治理西湖立了大功,不仅勤政爱民而且通经学,重视教育,曾重刻刊校《十三经注疏》,主持重修《浙江通志》、《两浙金石志》、《研经室文集》等,是才通六艺的一代经师,中国学术史上的全才,谥号文达。祠内悬有大量赞述经历、功德、学术的楹联。试录数副联语:

殊遇纪三朝,入翰苑者再,宴鹿鸣者再,综其七年相业,九省封圻,想当日台阁林泉,一代风流推谢傅;

宏才通六艺,览词章之宗,萃金石之宗,重,以四库搜遗,百家聚解,到于今馨香俎豆,千秋功德报湖山

——士民公颂　(李　椿撰)

诂经舍广,学海堂深,本道德以策治安,一代伟人,循吏大儒应合传

九省疆臣,三朝元老,由节钺而挤台鼎,百僚师长,文章通达而嘉名

——方鼎锐撰书

邦水萃乡贤,历推后起人文,谁能为一代经师,三朝相业

吴山崇庙貌,恰为重阳地,真个看西湖月满,东渐潮来

——刘克成撰书

关帝庙

在吴山承天灵应观测。杭州关帝庙除此外,还有四处:一在岳坟,一在三潭印月后,一在清平山,一在孤山。庙内楹联名不相同,前录一二副:

德必有邻,把臂呼岳家父子

忠能择主,鼎足定汉室君臣

——缪昌期撰　董其昌书

玉印署封侯,翊汉忠贞照日月

钱塘新庙貌,倚亭清啸览春秋

——程钟骏题

兄玄德,弟翼德,同心一德,共诛孟德

生解州,笔豫州,日守荆州,威镇九州

——朱子明书

伍公庙

就是潮神忠清庙,为纪念伍子胥而建。伍子胥(?——前484年)名员,助吴王阖闾兴兵击败楚国。阖闾在吴越战争中死去,子胥又扶助阖闾之子夫差矢志不渝。两年后果然击败越军,围困越王勾践于会稽山上。后勾践东山再起,夫差听谗言,疏远伍子胥,以至派人赐给他一把剑,令他自裁,还将他尸首装在皮革囊

里，投入江中。子胥遂成为潮神。

缅英姿于第一泉边，仇复君亲，赐剑尚留遗恨在

隆馨香以二千年后，神依吴越，灵旗犹拥暗潮来

——杨昌浚撰

生全孝，死全忠，拼此身报答君亲，忍辱含冤，志士仁人今感泣

朝在潮，夕在汐，凭浩气流行江海，御灾悍患，吴山越水古英灵

——程云俶题

上述两联都证述伍子胥的功绩合他的英灵为吴山越水御灾捍患。所谓生全孝，就是说子胥原是楚国大夫伍奢的儿子，父亲遭楚平王株杀，全家受株连，子胥脱身闯过韶关，后助吴王攻进楚都，时楚平王已崩，子胥挖掘尸体加以鞭挞，以报父仇，尽了孝道。张岱生《西湖梦寻》里有一段话："吴王既赐子胥死，乃取其尸盛以鸱夷之革，浮之江中。子胥因流扬波，依潮来往，荡激堤岸，势不可御。或有见其银铠雪狮，素车白马，立在潮头者，遂为之立庙。每岁仲秋既望，潮水极大，杭人以旗鼓迎之。弄潮之戏，盖始于此。"看了这为神奇的文字，就知道在吴山上立庙的宗旨和每年中秋节在钱塘江观潮的来历。二千年后，子胥祠庙便成为吴山越水的古英灵。

文昌庙

在吴山，府城隍庙右。庙里有奎星阁、朱衣殿、巡廊等建筑。今不存。

玉律金科，暗地潜窥，当知取士先求品

桂宫杏苑，苍天默佑，莫说衡才尽属文

——徐志震

玉律原指庄严而不可变更的法令，玉律金科引申为科举时的楷模、榜样。上半联说科举考试，主管的文昌市君会在暗地里悄悄地窥视考生，受知道"取士"(指考上生员、举人、进士等)首先要求考生的品德、品行。旧时，分试例在农历八月举行，考中称折桂。会试例在农历三月举行，考中称探杏。所下半联以桂宫杏苑指分试、会试，不要说衡童考生的才华尽数文章。此联宣扬唯心思想并不可取，但强调品德品行还是有现实意义的。

文字有神灵，知八斗才高，职掌胥归紫府

科名微阴德，仗一枝笔健，点头何止朱衣

——佚　名　题奎星阁

药王庙

庙在吴山，又名惠应观，俗呼皮场庙。相传有张森者，为场库吏，敬祀神农，

杀蝎救民，民立庙祆祀，此庙已修复。

草木济人，勋名超百王而上
参苓寿世，精英历万古不磨
——邵锡光题

辨草性，究脉息，同巢燧羲画，默司造化
典岐伯，臣巫彭，异刚柔燥湿，克济群生
——裘春堪旧作　沈　浩补书

汪王庙

庙在吴山大观台侧，祀唐节度使汪华。《西湖新志》：华当高祖时，以保障功封越国公。宋封灵慧公。明封广济惠王。读了下联，就能略知汪华的生平业绩。

大业乱兴，公取六州而保之，非叛隋也，不忍视民涂炭也，仁矣乎，捍患御灾，至今日犹蒙恩泽
长安鼎定，公取六州而归之，非降唐也，所以顺天休命也，智矣乎，锡圭担爵，在当年已极尊荣
——汪志伊撰

芥子园

园在铁冶岭，是李在西湖的别墅。李渔，(1610—1680)自号笠翁，祖籍浙江慈溪，曾两度移居杭，构芥子园后，凡门扇、窗牖、匾额，对联，皆独出新意。李渔生平著述颇丰，除诗文杂著合集《笠翁一家言全集》外，有戏曲《十种曲》短篇小说集《连城壁》、长篇小说集《合锦回文集》等。他自撰联稍有特色。录数副：

风高秋月白
雨霁晚霞红

二柳当门，家计逊陶潜之半
双桃钥户，人谋虑方朔之三

有月即登台，无论春秋冬夏
是风皆入座，不分南北东西
——李渔题月榭

繁亢驱人，旧业尽抛尘世里
湖山招我，全家移入画图中
——李渔自题其家楹联

此联出句开头说“繁亢驱人”，就是说早先过着数十年的流动生活，为今来到西湖边上的芥子园。昔日众多杂务全都抛弃在尘世里了。对语是说这次迁居杭州，全是西湖山水招唤了“我”，现在全家移入画图中生活。由此也可以看出李渔全家人的欢乐心情。全联形象生动地描出了所处园子的美好和人物的激情，真可说是出神入化，巧夺天工！

玄妙观

玄妙观在吴山南麓，今称十五奎菱。旧时有蕉池、五老石、子午泉、青霞洞等众多胜景。《西游记》作者吴承恩在此寓居多年，体味到许多方外朋友之人生阅历与思想感情，撰写了一些切题的楹联：

静隐深山无俗虑
幽居仙洞乐天真
——题里风润万联

丝飘弱柳平桥晚
雪点香梅小院春
——题庄院南大厅屏门春联

长生不老神仙府
与天同寿道人家
——仙山福地门联

雨顺风调，愿祝天尊无量法
河清海晏，祈求万岁有余年
——题三清观殿△联

黄芽白雪神仙府
瑶草琪花羽士家
——题黄花观门联

镇海楼

俗称鼓楼，在吴山之南麓，吴越时朝天门也，经整修，有碑刻“吴山佛观”四大字。旧联有：

提疆内向三千里
比屋同封百万家
——赵孟頫题

水分两浙趋都会
地接三吴控上流
——高深旸题

东西淮海三千里
左右江湖十二阑
——凌云翰题

新联有：

昔年称镇海雄关，试拾阶凭栏，漫言汉郡堤塘、隋城雉堞、赵宋衣冠、钱吴花草
当代看跨江方略，正经天纬地，且看六桥拍浪、百舸争流、四厢兴市、万巷通衢
——王其煌撰　驾沧书

十四州长剑霜寒，吴越雄风曾镇海
廿一纪洪钟雷动，湖山淑气此登楼
——王冀奇撰联并书

胡庆余堂中药博物馆

在吴山大井巷口。以“胡庆余堂”国药号古建筑为基础建成。为我国首家中药专题博物馆。

芝兰自结山川秀
松柏节雨天地春
——佚名　原是中堂乐寿斋

海为龙世界
云是鹤家乡
——沙孟海题

娲星补天，炼五色石
稚川入山，采九光芝
——佚名

胡雪岩故居

经过修复，胡雪岩故居已对外开放。这是值得参观的一处豪华官商住宅。百狮楼、鸳鸯厅、延碧堂等的是楹联都是胡雪岩最深意的时庚的布置。当胡雪岩弄得家破人亡时，有人给他的挽联，会引起人们的深思。联曰：

二十年极欲穷奢，但恨赏金无用处
念余日人亡家破，偏教白发见收场

紫阳书院

在紫阳山麓。康熙四十二年创建，书院有观澜楼、乐育堂、簪花阁、别有天、寻诗径、笔架峰诸胜。

圣代重儒风，教秉新安，趋步定知岐辙少

名臣留讲舍，政传渤海，补苴当念善成堆

——王有龄　撰书

广厦宏开，看毓秀钟灵，蔚起虎林人物

高山在望，愿立名砥行，仰承鹿洞渊源

——佚名

宝成寺

在紫阳山南麓。吴越王妃仰氏建。崖壁上镌刻麻曷葛剌造像，梵语“大黑天”之音译。佛教密宗院说是大日如来降伏恶魔时所现的忿怒药叉主之形象。尽经过修葺，为省文保单位。

泉分重子青衣洞

尘断维摩白石龛

——左　赞撰　此系旧联

于谦故居

在清河坊历史街区祠堂巷 42 号，由琴台、扇形半亭、于氏古井以及忠肃堂等，仿明代风格构成。忠肃堂有联：

吟石灰、赞石灰，一生清白胜石灰

重社稷、保社稷，百代罄击意社稷

——陈文锦撰　郭仲远书

上册

卷十三

湖滨城区

澄　庐

在南山路189号，现为杭州市老干部活动中心活动室。昔日曾是实业巨子盛宣怀的别墅，也曾是蒋介石、宋美龄夫妇当年在西湖的行辕。

当时事千端万绪，共我折冲俎豆，为撼危机，尤幸同志相孚，得保东南支保局

看酬庸一月三迁，如公破浪乘风，方期大用，乃竟鞠躬尽瘁，长为中外哭斯人

——盛宣怀挽余联沅

天道无知，苦思公十年旧雨

中原多故，乃坏汝万里长城

——蒋介石挽陈英士

新文化中旧道德之楷模

旧伦理中新思想之师表

——蒋介石挽胡适

圣塘闸亭

闸亭在湖滨路北尽头的湖岸上，1987南在圣塘闸故址上重建，亭下为控制西湖水位之闸门。照壁汉白玉上镌白居易《钱塘江石记》

一湖春水低廻，有长堤十里，烟柳画桥，指点白苏二公，遗泽斯在

三面云山飘渺，数灯火万家，重楼绣阁，欣看天地六合，神秀齐来

——陈文锦撰　金鉴才书

昭庆律寺

在今杭州市青少年活动中心。石晋天福元年吴越王建，宋乾德二年重建。寺内有截坛、千佛阁、卧牛石等，寺外有青莲池、万善桥等。该寺以戒律闻天下。现仅存完整的大殿。

紫竹林中观自在

白莲座上观如来

一榻临水望

片心闲对云

——陈尧佐撰

自在真观，超二十四圣，证圆通智

天作妙德，成三十二应，入国士身

——(晚)杨继盛书

望湖楼

望湖楼一名看经楼。宋乾德二年钱忠懿王建，是苏东坡会客、宴局、歌吟。1985年重建，新建望湖楼西边还有餐秀阁，中联游廊。有沈阒昆撰有一联原从平湖秋月移来，故不录。记录二联：

入座烟岚铺锦绣
隔帘云树绕楼台
——康熙联句　祝遂之书

三十里湖镜峰屏，麈笛可无人坐月
廿八字雨珠云墨，凭栏依旧水如天
——魏滋伯撰

梁章钜《楹联三话》："望湖楼以坡公一诗著名，即论景亦檀一湖之胜。余屡欲题一楹联而不能成句。魏滋伯广文一联俱佳，恐同人皆当阁笔也。"阁笔，停笔也，

韩蕲王祠

韩世忠是一位南宋抗金名将，绍兴十一年(1141)因不满秦侩陷害岳飞而被罢官，六十三岁时因病去世，追封为蕲王，建蕲王祠祀韩世忠、梁红玉夫妇。祠原在湖滨华侨饭店后面，今不存。

当年梦虎姻缘，竟留着千秋佳话
后日骑驴归隐，难与伸三字奇冤
——佚名

高冢卧麒麟，回首感六陵风雨
神弦弹霹雳，归魂思一曲沧浪
——陈　銮题

陈銮系清嘉庆进士，署两江总督。著有《耕心书室诗文集》。

蒋经国寓居

断桥东边，石函路7号，有一幢朴素的两层小楼，曾是蒋经国的寓所，楼上东南面的套房是主人夫妇的卧室，还有书房。北面附楼是侍卫人员使用，有天桥走廊相通，楼下是会客厅。

计利当计天下利
求名应求万世名
——于右任赠蒋经国

月冷照寒枫，空谷深山，同悲耆旧
霜凝封宿草，素车白马，毕吊仪型
——蒋经国挽薛宗元

薛宗元系抗日名将薛岳之父。

于私为弟兄，于公为同志，一木大厦独撑，继志承烈，死而后已
在国为柱石，在党是干城，千秋功业初奠，含辛茹苦，民不能忘
——陈立夫挽蒋经国

浙江学使署

在杭州府学之东，有牌额“桃李门”。

天地自成文，湖山有美
国家期得士，桃李无言
——彭文勤题

使节壮湖山，东南坛坫
文光拱奎壁，咫尺宫墙
——刘凤诰撰书

刘凤诰，字丞牧，号金门，萍乡人，乾隆进士，官吏部右侍郎。以事戍伊犁，著有《存梅斋集》。见《楹联续话》。

梅青书院

书院旧在旗营，专颗八旗士子，早已不存。

说诗书，敦礼乐，名将本出名儒，矧今兹花普菁莪，愿诸生功修拱砺
先器识，后文艺，立言尤宜立德，得此地材储桢干，卜他年经济宏宣
——墨尔根图撰　古民者布书

下学感师承，敢云衣钵能传，不避腆颜开马帐
纯修期后起，惟愿诵弦弗缀，共图勉力赴鹏程
——善　能撰　俞樾书

赵振鲸百岁坊

清代时，杭州西湖有个赵振鲸百岁坊，《两般秋雨庵随笔》载有下联：

身历西朝，太平黎庶
寿登两申，盛世耆英
——梁同书撰书

赵振鲸，钱塘人，嘉庆十九年(1814)一百岁，朝建赐立品顶戴。一百零九岁时，无疾而终，可谓福寿双全。

环翠楼

在西湖之滨，旧时是座较有名的酒楼。

翠环楼中虬髯客
湧金门外岳飞魂

——孙中山赠宫琦寅藏

宫琦寅藏(1871—1922)，日本人，1897年在日本结识孙中山，1900年参与策划惠州起义。武昌起义后，随孙中山至南京，参加临时政府成立典礼。著有《三十三年落花梦》、《支那革命物语》。见《孙中山全集》。

颐道堂

在湖滨，是钱塘江太令陈文述的议事厅。

勤补拙，俭养廉，更无暇馈问送迎，来往宾朋须谅我
让化争，诚去伪，敬以告父兄耆老，教诲子弟各成人

——陈云伯撰　见《冷庐杂识》

陈云伯就是陈文述，少员才名，在杭有惠政，著有《颐道堂集》。此联虽在清代撰题，颇有现实主义。上半联说，勤能补拙，俭能养廉，来往宾朋应该原谅我，忙于政事，我没有时间来应付迎送琐事。餽通馈，就是送食物、财物给人，以告在话语说，就是行贿受贿。下半联说，应以谦让来化解争端，以诚恳来排除虚伪，奉劝父兄耆老，都应该以这些道理教诲自己的子弟，让他们健康成长。成为有道德有才能的人。上半联自勉，请别人给予原谅，给予监督。下半联勉人要教诲为自己的子弟。

潘天寿纪念馆

馆在南山路湖滨荷花池头，原为书画家潘天寿故居，现包括潘氏精品陈刘经楼，约一千多平方米。

天惊地怪见落笔
巷语街谈总入诗

——吴昌硕赠潘天寿

种菽粟于砚田，收成有日
怀奇珍于文席，待聘以时

——潘天寿自题书房

沙孟海旧居

书法家沙孟海旧居杭州龙游路15号，他在此居住了四十春秋。旧居先后由

钱君匋、啟功题额。庭院里有铜像，居室后有小型展览厅。一生中，他题写了数以千计的匾额、楹联、碑记。记录其自撰联数副：

是道咸同光室五朝元老
为金石诗书画一代传人
——1927年挽吴昌硕，时年二十八

高会来旧今雨
丹篆照东西洋
——1983年撰联贺西泠诗社成立八十周年

小窗多明，使我久坐
白云如带，有鸟飞来
——1985年自集句联。联右有跋，云上句与清人所集偶同，下句似胜过云。

密竹净名，与湖山不朽
鹫才多艺，闻风气之先
——1992年沙孟海九十三岁时题虎跑寺弘一法师纪念馆。

陈布雷胞兄陈训慈，是著名的图博专家，昔日曾与沙孟海长期住在此楼，现亦附有一联于此：

斯文将丧，坠绪独肩，峻望重儒林，允矣大名光北斗
手泽长留，步趋靡及，灵光仰鲁殿，灿然吉羽耀文阑
——陈训慈挽章炳麟　见《利言》

淞沪抗日阵亡将士纪念牌坊

在湖滨。《杭州市志・文献篇》载有下列四联：

浩气壮湖山，魂来怒卷江潮白
英名缅袍泽，劫后新滋墓草青
——黄绍竑题

华表接青霄，一角湖山归战骨
墓门萋碧草，十年汗马念前功
——俞济时题

埋骨傍湖山，飘萧旧梦三生石
临风怀壮烈，惆怅当年百战功
——竺呜涛题

湖曲聚忠魂，归骨尚余干净土
旗常炳遗烈，表墓刚逢胜利年
——宣铁吾题

丁家花园

在杭州奎恒巷兴安里。原是宋代杭州石榴园遗址，后由山东丁阶寓所得，改

名丁家花园。民国时,园内建了现存两幢西式别墅。这座大花园别墅庭院曾是陈其业、陈其美、陈其采以及陈其业之子陈果夫、陈立夫的宅弟。如今这些赫赫有名的陈家人士都已作古,就留九副楹联作为他们遗下的事迹。

有万夫不当之慨
无一事自是于怀

——陈其美(英士)赠人联　1912年10月10日作

扶颠持危,事业争光日月
成仁取义,俯仰无愧天人

——陈英士自题联

别老母,抛妻儿,兄弟不相见,茕茕踽踽,哥胡为者,自弃商就学,负笈东瀛,早经许国以身,以示我同胞榜样
弗苟取,重然诺,劳怨复无辞,磊磊落落,人能道之,乃锐进疏陌,舍生南沪,即此遗衿溅血,已是表共和新神

——陈其采挽陈其美

以孝为医,鹏举经方传白鹿
因人化俗,郑玄纯德感黄巾

——陈果夫挽郭朝沛　郭朝沛乃郭沫若之父,见《对联》

事若可传都合德
人非有品不能贪

——陈立夫赠陈光沅

徐文长寓居岣嵝山房

才华出众的徐文长与西湖有缘。早年曾就读西湖玛瑙寺,寓居过宝石山麓岣嵝山房。

花香满座客对酒
灯影隔帘人读书

——徐文长题书舍

世间无一事不可求,无一事不可舍,闲打混亦是快乐
人情有万样当如此,有万样当如彼,要称心便难脱洒

——徐文长赠友联

陈仪寓居石塔儿头别墅

在望湖楼东侧石函路1号,那幢杭人称为石塔儿头别墅,1948年曾作为浙江省主席陈仪的公馆。陈仪,日本陆军大学毕业,1905年人同盟会。1925年曾任浙江省省长。1950年六十八岁的陈仪在台北被处死刑。如今这座别墅作为

省旅游局，或许还能记得当年作为日本领事馆和陈公馆的许多旧事。

功业本无双，忆当年列国兵临，献策时贤，半壁尤资保障

科名举第一，怅昔日珂乡垦牧，追随杖履，菲材并效驰驱

——陈仪挽张謇　见《张南通先生荣哀录》

黄郛故居

南山路湖滨大华饭店分部昔日是黄郛故居。黄郛先后住此洋政府外交总长、教育总长和代理内阁总理。1927 年任命为上海特别市市长。1936 年黄郛病逝后，其夫人亦云将这幢别墅连同室内贵重器具、古董等全部捐赠给国家，作为抗日经费。

安危他日终须仗

甘苦来时要共尝

——蒋介石题

蒋氏将此联镌在一把宝剑上，此宝剑惠赠给黄郛。

天下事，尚可为，五权三民，在后死与有责

共和年，同不朽，千秋万祀，微先生其谁归

——黄郛挽孙中山

郑晓沧故居

离西湖只一箭之地的龙游路 6 号，是著名教育家郑晓沧故居。郑海沧，海宁人，留学美国，曾任中央大学教育学院院长，浙江大学代校长，1949 年后任浙江师范学院院长，著有《教育概论》等。

旷代逸才，万种风情无地着

刹那奇梦，中年哀乐一时消

——郑晓沧挽徐志摩

徐志摩在《伤双栝老人》文中有“万种风情无地着”句，见《徐志摩年谱》。

叶景葵故居

叶景葵(1874—1949)，号卷庵，杭州人，住湖滨，光绪 29 年进士，任奉天财政监理官，后致力于浙江兴业银行，是位实业家。曾偕蔡元培、陈陶遗等创办上海合众图书馆，且精于校勘。顾建龙所编《叶景葵杂著》有《卷庵联存》一辑。叶景葵又称楹联家。

言满天下，竹满天下

八千为春，八千为秋

——叶景葵寿马相伯八十华诞

复见秀骨清，我生托子以为命
由来意气合，汝更少年能文缀文
——叶景葵赠顾建龙

茅以升故居

紧临南山路荷花池头，潘天寿纪念馆斜对面有一幢两层小楼，就是茅以升故居。茅留学美国，曾任河海之科大学、北洋大学校长，主持建造钱江大桥。1949年后任铁道科学研究院院长，中国科学院学部委员。茅以升，既是自然科学家，亦善于撰联。

熔直鲁苏浙之英才，棫朴肇兴，遗泽永诸百世
纳疏浚决排于科学，禹稷未达，大名独有千秋
——茅以升挽张謇

以学为严师，相知如契友，犹记隔海传书，力促归舟虚左待
无意求闻达，有功在树人，此日高山仰止，长怀遗范悼思深
——茅以升挽业师罗忠忱

柏　庐

在杭州城河下9号，与少年宫毗连。这里先后是浙赣铁路局局长壮镇远和浙江省政府主席黄绍竑的官邸。主楼门口悬挂着周恩来与张冲的照片，现录有关周、张二人的楹联数副，作为纪念。

与有肝胆人共事
从无字句中读书
——周恩来自题

从排满到抗日战争，先生之志在民族革命
从五四到人权同盟，先生之行在民主自由
——周恩来挽蔡元培

赴义至勇
秉节有方
——蒋介石挽张冲

大计赖支持，内联共，外联苏，奔走不辞劳，七载辛勤如一日
斯人独憔悴，始病寒，继病疟，沉疴终莫起，数胜哭泣已千秋
——毛泽东挽张冲

《毛泽东诗词疏注》引重庆版《新华日报》曾载此联，是与董必武、林伯渠、吴玉章、陈绍禹（又名王明）、秦邦宪（又名博古）、邓颖超共挽。

夏衍旧居

在杭州市江干区严家弄50号。夏衍原名沈乃熙，字端先，曾任左联执行委员，1949年后任文化部副部长，全国文联主席，著有《上海屋檐下》等多种剧作及其他作品。

风虎云龙笔
霜钟月笛情
——夏衍贺钱钟书八十寿

两间东倒西歪屋
一个南腔北调人
——夏衍撰于1929年，此时夏衍与郑伯奇在上海创办艺术剧社。

龚自珍纪念馆

在杭州市上城区马坡巷16号。龚自珍，号定盦，仁和人，是我国近代史上一位著名的思想家、文学家、诗人和文字学家。

勿饮酒，日食一斗饭
不择地，文如万斛泉
——龚自珍赠魏源一　上半联南朝傅琰语，下半联苏轼语。见《龙眠联话》

读万卷书，行万里路
综一代典，成一家言
——龚自珍赠魏源二

魏源撰《圣武记》成，自珍撰此联以赠。见《新世说》。

天下谓奇人，骂座每闻惊世论
文坛摧异帜，剪窗犹忆切磋时
——魏源挽龚自珍

风雨茅庐

几经风雨沧桑，郁达夫的故居仍在杭州大学路场官弄。

绝交流俗因眈懒
出卖文章为买书
——郁达夫自题故居

难得芝兰同气味
好从乌鸟辨雌雄
——郁达夫赠林芝芳　1936年3月23日作

林芝芳，福州赛乐闽剧班名旦，达夫观看她主演的《梁天籁》后说：花旦林芝芳唱做兼美，微得梅兰芳气味，余尝欲作诗咏之，未果，仅得一联。

陆游故居

在杭州延安路一侧孩儿巷，几经曲折，才保存下来，现已对外开放。

山河兴废共搔首

风雨纵横乱入楼

——陆游撰

万卷古今消永日

一窗昏晓送流年

——陆游晚年治学联

袁枚故居

袁枚祖籍慈溪，七岁时迁居杭州葵巷，后迁往艮山门内大树巷中，具体地址待考

放眼读书，以养其气

开襟饮酒，用全吾真

——袁枚自题

不作公卿，非无福命都缘懒

难成仙佛，为爱文章又恋花

——袁枚自题

柴米油盐酱醋茶烟，除去神仙少不得

孝悌忠信礼义廉耻，没有铜钱可做来

——袁枚自题

瀛海度金针，三十三科前进士

仓山埋玉骨，一千余树古梅香

——梁同书挽袁枚

洪昇故居

清顺治十四年(1657)洪昇生于杭州庆春门，少年时在南屏山僧舍读书，十八岁开拓传奇《长生殿》的创作，一生著有传奇九种，诗文员盛名，家中藏书亦丰富。

传世通今古

观空悟去来

——洪昇赠吴西泉

落拓半生全雅操

穷愁千载得诗名

——洪昇赠孙豹人

重随野鹤吟黄叶

独卧寒云对碧松

——洪昇题西湖南屏僧舍

百梅草屋·竹屋

在观看文史馆院内，是杭人陈叔通的旧居。陈留学日本，专攻政法，崇尚维新，创办了杭州第一个女子学校，参与创办了《杭州白话报》。1949 年后曾任全国政协副主席和人大常委会副委员长。陈亦是书画收藏鉴赏家，尤以藏“梅”称著，著有《百梅书屋诗存》。

皖变是先驱，九死完成光复志

越贤为杰出，万流凭吊广慈魂

——陈叔通题陶社

陶社系陶成章组织革命活动处。见《中华名胜对联大典》引《浙江风物志》

竹屋——马寅初故居

就是百梅草屋原址后来成为马寅初的故居，自题“竹屋”为额，取虚心劲节之意。马寅初是著名的经济学家，曾任北大校长，著有《新人口伦》、《马寅初经济论文集》等。

正其谊不谋私利

明其通不计其功

——马寅初自题

下笔千言，独以文章励未俗

香花一束，忍挥涕泪吊先生

——马寅初挽韬奋

桃李增华，坐帐无鹤

琴书作伴，支床有龟

——周恩来、董必武、邓颖超赠马寅初寿联，董必武执笔。

翠叶庵——王季思书斋

王季思原名起，他在杭州大学任教授时，其书斋名翠叶庵。著有《玉輪轩曲论》等。

三五夜月朗风清，与卿圆梦

九万里天空海阔，容我双飞

——夏承焘题翠叶庵

北国南中，长留教泽
高风亮节，永耀词林

——王季思挽唐圭璋

龙战中东，惊看海水腾飞，金堤横溃
春面南国，愿见祥光霞起，兵起烟消

——王季思撰春联　1990 年 12 月作见《读书》

梁章钜武林寓斋

梁章钜在杭州之寓斋叫武林寓斋，后住三桥址新宅。梁章钜云：三儿茅展六上公车，依然故我。近缘福州旧宅不能安居，奉余出游，并捐输令，因作郡大夫，以便迎养。林则徐由陕西驰书相贺，中有佳句：

哲嗣以二千石洊登通显
台端以八十翁就养湖山

后来，林则徐又将佳句演成长联赠梁章钜，悬于武林寓斋：

曾以二千石起家，衣钵新传贤子弟
难得八十翁就养，湖山旧识老诗人

——林则徐撰

麟阁待劳臣，最难西域生还，万顷开荒成伟绩
凤池诏令子，喜听东山复起，一门济美报清时

——梁章钜赠林则徐　时林则徐由西域赐还，欢颂载途。

马叙伦故居

马叙伦（1884—1920），杭州人，原任同盟会会员，曾任北宋大学等校教授，北洋政府和国民政府教育部次长。1949 年后任教育部、高教部长、全国政协副主席，著有《说文解字六书疏注》等。

遗札犹存，此老已从王子晋
后生安仰，歌词欲废鹧鸪天

——马叙伦挽朱祖谋

朱曾为马题李云谷残视图，鹧鸪天是朱听填绝单词。

革命虽未成功，赖有化身遍世界
吾侪自应努力，毋徒挥泪哭先生

——马叙伦挽孙中山

林競故居

杭州市皮市巷杨凌子巷 6 号，曾是林競故居。林競留学日本，曾历尽艰辛考

察大西北，著有《新疆纪略》、《西北丛编》等书，曾任浙江省参议会秘书长等职。

远志一身浑是胆
壮怀双鬓不知秋
——苏步青赠林競

故里忆东瓯，来从龙湫雁荡之间，桑梓瞻依，长征未已
假途经西陇，远出金城玉门以外，枌榆雅集，小住为佳
——林競题甘肃兰州浙江会馆

勤修戒定慧
息灭贪瞋痴
——林竞赠大原居士　乙亥沐佛节

徐志摩寓所

徐志摩毕业于杭州一中，该就是他的寓所。后留学美、英，后任此大学校教授。是新月派代表诗人，1931 年 11 月 19 日因飞机失事遇难，有《徐志摩选集》等行世。

李长吉赴召玉楼，立功立德，有志未成，年少遽醒蝴蝶梦
屈灵均魂报砥室，某水某丘，欲归不得，夜深怕听杜鹃啼
——1949 年徐志摩在杭一中读书时挽同学李超三长联

归神于九霄之间，直看噫籁成诗，更忆拈花微笑貌
北来无三日不见，已诺为余编剧，谁怜推枕失声时
——梅兰芳挽徐志摩

读论是诗，举动是诗，毕生行径都是诗，诗的意味渗透了，随遇自有乐土
乘船可死，驱车可死，斗室坐卧也可死，死于飞机偶然者，不必视为畏途
——蔡元培挽徐志摩

临流可奈清臞，第四桥边，放棹过环碧
此意平生飞动，海棠花下，吹笛到天明
——梁启超赠徐志摩

红妆齐下泪，青鬓早成名，最怜落拓奇才，遗爱新诗双不朽
小别竟千秋，高谈犹昨日，凭吊飘零词客，天荒地老独飞远

这是一副悼念徐志摩最有感情的对联，作者是近代民主人士、大学教授杨杏佛。红妆指徐的发妻张幼仪和后妻陆小曼，二人同守其灵，也很难得。落拓，有开放浪漫的意思。徐曾说要“爱自由和美”融合在人生的追求之中，“遗爱”就是指此。飘零问客，指徐志摩。徐曾在《再别康桥》中说：“悄悄的我走了，正如我悄悄地来，我挥一挥衣袖，不带走一片云彩”，此可作“飘零”的注脚，也可以是飞机失事的箴语。

章乃器寓所

曾任浙江实业银行副总经理的章乃器，实业银行就是他的寓所。1935 年参与发起上海文化界救国会，次年与沈钧儒等被捕，史称“七君子”。1949 年后任粮食部部长。

一生不曾屈服
临死还要斗争

——章乃器

爱国家，爱大众，此等人物却遭迫害，普天同愤
为民主，为和平，这种运动竟受摧残，环宇沾羞

——章乃器挽李公朴、闻一多

周文宾府第

湖滨旧曾有周文宾府第。祝枝山为访唐伯虎来到杭州，转眼即将过年。除夕夜，祝枝山在周文宾府第饮酒赋诗，并趁酒兴为周府第题了下列两副楹联：

堤畔莺花桥畔月
竹边歌吹柳边舟

四壁山峰，淡淡浓浓图画
一天星斗，圈圈点点文章

大学士府第

题额为“太子太保大学士第”，占地二十多亩的王文韶故居，就在杭城清吟巷 10 号，藏书阁在清吟巷 3 号。府里原有退圃园、红福山房等建筑。王文韶是满清王朝继李鸿章后入阁拜相最受恩宠的汉人。

日照千潭，松寒万岭
镜开八面，灯傅一光

——王文韶集唐碑赠云鹤僧

两宫垂涕念勋劳，自中兴相传至今，何意骑箕失良辅
四海关心战大局，以我公未了之事，何堪借箸属微才

——王文韶挽李鸿章

息跸此停踪，且留泥雪因缘，共说宴游追洛社
弹冠先励志，好壮湖山名胜，各抒经济誉清时

——王文韶题河南开封浙江会馆

梁诗正、梁同书府第

府第在杭城下城区七龙潭，东河滨。原为乾隆赐予梁诗正之府第。梁诗正官至东阁大学士，受命选《唐宋诗醇》，御赐"莱衣昼永"匾，可谓备极恩荣。其子梁同书，号山舟，又是杰出的书法家、诗人，更工于联语。著有《频罗庵集》。

秋圃黄花韩相国
春风红杏宋尚书

花宴琼林，温仲舒由大魁秉政
堂开昼锦，王文献以宰相养亲
——以上两联，系嵇璜赠梁诗正

读书十年，作官十年，归田十年，生有涯如如斯而已
儒林无传，循吏无传，隐逸无传，死之日尚何言哉
——梁同书撰

万卷编成群玉府
一生修到大罗天
——梁山舟赠纪晓岚

藏山事业三千牍
住世神明五百年
——梁同书贺袁枚寿

人近百年犹赤子
天留二老看玄孙
——张岐山贺梁同书夫妇九十双寿

八千卷楼

这是杭城很有名的藏书楼。先祖名丁凯藏书达八千卷。丁丙之祖父丁国典建一藏书楼曰"八千卷楼"，以纪念先辈。丁丙著有《善本书志》。丁丙之子丁立中和丁立诚，立诚之子丁仁、丁宣之都是藏书家。丁氏善撰联，散见各处，记录数副：

心仪旧石，手刻白文，于斯为盛
大地咸安，成功及远，可乐其群
——丁立中题西泠邱社石交亭

田园一蠡睫
书卷百半腰
——俞樾书宋周道信诗联以赠"八千卷楼"。

蟁同蚊。蟁睫，蚊虫的眼睫毛，比喻极小的处所。此联是说藏书楼虽然说是田园里极小一个所在，但所藏的书可让数以百计的牛揹着。

一生都是命安排，四十五十无闻，六十年华今已到
万事明知自生灭，三千大千悟澈，八千书卷补重面

——丁立诚六十自寿联

坛坫盛东南，耆英会为书画会
诗篇悬日月，少微星是老人星

——丁仁贺潘飞声六十寿

凡将草堂

所谓凡将草堂，实际是杭城蒋抑卮的私人藏书楼，是他化巨资建造五开间四层华屋的一部分。地处官巷口积善坊巷 8 号。所藏古籍 15 万卷，约 5 万 5 千多册，则于早期捐献给顾建龙主持的上海合众图书馆，现藏上海图书馆。

以卓绝之识，兼博览之学，成亿中之才，并辔卅二年，同心若金，攻错若石
养亲瘁其志，齐家劳其神，治生伤其脑，临床千百变，存兮憔悴，殁兮悲凉

——叶景葵挽蒋抑卮

梧竹山房

历职工部、邮传部及大理院，民初任宁波海关监督的杭人孙宝碹，其书名曰"梧竹山房"，孙氏著有《忘日庐日记》。

翠竹碧桐，常觉生机洋溢
粗茶淡饭，无忘物力艰难

——孙宝碹自题书斋

与五洲万国缔交，从古英豪谁可匹
为宗社生灵受谤，此中心事几人知

——孙宝碹挽李鸿章

亦来海上作闲人，饱看舞榭歌楼，名园胜水
难遣胸中不平事，且去莳花种竹，赌酒敲诗

——孙宝碹无题联

四省象棋大会

旧时，杭州青年会举办了鲁、闽、苏、浙四省象棋选手赛棋大会。这在象棋界说来，盛况空前。棋王谢侠逊为大会裁判。谢不仅精于象棋理论技艺，亦善于撰写诗词联语，下面是他为大会题的一副楹联：

卧薪尝胆，本越中先哲雪耻票图，战局溯当年，曾偕十七国兵车，来从沪渎

破浪乘风，正海外蛮邦催征有待，阵云开四省，恰值亿万家灯火，共庆杭州

——谢侠逊题

此联尾句是指当时杭州市政府正在举行提灯大会，庆祝市政府成立十周年。

小凤仙与蔡锷

梁羽生《名联读趣》云："小凤仙生于浙江钱塘，其父是驻防浙江的旗人，后来家道中落，父母双亡，小凤仙流落风尘，曾在上海、南京卖笑，最后则是在北京八大胡同韩家潭的云吉班'成名'。"小凤仙是蔡锷的红颜知己，是西湖孕育出来的又一佳人、侠女。蔡锷曾写过两副对联赠小凤仙：

自古佳人多颖悟

从来侠女出风尘

此地之凤毛麟角

其人如仙露明珠

此二联均赞叹小凤仙罕见的才貌。两人相爱上一年多。当蔡锷三十五岁，在护国军推翻袁世凯之后逝世时，小凤仙撰了一挽联：

万里南天鹏翼，直上扶摇，哪堪忧患余生，萍水姻缘成一梦

几年北地胭脂，自悲沦落，赢得英雄知己，桃花颜色亦千秋

——此联刊于1916年11月某日《长沙日报》

不幸周郎竟短命

早知李靖是英雄

——小凤仙撰

这联是小凤仙在北京湘潭会馆缟衣祭奠蔡锷时亲手悬挂的另一副挽联。周郎即周瑜，享年仅三十六岁，又是在赤壁大捷之后死的，跟蔡锷其事亦相似，同是"短命"者。下半联以蔡锷比李靖而自拟红拂，自占身份，亦甚得体。小凤仙后来的结局传说她嫁给东北军一位姓梁的旅长。这一传说则是由曾在梁府担任过短期家庭教师赵稚娴说出来的，她教的学生就是小凤仙与姓梁的旅长所生的儿子。另据说五十年代初梅兰芳在沈阳曾与小凤仙见过一面。由于小凤仙要保密，梅兰芳生前没对人说过。是梅兰芳的秘书许姬傅对电影《知音》(在香港上演时易名《倒袁秘史》的编剧华而实说出来的。)

阮毅成故居

故居原在湖滨新市场。阮留学法国，获巴黎大学法学硕士学位，曾任浙江省民政厅长，一生出版著述十种。1940年创办私立新群高级中学，后在南山路自

行建筑校舍，他为学校孔圣撰了下联：

握手言欢，皆旧识新知，当湖山佳胜

会心不远，要合群力学，共风雨中流

八载风霜存铁首

一湖冰雪访仙胎

——阮毅成于抗战胜利后一家人游孤山观梅时作

如幻如梦难分别

无垢无碍同虚空

——弘一法师赠阮毅成。此联手迹现当存，阮毅成哲嗣沈大方了解。

施公祠

旧时，在杭城太平坊金波桥堍有施公祠，为祭祀义士施全而建。施全对秦桧陷害岳飞非常气愤，一日怀刃刺桧，未中被杀。此祠亦称金波庙，额为“独伸正气”。

忠义炳千秋，纵白刃空挥，戮桧特褒书竹简

威灵扬四境，喜丹楹重庇，荐苹共愿酌金波

——童文敬题

梅石园

位于佑圣观路内梅花碑。始建于绍兴年间，以奇石古梅称著。园里有芙蓉一石，高丈余，玲珑可爱。后浙官为迎上所好，将这一宝石送到京都圆明园，从此杳无音讯。此园于 1988 年重建。

名迹补孙蓝，还斯旧观

清风况梅石，寓以新题

——乾隆题梅石碑亭

入门来，疏影子莫教踏碎

挥手去，清香长许凝留

——葛注瑞书观梅古社

东河第一桥

又称壩子桥，在艮山门。建于清代。二十世纪九十年代重建，系三孔石拱高桥，桥上有凤凰亭，是杭州城内河与古运河连接的枢纽，桥南此两侧边柱都有楹联，被河岸堵住了。唯有朝北的中石柱还镌有下联：

巽水启文明，留棘院楚庠，左右逢源千古盛

艮山资保障，有仓箱杼轴，春秋利济万家欢

——未见署名

银瓶井·亭

与湖滨长生路交叉的孝女路，是清同治六年(1867)命名的，不久前还在。岳飞被害后，其幼女孝娥，为尽忠孝之道，历尽苦辛，最后抱着银瓶投井自绝。人们将此井称为孝女井或银瓶井，井前道路定为孝女路。还在井旁立碑建亭。如今亭已圮，石井环与石碑先移岳庙，如今将即新建的风波亭边。旧联云：

殉孝闭重渊，与上虞曹娥相拟

阙疑求故籍，赖梧溪乐府以传

——佚名

杭州安徽会馆

旧时，浙江、杭州在外地有许多会馆，如奉直八旗会馆、安徽会馆、湖州会馆等等。安徽会馆是在杭州游宦、经商、求学等安徽藉同乡活动、聚会之馆所。

川岳几经过，回思南北邮程，此地更添游子迹

湖山虽大好，话到枌榆旧社，何人不动故乡情

——鲍源深撰

安得广厦千万间，庇天下寒士

愿与吾党二三子，称乡里善人

——李鸿章题

上册

卷十四

余　杭

皋亭山

俗称半山，在杭州东北部。在国家渭南市，民族英雄文天祥受命为右丞相兼枢密使，在此山英勇抵抗元兵，痛骂卖国贼与侵略者，结果文天祥反被押解到北方，最后牺牲，在他的衣带中发现了绝笔书，书中有句：

孔曰成仁，孟约取义；
惟其义尽，所以仁至。
——文天祥

千年烟已香，尚见残碑扶宋室；
万竹节竞高，犹闻全国泳华宗。
——郑幻邨撰

就在这座"留取丹心照汗青"的皋亭山上，今年在山上挖掘出有根断石柱，上面镌有 20 公分见方的"扶宋室"三字真书，倒卧在皋亭山。娘娘殿内，时有郑氏幻邨者，旅至此，认为此系巨大牌坊的残断石柱，上面旧时刻联。

见此实物，感慨良多，因而撰了上联。

从泛仙槎问何处；
偶得红叶到人间。
——佚名

这是皋亭山前桃花坞内一座石桥的联。上半联联从桃花着色来写，想泛小舟沿着两岸桃花林去寻找桃花源到底在何处？这是对美好生活的向往！秋后皋亭山的红叶亦很可观，因而有下半联："偶得红叶到人间。"这幅联语运用了"桃花源"红叶题诗的典故，极富想象力地表达了作者的本意。

宋梅亭

超山赏梅刘为江南三大赏梅胜地三首，已逾千年历史。有唐梅、宋梅，中国武大古梅，超山就占了两席。1923 年春，书画家周梦坡发起，构筑了这个宋梅亭。石亭极其古朴，四方石柱撑起翼角飞翔之亭盖，固有坐栏。余任天题额。石柱上镌刻着七副楹联，皆妙词佳句，字字珠玑。

鸣鹤忽来耕，正香雪留春，玉妃舞衣；
潜龙何处去，有萝猿挂月，石虎啸秋。
——安吉吴昌硕时年八十

超山西南有黄鹤山，因有仙人驾鹤经此而得名，引用这个典故，把鹤引到这里。迎着雪花吐香的梅树，把春色留在枝头，至雪醉春，仿佛贵妃在此彻夜飞舞。超山一侧有黑熊居住的洞府，因而作为就在下半联撰问，如今龙潜在何处？古时超山常有猕猴在萝藤见出没，山上还有像老虎的巨石，因而有萝猿挂月，石虎啸秋的美景。啸，虎怒声，此联有联想，有夸张，没有深厚的文艺功底是写不出来的。

与孤屿萼缘花，同联眷属；
剩越山冬青树，共阅兴亡。
——周梦坡撰书

以当今风行的话来说，周梦坡是位著名的书画家、文学家兼企业家，乐于兴建公益事业，墨迹遍布各地。孤屿就是孤山，因为屿是仄声，不会跟下半联"山"字重复。萼绿花就是绿萼绿梅。他联想叶孤山林的古梅与超山的宋梅成为眷属，并联想到绍兴古越山唐珏为暗埋南宋帝王的骨骸而重上冬青树感世事沧桑，国家兴亡之叹！其余五副楹联，各有特色，抄录如下：

与林和靖同时，高风在望；
问宋漫堂到处，香雪如何。
——蜷翁撰　蜷翁即焉一游

几度阅兴亡，花开如旧；
三生证因果，子熟有时。
——纽衍撰书

腊雪不沾墙下水；
冻梅先袒岭头枝。
——仁和姚景瀛集唐李商隐、罗邺句　赵荪书

带水接西泠，其地恍分三竺胜；
流风忆南渡，当年犹剩一枝春。
——杭县王体仁撰书

盛景压皋亭，有人如白石化红，吹沏几番横笛；
溪根遗宋室，此地与孤山放鹤，同留千古幽香。
——安吉吴东迈撰句并书

吴东迈乃吴昌硕哲嗣，他以超山与孤山相映照，以南宋亡国之遗恨，目睹十九世纪二十年的战乱，表达了自己的历史责任感。

吴昌硕墓

吴常说于1927年在上海逝世，遂其遗观葬于超山大名堂北侧。两位夫人章氏、蒋氏之灵柩也一同葬北。当时墓表由慈溪冯并撰文，三原于右任书丹，余杭章炳麟篆额，门人周梅谷刻石。墓碑"吴昌硕先生之墓"由戴傅贤敬题。墓前石坊上"安吉吴氏墓道"以其间"旧时月色"由谭延凯敬题。还有埋在墓穴底层之"安吉吴先生慕铭"由陈三立撰文，朱孝臧书丹，郑孝胥出盖。文革后重建之墓，

其碑“吴昌硕先生墓”由受业诸乐三敬题。下而数旧联皆为吴昌硕金石书法，道德人品：

金石乐
书画缘
——吴昌硕自题

其人为金石名家，沉酣到三代鼎彝，两京碑碣；
此地傍玉潜故宅，环抱有几重山色，十里梅花。
——沈卫题（沈系光绪进士）

趣谐八家，于三绝而外，更能金石；
奉逾百岁，乐一堂之下，几代儿孙。
——袁克文题

郁勃画禅参雪个，
高寒诗骨傍梅花。
——徐鋆题

纯乎星石气，发于笔墨间，得之者生，学之者死；
相对辄忘言，久别又相忆，人重其画，我重其人。
——方药品题

陆羽泉

在杭州市余杭区双溪凉亭提头，俗称陆家井井水清冽，大旱不涸。相传陆羽泉曾在此烹名撰《茶经》。陆羽（733—约 804），字鸿渐，号竟陵子，唐？州竟陵（今湖北天门）人，一声嗜茶，精于茶道。陆羽曾数度来杭州，曾撰有《武林山记》、《灵隐天竺二寺记》、《道标传》等。上饶广教寺内有井，亦传为陆羽所掘，定为天下第十四泉。双溪陆羽泉旧时有联：

一卷经文，苕雪溪边证慧业；
千秋祀典，旗枪风里拜神灵。
——佚名

陆羽为避安史之乱，约于乾元之年（758）来杭州。刚好这一年，灵隐寺以试诵经文竞选主持和尚，和尚道标中选。因此明万历《钱塘县志》记载“陆羽目为道标梵僧名之威风云”，指的就是此事。明嘉靖版本《余杭县志》卷二十八“陆羽”条目有“唐陆鸿渐隐居苕霅”著《茶经》其地。慧业，佛教指智慧的业缘。清？自珍有“甘心费劲，三生慧业，万古才华”之词句。了解了此典故，上半联的意思就理解了。陆羽去世以后，人们誉为“茶仙”、“茶圣”、“茶神”。千秋祭祀拜神灵，下半联就是指此。旗枪，竖立旗枪，以示雄风。亦指绿茶旗枪，由节顶叶的叶芽制成，茶芽刚刚舒展成耶绿旗，尚未舒展绿枪。旗枪茶泡在玻璃杯中，亭亭玉立，十分美观。

章太炎故居

杭州市余杭区仓前镇老街中设有章太炎故居，赵朴初题额，周恩来题“一代宗儒”额，当中塑有章太炎半身铜像。章太炎著作宏？集联为《章氏丛书》、《章氏丛书续编》、《章氏丛书三编》。章氏也是撰联高手，平生撰题了不少联语，？录几副：

白头伊尹谁能任
脚底鸱夷未了心

——章太炎自题

伊尹，是商汤时大臣。名叫伊，尹是官名。相传生于伊水，故居。原是汤妻陪嫁的奴隶，后助汤伐夏桀，被誉为阿衡。汤去世后又佐其他国王。一说终被杀。鸱夷，鸱是传说中的怪鸟。鸱夷，指革囊。《史记·伍子胥传》：“吴王闻之大怒。乃敢子胥死盛以鸱夷，浮至江中。”知道“伊尹”与“鸱夷”二次的出处，此联的大意是：际此国难当头，谁能像伊尹那样肩负起辅佐国家的重任？下半章氏救自己处境极度危险，如脚底踩着屍的革囊，但还“未了心”。可见章氏是怀着忧国忧民的伟大抱负。

进退上下，或跃在涧，以师表责君，匡复身心姑屈己；
恢诡？怪，道通为一，逮枭雄僭制，共和再造赖斯人。

——章太炎挽梁启超

今日到南苑，明日到北海，何时再到古长安？叹黎民膏血全枯，只为一人歌庆有五十割琉球，六十割台湾，而今又割东三省，痛赤县邦圻益蹙，每逢万岁祝疆无。

——章炳麟（太炎）讽慈禧太后

梁实秋故

梁实秋（1902—1987），原名治华，留学美国，曾任东南大学、复旦大学教授，去台湾后任台湾师范大学英语系主任等职。著译有《雅舍小品》、《莎士比亚全集》等。他用所谓梁体书法，撰写了许多楹联。他于 1987 年 11 月 1 日应香港友人之邀，提笔写了对联。

阁楼烟云里
山河锦绣中

何如春日柳
犹忆腊月松

无情不似多情苦
百岁常怀千岁忧
——梁实秋集句

形影不离，五十年未成梦幻；
音容宛在，八千里外吊亡魂。
——挽夫人程季淑

承魏牟而教，撷孔穿而辨，断以己意；
有江陵之才，得荆公之学，作新斯人。
——梁实秋挽梁启超

梁实秋于1987年11月5日病逝台湾，生前留有遗嘱：丧事从简，墓上署“梁实秋之墓”。后妻韩青之为其题写墓碑，碑曰“梁实秋教授之墓”。曾创办《老实话》旬刊，主持苏州、武汉《陈中日报》的张佛千挽曰：

倾目共清谈，老去秋郎，别有幽怀人不识；
极峰尊小品，久湮雅舍，却因彩笔史长存。

杨乃武与小白菜冤案

清末四大冤案之一的“杨乃武与小白菜”就发生在余杭古镇，历来有人编为戏曲、电影、电视、评弹演出。如今余杭乐园（即小西湖）里有冤案资料陈列馆。杨乃武（1841—1914），系举人，被捕入狱后，遭严刑拷打，曾奋笔狂书下联，也是他的自挽联：

斯文扫地
乃武归天

杨乃武出狱，对余杭爱仁堂药店诸人钱坦因此案连累而死于狱中，感到万分痛心与愧疚，固书“镜花水月”横批及下联赠送钱坦亲属：

名场利场，即是戏场，做得出满天富贵；
寒药热药，无非良药，医不尽遍地炎凉。

杨乃武死后葬于余杭白虎山麓安山村。小白菜原名毕秀姑，生得秀丽，平时爱穿白色上衣，绿色裤子，故名小白菜。后入空门，其灵塔在余杭镇东安乐山上，碑上镌：“傅临济正宗第四十三世准提堂上圆寂先师慧之墓”。

奇冤几许终昭雪
积恨全消免复盆
——董季麟撰

沈近思故居

沈近思（1671—1727），字位山，号闇斋，又号庵斋，生于杭州五杭，九岁即孤，后中进士。曾在当地建紫阳书院课士，建双忠（岳飞，于谦）祠以昭忠义，修?了宋代名将杨再兴的旧墓，用自己的俸禄修复堤坝。后奉命掌官台湾? 事，施良政。在宦海中，他敢于与当时的权臣争执是非。雍正皇帝知道后，提拔为太仆寺卿，并赠联：

操比赛潭浩

心同秋月明

——雍正

此联只寥寥十字，肯定他操守、志节比赛潭还贞洁，? 他的心为秋月那么明亮。这在当时就会，是件了不起事情。

上
册

卷十五

兰山

蔡东藩墓

蔡东藩(1877—1945),字椿寿,杭州市萧山人,十四岁中秀才,后曾发福建候补知县,旋即称病回乡,在杭州绍兴等地教书。平生专心著书立说,共撰述了《历代通俗演义》计十一部,《西太后演义》、《历朝史演义》,共十三部计724万字的通俗史巨著,被誉为“一代史家,千秋动笔”。他对楹联也很有研究,著有《中国传统联对作法》。死后,葬萧山所前镇池头沈村北割子山。

无父母,无兄弟,无姊妹卿似我,我亦似卿。十七年?况齐尝,总怜同病相依,?同偕老

多患难,多险阻,多疾厄。死复生,生而复死。四百里征夫闻?,自悔临岐忍别,有负深情

——蔡东藩挽妻王氏

妻一死,又死一妻,纵难向铁面阎罗,细问二度姻缘,胡皆中断

我负卿,卿亦负我,即不念薄情夫婿,回看三龄弱女,何忍长归

——蔡东藩挽继室黄氏

从以上两联可看出蔡东藩的身世极其孤单,道路非常坎坷。与他相处十七年的妻子死时,他是从外地赶回来的,虽负深情,但也无奈。铁面阎罗啊,你怎会二度姻缘又中断呢?继室去后,只遗三岁弱女,更是孤苦伶仃。此二联未用典故,文字通俗白话,但句句出自肺腑,打动人心,堪称佳作。

毛奇龄

毛起龄(1623—1716),字大可,号秋晴,住杭州市萧山区,人称西河先生,曾在县城之南山上筑一土室,读书其中。顺治三年,他参与抗清义军,后流寓江淮达30余年。康熙时曾任《明史》馆纂修官。不久称病归里,潜心研究经学。后人编有《西河全集》共一百二十一种,分经集、史集、文集,杂著四部。《四库全书》收录他著书有四十余部。

千秋经述留天地

万里蛮荒见姓名

——毛奇龄自题门联,时有琉球使者来访求见。

一瓦一椽,一粥一饭,檀那脂膏,行人血汗,尔戒不持,尔事不办,可惧可忧,可嗟可叹

一时一日,一月一年,流光易度,形影匪坚,凡心未尽,圣果为圆,可惊可怕,可悲可怜

——毛奇龄题某寺僧序。

此联有几个词说一下,读来就完全理解了。檀那,梵语音译,指佛寺的施主。圣果也是佛教语,犹如正果,佛教修行所达到的圆满境界。凡心,指世俗的情思,

凡尘的心态。此联是劝诫僧人要好好念佛持戒，要珍惜时间，俭吃省用，求保圣果圆满。

葛云飞故里·墓

葛云飞(1788—1841)，字鹏起，是抗击英军进犯定海战役中壮烈牺牲的民族英雄，故里在杭州市萧山进化乡山头埠村，有“清葛壮节公故里考，镌刻“民族英雄”四大字。葛云飞为武进士，官至定海镇总兵。严于责己治军，特制“昭勇”“成忠”两把佩刀，作《宝刀歌》以明志，并自撰写下联悬于治事之堂以自勉：

持躬以正，待人以诚；
任事唯忠，决机唯勇

——葛云飞撰书

葛云飞在抗击英军的激烈战斗中，知大势已去，决心以身殉国，将印信交给随身亲兵，让亲兵代慰老母，节哀保重；转告儿孙，继承杀敌卫国之志。激我到最后时刻，不幸左眼中弹，被敌劈去半边脸，只留半额头颅。故在祭奠众多挽联中有联云：

忠孝两难全，看碧血淋漓，犹留半额头颅是阿母
英雄真不死，抢舟山冥没，总是十分肝胆报君王

——潘世恩挽葛云飞

这位民族英雄葬在萧山所前乡泉王村黄湾寺北侧。墓室上有咸丰亲笔题“忠尽可风”四字，墓室两旁古柱上有联：

泉台光宠降
杯土奠忠灵

——未署名

泉台，指墓穴或阴间，唐骆宾王有“忽见泉台路，犹疑水镜悬”之句。所谓宠泽，墓碑为“道光二十一年八月，诰授振威将军追赠太子少保葛壮节公之墓。”

李成虎墓道坊

李成虎(1854—1922)，家住萧山衙前村。1821 年 4 月，上海共产主义小组成员沈定一(玄庐)四乡倡导组织农民协会，李成虎带头响应，加入组织，成为当地农民运动领袖。1922 年 1 月 24 日被凌虐惨死于狱中。他是在中共领导下，为开展新型农民运动而第一个牺牲的革命烈士，墓在衙前镇后凤凰山上，墓道上有高大石坊，为省文保单位。

中国革命史上的农人这位要推头一个

四山乱葬堆里之坟墓此外更无第二支

——沈定一撰书　石坊背面还有联：

吃苦在我

成功在人

——沈玄庐撰书

汤寿潜纪念碑

位于萧山进化镇大汤坞，碑高将近九米，底拓丰子恺画的唐寿潜像，碑额与碑文都由马一浮题写。汤寿潜(1956—1917)，字蜇仙，光绪进士。1911 年被举为浙江省军政府都督，1912 年被任命为交通总长。去世后，遗赠民国政府所奖二十万银元，嘱用于浙江教育事业，后用作建造浙江公共图书馆饭舍《在大学路》。一生著述颇丰，有《危言》四卷，《尔雅小辨》二十卷等。下录其数联：

新书海外吾妻镜，

旧托河间君子传。

——汤寿潜赠马叙伦

陵邑久蒿莱，缅江左衣冠，尚有文章传久远；

登临宋感慨，望中原戎马，莫教人物质溪山。

——汤寿潜题王右军祠

整机如赵阅通，文章似叶水心，一代高名齐泰斗；

怡退学韩蕲王，孤洁追林处士，千秋遗爱在湖山。

——冯国障挽汤寿潜

东方文化园

在杭州市萧山区，集儒、释、道三教于一园。前面大牌坊高 33 米，两旁有侧楼。

未东浙涛声，俯仰古今，我欲固而梦寥廓；

接西湖景色，流连廊榭，君尝就此赋休闲。

——张学理撰　钱法成书

天下显杨枝，光腾处，华构连云，放眼全收儒释道；

凡间誉阆苑，展印时，烟塘隐郁，会心频狎鸟虫鱼。

——卫淑居撰并书

胜地开南国风光，为画为诗，好水好山供啸咏；

名园葬东方文化，可观可兴，先贤先哲显传承。

——薛　驹

被佛道、道家、儒学精华，引万国嘉賽游浙地透云坊、锦宇、满园佳气，邀三江碧水绕杨枝。

——周友生撰 释信空书

秉烛静读经，物外禅门传般？

焚香听讲法，尘中居士得禅心。

——徐闽芝题杨歧禅寺

下册

卷十八

十四世纪七十年代以前

周　密

周密（1232—1308），字公瑾，生于湖州，中年迁居杭州癸辛街。他为人正直，学识渊博，历官义乌县令等，宋亡隐居不仕。著有《癸辛杂识》《草窗韵语》《武林旧事》《齐东野语》等十余种。书中保存了大量南宋史料。在《齐东野语》中录有奇联多副。如：

妙法、法因、因果寺、金轮金刚
中和、和丰、丰乐楼、银勺银瓮
——上联皆钱塘寺名，下联皆钱塘酒楼名

迅雷风烈，烈风雷雨
绝地天通，通天地人

人相，我相，众生相，寿者相
龟从，筮从，卿士从，庶民从

人有七情：喜怒哀乐爱恶欲
经存六艺：诗书礼乐易春秋

司马相如，蔺相如，果相如否
长孙无忌，费无忌，能无忌乎

试场三试试三场，经赋论策
方丈四方方四丈，南北东西

知我春秋，罪我春秋，谁誉谁毁
待以国士，报以国士，为己为人

善待问如撞钟，小应小，大应大
措天下若置器，安则安，危则危

调羹止渴，梅全文武之才
学舞贪眠，柳尽悲欢之态

罗贯中

罗贯中（约1330—1400），钱塘人，名本，号湖海散人，祖籍山西太原，亦作庐陵(今江西吉安)人,著有《三国志通俗演义》《三遂平妖传》等。另外,他还创作杂剧《宋太祖龙虎风云会》等三种。

淡泊以明志
宁静而致远

——门对(见《三国志通俗演义》第三十七回)

赤面秉赤心,骑赤兔追风,驰骋时,勿忘赤帝
青灯观青史,仗青龙偃月,隐微处,不愧青天

——关帝庙联(见《三国志通俗演义》七十七回)

赵孟頫

赵孟頫(1254—1322)字子昂,号松雪道人,原籍湖州,后居杭州,延祐间,官至翰林学士承旨,卒封魏国公。诗书画皆成一家。有《松雪斋集》等。灵隐寺等处有他题联。据传,元世祖初闻孟頫之名,即召见之,遂命其题春联:

日月光天德
山河壮帝居

——见《楹联丛话》。

梵宫敕建宋代,推甫里禅林第一
罗汉溯源惠子,为江南佛家无双

——赵孟頫题甫里保圣寺(惠子就是杨惠之,唐代雕塑家,见《叶圣陶年谱》)

杨维祯

杨维祯(1296—1370)一作桢,字廉夫,号铁崖,山阴人,一说诸暨人,元泰定四年进士,官至建德路总管府推官,后徙居钱塘,有《东维子集》《铁崖先生古乐府》等传世。明田汝成《西湖游览志馀》中载:"西湖竹枝词,杨铁崖倡之,和之者数百家。"有一次,妓芙蓉捧酒名金盘露,杨维祯即出对:

芙蓉掌上金盘露
杨柳楼头铁笛风

——下联是芙蓉应答。(见《坚瓠集》)

两镜悬窗,一女梳头三对面
孤灯挂壁,二人作揖四躬身

——维祯与虞集《奎章阁侍书学士》至一妓家,见其悬两镜梳头,杨出对,虞继之,遂成一巧对。见《古今滑稽楹联》。

陈大伦

陈大伦,字彦理,自号尚雅,元代人,其先居襄阳,后徙浙江杭州,屡试不中,

益攻古文辞，从他题黄鹤楼一联中，可见其功力。

崔唱李酬，双绝二诗传世上
云空鹤去，一楼千载峙江边
——见朱应镐《楹联新话》

杨　彝

字彦常，元韦钱塘（今浙江杭州）人，官翰林编修。他之挽弟联云：

国事如斯，家事如斯，如斯斯已
生亦不了，死亦不了，不了了之
——见《南亭四话》

钱　宰

字子予，一字伯均，元会稽人，洪武六年授国子助教，二十七年，召修《书传会选》，书成，加博士致仕，有《临安集》。《西湖游览志馀》里载有他之门帖：

一门三致仕
两国五封王

杨　瑀

字元诚，号山居，元朝杭州人，官至浙东宣慰使致仕，著有《山居新话》。《山居新话》云：元统间，余为奎章阁属官，题所寓新帖有：

光依东壁图书府
心在西湖山水间
——见《楹联丛话》

陈众仲

元统初，江浙儒学副提举陈众仲，莆田人，雅爱西湖山水，意有所属，便乘兴独往，流连竟夕，得佳句，则欣跃而归，后为应奉翰林。见《西湖游览志馀》。

相往至今啼木客
露盘无复泣金人
——陈众仲自题

直阁每从花底见
挥毫曾向御前题
——萨天锡赠陈众仲句

张仲举

张仲举，字翥，父为钞库副使，因从晋宁徙钱塘（今杭州市），长于诗，其近体长短句尤工，文不如诗，而每以文自负，往往有人嘲笑他。为了下面对子，几乎被捕坐牢：

豸冠点馔

驴肉作羹

事出有因，元代至正初年，张仲举为集庆路学训导，御史下学点视廪膳。邻斋出对云："豸冠点馔，"是日适用驴肉，仲举戏续云："驴肉作羹。"盖御史河南人也，闻之，大怒，欲逮捕之。张乘夜逃杨州，后入大都，职位通显。见《西湖游览志馀》卷十一。

杨仲弘

杨仲弘，原籍福建浦城，后家钱塘。与虞伯生、揭曼硕、范德机齐名。《西湖游览志余》载有杨之竹枝词等。洪武初年，祀于杭学乡贤祠。杨以《宗阳宫玩月》为绝唱，但其联语沉雄典实，行辈也推之，录三例：

挟书万里朝明主

仗剑三年别故乡

风雨五更鸡乱叫

江湖千里雁相呼

空桑说法黄龙听

贝叶翻经白马驮

沧波渺渺浮鸥鸟

白日翩翩换岁年

——杜清碧寄仲弘句

廖莹中

字群玉，号药洲，福建人，进士。尝撰《福华编》，临《淳化帖》，书丹入石皆逼真，飞来峰有他镌名。他是贾似道门下客，相对痛饮，五更方罢。似道还越待罪，犹相从不舍，旋服冰脑自杀。

天下三分明月夜

扬州十里小红楼

——题元宵联　见《楹联三话》

黄　锐

贾似道门下客，官司封郎中。《西湖游览志馀》：四月初八日，谢太后寿崇节，初九日度宗乾会节，贾似道命黄锐致语，有一联云云，人皆称之。

圣母神子，万寿无疆，亦万寿无疆

昨日今朝，一佛出世，又一佛出世

——黄锐撰献辞联

施耐庵

施耐庵(约1296—约1370)，《水浒传》作者。据《兴化县续志》载。原名耳，一名子安，至顺进士，祖籍姑苏，迁居兴化，曾出仕钱塘(今杭州市)，以不合当道权贵，弃官归里。《水浒传》中所描写的地理态势，桥梁村巷，风物典故以及方言都与杭州相吻合，非长期生活于杭州者是难以做到的。在《水浒传》中有联：

醉里乾坤大

壶中日月长

——浔阳楼　(第二十九回)

世间添此酒

天下有名楼

——浔阳楼　(第三十九回)

汤右曾

汤右曾(1656—1722)字西厓，仁和(今杭州)人，康熙二十七年进士(1688年)，官吏部侍郎。著有《怀清堂集》行于世。在灵隐寺西有别业，称汤庄。此处原为包氏北庄，台榭之美，冠绝一时。汤氏接手此庄后，方改为汤庄。他自题楹帖云：

连峰紫翠看皆好

乔木风烟画不如

陈妙云

陈妙云系晚清一位女诗人，除吟咏外，兼善书法。她在西湖修小青、菊香、云友三女士墓，其墓碣就是她所手书。道咸时，曾书楹帖赠颐道居士陈云伯。联云：

家住癸辛街畔

诗名丁卯桥边

——陈妙云题　见陈方镛著《楹联新话》

此联虽短，但很工雅。伯云家靠近南宋周密(公瑾)故居，因有出句。对于诗词，犹嗜爱许丁卯的，因有对句。

廖寿丰

浙江巡抚廖寿丰曾题吴山龙神庙一联，又题吴山风神庙一联，两联对仗亦工。据《楹联新话》

飞在天，见在田，大泽鳞鳞饮雨润

左为江，右为湖，新宫翼翼想云从

——廖寿丰题风神庙

太平盛世，时占七十二番，敷化宣仁，默佑元机司橐籥

天庾正供，岁入千百万斛，遵江导海，全凭神力引帆樯

——题关山风神庙

王亶望

曾任浙江巡抚的王亶望，曾纳一位名叫“卿怜”的风月人物，很受宠爱。为了表达爱恋之情，悄悄地撰了下联，悬于密室，联云：

色即是空空是色

卿须怜我我怜卿

余　集

余集(1738—1823)，字蓉裳，号秋室，仁和(今杭州)人。乾隆进士，候选知县，官至侍讲学士。官至翰林院编修，侍读学士。博学多才，著有《梁园归棹录》等。

济艰辛，尝险阻，家贫妇信难为，痛今朝镜破钗分，欲图梦影重圆，除来世再同青玉案

习荆布，厌绮罗，半生俭应可法，奈尘海飚驰电掣，赢得褶痕如旧，到秋宵怕检缕金箱

——余集挽妻联

熊卞两县令

《文苑滑稽联语》曾载旧时杭州府属钱塘和仁和二县令，以他俩的姓与为人特点，撰成一联以嘲弄。联曰：

能者多劳，奔断四条腿骨

下流忘返，难保一个头颅

——杭人撰

上半联说钱塘县令姓熊，他的特点是很会奔跑论争，熊字上面是“能”字，就以“能者多劳”称之，下面四点就是四条腿骨。下半联说的是仁和县令卞姓，此人贪墨(贪污)，卞字下面是“下”字，就以“下流”讽之，上面一点，就说他难保一个头颅。

王文韶

王文韶一生谨慎小心，为承平宰相数十年。卒时亲知所赠挽联，大多颂德感恩之作。有与王文韶不合者，知王素有“玻璃蛋”之雅称，而其逝世之日与光绪皇帝骑箕之日未久也。因戏作联云：

承尘集鹏，耳昔闻牛，聪明不愧琉璃，速死毋成覆巢卵

鹿友乘轩，猿公恋栈，相业惟堪伴食，攀髯去作素餐臣

杨万里和尤袤

《鹤林玉露》云：尤延之与杨诚斋为金石交。淳熙中，诚斋为秘书监，延之为太常卿，又同为青宫僚寀，无日不相从。二公皆善虐，延之尝曰：有一经句请秘书监对，曰：

杨氏为我

尤物移人

——杨万里对语

(尤物：指绝色美女，有时含有贬义。尤物移人，谓绝色的美女能移易人的情志。《左得》：“夫有尤物，足以移人。”)

陆元鼎

陆元鼎(1839—1910)字春江，号少徐。宝署青藤吟馆，清浙江仁和(今杭州)人。同治十三年进士。随即委用知县、布政司、漕运总督等职。曾经入系觐见光绪皇帝，因英美有攫取浙赣铁路修主权的野心，引起风波，陆力辩士民忠员爱国并无二心，打动了光绪皇帝，后赴京协助开办资政院事务，次年病故，编有《各国立法开始未记》

教育及蚕桑，三载贤劳襄太守

追随有梅鹤，一龛香火共孤山

——陆元鼎题孤山林社联

陆　游

以“小楼一夜听春雨，深巷明朝卖杏花”诗句为千古绝唱的陆游(1125—

1210)，字务观，号放翁，山阴(今绍兴)人，是宋代存诗近万首的爱国诗人。他曾有较长时间在临安(今杭州)为官，住延安路孩儿巷今98号，至今故居正在修复供游人瞻仰。

山河兴废供搔首
风雨纵横乱入楼
——陆游　联句

入巷重寻听雨地
登楼长忆卖花声
——王翼奇并书

贯云石

贯云石(1286年—1324年)，原名小云石海涯，从小便随父亲贯只哥生活在行伍之中。长大之后弃武学文，善作诗词散曲。他不满元朝统治，来钱塘(今杭州)凤山门外栖云庵隐居，并游览西湖。有《芦花被》《蟾宫曲》《小梁州》等诗作散曲。贯云石在杭去世，散曲家王举之曾写了首《红绣鞋》散曲悼念他。

毛骨已随天地老
声名不让古今贫
——贯云石自撰联句

梁实秋

梁实秋，余杭(今杭州市)人，1987年八十四岁时在台北病逝。嘱遗孀韩氏丧事从简，由她署“梁实秋之墓”。逝后，韩氏署“梁实秋教授之墓”。

何为春日柳
犹忆腊月松
——梁实秋自选联

无情不似多情苦
百岁常怀千岁忧
——梁实秋集句联

楼阁烟云里
山河锦绣中

何如春柳月
犹忆岁月松

文章推后辈

风雅激颓波

——以上三副联语，是梁实秋最后一次住院前一日，应香港友人之邀而题写的。仍是“梁体”书法，遒劲有力。“何如”那两联其中有两个字有差异，未知何故？

刘伯温

刘伯温（1311—1375），名基，青田南田人（南田今属文成县）人，曾在杭州做过江浙儒学副提举、浙江行省都事以及郎中等官，后辅佐朱元璋建立明朝，后为人所忌，忧愤成疾而死。他传世著作有《郁离子》《覆瓿集》《犁眉公集》等

邵　锐

邵锐（1480—1534），字果仰，号端峰，别号半溪，临平塘栖（今杭州市）人，明正德三年举礼部第一，邵锐不随浊流，一身正气。在福建、湖广、河南等地为官都有惠政，终授太仆寺卿。卒前还告诫弟子，切勿向他人求乞。著有文集《端峰存稿》。他集宋词联，颇具功力，也可以看出他的为人处世。联曰：

便稳栖烟麓，除是贺知章，双桨凌波，江湖幸有闲宽处；

且料理琴书，谁忆陶元亮，一醉秋色，尊酒相逢尽胜流。

蒋作藩

蒋作藩（1875—1924）字屏候，号值庵，浙江瑞安人。在黄岩知事任内禁烟缉毒有劳绩，后主持浙江因利局，省城警察厅警正，在职六年，时任警务处长的夏超上报蒋的业绩奖之。著有《植庵文稿》四卷。吴山一翼云居山有四宜亭联曰：

田汝成

田汝成（1503—1557），字叔禾，钱塘（今杭州市）人、明嘉靖五年进士，罢官后归寓杭州。田汝成学识渊博，著述良多。所撰《西湖游览志》《西湖游览志余》《咸淳临安志》《武林旧事》《都城记胜》等，都是杭州地方史的重要文献。

凭栏霄月近

倚仗海云回

——田汝成题南高峰。南高峰览浙江如带，瞰平湖如杯，旧有塔七级。

梁德绳

梁德绳（1771—1847），字楚生，清代女作家，钱塘人（今杭州）。其夫为嘉庆进士，善通天文、历法，著有《鉴止水斋集》。梁德绳著有《古春轩诗钞》及续完长篇弹词《再生缘》

吴小宋

吴小宋，字章祁，仁和（今杭州市）人，以名孝廉宰蜀蓬溪县，亲近百姓，视民事如家事，尤以振文风、端士习为先务。在官三年，以劳瘁卒。蓬溪县百姓感其惠政，建祠奉祀，记以联曰：

修其孝弟忠信，可使制梃，故曰仁者无敌
保我子孙黎庶，尚亦有利，此以没世难忘
——见《楹联四话》

昔日余杭塘栖河岸上有一危亭，柱间悬一联，秀隽可喜，录如下：

雁将来候芦先白
露到浓时月有烟
——见《楹联四话》

沈云轩

清代萧山（今杭州）人，是位名孝廉，工诗善酒，历署永春、龙岩各州并权福鼎，政声卓著，闽人德之。其子沈兆桂，继承父志，以司马亦权福邑，后先辉映，一时称之。云轩卒，门人公挽以联云：

作帝师师，公之桃李遍天下
为民父父，膏以黍苗及后人
——见《楹联四话》

何文安

曾典浙试，后即督浙学之何文安，道州人，待士外严而内和，校阅认真、公正。得到士绅和老百姓之信任、好评，卒于任内。海内挽联颇多，编录成集，今择优记述如下：

再世获传衣，最喜缘深堪历久
三台期接席，那知望切竟成空
——英和撰

累世簪毫，方期启沃酬恩，尚克同心作霖雨
数旬騑牡，岂意春明话别，不堪回首望停云
——毛伯雨撰

朝露洒遗笺，问几人东阁重窥，有子才如苏右相；
春明陪末座，忆两载南车亲奉，前贤怅失郑司农。
——曾望颜撰

一品荷殊荣，文望官声，端谨咸钦臣节粹；

千秋逢异数，崇衔美谥，幽冥应感圣恩深。

——鄂恒撰

践道一身修，贵乎言功者德

易名当代少，止于义理曰安。

——汪仲洋撰　以上均见《楹联四话》

吴彭年

杭州布衣吴彭年，清时游幕中州，很有才名。那时天津有个叫卢茂才者，突然卒。其妇是个贤德女性，随于卢卒后七七之期自经于其夫死所，一时不少文人赋诗撰联哀之。吴彭年撰以下一联，见者推卓绝：

蝴蝶有情同入梦

鸳鸯到死不分飞

白居易

白居易(772—846)，字乐天，晚号香山居士。少年时曾流亡杭、苏一带，后中进士，51岁时出任杭州刺史，在三年任内，整治西湖，提倡文教，关心百姓疾苦，作出很大贡献。如今白堤、圣塘闸亭内《钱塘湖石记》，韬光庵中有白居易汲水煮茗处等等，都为这位伟大诗人留下遗踪。

烟波淡荡摇空碧

楼阁参差倚夕阳

——后人用白居易联句题孤山广化寺

但是人家有遗爱

曾为诗句结风流

——阮元集句题白公祠

明月来相照

好风兴之俱

——题横翠楼联　见光绪丙申秋《西湖楹联》，横翠楼列于公祠条中。

松排山面千重翠

月点波心一颗珠

几处早莺争暖树

谁家新燕啄春泥

日出江花红胜火

春来湖水绿如蓝

山寺月中寻桂子
郡亭枕上看潮头

以上联语，都是白居易杰出的诗联，后人经常品题它。

林　逋

林逋（968—1028），字君复，钱塘人，少孤，刻苦为学，筑庐舍杭西湖孤山，不仕不娶，以赋诗栽梅养鹤自娱，人称“梅妻鹤子”。宋仁宗赐谥“和靖先生”。

疏影横斜水清浅
暗香浮动月黄昏

以上是林逋所作《山园小梅》诗中联句，欧阳修极赞赏这联句，云“前世咏梅者多矣，未有此句也。”欧阳修以林逋语新而属对亲切者还有下联：

草泥行郭索
云木叫钩辀

——《巧对录》引用《笔读》云：钩辀，鹧鸪也；郭索，蟹行貌也。按：郭索，似亦指声，不指貌。

白宫睡阁幽如书
张祐书碑妙入神

——林和靖联句　旧题孤山寺。见光绪丙申秋《西湖楹联》知心轩藏板。

洪　迈

字景卢，号容斋，南宋饶州鄱阳（今江西波阳）人，绍兴十五年举博学鸿词科，卒谥文敏。谙宋代掌故。有《容斋随笔》。据传，宋孝宗举行宴会，席间问及大臣乡里特产，洪迈答以巧对：

沙地马蹄鳖
雪天牛尾狸

——见《清诗话》

周必大

字子充，南宋吉州庐陵（今江西安吉）人，官至左丞相，封意国公，卒谥文忠，绍兴进士，后人编有《周益国文忠公全集》在宋孝宗主持宴会上，同样答以巧对：

金柑玉板笋
银杏水精葱

——见《鹤林玉露》

月　潭

明代诗僧，俗姓杨，削发五台山，隆庆五年（1571）来江南，云游四方，一百十三岁圆寂。下面是他题昭忠寺也园两联，昭忠寺北待考。

与石订交奇不厌

有梅同处冷何妨

——此联见《楹联新话》卷四、卷十。同处一作相对。

此日名园疏地脉

当年壮士挽山河

——见《古今联语汇选二集》。

王叔承

曾据自己游历撰写《吴越游编》的王叔承，号昆仑山人，明吴江人。入都客大学士李春芳所。春芳有所著述，常醉而不应，久之谢归，尝纵观西苑南内之胜，作《汉宫曲》数十阙。

洛水灵龟初献瑞，养数九，阴数九，九九八十一数，数通乎道，道合元始天尊，一诚有感

岐出威凤两呈祥，雄声六，雌声六，六六三十六，声声闻于天，天生嘉靖皇帝，万寿无疆

——王叔承为皇家斋醮坛门撰联。《楹联续话》云：昆仑山人初入都，客淮南李公春芳所，时西宗斋居西宫，建设醮坛，敕大臣制青词一联，悬于坛门。春芳使山人为之，山人走笔题云云。李以进呈，深加奖赏。

范仲淹

以"先天下之忧而忧，后天下之乐而乐"名言而代代相传的北宋政治家、文学家的范仲淹，(989—1052)，字希文，吴县人，在杭州做了近两年的知州，留下一些诗文，更令人誉为勤政爱民的楷式。他一生检朴，曾以粥充饥，嚼腌菜和腌萝卜佐餐不改其乐，尝戏作一副楹联：

陶家瓮内，腌成碧绿青黄

措大口中，嚼出宫商徵羽

势雄驱岛屿

声怒转貔貅

——范仲淹题观湖诗联

范仲淹在杭州还有一段爱惜人才的佳话。当时他的下属不少人先后升迁，唯独有个叫苏麟的没有被举荐。苏麟便顺便写了一副对子给他，联曰：

近水楼台先得月

向阳花木易为春

范仲淹看了，知道自己有所疏忽，当即推荐了他。

爱新觉罗・玄烨

爱新觉罗・玄烨（1662—1722）就是康熙皇帝的姓名。他是清朝的一代英主。康熙“巡率江南”六次，就有五次到了杭州对西湖十景给以“御题”作“御制诗”，建“御碑亭”，还为不少景点赋诗，为灵隐寺题额。为了康熙帝的到来，杭州还“辟孤山，以建行宫；疏通金河，使通御舟。”现在的中山公园就是行宫所在，昔时有“万岁楼”、云岫阁、赏月台、垂钓石等等景点。他为万岁楼东的西湖山房撰题了下面一副楹联。

千峰林影帘前月
四壁湖光镜里天

爱新觉罗・弘历

爱新觉罗・弘历就是乾隆皇帝的姓名。他在位六十年，六次南巡都到了杭州西湖，到处品题。他御制了“钱塘十八景”，将孤山行宫的玉兰堂改建为文渊阁，藏放艰巨编纂的《四库全书》，同皇太后一起视察了丝绸织造坊；在龙井胡公庙前摘了茶叶，庙前的茶树被称为“十八棵御茶”。在行宫中，乾隆撰题了许多楹联，如：

云岚静对自高秀
城廓远映余青苍

表里湖山含动静
虚明今古印羲娥

屿云连竺境
湖月证潮音

赵　禥

赵禥就是南宋末年度宗咸淳皇帝的姓名，他曾御笔为尤氏别圃里名为遂初堂的藏书楼撰题楹联。尤氏别圃系宋代尤袤所建。尤袤一家五世有三个当过宰相，在当时是赫赫有名的家族。联曰：

五世三登宰辅
奕朝累掌丝纶

——赵禥撰　丝纶：《礼记・缁衣》：“王言如丝，其出如纶”，后因称帝王诏书“丝纶”。胡惠生《赠王亦梅》诗：“西湖风景好，何日理丝纶。”

张大昌

仁和(今杭州市)人,撰题孤山前楼联,切时切地,平近中见新颖。联曰:

一样著述庐,平分吴郡新诗,杭州旧酒

数间枕山屋,认取南屏对渡,西爽闲亭

贯　休

贯休(832—912),俗姓姜,字道隐,兰溪人,早年出家后住灵隐寺南屏等处,擅长草书,工画,其《十六罗汉图》是他的代表作,是中国佛教绘画中的珍品,十六罗汉像刻石原藏孤山圣因寺,现置于劳动路杭州碑林。贯休的诗作亦佳,有《禅月集》传世。下列一联被后人所引用或题写。联曰:

满堂花醉三千客

一剑霜寒十四州

钱　王

愿今后神保是格,再见仓多积粟,野献嘉禾

——对联蔡朴撰书　王冬龄补书

力能分土,提乡兵杀宏诛昌,一十四州鸡犬桑麻,撑住东南半壁

志在顺天,扶幼主迎周归宋,九十八年象犀筐篚,混同吴越一家

——张岱　题《西湖梦寻》幼主一作真主

功在生民,惜传闻异辞,信史尚留曲笔

德垂弈祀,怅播迁中叶,支流莫溯真源

——其裔孙梅溪处士泳撰　见《楹联丛话》

启匣尚存归国诏

解弢时拂射潮弓

——刘镛题　光绪丙申秋新镌《西湖楹联》注:今勒石朝中

岳　飞

岳飞(1103—1142)字鹏举,河南汤阴人,其在杭故居原在杭州菩提寺河对面,被杀于风波亭(今小车桥一带)风波亭已重建。是我国历史上著名的民族英雄。其岳庙与岳墓在栖霞岭下,原在众安桥(庆春路第二小学内)

三十功名尘与土

八千里路云和月

——岳飞《满江红》词中联句,张爱萍题于岳庙前。

遗烈炳千秋,慕义又逢李承事;

丛祠湮九曲，记名曾表贾宜人。

——佚名

尚有精诚留瓦巷，

更移忠骨镇栖霞。

——胡恕堂撰　徐树铭书

九曲旧丛祠，父老相传，此地曾埋碧血；

一门昭大节，英灵难没，惟天可鉴丹心。

——程钟瑞题　以上三联题在众安桥忠坟

牛　皋

牛皋(1087—1147)，字伯远，汝州人(今河南人)。岳飞遇害后，牛皋仍坚持抗金，受秦桧等人忌恨。绍兴十七年三月，牛皋遭毒身亡。今栖霞岭有牛皋墓。旧时岳庙里有辅文侯祠，祀牛皋。

将军气节高千古

震世英风伴鄂王

——徐渭撰　郭仲选补书

灵鬼灵山，风马云车历历

一丘一壑，玉阶凉夜愔愔

——汪钦题　胡宗成书

大烈震乾坤，三字含冤，未抵黄龙同痛饮

孤忠悬日月，千秋生晚，只从青史仰威名

——朱明亮撰

云旗风马，生死相从，部曲有同心，想见随军依鄂国；

桂酹椒浆，英灵来格，墓门求近地，惜难筑冢象祁连。

——佚名(旧题辅文侯祠)

岳　琚

岳琚，宋建炎间(1127—1130)在世，南渡后在杭州建有奇功，为忠靖侯。旧时在杭州有显功庙。庙中悬联：

南渡创奇勋，军心开武穆之先，同德同功同一姓；

西湖崇特祀，庙貌并显忠不朽，各行各志各千秋。

——佚名　见光绪丙申秋新镌《西湖楹联》

施　全

施全，南宋时期临安(今杭州)人，他富有正义感，对秦桧诬害岳飞万分气愤。

一日身藏利刃在太平坊金波桥上暗刺秦桧。因未中被枭首。后人建金波庙祀之,题词曰:"独伸正气"

忠义炳千秋,纵白刃空挥,戮桧特褒书竹简;
威灵扬四海,喜丹楹重庇,荐苹共愿酌金波。
——童文敬题

岳孝娥

在杭州庆春路与长生路之间有孝女路,是清同治六年(1867)命名的。为的是纪念岳飞的幼女孝娥。岳飞被害后,为尽忠孝之道,孝娥抱着银瓶投井自绝。旧时此处有银瓶井,孝女亭。而今石碑与古井盖石已移至六公园风波亭。

殉孝闭重渊,与上虞曹娥相似
阙疑求故籍,赖梧溪东府以传
——佚名

韩世忠

韩世忠(1089—1151),字良臣,陕西延安人,他和岳飞同是南宋主战派的代表人物,名将。世忠多次上书反对秦桧力主和议,自号清凉居士。灵隐飞来峰上那座"翠微亭"是他为悼念亲密战友岳飞建的。韩世忠去世后,追封蕲王。湖滨旧时有蕲王祠,就是为了纪念这位抗金名将命名的。从下面题翠微亭联可看出韩世忠的抱负和胸怀。

万壑松风和涧水
千年豪杰壮山丘
——魏敷滋　南芳甫集句

孤亭似四时,登临壮士兴怀地
鹫岩标远胜,翻动平心万里心
——黄文中集句

当年梦虎因缘,竟留作千秋佳话;
后日骑驴归隐,难与伸三字奇冤。
——此联原题西湖蕲王祠。据梁红玉因梦虎而遇韩世忠,梁曾击鼓助战,取得黄天荡重大胜利,越剧《金山战鼓》就是按此编的故事。下联乃感叹于伸岳飞三字冤一事。

道　济

就是民间所称济公。据《灵隐寺志》记载这位一生喜爱"饮酒食肉与市井浮沉"的和尚,俗姓李,字湖隐,是天台临海都尉李文和的远孙。他出家后拜慧远禅师为师，在净慈寺有“运木古井”的故事，最后圆寂于虎跑寺。清代末年有人撰写《济公传》传世。

师尊一瞎老
癫尽两名山

——这一诗联，说道济师尊慧远老和尚在西湖南山北山活动。

独木隐清泉，此是僧家无上法
梵宫重选佛，要知罗汉有神通

重波玉槛，寒泉灵木依然，南宋以来余古迹；
镇对雷峰，荒垒斜阳空好，西湖到此倍沧桑。

云骞开俗世，八百春长显灵踪；
风鹤遍神州，方寸地堪称乐土。

胜迹传千秋，苦口婆心讽末俗
慈恩留万古，现身说法挽清风

酒肉旧生涯，是佛家游戏神通，隐示当头棒喝；
湖山新卜筑，借此地遗留醉迹，未听向晚钟声。

——以上对联皆题旧时济公殿。殿在净慈寺，今不存。

秦　桧

秦桧(1090—1155)，字会之，江宁(今南京)人，南宋宰相，是诬害岳飞的奸臣。岳墓前铁栅里有四个铁塑跪像即秦桧、秦桧之妻王氏、万俟卨和张俊。为什么连王氏也列入？据《钱塘遗事》载：“桧之欲杀岳飞也，于东窗下与妻王氏谋之，王氏曰：‘擒虎易，纵虎难’，其意遂决。”

正邪自古同冰炭
毁誉于今判伪真

——吴迈撰　沙孟海补书

咳！仆本丧心，有贤妻何至若是；
啐！妇虽长舌，非老贼不到今朝。

——佚名　上联挂在秦桧颈上，下联挂在王氏颈上。

青山有幸埋忠骨
白铁无辜铸佞臣

——松江女史徐氏撰　陆维钊补书

忠孝齐名，瓦巷幸埋贤父子

奸邪同恶，白铁冤铸丑夫妻

——王云从撰　张祖翼书

旧事总惊心，阶前桧贼

感时应溅血，庙侧花神

——彭元瑞书

史笔炳丹书，真耶，伪耶？莫问那十二金牌，七百年志士仁人，更何等悲歌泣血！

墓门萋碧草，是也，非也？看跪此一双顽铁，亿万世奸臣贼妇，受几多恶报阴诛。

——彭玉麟题岳坟联

秦涧泉

秦桧秉承宋高宗的旨意，向金称臣纳贡，大宋朝内忠臣良将，遭到世人唾骂，人们一听到“桧”字就切齿痛恨。《西湖古今佳话》记载：“秦涧泉殿撰偕友游西湖，至岳飞墓，友人戏指为秦桧后裔嬲题桧联。”涧泉挥笔书曰：

人从宋后羞名桧

我到坟前愧姓秦

可谓善于措词。嬲 niǎo 字，戏弄的意思。殿撰，宋代某英殿修撰、某贤殿修撰的省称，也是状元的通称。杭州出了这位姓秦的状元，不仅文思敏捷，而且极有气节，表现了一个知识分子的正直秉性。另一说，此联作者秦大士，字涧泉，清乾隆时江宁（今南京）人。

马　伟

杭州府同知马伟于天顺元年（1457）重修岳飞祠墓，出于对岳飞的敬仰与对秦桧的痛恨，奏请朝廷赐春秋祭祀及“忠烈庙”。重修即将传来时，马伟差人先将桧树锯开然后再种下去，象征秦桧罪当分尸的意思，《岳庙志略》记有此事。而今岳飞墓阙外，小桥前就是旧时“分尸桧”的遗址。

老奸终古分尸，鬼斧神斤劈开桧树

快事一时抚掌，风欺雪虐压倒秦头

——佚　名

孙传芳

孙传芳，山东历城人，北洋大军阀。1923 年赶走了浙江督军卢永祥，任浙江军务善后督理兼闽浙巡阅使。1924 年 9 月 25 日正当孙传芳部从浙西南攻打并占据杭州城时，雷锋塔倒塌了。1925 年，孙传芳当上了浙闽苏皖赣五省联军总司令。他的生日是农历三月三，他以“五省联帅”的高爵在杭州做生日，有人送他一副寿联：

认余杭为本家，灰子灰孙，东鲁武夫充地主
是悟空之转世，三月三日，西湖贺客闹天宫

斗牛分野，吴越一星，两浙荷帡幪，犹有国人怀旧德
戎马生郊，风云万变，百灵通眕蚃，安得壮士挽天河

——孙传芳题钱王祠联，虽然孙传芳以悲剧结局，但此联仍由他人补书，悬于重建的钱王祠里。孙传芳后来皈依佛法，1935 年 11 月 13 日正当他在天津海会寺听经时，被一名叫施剑翘的女子刺杀身亡。这也是所谓“因果报应”，因为孙传芳曾杀死施剑翘的父亲施从滨，从滨是被俘的奉系军长，悬首于蚌埠东站。剑翘为父报仇的动人行为深受国人赞扬。她的堂叔曾挽以联云：

说什么佛法轮迴，祸福竞靡常，忏悔潜移，积德何须来逆报
计刚过强年知命，功名全泡幻，超声长逝，招魂忍听诵南无

贾似道

贾似道(1213—1275)字师宪，台州人，以进士和其姐为理宗贵妃的提携，终于升任太师、平章军国事，加封魏国公，并赐第葛岭，做半闲堂。贾似道荒淫无耻，误国殃民。终于被押送使臣郑虎臣杀于福建省龙海县九龙岭下的木棉庵。

朝中无宰相
湖上有平章

湖山变朝市
烽火满乾坤

——林景熙讽半闲堂

门迳风轻飞野马
亭台火尽及池鱼

——汪元量题

废圃久无人做主
败垣惟有客留题

——佚名

误国半闲堂，罪恶盈贯，垂老投荒尤恨晚
锄奸一片石，春秋笔削，乱臣贼子心书诛

——佚名

明春秋大义
为天下锄奸

——此联镌于木棉庵前石柱上

红梅阁闹鬼，史笔无情留秽迹

木棉庵惩奸，狱官仗义志碑铭

——郑立于题闽南仑溪木棉庵联

于　谦

于谦(1398—1457)，字廷益，号节庵，钱塘人(今杭州市)，是我国历史上一位著名的民族英雄，杭州三台上有他的祠墓，清河坊祠堂巷42号是他的故居。他从小聪明，应对敏捷。

牛头且喜生龙角

狗嘴何曾出象牙

——上联是名叫兰古春的和尚看了于谦头上梳着两个小髻的，于谦立即应对下联，讥讽和尚。

三丫成鼓架

一秃似擂槌

——和尚指着他的头发出了上联，于谦随对了下联。虽然欠缺礼貌，但和尚还是称赞他。

一力尊金瓯，以社稷为重

三台埋碧血，于湖山有功

——俞樾题于于谦墓

血不曾冷

风孰与高

——陈振濂补书

宋室无谋，岁轮卤数万币；和议既成，安得两宫归朔漠

汉家斗智，幸分我一杯羹，挟求非计，不劳三寸返新丰

——张岱撰　马世晓补书

李秀成

太平天国运动，忠王李秀成两度攻克杭州。杭州上城区小营巷61号，原叫篁庵，清道光年间是顾鸾之故宅，听王陈炳文协同李秀成在此设指挥部。如今还留有壁画，被列为市文物保护点。李秀成虽为武将，也善于撰联：

魂兮归来，三藐三菩提，梵曲依然破阵乐

悲哉秋也，一花一世界，国殇招以巫咸词

——李秀成挽阵亡壮士

马上得之，马上治之，造亿万年太平天国

于弓刀锋镝之间，斯诚健者

东面而征，南面而征，救廿一省无罪良民于

水火倒悬之会是，曰仁人

——李秀成被封忠王后作

孙中山

孙中山，名文，字逸仙，广东香山人(今中山市)人。他曾多次来杭州进行民主革命运动也在西湖各景点留下足迹。如今杭州城里的中山路，孤山的中山公园、中山林都是为了纪念这位民主革命的先驱。

江户失丹忱，感君首赞同盟会

轩亭洒碧血，愧我今招侠女魂

——孙中山题纪念秋瑾的秋社

环翠楼中虬髯客

涌金门外岳飞魂

——孙中山撰联赠宫崎寅藏于湖滨环翠楼。宫崎寅藏，日本人，1897年在日本结识孙中山，1900年参与策划惠州起义。武昌起义后，随孙至南京，参加临时政府成立典礼。

徐锡麟

徐锡麟(1893—1907)，字伯荪，别号光汉子，山阴(今绍县)东浦人，21岁中秀才，后在日本结识陶成章、龚宝铨等革命志士，随加入反清行列。徐锡麟与秋瑾密谋起义，结果被捕，斩首挖心。民国元年，从安庆移柩至西湖孤山南麓安葬，现墓移至南天竺辛亥革命烈士陵园。旧时苏堤跨虹桥原左宗棠改为徐公祠，门前有长联概括了徐锡麟壮丽的一生。联曰：

五年前同志同谋，急不能援，死不能从，让两君偕作鬼雄，独自安乎？当时奔走呼号，梦绕皖公山，尺剑深知负吾友

千古来奇人奇事，头可以断，心可以剖，拼一身促成民族，何其烈也！今日共和圆满，祠开越王郡，瓣香犹得告先生

登百尺楼，看大好河山，天若有情，应识四方思猛士

留一抔土，以争光日月，人谁不死，独将千古事先生

——黄兴挽徐锡麟

陶成章

陶成章(1878—1912)，字焕卿，曾用汉思、会稽先生等笔名。绍兴陶堰人。他是我国民主革命时期杰出的革命活动家之一。鲁迅说他是“用麻绳做腰带的困苦的陶焕卿。”历尽艰辛，辛亥革命浙江光复后，他回杭州，被叛徒暗杀于广慈医院。遗体葬葬西湖凤林寺前，秋瑾烈士墓西，1964年移葬于西湖鸡笼山。朱

瑞题陶成章墓联：

革命十余年，亡命十余年，草草劳人，半段缘沉长饮恨
西湖一勺水，东湖一勺水，家家春社，数声铜鼓唱迎神

阮　元

阮元（1764—1849），字伯元，号芸台，江苏仪征人，清乾隆进士，曾官至体仁阁大学士，先后做过浙江学政和巡抚。阮公墩是为了纪念阮元疏浚西湖之功而命名。创办诂经精舍，办学时阮元曾题一联：

公羊传经，司马记史
白虎论德，雕龙文心

殊遇纪三潮，入翰苑者再，宴鹿鸣者再，综其七年相业，九省封圻。想当日台阁林泉，一代风流推谢傅
宏才通六艺，览词章之宗，萃金石之宗，重以四库搜遗，百家聚解。到于今馨香俎豆，千秋功德报湖山

——吴山重阳庵旧址曾建阮公祠，祠中李椿撰此联，记叙了阮元一生的事迹。

胜地重新，在红藕花中，绿杨荫里
清游自昔，看长天一色，朗月当中

——阮元题平湖秋月

林则徐

林则徐（1785—1850），字少穆，福建候官（闽侯）人，嘉庆进士。曾任浙江杭嘉湖道台，视察杭州敷文、紫阳等书院，亲自视察了钱塘江一带的海塘工程，重修了孤山林和靖祠墓，梅亭。1822年林又倡议集资修于谦祠墓。林则徐为浙江杭州人民办了不少好事，留下了值得怀念的业绩。

我忆家风负梅鹤
天教处士领湖山

——林则徐题孤山梅亭

世无遗草真能隐
山有名花转不孤

——林则徐题放鹤亭　今由林荻之补书

林　启

林启（1830—1900），字迪臣，福建候官人，曾任杭州知府。在杭的最大政绩是兴办学校、提倡农桑，开笃实之士风。创办求是书院，是浙江大学的前身；养正

书塾，后为省立杭州第一中学；蚕学馆，即后来的蚕桑学校，都卓有成效。祠墓原在孤山，如今留有林社，即林启纪念馆

为我湖山留一席
看人宦海度云帆
——林启于1900年与友人在孤山赏梅咏诗，有上述联句。

树人百年，树木十年，树谷一年，两浙无两
处士千古，少尉千古，太守千古，孤山不孤

林下有宗风，终古梅花两知己
萍庐共明水，吾杭太守一传人
——杨临题

平生不随波，吾气一何壮，于何见颜色，隔岸耸秋嶂
文章易朽耳，在日即行状，为我问孤山，年来谁绝唱
——郑孝胥撰书林社

葛　洪

葛洪(283—343，一说至363)，字稚川，别号抱朴子，江苏句容人。他在杭州西湖宝石山与栖霞岭之间建“抱朴庐”，开丹井，筑丹台，一心炼丹。他对医学也很有研究，相传他著有《玉函方》，他根据魏伯阳《周易参同契》，通过实验，有所发展，撰著了《抱朴子·内篇》。他是东晋道教理论家、医学家和炼丹家。葛岭抱朴道院留有许多遗迹。

神仙事业三生诀
襟带江湖一望中
——翁绶琪题葛岭路亭

点缀名山，有勾漏丹砂着色
登临绝顶，看扶桑旭日来朝
——王家治题

德行高妙，容山可法
威仪齐整，器钵无声
——梁山舟集句

魏晋诩风流，是翁抱朴传书，棋局樗蒲忘世业
湖山蓊云气，此处炼丹成汞，柳堤松岛护仙寰
——阮　元撰

下册

卷十九

十四世纪七十年代至十七世纪五十年代

周　楫

字清原，号济川子，明浙江钱塘（今杭州市）人，明万历末去世。有短篇小说集《西湖一集》与《西湖二集》。在他的作品中有联：

净慈灵隐三天竺
不及阎妃好面皮
——榜于鼓上的对联

山河奄有中华地
日月重开一统天
——旗对

陈　瑶

明仁和（今杭州市）人，以岁贡赴京，除叙州邑薄，竟以诖误，谪死岭南

弦间晓溜嘈嘈泻
笔低春风转转生

高捧玉盘，明月飞来我手
轻摇纨扇，清风透入人怀
——以上两巧对皆陈瑶出对，宪官续之，见《西湖游览志馀》

陆　容

曾官浙江右参政的陆容，字文量，号式斋，明太仓人，成化二年进士，以忤权贵罢归，有《菽园杂记》等。陆有两巧对。

陆大人满脸髭须，何须如此
陈教授数茎头发，无计可施
——上联陈震出，下联陆容对　陈震苏州人，官至水训导。

两猿截木山中，这猴儿如何对锯？
匹马陷身泥里，此畜生怎样出蹄
——此巧对有讥讽意，“锯”谐“句”，“蹄”谐“题”。见《坚弧集》

沈　行

字履德，明钱塘（今杭州市）人，有《贯珠编贝集》。所撰集句联颇多，选录几副。

小院回廊春寂寂
前锋后岭碧濛濛

五夜漏声催晓箭
千门曙色锁寒梅

坐看蕉叶题诗句
醉折花枝当酒筹

离岸游鱼逢浪返
出林幽鸟向人飞

处　默

明嘉靖间名僧，善诗，尤工联语。

到江吴地尽
隔岸越山多

——题圣果寺，在杭州西湖中峰。

江水滋滋，洗尽千秋人物，看闲云野鹤，万念都空，说什么南宋衣冠，西湖烟柳
天风浩浩，吹开大地尘气，倚片石危栏，一关独闭，更何须故人禄米，邻舍园蔬

——题圣果寺　以上两联均见《古今联语汇选联集》。

张　瀚

张瀚（1513—1595），字子文，号元海，明仁和（今杭州市）人，嘉靖十四年进士，历官任工部吏部尚书。曾协助张居正整顿吏治，成效卓著。卒谥恭懿，著有《松窗梦语》、《奚囊蠹余》等。《茶馀客话》里录有张瀚的堂对：

富贵眼前花，早开也浮，迟开也浮
功名身外事，大就何妨，小就何妨

金　珊

字茂之，明杭州人，嘉靖年间在世。

色疑倾国罕
香忆自天来

——牡丹一

信知国内真无色
浪说天边别有春

——牡丹二

以上两联均见《坚瓠集》。

圆　信

字雪峤，号雪狮子。俗姓朱，明末清初鄞县人，少习儒业，明朝临济宗高僧。二十九岁弃家访道，历主径山、开先、东塔、云门等寺，有语录行世。主径山时，结茅山中，烛居一庵，自书此联。见《楹联新话》。

孤雪此山中

万山拜其下

朱之瑜

字鲁玙，号舜水，明末清初浙江余姚人，诸生，在舟山抗清，舟山陷，亡命日本，日人谥文荣先生。有《朱舜水先生文集》

忠孝著乎天下

日月丽乎天下

——题楠公父子诀别图（见《中国对联谭概》）

怀土他邦瘗忠骨

有人异代吊先民

——罗长肃题朱舜水墓在日本。（罗长肃，湖南慈利人，吴荣亨甥。罗选为同盟会在日追悼黄花岗烈士撰联，为中日盟会演说会开幕撰联。见《对联话》）

董其昌

号香光居士，万历进士，官詹事府詹事，卒谥文敏，有《容台集》，西湖玉泉、冷泉亭、岳坟等不少匾额、楹联都是他撰书的。

竹送清溪月

松摇古谷风

——自题　见《中国对联大辞典》，下同。

苍松翠柏窥颜色

秋水春山思性情

——自题二

至大至刚，塞乎天地

讨乱讨贼，志在春秋

——题关帝庙　见《关帝庙对联集》

秋月春花，当前佳句

法书名画，宿世良朋

——无题　见《历代名人楹联墨迹》

陶望龄

号周望，明会稽（绍兴）人，万历进士，官至国子祭酒，卒谥文尚。有《水天阁集》

夕阳晚映青山郭

罗绮晴骄绿水洲

——题杭州西湖小瀛洲　见《新编西湖楹联》

人鬼只一关，关节是一丝不漏

阴阳无二理，理数二字难逃

——题柱联　见《归田琐记》。此联后署会稽陶望龄题

张　岱

张岱（1597—1679）号宗子，号陶庵，又号蝶庵居士，明末清初隶籍山阴，侨寓钱塘，明亡以后，避居山中三十年以著述自遣。著有《琅嬛文集》《陶庵梦忆》《西湖梦寻》等

厉鬼张巡，敢以血身污白日

阎罗包老，原将铁面比黄河

——题吴山城隍庙　见《古今联语汇选二集》

夜壑泉归，渥洼能致千岩雨

晓堂龙出，岩石皆为一片云

——题风篁岑三笑亭

吴伟业

字骏公，号梅村，太仓人，崇祯四年进士，历官南京国子监司，庶子。入清，官国子监祭酒，有《四书对语》（已佚）《梅村家藏稿》等。在杭州西湖书峰阁，祀有明先达忤魏珰而就义者，有他题联：

赤虹剑血埋燕市

白马银河走越州

——见《西湖楹联新集》

搜罗金石卑欧赵

管领风骚辟杜韩

——无题　崇祯七年作　见《历代名人楹联墨迹》

杰构地乃幽，水如碧玉山如黛

庶民居不俗，凤有高梧鹤有松

——题陆墩别业　见《龙眠联话续编》

如　晓

字萍踪，号天目寓僧，又号萍踪道人，明末清初浙江萧山（今杭州市人）。年二十余，以罪逃临安山中，独栖古庙十余年，崇祯间结茅鸟石山。此系为晓题武昌买家寺楹联：

千崖竞秀旷怀远

万壑争流法眼宽

——见《中华名胜对联大典》引《湖北名胜楹联》。

罗　隐

罗隐（833—909），字昭谏，唐余杭（今杭州市）人，字昭谏，本名横，以十举进士不第，乃改名隐，有清人辑本《罗昭谏集》，鲁迅称为“几乎全部是抗争和激愤之谈”。曾任钱塘县令，钱镠被封为吴越王后，表荐罗隐为给事中，罗竭力辅佐钱王，直言进谏，有善政。罗葬于钱塘定山居山里徐村。罗隐与顾云（池州人），同谒淮南高骈相公。高与幕宾贶罗于海风亭，顾亦在座。室有蝇入座，高命扇驱，故有出幅求对，罗知讽己，立酬对幅。

金鹰曲线，被扇扇离座

粉蝶堪玩，遭钉钉车门

——出幅顾云撰，对幅罗隐续

罗　邺

罗邺（约 887 年前后在世）余杭人（今杭州市人），父为盐铁小吏，家境穷困，发愤读书，与罗隐、罗虬俱以七言诗见长，时有“江东三罗”之称。罗邺写诗有身世之感，间用俚语入诗，流畅明白，很有情趣，明人辑有《罗邺诗集》

身事未知何日了

马蹄惟觉到秋忙

——罗邺自题

钱惟演

钱惟演（961—1034）字希圣，北宋杭州钱塘（今杭州市）人。从父俶归附宋朝，为右屯卫将军。官至同中书门下平章事。有《典懿集》。天圣中，钱惟演留守西郡，有人送驴肉，戏题下联：

厅前捉到须依法

合内盛来定付厨

正好睡时行十里

不交读书饮三杯

——惟演留守西郡，应天院有三圣御像，去府仅十里，朔望集众官朝拜，未晓而往，朝拜毕，三杯而退，遂戏为对句。见《中国对联大辞典》

赵　抃

赵抃(1008—1084)字阅道，号知非子，北宋衢州西安人(今浙江衢州)人，景佑元年进士，熙宁三年以资政知杭州。著有《赵清献集》。《拈古颂》百篇。元丰二年赵阅道曾在西湖巢枸坞韬光庵题名。曾上表朝廷得准，为钱镠等建表忠观于玉皇山。赵与妓有巧对。

髻上杏花真有幸

枝头梅子岂无媒

——赵抃见妓簪杏花出上联，某妓应声出下联

潮音隐隐海门至

泉势潺潺石缝来

——题清风阁　见《西湖游览志余》。

苏　轼

苏轼(1037—1101)，字子瞻，号东坡，四川眉山县。他于宋熙宁四年来杭州，任通判之职，历时三年，第二次是在元祐四年来杭任知州之职。他为人民做了不少好事，留下许多诗文联语。行世著述有《易传》《论语说》《东坡全集》《仇池笔记》等凡数百卷。

松下围棋，松子每随棋子落

柳边垂钓，柳丝常伴钓丝悬

——此系巧联黄庭坚出，下联苏东坡对。

晚霞映水，渔人争唱满江红

朔雪飞空，农夫齐唱普天乐

——此系巧对，上联黄庭坚出，下联苏东坡对。见《中国名联辞典》。

栗破凤凰缝黄出

藕断鹭鸶露丝飞

——这是苏东坡的谐音对，佛印曰：

无山得似巫山好

何叶能如存叶圆

——东坡曰，按下子由曰：何水能如河水清

诗人老去莺莺在

公子归来燕燕忙

——苏东坡戏赠张先联

愁似鳏鱼知夜永

懒同蝴蝶为春忙

——张先答苏轼联　张先字子野，北宋乌程（今湖州市）人，天圣进士，有《张子野词》。张先退居乡间时，年逾八十尚蓄歌妓。苏轼戏赠一联，讥他是风流韵士，张先亦摘所作诗句以答，成为佳话。

水向石边流出冷

风从花里过来香

——苏洵　撰限字对，在家宴时提出，限以冷、香二字为联。

拂石坐来衣带冷

踏花归去马蹄香

——苏轼撰限字对　苏轼在家宴时听了父亲出了限字对题，马上吟出此联。

无山得似巫山耸

何叶能如荷叶圆

——上联系神宗赐号佛印之僧人了元出，下联系苏轼对。苏轼之弟苏辙，亦是进士，却认为下面这联好：

无山得似巫山耸

何水能如河水清

——苏辙

君子多乎哉

小人樊须也

——秦观与苏轼合集此联，戏调苏轼多髯。见《中国名联辞典》。

醉汉骑驴，癞头簸脑算旧帐

艄公摇橹，作揖打躬讨酒钱

——上联苏轼出，下联秦观对。

朝　云

朝云（1062—1096），原名王子霞，钱塘人，苏轼丫鬟，另一个丫鬟名暮雨。轼谪贬黄州，朝云随往。有一次，苏轼指着肚子笑问："这里有什么东西？"大家说是一肚子文学才华，只有朝云说："我看是一肚子不合时宜的牢骚。"不久，朝云病故。

不合时宜，惟有朝云能识我

独弹古调，每逢暮雨倍思亲

——苏轼挽朝云　《楹联丛话》提及此联是严问樵为"姬人没于清江"而作，待考。见《对联纵横读》。

不增不减，不生不灭，不垢不净

如梦如幻，如泡如影，如雷如电

——林兆伦题朝云墓　林兆伦，清道光年间名士。上联为佛家真为常住之理，摘《般若心经》句，下联是佛家色空观念，摘《金刚经》句。传朝云临终前，亦诵此经文。见《中华名胜对联大典》引《广东风物志》。

伤心一念偿前债

弹指三生断后缘

——苏轼挽朝云

秦　观

秦观（1049—1100）字少游，一字太虚，号淮海居士，北宋扬州高邮人，元丰八年进士。是“苏门四学士”之一。曾作《游龙井寺记》。西湖北山石笋峰普圆院等处，有其留题。在西湖还有一些轶闻逸事。著有《淮海集》。

夕为有角狐

今作无头箭

——谐对一

身与杖藜为二

影将明月成三

——谐对二　见《素月楼联话》。

琴　操

宋代比丘尼。初为杭州官妓，苏轼为太守，常携之游。后受苏轼佛教哲理启示，入临安山剃度为尼，再不复出。与僧了元有谐对：

碧纱帐里睡佳人，烟笼芍药

青草池边洗和尚，水浸葫芦

——僧了元出上联，琴操对下联。

米　芾

字元章，号襄阳漫士，又号，鹿门居士，太原籍，迁襄阳，定居镇江。宋徽宗时，招为书画学博士，官礼部员外郎。著有《书史》西湖及浙江各地有留题。

瘦影在窗梅得月

凉云满地竹笼烟

——自题联　此联刻石存河南新安铁门镇千唐志斋

雪里白梅，雪映白梅梅映雪

风中绿竹，风翻绿竹竹翻风

——巧对　此联一作朱元璋撰　见《中国对联大辞典》。

神护卫公塔

天留米老庵

——题镇江海岳庵，此庵为米芾建，毁于明末。见《学林漫录。》

张九成

张九成(1092—1159)，字子韶，祖籍开封，迁居钱塘。绍县进士第一，官至权礼部侍郎兼侍讲、刑部侍郎。秦桧多次劝诱张九成支持和议，都被严词拒绝，后回杭州。秦桧死后，起知温州，后上书痛陈户部军粮之事。著有《孟子传》《横浦集》。南宋婉约派诗人代表曾有谐联提及张九成与柳三变(即柳永，景祐进士，有《乐章集》)

露花倒影柳三变

桂子飘香张九成

——李清照撰　见《老学庵笔记》

徐　琦

徐寿，字全夫。年少登科，最后只当武义县主簿，晚年流落杭州，与苏轼成为知交。一日，轼与琦对坐双桧堂，轼指二桧高吟云："二疏辞汉去"。时以兄弟皆补外喻也。琦应声云："大老入周来"。属对亲切，而又迎合。公为之击爷久之。

二疏辞汉去

大老入周来

——出幅苏轼　对幅　徐琦

黄庭坚

字鲁直，号山谷道人，北宋洪州人，治平四年进士，官至著作佐郎，累遭贬谪。崇宁初，除名羁管宜州，卒于贬所。有《山谷集》。《西湖游览志》载，西湖北山卓笔峰，旧有普圆院等处，黄鲁直曾留题。

烟水亭，吸水烟，烟从水起

风浪井，波浪风，风自浪兴

——巧对　出幅佚名　对幅黄庭坚　见《中国对联大辞典》。

桃李春风一杯酒

江湖夜雨十年灯

——题彭水故居

落木千山天远大

澄江一道月金明

——再题彭水故居　此两联均见《中华名胜对联大辞典》。

赵　鼎

字元稹，号得全居士。北宋崇宁五年进士，山西人，南宋两度为相，亦荐张九成为太常博士、著作郎。荐岳飞，收复襄阳。后黜居潮州，再放崖县。知秦桧必欲其死，绝食而亡。追谥忠简。有《忠正德文集》。

神骑箕尾归天上
气作山河壮本朝

——自题墓碑　见《老学庵笔记》。

康与之

字伯可，号退轩，以词受知于高宗，官郎中。媚事秦桧，为秦门十客之一，有《顺庵乐府》。康与之尝与秦桧对局格天阁下，桧戏康与之，康秦云云，桧大喜，酣饮终日，两人有巧对：

此卒渡河，是尔将军之疥癞
今皇御极，视公宰相如腹心

——秦桧出上联，康与之对下联　见《巧对录》。

陆　游

陆游(1125—1210)，字务观，号放翁，是宋代杰出的爱国诗人，有《剑南诗稿》等，杭州孩子巷留有故居，几经争论、波折，才着手修复。

我亦轻馀子
君当恕醉人

——集句一

国家科第与风汉
天下英雄惟使君

——集句二　以上两联均见《巧对录》。

谁其云者两黄鹄
何以报之双玉盘

——偶题

浇书满挹浮蛆瓮
摊饭横眠梦蝶床

——题居室　《巧对录》引《娱玉诗话》："东坡谓晨饮为浇书，李黄门谓午睡为摊饭。陆务观尝有句云云，每书此十四字"悬之壁"。

杨万里

字建秀，号诚斋，南宋吉州吉水人(今属江西)人，绍兴进士，官至宝谟阁学士致仕。晚年忤权相韩侂胄，忧愤而死，谥文节，有《诚斋集》。在杭州西湖，他留下诗文联句，除题万寿殿两副外，还有不少联语与进士尤袤巧对：

杨氏为我

尤物移人

——上联尤袤出，下联杨万里对　见《巧对录》。

祖尧父舜真千载

禹子汤孙共一家

——杨万里题南宋后殿

天意分明昌大德

诞辰三世总丁年

——杨万里题南宋后殿

朱　熹

字元晦，号晦庵，别称紫阳，南宋时徽州人，侨居福建建阳。绍兴十八年进士，历事四朝，终宝文阁待制，主持白鹿等书院五十余年。有《朱文公文集》。杭州西湖旧时有朱文公祠。

为善最乐

读书更佳

——题书斋　见《茶馀客话》

面山林水池

积善读书家

——为崇安一农家撰书门联　见《朱熹事迹考》

泉清可洗砚

山秀可藏书

——题书院　见《中国对联大辞典》。

神光不昧，万古徽猷

入此门来，莫存知解

——题梵天禅寺法堂门　注：此寺在福建同安大轮山，弘一曾题寺额，至今还在。古寺旁现在建了一个规模宏大的梵天禅寺。见《朱熹事迹考》

碧涧生潮朝自暮

青山如画古犹今

——题福建西禅寺　见《中国对联大辞典》。

学成君子，如麟凤之为祥，而龙虎之为变

德成生民，如雨露之为泽，而雷霆之为威

——题明伦堂

赵　昀

即宋理宗(1205—1264)公元1224年即位。在西湖各处有留题。

江山一览

烟雨梦观

——题六头岑，岑在湖南邵阳。见《湖南名胜楹联》

春阳傅三楚

晴光漾六亭

——题六头岑二　六头岑有楚望、月池等六亭。

英雄上下无双士

忠义长沙第一家

——题赵葵宅　赵葵少随父方抗金，与兄范屡败金兵。雅善诗画。有《行营杂录》，见《宋代楹联辑要》

李　珏

著有《钱塘百咏》的李珏，字元晖，南宋吉水人，景定三年(1262)进士，召试馆职，除秘书正字。入元，闭门不出，自号庐陵氏，人称鹤田先生。他题君山浮远堂联云：

此水自当兵百万

昔人曾有客三千

——见《楹联新话》

楼　钥

字大防，号攻媿主人，隆兴进士，官至同知枢密院，参知政事。卒谥宣献。有《攻媿集》。他在西湖留下一些文字。《茶语茶话》里有他之桃符：

门前莫约频来客

座上同观未见书

张　翥

字仲举，世称蜕庵先生，元晋宁(今山西临汾)人，官至翰林学士，有《蜕庵集》。《西湖游览志余》里录有他的巧对：

豸冠桌馔

驴肉作羹

——上联邻斋出，下联张翥对。

下册

卷二十

十七世纪五十年代至十八世纪（清顺治至乾隆）

黄　机

黄机(1612—1686年)字次辰，号雪台。清钱塘人。顺治四年进士，官至文华殿大学士兼管吏部尚书。卒谥文僖。曾题朱文公祠。见《西湖联话初编》。

德盛教尊，广千古圣贤传心之要；

仁昭化溥，重万年子孙敬守之基。

周亮工

字元亮，明末清初祥符(今开封)人，官至浙江道监察御史。入清官至户、吏部侍郎，著有《赖古堂集》。

人间有漏仙，三杯兀兀

世上无眼禅，一枕昏昏

——略似庵联。有人名列酒者，嗜酒，人即以酒呼之。能绘人物、卖画得钱，即与酒家，亮工见之七年无夕不醉，周应刘之请，取苏轼语意，颜其草堂回略似庵，并撰此联。见《楹联续话》

朱　樟

钱塘人朱樟，字亦纯，一字鹿田，号慕巢。晚号灌畦叟，康熙己卯举人，官至知州，家居后，杖策划湖山，游屐殆遍，工诗词联语，袁枚曾在《随园诗话》里赞许其联句：

一角山昏秋欲晚

满窗叶战雨来初

——朱鹿田撰

孙　治

字，宇台，清浙江钱塘人，诸生，有《鉴庵集》。

宏开示之宗，大海吞流，崇山纳壤

契圆常之理，慧镜无垢，慈灯照微

——孙治题四川新都宝光寺

官有典常，任一日，则尽一日之心，况兼地广事繁，敢不夙兴夜寐

民供正课，宽几分，则受几分之惠，纵使时丰岁稔，常如怨暑咨寒

——孙治任武威太守时自题联　见《楹联续话》

王士禛

字子真，一字贻上，号阮亭，自号渔洋山人，山东新城世家名门之后，官至刑

部尚书。诗自成流派，与朱彝尊并称朱王。卒谥文简，有《带经堂集》。

醉爱羲之草
狂吟白也诗

——士禛十一岁时，祖父出上联，他应对　见《季祖笔记》

天经地义无今古
知水仁山有性情

——门对　见《古今名人自撰对联采珠录》

红楼映海三更日
石涧通江两度潮

——赠　大汕　见《艺林丛录》

相国悲歌扣牛角
仙人暂死食飞鱼

——挽宁某　宁某　士禛从甥，下联《从列仙传》宁封事，皆为宁姓，见《分甘馀话》。

书搜万卷，读书求实用
笔剩一枝，下笔尚真情

——题书斋　见《中华对联鉴赏》。

胜景画图开，忆老杜当年，豪气纵横倾北海
酒痕襟满袖，自杭州至此，风光明媚似西湖

——王士禛题济南大明湖　见《古今名人自撰对联采珠录》

淡为秋水闲中味
和似春风静后功

——赠人　见《古今百家名联墨迹欣赏》。

天下文章，莫大乎是
一时贤士，皆从之游

——殷誉庆赠王士禛　《带经堂诗话》

尚书天北斗
司寇鲁东家

——王灏赠王士禛　王长刑部，灏献此联，灏是康熙进士，官至礼部侍郎

张恕可

张恕可，清康熙年间官杭州太守十年。他有题杭州官署联。见《不下带编》

乡国几程劳梦想
湖山十载足勾留

徐　潮

字清来，好浩轩，清钱塘人，康熙十二年进士，官至吏部尚书，卒谥文敬。

嵩高重镇司屏翰

河洛恩波沛德音

——题徐氏家祠清风草庐　见《西湖楹联选》

饮建业水，食武昌鱼，千里驰骋，到处聚观香案吏

对紫薇花，撤金莲炬，九霄瞻仰，何年却向帝城飞

——徐潮官鄂藩时撰堂对　见《楹联四话》。

高士奇

字澹人，号江村，清浙江余姚人，一作钱塘人，监生，官詹事府少詹事，卒谥文恪。有《左传纪事本末》、《编珠》、《续编珠》等。

晴雪寒梅，有诗画意

朔风冻雨，皆松竹声

——无题　见《明清楹联贴百联》

景月中天，凤凰自舞

瑞芝五色，寿星在弧

——赠人　见《历代名人楹联墨迹》。

王树谷

字原丰，号无我，又号方外布衣，清浙江仁和人，雍正元年尝作《汾阳检玩图》时年八十三。有题武当山联。见《齐鲁楹联选注》

四大名山皆供极

五方仙岳共朝宗

汤右曾

字西崖，清浙江杭州人，康熙二十七年进士，官至吏部右侍郎。有《怀清堂集》。

旁人错比扬雄宅

异代应教庾信居

——题北京虎坊桥北魏染胡同门对，见《藤阴杂记》。

金　埴

字苑孙、一字小郯，号耸翁，绍兴人，诸生，屡试不第，以教馆、游幕为生，在杭州交往颇广，有《不下带编》、《巾箱说》等。

山竞秀中士竞义

水争流处女争妍

——题　宋唐义士珏祠

尘风长挹馀风在

五岳还留一岳思

——赠郑性　郑服黄宗羲之学，四明四子之一，性好游，自署王岳游人，有《纪游集》、《本该偶存》等。

宁退热官司烂熟

聊支冷俸就清闲

——赠金兆珑　珑是举人，力请解职，改教谕，遂返籍。

受欺貌誉宁知己

获益讥弹赖雅人

——拟曹溶尝言："凡人作诗文，当为知我者讥弹，不当为流俗人貌誉，讥弹则受益，貌誉则受欺"埴爱其语，因拟此联。曹溶，字邱岳，官侍郎。

熟官宁换冷官做

外翰原从内翰来

——赠诸锦　诸是雍正进士，官金华府教授，博闻强记，甘守寂寞。有《毛诗说》《绛跗阁集》。

徐　本

字立人，清钱塘（今杭州市）人，康熙进士，官至东阁大学士兼礼部尚书、军机大臣。徐本告归杭州时，适里中社事正盛，立戏场数处，如以台上灯联求书，却之为难，乃大书下面这联，又出一扁曰"戏无言"。众喻其意，遂上。见《郎潜纪闻初笔》。

防贼防奸防火烛

费钱费力费工夫

——题戏台联。

李　卫

李卫（1687—1738）字又玠，先辈居浙，后迁安徽砀山，官至直隶总督，任浙江巡抚时，主政八年对西湖建设颇有建树。圣因寺原为行宫，雍正五年卫奏准重建。

山外皆山，峦岫绕成清净界

画中有画，笙歌谱就太平图

——题圣因寺弥勒殿

圣注遐昌，北极恩光昭此阙

皇仁远被，西影瑞霭接西天

——题圣因寺　见《楹联从话》

无本事好生事，生出事来没本事

有本事能做事，做出事来有本事

——卫封疆日，有不识文字之标目，却工书法，一日书上联云云，遍示幕僚征对，未能有应者，卫乃续书下联，座客见之，皆敛手叹服。见《对联话》。

桑调元

桑调元（1695—1771）字伊佐，号弢甫，自号五岳诗人。清浙江钱塘（今杭州市）人。雍正十一年赐进士，授工部主事。晚主书院，有《弢甫集》、《论语说》等。

放开肚皮吃饭

抖起精神读书

——无题　调元授徒，常劝人加餐食。此联悬于案前。见《楹联丛话》。

六经读罢方持笔

五岳归来不看山

——自题　调元游五岳归，题此联于书斋，见《冷庐杂记》

文星酒星书星，在天不灭

金管银管斑管，其人可传

——沈德潜挽桑调元　见《楹联丛话》

吴廷华

字中林，号东壁，清仁和（今杭州市人），康熙举人，官临建兴化同知。有《东壁诗钞》。

钟河岳之灵，为胜朝绵正朔

遵海滨而处，知中国有圣人

——吴廷华题郑成功祠　见《楹联新话》。

杭世骏

杭世骏（1696—1773）字大宗，号堇浦，清仁和人，乾隆初，试博学鸿词科，授编修，改监察御史。有《道古堂诗文集》《榕城诗话》等。

作客思秋，议图赤脚婢

品茶入室，为潜长须奴

——无题　见《古今楹联名作选粹》。

日往烟幕，幽鸟相逐

月明华屋，碧松之阴

——题仙霞岭　见《中国名胜楹联大观》。

王乔林

清钱塘(今杭州市)人,雍正元年进士。《楹联三话》:“王公乔林任金匮时,尝有一联,忘其两句,其下句云云:

半桌模糊,已耗民财于暗地

一号偏颇,即推赤字入危途

彭启丰

字西林,号树虚,清长洲人,雍正五年进士第一,曾三任浙省学政,官至兵部左侍郎,有《吹豯集》《音韵讨论》。《楹联续话》载有他题杭州青云街贡院联

蓉镜重开,漫向湖山寻旧迹

桂枝擢秀,相期月旦识真才

东涧野泉添碧沼

南园夜雨长秋蔬

——爱新觉罗·弘历赐彭启丰　见《晚晴簃诗汇》

沈建芳

本姓徐,字椒园,一字畹叔,清浙江仁和(今杭州市)人。召试博学鸿词科。官至山东按察使,有《理学渊源》

著书台迥名繁露

入画山多学富春

——赠董浩　此联切姓,切地,切其善画。

西汉董仲舒有《春秋繁露》,浩也姓董,又是浙江富阳人,富春江在富阳境内穿过,其画多写家乡山水。见《楹联续话》

全祖望

字绍衣,学者称谢山先生,自署鲒埼亭长　清浙江鄞县人,乾隆元年进士。授翰林院庶吉士,曾主蕺山、端溪书院,在杭州留下许多游踪。题天一阁联,吴联杭州一些藏书楼。

十万卷签题,缃帙斑斑,笑篆竹绛云之未博

三百年清秘,洋光炳炳,接东楼碧沚以非遥

——见《虞初近志》。缃帙:书套。绛云:钱谦益藏书楼名。东楼:指杭州灵隐寺东的华严藏经阁。碧让:指杭州孤山文渊阁。

为东家徒，乌知西有
尊北堂命，权念南无

——无题。祖望为母作佛事，手书此联。见《楹联新话》。

倪国琏

字子珍，号称畴，清仁和（今杭州市）人，雍正八年进士，官至湖南学政。有《春及堂诗》。下面是他题朱尊彝旧居“古藤书斋”

一庭芳草围新绿
十亩藤花落古香

——见《楹联丛话》。

冯　铃

《冷庐杂记》载有冯铃自题门联。冯铃，字柯堂，清浙江桐乡人，乾隆二年进士，官至安徽巡抚。抚皖时，于后圃种梅及蔬果，额曰：“菜根香”，并题此联：

为恤民艰看菜色
欲知官况问梅花

陈　锷

字养愚，号白崖，清钱塘（今杭州市）人，乾隆四年进士。有自题联：

事能知足心常惬
人到无求品自高

——见《栗香随笔》

汪元方

字友陈，号啸庵、祖籍安徽歙县，现为浙江余杭（今杭州市），道光十三年进士，官至左都御史，卒谥文端。

下笔千言，撷滹水沱山之胜
停轺一望，载清风明月而归

朱上林

字根石，号晚樵，又号苍岩，清浙江钱塘（今杭州市）人，有《根石诗抄》。

梅鹤寄高闲，遗稿千秋笑司马
湖山写清冷，寒泉一掬拜坡仙

——题杭州西湖巢居阁　见《冷庐杂识》

张映辰

字星指，号藻川，浙江仁和（今杭州市）人，果同书姑丈。雍正进士，官至兵部左侍郎，工诗。

朝无谏草，家有赐书，州载清声光简册

公应骑箕，我悲陟岵，一时血泪洒葭莩

——梁同书挽张映辰

吴台卿

少聪慧，年十六补博士第子员。系梁同书外甥，台卿多次参加科举考试，均未如愿。转而遁世学仙。未及四十病卒。

天道竟何知，不许何奶留李贺

神仙今安在，翻教老泪哭羊昙

——梁同书挽吴台卿

陆　飞

字起潜，号筱钦，清仁和（今杭州市）人，乾隆进士，有《筱钦集》。

延年清酒贮霜菊

养老良田浚石泓

——贺某七十寿　见《历代名人楹联墨迹》

得鱼沽酒

卖画买山

——自题游船楹联　飞工书善画，性高旷。尝慕张志和为人，造舟遨游湖上，曰："自度航"。妻奴茶灶，悉载其中。渔夫樵子呼为"陆高士"。他还有枚图章，印文曰"卖画买山"。

姚成烈

字申甫，号云岫，又号西溪，清钱塘（今杭州市）人，乾隆进士。官至礼部尚书。任巡抚时，有自题联。见《榆巢杂识》。

行可以告天之事

充无欲害人之心

汪　沆

字西灏。一字师李，号槐塘，钱塘人，诸生。乾隆年间客居天津，好实用之学，著有《湛华轩杂录》。

国门旧价千金重

乡社新图九老尊

——梁同书寿汪沆　见《楹联从话》。

梁履绳

字处素，号央庵，钱塘人，乾隆举人，能诗，治经精《左传》，有《左通补释》。

齿髮已如斯，泉下相寻知有日

舟铅俨然在，箧中忍展未完书

——梁同书挽梁履绳

龚褆身

字深甫，号吟臞，浙江仁和(今杭州市)人，以军机章京，观察云南，卒于任。

地接西清，最难忘枢密院旁，公余茶话

恩深南徼，惜空留昆明池畔，去后棠阴

——纪昀挽龚褆身　纪：为《四库全书》总纂官，官礼部尚书，协助大学士。有《纪文达公遗集》、《阅微草堂笔记》

禅　一

初名法喜，字心丹，号小颠。乾隆年间，住杭州南屏山净慈寺。《唾余随便集》、《万峰山房稿》。

老屋将倾，只管淹留何日去

新居未卜，不妨小住几时来

——禅一自题居舍　见《楹联丛话》

鲍廷博

鲍廷博(1728—1814)字以文，祖籍安徽歙县，随父鲍思诩移居仁和(今杭州市)人，诸生。乾隆开四库馆，廷博献书六百余种，所刻丛书，校订精审，风行海内，艺林宝之。有《花韵轩咏物诗存》、《知不足斋丛书》。廷博自题联云：

与其私千万卷在己，或不守之子孙

孰若公一二册于人，能永传诸奕祀

——见《楹联四话》

朱　筠

字竹君，号笥河，浙江萧山籍(今杭州市)后去大兴(今属北京市)，乾隆十九年进士，官至福建学政。有《笥河集》。

云石江将疑字浙
风篁岭若误髯苏
——题亭对，在浙闽交界处。朱自跋："过苏岭留句，乾隆庚子十二月廿日，笥河居士朱筠。"见《楹联丛话》。

偶为选地看山计
若慰连床话雨晴
——题三百三十三士亭联。朱筠建亭在福州学署，亭前三百三十石，皆诸生所献，每石镌一生名，筠报政还朝，撰题此联，见《归田锁记》。

隐约风分七里濑
品诗意到六朝人
——朱筠题诗话楼　楼在福建邵武，为纪念严羽，今圮。见《楹联丛话》。

翟　灏

字大川，一字晴江，清浙江仁和（今杭州市）人，乾隆十九年进士，官金华、衢州教授，平素对浙江谚语勤于收集，加以研究，集以为联，有《四书考异》、《通俗篇》等。下面选录他集谚语联若干副，均见《通俗篇》。

出路由路
随乡入乡

花花公子
好好先生

瓜熟蒂落
藕断丝连

抛砖引玉
点铁成金

随风转舵
顺水推舟

苦中作乐
忙里偷闲

棋逢对手

酒落欢肠

无梁不成殿
有路莫登舟

羊肉当狗肉卖
活马作死马医
——一般都说“狗肉当羊肉卖”
牛头不能对马嘴
狗口何曾出象牙

清官难断家务事
好汉不吃眼前亏

酒在肚里，事在心里
钱近手头，食近口头

邵齐熊

曾任杭州知府的邵齐熊，初名炳，字方虎，一字莲雨，号耐亭，常熟人，乾隆举人，官至内阁中书。有《隐几山房稿》、《礼记考义》等。

杭州太守湖山美
康节先生安乐窝
——彭元瑞赠邵齐熊

释明中

曾主杭州圣因寺、净慈寺僧明中，初名演中，字大恒，号灵虚，清浙江桐乡人。著有《灵虚诗钞》。

家酝满瓶书满架
山花为绣草如茵
——集唐人句　见《历代名人楹联墨迹》。

朱　珪

字石君，一字南崖，晚号盘陀老人，浙江萧山（今杭州市）籍，后居大兴，朱筠之弟。乾隆十三年进士，官至体江阁大学士，卒谥文正。有《知足斋文集》。

七人元旦五百岁

二老同年十九科

——巧对　见《藤阴杂记》。

七千坛所飞天篆

九百年来宰玉清

——题湖州吕祖道院　见《楹联四话》

铁面无私，凡涉科场，亲戚年家须谅我

镜心普照，但凭文字，清奇浓淡不冤渠

——朱珪题浙江学署联。珪视学浙中，以原籍浙江，特撰此联榜于门楹。见《楹联续话》。

汪辉祖

汪辉祖(1731—1807)字龙庄，晚号归庐，清浙江萧山(今杭州市)人，乾隆四十年进士，授湖南宁远知县。著有《龙庄四六稿》、《史姓韵偏》、《学治臆说》、《元史本证》等书。

身如未正家难教

昼有所为夜更思

——题寝室　见朱应镐《楹联新话》。

苦心未必天终负

辣手须防人不堪

——自题书房座右　见《佐治药言》。

官名父母须慈爱

家有儿孙重久长

——自题二　见《楹联丛话》。

用百倍功，行成名立

退一步想，心平气和

——汪辉祖题树滋堂，归罢后作。见《楹联新话》。

求其生不得则无憾

勿以善之小而弗为

——汪辉祖赠幕宾联　见《楹联四话》

余　集

字容裳，秋室，清浙江钱塘(今杭州市)人，乾隆三十一年进士，官至侍讲学士，有《秋室集》

济艰辛，尝险阻，贫家妇信难为，痛今朝镜破钗分，欲图梦影重圆，除异世再同清玉案

习荆布，厌绮罗，半生俭应可法。奈尘海飚驰电掣，赢得褶痕如旧，到秋宵怕检缕金箱

——余集挽内人　见《楹联丛话》。

费　淳

字筠浦，清浙江钱塘(今杭州市)人，乾隆二十八年进士。官至工部尚书，卒谥文恪。费有题李忠定公祠联3，祠在无锡，祀李纲，祠址即李纲少时读书处。见《楹联丛话》。

望重三朝持亮节
书成十年秉丹心

潘奕隽

字守晟，号榕皋，清浙江钱塘(今杭州市)人，乾隆三十四年进士。官户部主事。著有《三松堂诗文集》。

春秋多佳日
山水有清音
——题嘉实堂　堂在苏州拙政园。见《苏州园林匾额楹联鉴赏》。

蒋　仁

初名泰，以得蒋仁铜邱，遂改名，字阶平，号山堂，清浙江仁和(今杭州市)人。布衣。

与其梦中说梦
不如觉里寻觉
——无题一　见《历代名人楹联墨迹》

振三五六经之羽翼
罗二十八宿于心胸
——无题二　见《中国书法鉴赏大辞典》。

心气和平，事理通达
德性坚定，品节详明
——赠人

邓石如

原名琰，一字硕伯，改字顽伯，又号完白山人，游笈道人，清安徽怀宁人，在杭州留下许多踪影和墨迹，一生布衣。有《完白山人篆刻偶存》。

琴伴庭前月
衣无世外尘
——赠人　见《中国楹联报》。

万花盛处松千尺

群鸟唱中鹤一声

——赠人　见《中国对联大辞典》。

不知明月为谁好

时有落花随我行

——赠人　见《中国书法鉴赏大辞典》

芝麻活计陶元亮

艺术生涯郭景纯

——自题　见庐山博物馆　馆藏手迹

涉水跋山，来撒两行寒士泪

临风对月，常怀一片故人心

——挽曹文埴

茅屋八九间，钓雨耕烟，须信富不如贫，贵不如贱

竹书千万字，灌花酿酒，益知安自宜乐，闲自宜清

——邓石如题书斋联　见《古今联语汇选三集》。

长七尺大身躯，享不得利禄，享不得功名，徒抱那断简残编，有何味也

这一块臭皮囊，要什么衣裳，要什么棺椁，不如投荒郊野草，岂不快哉

——邓石如自挽

关　槐

字柱生，一字曙笙，号云岩，又号晋轩，浙江仁和人(今杭州市)，乾隆进士，官至内阁学士。

柳边归院金莲烛

松下仙寮玉局书

——永璇赠关槐　永璇：清高宗第八子，乾隆四十四年封仪郡王，总理吏部，卒谥慎。

黄　易

黄易(1744—1802)，请浙江仁和(今杭州市)人，金石家。官济宁府同知。黄易曾师从丁敬，时人并称为“丁黄”。黄易编著有《小蓬莱阁金石文字》、《小蓬莱阁诗》，并编有《访碑匾》。

到此息尘虑

对之清客心

——题志仙亭一

露滴仙人掌

云流玉女盆

——题志仙亭二　亭在济南长清王峰山，见《中国名联词典》

砚以静方寿

诗乃心之声

——赠人一　见《历代名人楹联墨迹》。

文章散作生灵福

议论吐为仁义辞

——赠人二　见《古今百家名联墨迹欣赏》。

小屋如舟可容膝

异书为友得同心

——无题一　见《历代名人楹联墨迹》。

文章古奇原两汉

诗律精深祖后山

——无题二

刘　烒

字见南，一字诚甫，乾隆三十四年进士，官至浙江布政使，刑部右侍郎，但他也爱杭州、浙南山水，曾为温州分巡道署“冠绿轩”撰书楹联：

与古相与，缅当年谢草王池，共仰风流独步

从吾所好，占此地荷亭竹榭，还期心迹双清

——见《楹联三话》。

奚　冈

奚冈(1746—1803)初名钢，字纯章，铁生，号萝庵，散木居士，清浙江钱塘(今杭州市)人，布衣，工于书法，各体无一不精，又善于镌刻、绘画，著有《冬花庵烬余稿》等。

自静其心延寿命

无求于物长精神

——赠人

屏曲醉宜临槛榻

窗虚吟趁压帘花

——无题一

桐荫清闷云林阁

虹月沧江海岳船

——无题二

四壁书声小邹鲁

一亭秋色古黄虞

——无题三　以上均见《历代名人楹联墨迹》。

马慧裕

字朝义，号郎山，清汉军正黄旗人，乾隆三十六年进士，官至礼部尚书，卒谥清恪。他虽非杭州人，但对杭州之诗文联语民风俗语却注重收集、考核。有《集褉帖》、《文章游戏、杭州俗语对、杂类集对》等。据《中华对联大典》。

能修其事同良相
待遇斯人自永年

——题医家联

咏怀当世盛
所乐在人和

——集兰亭序一

当大人之事
听贤者所言

——集兰亭序二

坐山林以终日
观天地之大文

——集兰亭序三

人品既为时所仰
天怀尝与古相期

——集兰亭序四

无事在怀为极乐
有长可取不虚生

——集兰亭序五

毕世行为尝在己
一生遇合尽由天

——集兰亭序六

清品犹兰，虚怀契竹
朗抱若水，和气当春

——集兰亭序七

人无信不足
言是心之声

——集洛神十三行一

言诗明素志
抗礼接欢颜

——集洛神十三行二

侣畴交以信
诗礼志以先
——集洛神十三行三

神交以志合
心远为情牵
——集洛神十三行四

神清悦我志
辞达解人疑
——集洛神十三行五

和其声以流咏
超众志而为言
——集洛神十三行六

神灵申甫斯扬烈
心远渊明自解诗
——集洛神十三行七

马履泰

字叔安，号菽庵，清浙江仁和（今杭州市）人，乾隆五十二年进士。官太常寺卿。有《秋药庵诗集》。

骨气真当勉
规模不必同
——赠人　见《历代名人楹联墨迹》。

吴麒林

字圣征，号谷人，清浙江仁和（今杭州市）人，乾隆四十年进士。官国子监祭酒，曾主扬州书院。有《有正味斋集》。

有山有水有亭林，映带左右
可咏可觞可丝竹，怀抱古今
——赠人

人间铁案无私，请质东南山行者
天半神旗高卓，试着大小眼将军
——吴锡麒论岳飞　见《楹联四话》

吴祭酒脱帽读诗，斯文扫地
阮太史居丧乐观，不孝通天
——此联巧对，上联阮元出，下联吴锡麒续。见《雨窗消意录》

十载共皋比，旧梦荒凉梅冷树

诸儿蒙教泽，春风惭愧杏林花

——挽洪悟　见《楹联续话》。

座客何来，听二分明月箫声，依稀杜牧

主人莫问，借一管春风词笔，点染扬州

——题扬州酒肆　见《中国对联大辞典》

儒以道得民，此官不贱

学而优则仕，如日之升

——赠王芑孙　王：字念丰，长洲人，乾隆举人，有《渊雅堂诗文集》。此联此联乃芑孙赴任华亭教谕时，吴锡麒以赠。见《楹联续话》。

仕隐追随，颓景相怜如一日

师生骨肉，名山可许附千秋

吴鼒挽吴锡麒。吴鼒：嘉庆进士，官侍讲学士。有《夕葵书屋集》等。

孙志祖

字贻谷，号约斋，浙江仁和（今杭州市）人，乾隆进士，官御史。有《读书脞录》、《家语疏证》、《文选考异》、《文选李注补正》等。孙星衍尝作《六天辨》、《五庙而祧》，又拟集焉眙叔然难王申郑之说为一编而未竟，后得见孙志祖《家语疏证》，为之心折，遂撰联题柱

申郑难王，叔然所学

先群后纪，北海之交

——孙星衍赠孙志祖

钱　栻

字希南，号次轩，又号静园，清浙江仁和（今杭州市）人，乾隆四十三年进士。官至四川学政。有《真意斋文稿》。下面是钱栻题四川泸县微山书院联：

魏了翁讲学之区，鹤鸣子和

尹伯奇抚琴于此，山高水长

——见《中华名胜对联大典》。

人言此老古开士

我生之初新翰林

——陶　澎　赠钱栻

蔡建衡

字小露，号咸一，清浙江仁和（今杭州市）人。乾隆四十三年进士，官至甘肃布政使，嘉庆十四年解职。

太极肇阴阳，合天地人而成圣

三元阐道德，如日月星之有明

——题甘肃兰州三官庙

神德在离，丽乎正者，文明有象

秋宗维夏，点于上者，柔毛以嘉

——题火祖庙　以上两联均见《兰州楹联记存》。

福康安

曾任闽浙总督的福康安，富察氏，字瑶林，乾隆朝，从阿桂征金川。卒谥文襄。在广州白云山，有题龙王庙联：

田鼓祝桑麻，丹荔黄蕉隆肸蠁

云旗回岛屿，珠宫贝阙奠灵长

——见《楹联丛话》。肸蠁：茂盛貌。

吴　璥

字式如，号崧圃，浙江钱塘（今杭州市）人，乾隆进士。谙悉河务，历官河东河道总督。嘉庆朝官至吏部尚书，协办大学士。

白发盈簪，凡内外将相公卿，咸是三朝元老

黄河如带，遍东南儿童父老，共饮六筦宣防

——曹振镛赠吴璥联　曹：乾隆进士，历充纂修两朝《实录》、《河工方略》、《明通鉴》总裁。见《楹联续话》。

石韫玉

字执如，号琢堂，又号独学老人，丹阳人，乾隆五十五年进士第一，官至山东按察使，署布政使，晚主江南（包括杭州）诸学院。有《独学庐稿》。

精神到处文章老

学问深时意气平

——赠人　见《历代名人楹联墨迹》。

有地在心，不求风水好

无田亦祭，只要子孙贤

——题朱应高祖坟之墓牌　见《楹联四话》。

著作集名流，好事效当年白傅

文章留慧业，赏音俟后世扬雄

——题杭州藏书楼　阮元抚浙，于灵隐寺华严阁后创建一阁，取四部书各种，度置其上，命僧守之，石韫玉题此联

莫须有

难保无

——石韫玉巧对　韫玉以修撰外放湖南按察使，适属邑有以强奸讼者，韫玉以事无确证，作"难保无"批语。此事传到上面，以书生掉弄举头罢官。韫玉苦笑道："难保无"正可对"莫须有"也。

见《素月楼联语》引《秋声馆词话》。

万物无常，岂我独能久住

百年同尽，有谁真个长生

——石韫玉自挽　见《古今联语汇选补编》。

汪　夔

字典韶，号韵生，清浙江钱塘（今杭州市）人。

石诡松奇，自是有仙骨

僧闲云懒，到来生隐心

——题黄山石室　见《楹联新话》。

王绍兰

萧山人（今杭州市））人，字南陔，号畹馨，清乾隆五十八年进士，官至福建巡抚，有《说文段注订补》。王任闽县令时，候官县令是位山东人，身材高大，而王极矮小。汪志伊（官至闽浙总督）笑曰："两首县如兄弟，仍不能无先后之分，我有一对，请诸君属之云"，众皆默然，而王应声对出下联：

兄长弟长，乍见都疑长是长

仓空库空，从今但愿空无空

——上联汪志伊出　下联王绍兰对

莫　晋

字锡三，号宝斋，清浙江会稽人，乾隆进士，在杭州西湖留遗一些楹联墨迹。

怜才心事无双，教泽深长留学校

知己平生第一，师恩高厚并君亲

——题杭州长生祠窦光鼎长生位　见《冷庐杂识》

人生七十稀，难留单豹婴儿色

修竹三千满，空忆犹龙老子容

——挽徐颖占

谨痒序之教，孰先传焉，孰能倦焉

闻弦歌之声，有成德者，有达材者

——集《四书》语亲笔题杭州义学　见《楹联新语》。

廉吏石犹存，二十年景仰师资，睟然如见先生面

老人星乍陨，三千里痛深父执，逝者弥惊后死心

——挽徐联璧　徐联璧历守湖南，以廉惠称，年九十卒。

沈秋河

清代仁和（今杭州）人，诸生，官教谕。而曾官教谕三十余年之陈建猷，惟以饮酒赋诗为事，年跻八秩，奉部推升国子监典籍。按沈秋河为撰寿序，却用一百个“死”字，文极奇诡，并撰一联赠之：

不病故，不勤休，仙家亦称上等

又升官，又添寿，教官无此下台

读书人惟这重衙门，可以无防出入

做官的当此种职分，也要有些作为

——沈秋河自题门联

陈豫钟

陈豫钟（1762—1806），字浚义，号秋堂，清钱塘（杭州）人，在《历代名人楹联墨迹》中有他之联语：

清风遇竹有生气

流水娱人无尽期

——此联无题

多识前言往行以蓄德

若农服田力穑乃有秋

——此联赠人

严　杰

严杰（1763—1843）字厚民，号鸥盟，清余杭（今杭州市）人，传阮元编《经藉纂诂》、《皇清经解》，自助《小尔雅疏证》，下联系寿左都御史、广西将军庆保七十，庆保得之大喜。见《楹联四话》

上古大椿长不老

小山丛桂最宜秋

姚祖同

清钱塘人，字亮甫，号镜潭，乾隆四十九年举人，官至左副都御史。《楹联三

话》与《楹联续话》载有他之联作。

三德知仁勇

一官清慎勤

——赠松筠

不少雄谋吞海若

祇凭余事作诗人

——赠范澎，道光二十年作

望君似岁穷黎隐

与物胥春岂弟怀

——赠周檀荪

仕宦阅六十年，骎骎未已

驱逐逾十万里，蹇蹇匪躬

——寿松筠

感旧琴亡，一恸空余呼子敬

酬知剑在，九原何处觅徐公

——挽程同文

云路仰鸿仪，不少丹忱悬日月

烟霄惊鹤化，空留奇气郁诗篇

——挽鲍桂星

箕尾暗星躔，诏语天嗟遗老一

衣冠崇洛社，典型人失达尊三

——挽钱塘人章煦，章系乾隆进士，累官刑部尚书兼东阁大学士

奏赋共螭坳，谱谊同敦，感西湖四十七年爪印

写经皈鹿苑，禅心早定，付南屏一百八下钟声

——挽张师诚

既敬既戒，惠此中国

来旬来宣，至于太原

——汪如渊赠姚祖同，集《诗经》句见《楹联续话》。

官谟望重范韩，有孝有德有守有为，朝野共钦严正性

父执交深管鲍，同榜同庚同官同社，后先并失老成型

——张应昌挽姚祖同　张系师诚子，钱塘人，举人，有《春秋属辞辨例编》、《国朝诗译》等。

乌台执宪，龙节宣风，百城解绶避威稜，正色谠言，妇孺亦知包孝肃

燕翼多谋，凤池绳武，十载抽簪娱晚景，清心学道，耆英群仰富文忠

——翁心存挽姚祖同　翁心存，道光进士　，翁同龢父，官吏部尚书，有《知止斋集》。见《楹联三话》。

缪　艮

缪艮(1766—?)字兼山,号道仙,清钱塘(今杭州市)人,诸生,著有《涂说》、《四书对语》。

穷不失义
富而不骄

言必信,行必果
视思明,听思聪

江淮河汉是也
日月星辰系焉

——以上三联皆由《四书对语》中选出

妻子望他龙虎日
功名于我马牛风

——缪艮赴考落第时撰此自嘲　见《巧对续录》

柴米油盐,事到开时无一件
文章学问,过思闭后有三分

——自撰门联　见《古今联语汇选二集》

秀色为卿餐亦可
英雄失路病同怜

——赠妓　见《艺林丛录》

鸡犬过霜桥,一路梅花竹叶
燕莺穿绣幕,半窗玉剪金梭

——巧对　出幅许小憨,对幅缪艮　小憨是缪艮之友。见《巧对录》。

陈洪寿

陈洪寿(1768—1822)字子恭,号曼生,清钱塘人(今杭州市),乾隆六年拔贡,著有《桑连理馆集》联语颇丰

小舫烟波宅
闲身陆地仙

——见《中国书法鉴赏大辞典》

开池纳天影
种竹引秋声

——无题　见《团结报》

苍山续诗格

红豆又词人

——赠表通，表字兰村，钱塘人，表枚子博雅工诗，尤精词典。

课子课孙先课己

成仙成佛且成人

——无题一　见《中国书法鉴赏大辞典》。

争先石鼎搜联句

薄怒银灯算劫棋

——无题二　见《古今联语汇选三集》。

春水绿波扬子渡

梅花明月状元山

——题扬州徐凝门东康山草堂　见《楹联续话》。

老屋三间，可蔽风雨

空山一士，独注离骚

——集三公山碑

绿绮凤凰，梧桐庭院

青春鹦鹉，杨柳楼台

——半集句　下联《诗品》见《两般秋雨盦随笔》。

卢文弨

卢文弨(1717—1795)字绍弓，号抱经，原籍余姚，乾隆进士，娶著名学者桑调元之女为妻并师从桑调元。翰林院历主江浙各书院二十余年，精于校勘，汇刻为《群书拾补》，著有《抱经堂集》、《仪礼注疏详校》、《钟山札记》等。

当代经师，郑北海，马扶风，与前贤为伍

此间旅榇，荀兰陵，苏玉局，得夫子而三

——李兆洛挽卢文弨

胡　敬

胡敬(1769—1845)字以莊，号书农，仁和(今杭州市)人，嘉庆十年进士，官至侍讲学士，参与纂辑《全唐文》、《明鉴》，著有《崇雅堂诗文集》

闭户自精，云无心以出岫

登高能赋，文异水而涌泉

——集句　题仰山楼

三百辈杏林弁冕，三万签云署编摩，衡鉴识冰心，文苑有人同涕泪

廿一科东观楷模，廿二载西湖师表，簪缨联宝树，新宫无憾作神仙

——魏谦升挽胡敬　魏，字滋伯，仁和人，官教谕，有《三昧斋稿》。

李　渔

李渔(1611—1680)原名仙侣,字竺鸿,后改名渔,浙江兰溪人。入清,流寓金华、杭州、南京等地。能为小说,尤精谱曲。有《竺翁十种曲》《闲情偶寄》。

孙楚楼边觞月地

孝侯台畔读书人

——自题门联

霜雪盈头心转少

儿孙满眼性犹痴

——六十自寿联

名乎利乎,道路奔波休碌碌

来者往者,溪山清静且停亭

——题兰溪且停亭

月圆人共圆,看双影今宵,清光并照

客满樽亦满,羡须眉此日,秋色平分

——贺张丰庵夫妇双寿

天下名山僧占多,也该留一二奇峰,栖吾道友

世间好语佛说尽,谁识得五千妙谛,出我先师

——题简寂观

七夕是生辰,喜功名事业从心,处处带来天上巧

百花为寿域,羡玉树芝兰绕膝,人人占却眼前春

——寿朱建三

此联见《楹联丛话》卷九,前有小引曰:"朱建三生于七月七日,所居之里名百花巷。"

姜良英

姜良英(1628—1699)字西溟,号湛园,浙江兰溪人,康熙二十二年进士。有《姜先生全集》

优游乐闲静

恬淡养清虚

——自题

辅世长民莫如德

经天纬地谓之文

——题明伦堂

朱彝尊

字锡鬯，号竹垞，浙江秀水（今嘉兴）人。康熙十八年应博学鸿词科，充《明史》纂修官。为“浙西词派”创始人。有《曝书亭集》。

露香红玉树
风绽紫蟠桃
——题苏州拙政园绣绮亭

海内诗家洪玉父
禁中乐府柳屯田
——赠洪昇 （洪系杭州人，善戏曲，工诗词。以《长生殿》著称于世。）

同是肚皮，饱者不知饥者苦
一般面目，得时休笑失时人
——题粥厂

不启樊篱，恐风月被他拘束
大开户牖，放江山入我襟怀
——自题故居之山晓阁

金 埴

字宛孙，号耸翁，绍兴人，诸生，屡试不第，以教馆、游幕为生。有《不下带编》《巾箱说》

受欺貌誉宁知己
获益讥弹赖雅人
——自题

半风长挹余风在
五岳还留一岳思
——赠慈溪郑性

兰畹骚翁为远祖
梅花仙客定前身
——赠屈复 （屈复能诗，多咏古今兴亡。有《溺水集》金埴与其共晤于杭州，特撰此联相赠。）

桑调元

字伊佐，号弢甫，浙江钱塘（今杭州市）人，雍正进士，授工部主事引病归。有游山癖。遍游五岳，能步行百里。有《弢甫集》《躬行实践录》。

文星酒星书星，在天不灭

金管银管斑管，其人可传

——沈德潜挽桑调元。（沈德潜，江苏长洲人，乾隆四年进士，官至礼部侍郎。有《归愚诗文抄》。）

沈　凤

字凡民，号补萝，别号桐君，江苏江阴人，官南河同知，江宁通判。有《谦斋印谱》。

天为安排看山处

风来洒扫读书窗

——题袁枚故居随园

钱陈群

字主敬，号香树，浙江嘉兴人，康熙六十年进士，官至刑部左侍郎。谥文瑞。有《香树斋诗文集》

定光澄月相

慧海涌潮音

——题雍和宫

藜火光朕书案月

笔花香泛墨池云

——题书斋

金　农

字寿门，号冬心，浙江钱塘人，乾隆元年举博学鸿词，入京未试而返。为“扬州八怪”之一。有《冬心先生杂著》。

德行人间金管记

姓名天上碧纱笼

清如瘦竹闲如鹤

座是春风室是兰

——题瓦砚斋（金农晚年自号“瓦砚翁”。）

郑　燮

号板桥，江苏兴化人。乾隆元年进士。曾任山东潍县、范县知县。因清赈济民为上所斥而罢归。长于诗文，擅书画。为“扬州八怪”之一。著有《板桥全集》。

心清水浊
山矮人高
——题四川青城山天师洞前台榭。

月来满地水
云起一天山
——题扬州瘦西湖小金山月关厅

栽培心上地
涵养性中天
——自题联

富贵如浮云,休言子弟登龙虎
金钱身外物,莫待儿孙作马牛
——赠同窗好友金因元

董邦达(1699—1769)

字孚存,浙江富阳人。雍正十一年进士。授编修,曾修《石渠宝笈》《西清古鉴》等书。累擢工部尚书。

就读书上体认义理
于日用处磨砺精神
——赠人

相逢尽是弹冠客
此古应无搔首人
——题理发店

沈建芳(1702—1772)

本姓徐,字椒园,又字畹叔,浙江仁和(今杭州)人。乾隆由监生召试鸿博,官至山东按察使。著有《理学渊源》

著书台迥名繁露
入画山多学富春
——赠董浩　(董浩,号震林,富阳人,累官至文华殿大学士。工诗文,善书画。“繁露”指汉代哲学家董仲舒所著《春秋繁露》。)

爱新觉罗·弘历(1711—1799)

就是清高宗乾隆。1735 年至 1796 年在位,多次来过杭州西湖,平生喜爱诗文书画。

深心托豪志

怀抱观古今

——题王希堂

心兴天宇豁

情欣理境融

——题弘德殿

七旬天子古六帝

五代孙曾予一人

——七十自寿

玉岫香云开法界

珠林花雨静禅心

——题河南登封少林寺达摩亭

秦涧泉

题岳坟秦桧跪像那副名联的撰者。江苏江宁(今南京)人,本名秦大士,字鲁一,涧泉是他的号。乾隆十七年状元。官至侍讲学士,有著作《抹云楼集》《蓬莱山樵集》。

人从宋后羞名桧

我到坟前愧姓秦

——题秦桧跪像联

辛勤有此庐,抽身归矣!喜鸟啼花笑,三径常开,好领取竹簟清风、茅檐暖日萧闲无个事,闭户恬然。对茶热香温,一编独抱,最难忘别来旧雨、经过名山

——题南京武定桥畔瞻园内东山楼

陈　锷

字乔愚,号白崖,浙江钱塘(今杭州)人,乾隆四年进士

事能知足心常惬

人到无求品自高

——自题

袁　枚(1716—1798)

字子才,号简斋,浙江钱塘(今杭州)人,乾隆四年(1739)进士,曾任江宁等地知县。辞官后在小仓山筑园林,号随园老人。著有《小仓山文集》《随园诗话》。

门无风自

座有难言

——题随园一

放鹤去寻三岛客
任人来看四时花
——题随园二

南宫六一先生座
背面三千弟子行
——贺史贻直七十寿

月映竹成千个字
霜高梅孕一身花
——题个园

胜地怕重经，记当年丝竹宴诸生，回头似梦
名园须得主，幸此日楼台逢哲匠，着手成春
——题徐园

梁同书

字元颖，号山舟山，钱塘（今杭州）人，乾隆十七年特题进士，官至翰林院侍讲。有《频罗庵遗集》《直语补正》。

闲寻诗册应多味
得意鱼鸟来相亲
——题苏州拙政园绣绮亭。

闲为水竹云山主
静得风花雪月权
——题陈园

天道何知，不许阿奶留李贺
神仙安在，翻教老泪哭羊昙
——挽吴台卿

四十年生有白来，身到澎瀛无遼召
三千里没而犹视，心伤桑梓毋何依
——挽妹夫汤画人

邓石如(1741—1805)

初名琰，又字顽伯，别号完白山人，笈游道人，安徽怀宁人，篆刻家，书法家。著有《完白山人篆刻偶存》。

开卷神游千载上
垂帘心在万山中
——自题一

茅屋八九间，钓雨耕烟，须信富不如贫，贵不如贱

竹书千万字，灌花酿酒，益知安自宜乐，闲自宜清

——自题二

容人却侮，谨身却病，小饮却愁，少思却梦，种花却俗，焚香却秽

静坐补劳，独宿补虚，节用补贫，为善补过，息忿补气，寡言补烦

——自题三

黄　易(1744—1802)

字大易，号小松，又号秋庵，浙江仁和(今杭州)人。官至山东济宁运河同知，"西泠八家"之一。有《小蓬莱阁诗》《小蓬莱阁金石文字》。

格超梅以上

品在竹之间

——自题

到此息尘虑

对之清客心

——题长清县五峰山清冷泉旁清冷亭

奚　冈

字纯章，号铁生，别号蒙泉外史，散木居士。浙江钱塘(今杭州)人，篆刻家、画家。乾隆时，征孝廉方正，辞不就。著有《冬花庵烬余稿》。

自静其心延生命

无求于物长精神

——赠人

冰壶在怀清可握

石泓为友交最深

——题自书斋冬花庵

吴锡麒

字圣征，号谷人，浙江仁和(今杭州)人，乾隆四十年进士，官至国子监祭酒。有《正味斋集》。

有山有水有亭林，映带左右

可咏可觞可丝竹，怀抱古今

——自题

十载共皋比，旧梦荒凉梅岭树

诸儿蒙教泽，春风惭愧杏林花

——挽洪梧　(洪系乾隆进士，博古通今，吴与洪一起掌教扬州梅花书院，交谊甚笃。)

正味在文章，凡识字人同一哭

清风论出处，拟私谥者定何辞

——乾隆进士、萍乡人刘凤浩挽吴锡麒

惟善人现寿者相

有令子为天下师

——寿无锡麒太夫人

姚文田

字秋农，浙江归安（今湖州）人，嘉庆状元，官至礼部尚书，有《邃雅堂文集》

科场舞弊，皆有常刑，告小人毋樱法网

平生关节，不通一字，诫诸生勿听浮言

——题试院

姚祖同（1762—1842）

字秉章，又字亮甫，浙江钱塘（今杭州）人。乾隆南巡时召试赐举人，官至副都御史。

感旧琴亡，一恸余呼子敬

酬知剑在，九原何处觅徐公

——挽程同文　（程乃嘉庆进士，浙江桐乡人，学术长于地志。）

云路仰鸿仪，不少丹忱悬日月

烟霄惊鹤化，空留奇气郁诗篇

——挽鲍桂星　鲍系姚鼐学生

阮元（1764—1849）

字伯元，号芸台，江苏仪征人。乾隆五十四年进士。历任湖广、云贵总督。晚岁入为仁阁大学士。谥文达。有《揅经室集》。

水能性澹为吾友

竹解心虚是我师

——集白居易《池上竹下作》诗句

此专净绿唾不可

我实在薄歌奈何

——题静绿阁在衡阳石鼓书院内

两袖清风廉太守

二分明月古扬州

——赠魏成宪　（成宪魏，杭州人，乾隆进士，工于诗，著有《清爱堂集》。）

公羊传经，司马记史
白虎论德，雕龙文心
——题诂经精舍　（精舍是阮元杭嘉庆六年创办于杭州孤山。）

下笔千言，正桂子香时，槐花黄后
出门一笑，看西湖月满，东浙潮来

陈鸿寿（1768—1822）

字子恭，号曼生，浙江钱塘（今杭州）人，嘉庆六年拔贡。官至河南海防同知。“西泠八家”之一。有《钟榆山馆印谱》《桑连理馆诗集》。

课子课孙先课己
成仙成佛且成人
——题厅堂

天心资岳牧
世业重韦平
——题书斋

潘世恩（1770—1854）

字槐堂，号芝轩，吴县人。乾隆五十八年状元，官至军机大臣，武英殿大学士。谥文恭。有《恩朴斋集》。

四海具瞻，尊为山斗
同期钦羡，望若神仙
——赠阮元　此联录自《楹联丛话》卷九。

忠孝两难全，看碧血淋漓，犹留半额头颅见阿母
英雄真不死，抱丹心冥没，总是十分肝胆报君王
——挽葛云飞　（葛云飞，字鹏起，山阴人，道光武进士，官至海镇总兵。在抗击英军进犯海牛战死。）

汤金钊（1772年—1856年）

字敦甫，一字勖兹，浙江萧山人，嘉庆四年进士。道光年间官至协办大学士、吏部尚书。有《寸心知室存稿》。

为有才华赢蕴藉
每从朴实见风流

屠　倬

字孟昭，晚号潜园，浙江杭州人，嘉庆进士，知江苏仪征县。在任五年，除盐

枭，清疑案，劝民纺织。道光初擢九江知府，以疾辞，不久，病逝于扬州。江西婺园进士齐彦槐撰下联以挽：

一病负殊恩，九派清江怀太守
十年成大觉，二分明月吊诗人

程祖洛(？—1850)

字梓庭，安徽钦县人。嘉庆四年进士，另官湘南布政使，闽浙总督。谥简敬。

醴泉无源，芝草无根，人贵自立
流水不腐，户枢不蠹，民生在勤
——自题

胜地集名儒，轶姚许赵窦以抗宗传，群仰夏峰作乔岳
熙朝开理学，继濂洛关闽而昌后裔，从教睢水得渊流
——题河南辉县百泉夏峰祠，祠乃纪念明清之际学者孙学逢

梁章钜(1775年—1849)

字闳中，又字茝林，号茝邻，晚号退庵。福建长乐人，嘉庆七年进士，官至江苏巡抚，兼署两江总督。所著《楹联丛话》对后世极有影响

帝倚以为肱骨耳目
民重亡若父母神明
——赠林则徐

历官倚两朝身，万顷惊涛仗忠信
借他乡一墓地，卅年此屋亦辛勤
——题中堂

出道入神明，落低云烟，古今竞传八法
酒狂称草圣，满堂风雨，岁时宜奠三杯
——题草圣祠　(草圣乃唐代张旭。)

朱昌颐(1784—1855)

字吉求，号正甫，浙江海盐人。道光六年状元。晚主敷文书院，有《鹤天鲸海诗文集》。

一心只念波罗蜜
三祝难忘福寿男
——赠多多

龚丽正

字闇斋，浙江仁和(今杭州)人，嘉庆元年进士，官至江南苏松太兵备道。后

引疾归，主讲杭州紫阳书院。其子是龚自珍，程恩泽曾寿龚丽正联：

使君政比龚渤海

有子才如班孟坚

林则徐

字少穆，福建候官（今福州）人。嘉庆十六年进士，曾任湖广总督，两广总督等职，是爱国主义思想家，民族英雄。

定而后能静

言之必可行

——集《大学》《论语·子路》句。

我忆家风负梅鹤

天教处士饮湖山

——题放鹤亭

海纳百川，有容乃大

壁立千仞，无欲则刚

——自题

曾从二千石起家，衣钵新传贤子弟

难得八十翁就养，湖山旧识老诗人

——赠梁章钜

坐卧一楼间，因病得闲，如此散材天或恕

结交千载上，过时为学，庶几秉烛老犹明

——题书楼

张应昌（1790—1874）

字仲甫，号寄庵，浙江钱塘（今杭州）人。嘉庆十五年举人，官内阁中书。有《春秋属辞辨例编》。

贪嗔痴，即君子三诫

戒定慧，通圣经五言

梁绍壬（1792—1837前）

字应来，号晋竹，浙江钱塘（今杭州）人。道光元年举人，官内阁中书。有《两般秋雨庵随笔》。

上方月出初生白

下界尘飞不染红

——题半山亭　亭在广东白云山

一阕荔枝香，听玉笛吹来，遍传南海
双声杨柳曲，问金樽把处，忆否西湖
——题戏台

读万卷书，行万里路
综一代典，成一家言
——自题

别馆署盟鸥，列两行玉佩珠帘，幻出空中楼阁
新巢容壮燕，约几个晨星旧雨，来寻梦里家山
——题盟鸥馆

魏　源

字默深，湖南邵阳人。道光二十五年进士，历任内阁中书，高邮知州。近代改良运动的先驱。有《魏源集》。

梦中蔬草苍生泪
诗里莺花稗史情
——自题

民不可欺，常忧获戾于百姓
官非易做，惟愿推恩到万家
——题宦署

烟雨漫湖山，佳壤初封，千古儒林凭吊奠
姓名留宇宙，遗篇在案，几行涕泪点斑斓
——何绍基挽魏源

邓传密(1795—1870)

原名尚玺，字守之，号少白，安徽怀宁人。邓石如子。工篆书，得家传，笔意沉稳，堪与父并传。

持身每戒珠弹雀
养气要如刀解牛

何绍基(1799—1873)

字子贞，号东洲，晚号蝯叟，湖南道州(今道县)人，道光十六年进士，历官文渊阁校理，四川学政等，为楹联大家，善诗工书。有《惜道味斋经说》。

风篁类长笛
流水当鸣琴
——题沧浪亭翠玲珑

爱书不厌如平壑
戒酒新严似筑堤
——赠人

锦水春风公占却
草堂人日我归来
——题杜甫草堂　（“人日”即正月初七，“我归来”隐含继承杜诗传统的自负之意。）

是骨肉同年，诗订闽江，酒倾燕市
真血性男子，生依石甫，死傍椒山
——挽张际亮

江上此台高，问坡颖而还，千载读书人几个
蜀中游迹遍，喜嘉峨并秀，扁舟载酒我重来
——题乐山凌云寺东坡读书楼

戴　熙(1801—1860)

字醇士，号榆庵，自称鹿床居士，浙江钱塘(今杭州)人。道光十二年进士，官至兵部右侍郎。有《习苦斋记》。

疑是琅环，别有洞天开世界
曾经沧海，不如泉水在山中
——题白云书院，院在广州。琅环，传院中的神仙洞府。

沈兆霖(1801—1862)

字尺生，号朗亭，浙江钱塘(今杭州)人。道光十六年进士，累擢户部尚书，署陕甘总督，谥文忠。

发上等愿，结中等缘，享下等福
择高处立，就平处坐，向宽处行
——题秋月阁　阁在无锡梅园

陈钟祥

字息帆，号亭亭山人，山阴人。道光举人，官赵州知府。常来杭州西湖小住。有《楹帖偶存》《赵州石刻全录》。

嘘气成云以致雨
变化不测之谓神
——题西藏昌都察木多城龙神祠

沈寿榕

字朗山，号意文，浙江海宁人。历官云南盐法道。有《玉笙楼诗集》。

雄关高阁壮英风，捧出匠心，披开大胆

剩水残山余落日，虚怀远志，空寄当归

——题姜维祠（祠在四川剑阁）

金安清（1816—1878）

字眉生，号六幸翁，浙江嘉善人。国子生，官至湖北督粮道，署淮盐运使。熟古今掌故，工诗文，有《六幸翁文稿》

春水绿浮珠一颗

夕阳红湿地三弓

——题西湖湖心亭

泉水淡无心，冷暖惟主人翁自觉

峰峦清未了，去来非佛弟子能言

——题杭州冷泉亭

一生与宰相无缘，始进时魏公误抑之，中岁时荆公力扼之，即论免役，温公亦深厌其言，贤奸虽殊，同怅君门违万里

到处有西湖作伴，通判时杭州得诗名，出守时颍州以政名，重老投荒，惠州更寄情于佛，江山何幸，但经宦辙便千秋

——题东坡赤壁，地处湖北黄冈。

彭玉麟（1816—1890）

字雪琴，号退省庵老人，湖南衡阳人，谥刚直。著有《彭刚直公诗集》。

火缘山青，座中人醉

花明柳暗，湖上春长

——题西湖酒家“两宜楼”。

凭栏看云影波光，最好是红蓼花疏，白苹秋老

把酒对琼楼玉宇，莫孤负天心月到，水面风来

——题西湖“平湖秋月”

萧梁逝水，往迹犹新，向谁大雅扶轮，再继元储不朽业

沧海横流，人间何世，趁我余光秉烛，补读平生未见书

——题盱眙读书台　台在镇江招隐寺

史笔炳丹书，真耶，伪耶？莫问那十二金牌，七百年志士仁人，更何等悲歌泣血

墓门萋碧草，是也，非也？看跪此一双顽铁，亿万世奸臣贼妇，受几多恶报阴诛

——题杭州岳故

诗酒自名家，更勋业烂然，长增画院梅花价

楼船欲横海，恨英雄老矣，忍说江南血战功

——王闿运挽彭玉麟

龚　橙(1817—?)

字公襄，号石匏，浙江仁和(今杭州)人，龚自珍之子，工诗善篆，有《诗本谊》。

直使天惊真快事
不教人骂是庸才
——自题

薛时雨(1815—1885)

字慰农，一字澍生，晚号桑根老人，安徽全椒人，咸丰三年进士，官杭州知府，晚主崇文、惜阴书院。有《藤香馆札记》。

桃花潭水江沧宅
茅草斜阳孙楚楼
——题绿杨茶社　茶社在“蒋庐”附近

不着衣冠，门前久谢乘轩客
只读农圃，月下欣闻打稻声
——自题桑根书舍

白下富莺花，旁人错比谢安石
青山狎猿鸟，此地曾栖雷仲伦
——题“薛庐”

为政戒贪，贪利贪，贪名亦贪，勿骛声华忘政事；
养廉惟俭，俭己俭，俭人非俭，还从宽大保廉隅。
——题官署

休怪他快意登场，也须宿世根基，才卜得屠狗封侯，烂羊作尉
姑借尔寓言醒世，一任当前炫赫，总不过草头富贵，花面逢迎

郭嵩焘(1818—1891)

字伯琛，号筠仙，晚号玉池老人，湖南湘阴人。道光二十七年进士，官至兵部左侍郎，首任驻英公使。有《养知书屋遗集》。

世须才，才亦须世
公负我，我不负公
——挽左宗棠

尘世任人忙，流水春风，却笑桃花误刘阮
天台从此入，名山福地，长留衣钵继丰寒
——题隋代古刹国清寺

哀郢矢孤忠，三百篇中，独宗变雅开新格
怀沙沉此地，二千年后，唯有滩声似旧时
——题屈子祠　祠在汨罗县玉笥山上

俞　樾(1821—1907)

字荫甫，号曲园，浙江德清人。道光十三年进士，官至河南学政。晚年主杭州诂经精舍，如今为俞曲园纪念馆。有《春在堂全集》

春归花不落
风静月长明
——题回峰阁

桐逢柳色还青眼
坐听松声起碧涛
——题狮子林扇亭

萦回水抱中和气
平远山如蕴藉人
——题杭州敷文书院

似入万重山，不离三亩地
欲穷千里目，更上一层楼
——题清代应敏斋的别墅适园，遗址在杭州忠清里

湖山恋我，我恋湖山，然老夫耄矣
科第重人，人重科第，愿小孙勉之
——陛云孙探花及第

三多以外有三多：多德多才多觉悟；
四美之先标四美：美名美寿美儿孙。
——自寿

推到一世豪杰，开拓万古心胸，陈同甫一流人物，如是如是
醉吟几篇旧诗，闲尝数盏新酒，白香山六十岁时，仙乎仙乎
——贺金安清六十寿

王凯泰(1823—1875)

字幼轩，号补帆，江苏宝应人。道光三十年进士，历任浙江按察使，广东布政使，福建巡抚。谥文勤。

万里怀长城，南渡朝建从此小
一抔留古墓，西湖烟水到今香
——题岳王祠

云路及时登，盼诸君同咏霓裳，遥传南海

风帆随处好，许他日重携文酒，共泛西湖

——题崇文书院

何　溱

字方谷，号瓦琴。道光时浙江钱塘人，文章政治，辉映一时，并工金石篆刻，擅长集联。

人生得一知己足矣

斯世当以同怀视之

——集句

盛　康

字勋存，号旭人；别号待云庵主，江苏武进人，道光二十四年进士，历官布政使，杭州道，臬台等职。

儒者一出一入有大节

老僧不见不闻为上乘

——题贮云庵　(作者在苏州拙政园购得留园，园中有参禅处待云庵，以其别号而名，今名贮云庵。)

历宦海四朝身，且住为佳，休辜负清风明月

借他乡一廛地，因寄所托，任安排奇石名花

——题五峰仙馆，此为留园中一景

赵之谦(1829—1884)

字益甫，号冷君，浙江会稽(今绍兴)人。咸丰九年举人，篆刻家，书画家，在杭州遗留许多诗联书画，归葬在西湖西山路。

高人自与山有素

老可能为竹写真

——自题

气蕴风云，身负日月

牢笼天地，弹压山川

——集句

李慈铭(1830—1895)

字爱伯，号莼客，浙江会稽(绍兴)人，光绪六年进士。有《杏花香雪斋诗》、《越缦堂日记》。

兰草园香人共采

杏花春雨燕同栖

——自题二

米市胡同，藏书三万卷

户部员外，补缺一千年

——自嘲

王文韶(1830—1908)

字夔石，号耕娱，浙江仁和(今杭州)人，咸丰二年进士，官至军机大臣，谥文勤。

好山好水，其人多寿

有诗书气，生子必才

——题补读庐，此系作者书斋

蒋益澧(1833—1874)

字乡泉，湖南安福(今临澧)人，咸丰年间从军，以善战著称，官至广州巡抚。谥果敏。

中央宛在

一半勾留

——题杭州西湖湖心亭

遗迹镇栖霞，酾酒重瞻新庙貌

大旗悬落日，撼山愿学古军容

——题杭州岳王庙

希贤希圣希天，尚友诗书，共撰则一

立言立功立德，名山俎豆，不朽者三

——题诂经精舍

浙水重敷文，看此山左江右湖，千尺峰头延俊杰

英才同树木，愿多士春华秋实，万松声时播歌弦

——题杭州敷文书院

孙祖德(1840—1905)

号彦清，号寄龛，浙江德清人，同治六年举人，官长兴教谕。有《寄龛文存》。

江山如画，高峰终古长留，止姓氏留芳，有光名郡

出处休论，清节尽人可学，愿竭来度濑，无愧先生

——题严子陵钓台

樊恭煦(？—1914)

字介轩，浙江仁和(今杭州)人。同治十三年进士，官司经局洗马。

江枫渔火，胜地重来，与国清寺并起宗风，依旧钟声闻夜半
木履桦冠，仰天长笑，有寒山集独参妙谛，长留诗句在吴中
——题寒山寺

盛宣怀(1844—1916)

字杏存，号愚斋，江苏武进人，同治九年进士，入李鸿章幕，积极推行洋务运动，督办中国铁路总公司，创办中国通商银行。著有《愚斋存稿》

流连酒德，啸傲琴绪
园涉成趣，门设常关
——题留园

樊增祥(1846—1931)

字嘉父，别字樊山，湖北恩施人。光绪三年进士，出补陕西渭南知县，有《樊山全集》传世。

过年苦，年苦过，过苦年，年过苦，年去年来今变古
读书好，书好读，读好书，书读好，书田书舍子而孙
——春联

你眉头着什么焦，但能守分安贫，使收得和气一团，常向众人开口笑
我肚皮有这般大，总不愁穿虑吃，只讲个包罗万象，自然百事放心宽
——笑佛

丁立诚(1850—1911)

字修甫，号慕清，浙江钱塘(今杭州)人。光绪六年举人，官内阁中书。有《小槐簃吟稿》

龙咒钵中安，西方圣人现四十八臂，具大神力
虎移泉眼至，南岳童子历百千万劫，留此真源
——题西湖虎跑泉

七八月秋水生，喜新居，傍杨柳堤湾、芝兰室雅
五百里德星聚，选胜地，在鸳鸯湖曲、驷马门高。
——贺陈廉夫观察迁居

陈三立(1852—1937)

字伯严，号散原，江西义宁人(今修水)。光绪二十二年进士，官吏部主事。

与父宝箴一道参与维新变法，失败后同被革职。有《散原精舍文集》。

青山作屏，朝挹爽气
红树围屋，夜起幽吟
——题红树屋 （此为文史家陆丹林的书斋。）

孤愤塞五洲之间，众醉独醒，终古行吟依屈子
抗心在三代以上，高文醇意，一时绝学并船山
——挽郭嵩焘

陈夔龙(1855—1948)

号筱石，号庸庵居士，贵阳人，光绪十二年进士，官至直隶总督兼北洋大臣，有《梦蕉亭杂记》。

山横马迹，渚峙鼋头，尽纳湖光开绿野
雨卷珠帘，云飞画栋，此间风景胜洪都
——题澄澜堂 （堂在无锡鼋头渚）

刘树屏(1857—1917)

原名景崎，字葆良，号补臣，江苏常州人，光绪十六年进士，历官安徽候补道杭州火车站旧时有一家茶室兼浴室，为扩大影响，请刘树屏撰题下列门联：

正瓯赵销兵沪杭同轨之时，借胜境涤尘嚣，在明圣湖六桥以外
问陆公荣灶屈子兰汤何处，有层楼矗云表，距清泰门百武而遥

吴恭亨(1857—1937)

字悔晦，号岩村，湖南慈利人。清末诸生。一生以游幕、教读为业。所著《对联话》有较高的联艺与史料价值。

龙得云斯灵，道在通权达变
潭之水不涸，学须穷委究源
——题龙潭小学

康有为(1858—1927)

原名祖诒，字广厦，号长素，广东南海人。光绪二十一年进士。曾七次上书光绪帝，要求变法，系维新派首领。有《新学伪经考》《孔子改制考》《大同书》等著作，曾在杭州西湖刘庄居住，留下许多墨迹与佳话。

松柏有本性
金石见盟心
——题得真亭 亭在拙政园

复生不复生矣
有为安有为哉
——挽谭嗣同

割据湖山少许，操鸟兽草木之权，是亦为政
游戏世界无量，极泉石烟云之胜，聊乐我怀
——题杭州金沙堤西南“一尺园”内别墅“人天庐”

般干酷刑，宋岳枉戮，臣本无恨，君亦何尤，当效正学先生，启口问成王安在
汉室党锢，晋代清谈，振古如斯，于今为烈，恰如子胥相国，悬眼看越寇飞来
——挽戊戌六君子

沧桑多变，陵谷多易，教宗多劫，国土多沦，亭阁鸡虫看得失，无一物当情，历尽成住坏空，觉来栩栩。
天地不大，毫末不细，大椿不寿，胡菌不短，微尘世界何爱憎，叹我生自度，仍行慈悲喜舍，想入非非。
——康有为自题杭州西湖“康庄”

谭嗣同（1865—1896）

字复生，号壮飞，湖南浏阳人。力倡新政，积极参与变法维新。光绪二十四年任四品卿军机章京。戊戌变法失败后被杀害，为六君子之一。著有《谭嗣同全集》。

汲古得修绠
交情脱宝刀
——自题

家无澹石
气雄万夫
——题莽苍苍斋

揽湖海英雄，力维时局
勖沅湘子弟，共赞中兴
——题时务学堂

骆成骧（1865—1926）

字公骕，四川资中人，光绪二十一年状元。曾任山西学政，有《清漪楼遗稿》。

穿牖而来，夏日秋风冬日日；
卷帘相见，前山明月后山山。
——骆成骧题杭州西湖平湖秋月亭

广陵散从此绝矣
灵光殿独存巍然
——挽王闿运

物新人惟旧
心远地自偏
——自题一

至穷无非讨口
不死总得出头
——自题二

梁启超(1873—1929)

字卓如，号任公，又号饮冰室主人，广东新会人。维新派代表人物，曾与其师康有为组织“公车上书”，倡导戊戌变法。晚年退出政坛，专心著述，有《饮冰室全集》

东篱客采陶潜菊
南国人怀召伯棠
——巧对

胸怀子美千间厦
气压元龙百尺楼
——题时务学堂

述先圣之玄意，整百家之不齐，入此岁来已七十矣
奉殇豆于国叟，致欢欣于春酒，亲受业者盖三千焉
——贺康有为六十寿

祝宗祈死，老眼久枯，翻幸生也有涯，卒免睹全国陆沉鱼烂之惨
西狩获麟，微言遽绝，正恐天之将丧，不仅动吾党山颓木坏之悲
——挽康有为老师

下册

卷二十一

十九世纪

陈文述

陈文述(1768或1771—1843)字云伯，号退庵老人，碧城外史，清古代钱塘人，系浙江学政院之得意门生，嘉庆五年举人，官江都号知事，著有《颐道堂全集》、《碧城仙馆诗钞》、《西岭怀古集》等，陈辞官归隐后，卜居西溪，居处称秋雪渔莊。

山水重逢若相识
风云迭变思往年
——集华山碑　见《集朕汇迭二编》

春雨方深山气重
秋云初敛月华新
——集华山碑　见《集朕汇迭二编》

竹松晴坞开书屋
花月春江放酒船
——无题　见《历代名人楹联墨迹》

勤补拙，俭养廉，更无暇馈问送迎，来往宾朋须谅我
让化争，诚去伪，敬以告父兄耆老，教诲子弟各成人
——陈文述题县署

丸熊助苦，封鲊资廉，有是母，乃有是子
隔幔传经，居楼授史，闻其语，今见其人
——齐彦槐挽陈文述母　齐彦槐嘉庆进士有《双溪草堂诗文集》、《梅麓联存》、《天球丛说》等

梁祖恩

原名常，字眉子，号久竹，钱塘人，梁绍壬之父。

大儿孔文举，小儿杨德祖
前身陶彭泽，后身韦苏州
——以苏轼诗句对《弥衡传》　见《两般秋雨盦随笔》。

孙尔准

字平叔，号戒庵，清嘉庆十年(1805)进士，无锡人，官至闽浙总督，在杭州有题钱王祠联等，卒谥文靖。在杭有题钱王祠联。有《泰云堂集》。

解脱拈花刚佛日
证明因果在仙霞
——挽韩克均夫人　见《两般秋雨盦随笔》。

衣锦还乡，保万民于安乐

上疏归国，启百世之烝尝

——题杭州钱王祠　见《冷庐杂识》

文宣聿启，文昭木铎，千秋教著江湖日月

有虞肇开，有宋云仍，万祀道垂礼乐诗书

——题胡文昭祠，祀胡瑗。见《素月楼楹语》。

海徼树丰功，水利边防，廿载宏宣经世略

宫衔隆晋锡，易名延赏，九原还切报恩心

——林则徐挽孙尔准　见《楹联续话》。

陆以莊

清代萧山人（今杭州市），字平泉，号履康，嘉庆元年进士，官至工部尚书。卒谥文恭，下为挽陶澍父联。见《楹联续话》。

能仕教之忠，有子诗书将食报，

欲养亲不待，类余风树早衔悲。

陈希濂

字秉衡，号瀫水，清钱塘人（今杭州市）人，嘉庆举人。

愿为古琴瑟

早食金琅玕

——无题　见《历代名人楹联墨迹》

汤金钊

汤金钊（1772—1858）字敦甫，清萧山人，今杭州市人，嘉庆四年（1799）进士，官至吏部尚书，协办大学士。汤金钊为了支持林则徐禁烟，被降四级调用。卒谥文端。有《寸心知室存稿》。

俾缉熙与纯嘏

用劢相我国家

——寿某中堂　见《古今联语汇选二集》。

为有才华翻蕴籍

每从朴实见风流

——赠人　见《中国楹联鉴赏辞典》。

露气春林，月华秋水

晴光淑景，芳草远山

——题万年寺　见《楹联丛话》。

何处菩提，莫错认庭前槐树
无边法藏，且笑拈阁外芦花
——汤金钊题北京宣武区龙树寺　见《楹联新话》。

继往开来，传尧舜禹汤文武周孔之道
由仁居义，充恻隐羞恶恭敬是非之心
——汤金钊题邹县孟府　见《中华名胜大典》引《齐鲁名胜楹联》。

屠　倬

字孟昭，号琴邬，钱塘人，嘉庆进士，特授九江知府，未赴即客死扬州，有《是程堂集》

一病负殊恩，九派清江怀太守
十年成大觉，二分明月吊诗人
——齐彦槐挽屠倬

病榻恩来，叹息膏肓难再起
潜园人去，流传诗画定千秋
——林则徐挽屠倬见《楹联三话》

龚丽正

字暗谷，号暗斋，仁和人，(今杭州市人)，嘉庆进士，官郎中，有《国语韦昭注疏》。

累世纪群交，忆兰省枢垣，齐向后尘趋轨范
传家召杜谱，喜皖峰沪渎，共听两地颂台莱
——梁章钜挽龚丽正，见《中国对联大辞典》。

龚守正

初名治正，字象曾，号季思，仁和(今杭州)人，龚自珍叔，嘉庆七年进士，官至左都御史，卒溢文恭

二分月下真耆宿
六十年前旧茂才
——赠程赞清　见《楹联续话》

节署久宣劳，公尔忘私，尽瘁遽闻歌薤露
草庐留赐翰，赏延于世，印心好为嗣芸香
——挽陶澍　陶所居印心石屋曾奉御笔亲题　见《楹联续话》

廿载报君恩，真不负日下探花，江南秉节
卅年敦友谊，最难忘吴中分袂，汉上题襟
——挽陈銮，陈为守正典试湖北所得之士，见《古今联语汇选二集》。

节制两河，德水廿年瞻福曜

耆英七秩，恩纶初告贲中枢

——龚守正赠吴璥

九十年鲁殿岿然，记曾同世父春闱，先公秋赋

甲乙榜鼎科籍甚，已重沐桂林燕赉，杏苑恩荣

——龚守正挽潘秀隽 见《古今联语汇选二集》。

吕 璜

曾官杭州西海防同知吕璜，字礼北，自号月沧，清广西人，嘉庆十六年(1811)进士。有《月沧文集》。

民心而生吾心，信不易乎，敬尔公，先慎尔独

国事常为家事，力所能勉，持其平，还酌其通

——题县署一 见《楹联丛话》

我也曾为冤枉痛入心来，敢糊涂忘了当日

汝不必逞机谋争个胜去，看终久害着自家

——题县署二 见《楹联丛话》

三管失斯人，癸水长山都暗淡

千秋存定论，乡贤名宦伫馨香

——梁章钜挽吕璜 见《楹联丛话》

陈嵩庆

初名夏亨，字夏庵，一字声谷，号荔峰，钱塘(今杭州)人，嘉庆六年进士，官至吏部左侍郎。道光十年病免。陈有典试浙江时题江山船联：

此地有嵩山峻岭，茂林修竹

只为你如花美眷，似水流年

撒手了无难，夜宴方阑归碧落

伤心将大用，夕阳虽好近黄昏

——彭邦畴挽陈嵩庆

高日濬

字犀泉，钱塘人(今杭州市人)，陈鸿寿妻弟，曾撰无题联等，见《历代名人楹联墨迹》。

稽典今神解

敷文昭令仪

陶　澍

字子森，一字云汀，嘉庆七年进士，官至两江总督，湖南人，有《印心石屋文集》、《陶桓公年谱》、《渊明集辑注》等。

尽力量为善
振精神读书
——题居室

杯前三尺青蛇，仙会恍游蓬岛路
笛外一声黄鹤，我来犹记洞庭秋
——题祀吕洞宾之汲县白云阁，见《楹联丛话》。

卅二色神仙宝光，也似佛，也似儒，出世还入世
五千言道德真嗣，亦称师，亦称祖，可名非常名
——题白云阁二　见《楹联丛话》。

青山横郭，白水绕城，孤屿大江双塔院
初日芙蓉，晚风杨柳，一楼千古两诗人
——陶澍题温州浩然楼　注两诗人：谢灵运和孟浩然在此楼都曾题咏

知遇感殊深，石屋印心，牖北垂询商大计
施恩诚普及，灵车返里，江南遗爱念宏观
——魏源挽陶澍一　见《中国对联大辞典》。

旗旌椋扶归，豪杰为神，供仰勋名千古绩
东南民悼念，甘棠遗爱，同沾德泽百年恩
——魏源挽陶澍二　见《中国对联大辞典》。

游目骋怀，此地有茂林修竹
仰观俯察，是日也天朗气清
——题一笠亭　见《中国名胜楹联大观》。

天下大事君可属
江南遗爱民不忘
——卓秉恬挽陶澍　卓系嘉庆进士，内阁学士　见《楹联丛话》。

改鹾法，近悦远来，试观淮浦连年，浩浩
穰穰，岂惟追齐相夷吾，府海功施称再造
荐馝馨，春祈秋报，况对郁州胜境，熙熙
皞皞，真可继智贤靖节，名山祀典配三元
——谢元淮题陶文毅公祠　改祠祀陶澍祠址待查。　见《中华对联大典》。

大度领江淮，宠辱胥忘，美谥终凭公论定
前型重山斗，步趋靡及，遗章渐负替人期
——林则徐挽陶澍　见《楹联续话》。

王维询

道光初官浙江学政，以急欲平反德清徐倪氏案自裁。王维询，字少华，山东海丰人，嘉庆进士。 见《两般秋雨盦随笔》。

刚毅木讷近仁，生原无忝

聪明正直而一，殁则为神

——蔡之定挽王维询 蔡：乾隆五十八年进士，官至待讲学士，浙江德清人。辞官后，自号积谷山人。有《古今体诗》。

陆元鋐

陆元鋐(1781—1844)字芗畇，桐乡人，道光进士，杭州教授陆以恬父，晚年定居杭州。萧山缪安邦，共姐卒，而甥在外七年未归，友人代作挽联，不中意，复请元鋐撰联。

七载思儿，望断双鱼空堕泪

三秋梦竖，影抛只雁最伤心

——陆元鋐代缪安邦挽姐联

名成鲤对，诰锡鸾封，最惬心镜水辞官，霞城就养

闲即栽花，病还作草，忍撒手金英正放，墨沈犹浓

——张锡戊挽陆元鋐 张清代萧山人 见《楹联四话》。

阅历遍名区，玩水登山，七秩精神欣矍铄

笑谈聆讲幄，栽花赌酒，五年杖履忆追陪

——傅兆兰挽陆元鋐 见《楹联四话》。

七十载德望常尊，子舍衔鳣，济美克成名进士；

万八峰吟踪重到，仙区化鹤，归真定列上清班。

——双德挽陆元鋐 双德；吉林人，官清副将 见《楹联四话》。

钱廷烺

字小谢，仁和(今杭州)人，诸生，官昆山知县，有《绿迦楠精舍诗草》。他曾题西湖孤山第一楼联，见《中国对联大辞典》。其联曰：

即景亲风月

随时笃诗书

累因无子少

闲赖罢官穷

——钱廷烺自提 见《清诗纪事》。

赵之琛

赵之琛(1781—1852),字次闲,号献父、别号宝月山人,清浙江钱塘(今浙江杭州)人。诸生,是位功力深厚的篆刻家,书法家,为“西泠八家”之一。有《补罗迦室》。曾为西湖吴山太岁庙撰联。

良人栖桐树

君子爱莲花

——赠人　见《中国书法鉴赏大辞典》。

一畦杞菊为供养

半壁江山入卧游

——题吉林北山关帝庙翥鹤轩　见《关帝庙对联集》。

戚人镜

清钱塘人,原名士镜,字仲兰,号蓉台,嘉庆十四年进士,官司经局洗马。下面这副挽钱林联,钱字东生,亦是浙江人,文笔敏赡,而古貌古心,豪无时俗态度,未及中寿卒,见《楹联续话》。

福慧并清华,能静自兼仙佛意

死生都了彻,不谈终是圣贤心

——戚人镜挽钱林

徐　楙

徐楙,字仲繇,号问蘧,一号问年道人,清浙江钱塘(今杭州市)人。

言满天下而未尝议

智周万物而无所思

——徐楙赠龚自珍。　见《龚自珍年谱》

陆　言

陆言,字有章,号心兰,清浙江钱塘(今杭州市),嘉庆进士。与林则徐交谊深厚。

台馆式前型,溯中外回翔,直节清严犹在望

藩屏联宦辙,怅老成徂谢,名贤言行未终编

——林则徐挽陆言联　见《林则徐年谱》。

费丙章

昔时杭州义塾立法正善,因而费丙章为之题联。费丙章,字会宜,号辛桥,仁

和人，嘉庆十三年(1880)进士，官至河南布政司。见《冷庐杂识》

莫谓孤寒，多是读书真种子

欲求富贵，须从伏案下工夫

程祖洛

程祖洛封翁曾任闽浙总督，九十寿时程恩泽有贺联。程恩泽，嘉庆进士，官至工部右侍郎。有《程侍郎遗集》、《国策地名考》。

六秩翁侍九旬亲，况伉俪偕老子孙贤，问内外贵僚，谁同大福

七闽歌兼两浙舞，合兖豫去思吴楚颂，愿东南吉曜，直丽中台

——程恩泽贺程祖洛封翁九十寿　见《古今联语汇选二集》。

林则徐

曾任两江，湖广总督林则徐，字元抚，福州人，嘉庆进士，谥文忠。著有《林则徐集》、《云左山房诗钞》及萨嘉榘联《林则徐联句类集》、《林则徐楹联辑注》。与杭州许多名人交谊很深，并在西湖与杭州名人的文集中载有他撰的联句。

芦中人出

河上公来

——题客座　见《冷庐杂识》。

春从天上至

水由地中行

——题居室　见《冷庐杂识》。

师友肯临容膝地

儿孙莫负等身书

——题故居　见《对联话》。

同甘苦四十四年，何期万里偕来，不待归耕先撒手

共生成三男三女，偏值诸儿在远，单看弱息倍伤神

——林则徐挽内联　林夫人郑淑卿，闽侯人，善诗书，晚年自号绛红楼老人，父郑大谟官河南永域县令。　见《楹联三话》。

相夫历八州督，教子擅八砖才，谁知八座起居，病与一生相伴住

老屋忆文笔坊，新居望文藻宅，都是文星照耀，魂兮万里定归来

——梁章钜挽林则徐徐夫人郑淑卿　见《楹联三话》。

施鸿保

施鸿保于嘉庆二十五年(1820)以重生与试杭州紫阳书院，时林则徐在

浙任职，见其成绩优异，便将他拔置第一，例奖外，还赠以手书红蜡碎金笺八言楹贴。

是故君子，诚以为贵

夫惟大雅，卓而不群

——林则徐赠施鸿保　见《林则徐年谱》(增订本)

陈桂生

字坚木，号云柯，又号芗谷，钱塘(今杭州市)人，优贡生，官至江苏巡抚。见《楹联从话》。录题江苏东城门楼联

地轴转洪涛，月湧星垂，三楚江声分浦溆

天关开重镇，烟霏雾敛，六朝山色拥台隍

许乃普

许乃普(1787—1866)，字季鸿，一字经厓，号滇生。先世富阳人，姓沈，后继承钱塘许氏随为钱塘人，嘉庆进士，官吏部尚书，卒谥文恪，有《堪喜斋集》。

秋水为神玉为骨

芙蓉如面柳如眉

——赠秋芙　秋芙乃净香堂伶人长春之别号，集句，见《楹联新话》。

获画遗徽，教忠教孝

枫纶笃眷，宜子宜孙

——贺李桓祖母寿　见《郭嵩焘日记》。

盛事家傅，一堂五代

名门泽衍，思世三公

——贺何集得重孙　见《郭嵩焘日记》。

陆　玑

字次山，号铁园，清仁和(今杭州市)人，诸生，官汉州知州，有《陆次山集》。下联系他题杜工部祠。见《中国对联大辞典》。

忠爱托诗人，李谪仙差许齐名，奚屑三唐科第

栖迟因地主，严节度颇称知己，尚留数亩湖山

——陆玑

葛庆增

增一作曾，字墨卿，号秋生，清仁和(今杭州市)人，诸生，嘉庆年间在世。有《静寄轩诗草》，此联出句自拟，对句许乃谱。见《两般秋雨盦随笔》。

书似青山常乱叠
灯如红豆最相思

——上联葛庆增出，下联许乃谱对。

北方佳人，遗世而独立
东临处子，窥目者三年

——姚伊宪集句

梁绍壬

清钱塘人，字晋竹，号应来，祖恩子，道光元年(1821)举人，官至内阁中书，著有《两般秋雨盦诗》、《两般秋雨盦随笔》。梁之联语颇丰。

公冶长解猪语
介葛卢闻牛鸣

——集句巧对

矮屋痛长眠，文战呕心，竟尔修文归地下
良宵惊恶耗，月圆撒手，从今赏月怕中秋

——挽颜均，他是绍壬表兄，曾九度秋闱，道光十一年中秋节夜以疾卒于号舍。

龙眼
菱角

——巧对一　见《两般秋雨盦随笔》。

生圹
死轩

——巧对二

圣相
师王

——巧对三

祸水
魔浆

——巧对四　梁武帝有断酒图文，称酒是魔浆。

牛心炙
羊肾羹

——巧对五

毅氏枣
哀家梨

——巧对六　山东新城产乐式枣，核小肉厚，汁多味美，旧传种子系乐毅自燕携来，故又称“毅式枣”。

上方月出初生白

下界坚飞不染红

——题白云山半山亭　见《古今联语初集》。

十四日病莫能兴，幸乔梓相依，属纩尚能亲含玉

三千里美而犹视，痛桑榆垂暮，倚闾空自盼泥金

——代挽徐建烺　徐，字秋崖，以会试场中得病，十四日而歿于馆舍。上联末句自注："令嗣访斋亦因会试在京。"下联末句自注："太翁来若先生，年八十餘，犹在堂也。"　见《两般秋雨盦随笔》。

黄焦卿

钱塘梁绍壬之室黄焦卿，才学超人，有《听月楼诗》，不减慧业文人，曾随梁绍壬翻山越岭到广东，不到半年，竟一病不起，在广东寓所去世，梁绍壬有联挽之。

四千里累尔远来，父在家，母在殡，翁姑在堂，属纩定知难瞑目

廿三年弃余永诀，拜无儿，哭无女，继承无侄，盖棺未免太伤心

沈　镕

原名镕彪，字尉堂，号听篁，仁和(今杭州市)人，嘉庆二十四年进士。时陈香谷晚年重听，有言"昨闻县令收得恶少号通天吼"者，陈听不清，沈镕在座，高声附耳曰："诸公谓，通天吼三字有对矣："问"何对，"则又附耳大声作对。见《巧联续录》

通天吼

着地聋

——沈镕

裕　谦

裕谦，博罗忒氏，字鲁山，号舒亭，清满州镶黄旗人。嘉庆进士，官至两江总督，美军犯镇海，裕谦亲临督战，城陷，投水死，谥靖节。有《裕靖节公遗书》。

旷典迈千秋，带砺台衡，天赐殊纶荣卫霍

仁恩周十省，韬钤黼黻，人从华屋仰皋夔

——挽卢坤　见《楹联丛话》。

许正绶

字少白，清浙江上虞人，有《重桂堂集》、《集千字文楹帖》等。尝选清代两浙校官之诗古文辞，编集休梓。作徵刻启，题下联

二百年文献，不薄冷官

十一郡典型，无轻前贤

——见《楹联四话》。

魏谦升

魏谦升(1799—1861),字滋伯,一字雨人,清浙江仁和(今杭州市)人,贡生,官教渝。有《三味斋搞》。梁章钜在《楹联从话》全编里提及他撰的楹联颇多。

古来才大难为用
老去诗名不厌低

——续对　注谦升教成宪欲集一斋联,先有杜句,而难得对幅,谦升续以陆游句。见《楹联续话》。

香象奉金仙,杰阁凌云,日丽中天通上界
烟宵骞铁凤,华钟度水,风回大海引慈航

——题出海观音龛

三百辈杏林弁冕,三万鉴签署编摩,衡鉴识冰心,文宛有人同涕泪
廿一科东观楷模,廿二载西湖师表,簪缨联宝树,新宫无憾作神仙

——魏滋泊挽胡敬

芬诵旃檀,深入华严文字海
函尊榆梲,兼赅菩萨圣贤心

——题藏经阁　见《楹联三话》。

广殿启通明,高捧五云香案
层霄仰宗敬,来朝群帝珠旒

——题三清殿　见《楹联三话》。

戴　熙

戴熙(1801—1869),字醇士,号榆庵,号鹿床居士,清钱塘人,道光十二年(1832)进士,官至兵部右侍郎。卒谧文节,著有《习苦斋诗文集》。《习苦斋画絮》。平生所撰楹联不少。

于法不说断灭相
此地可称坚固林

——集梵语一,见《集联汇选初编》

帘外微风斜燕影
水边疏竹近人家

——无题　见《古今百家名联墨迹欣赏》

庭花无影月当午
檐树有声风报秋

——赠人　见《历代名人楹联墨迹》

举世称画师,无人识为血性男子

上界足官府，知君乃作供奉神仙

——曾国藩挽戴熙

如是我闻，无非法相

广为人说，种诸善根

——戴熙集梵语二

碎为微尘，如是如是

持与布施，善哉善哉

——集梵语三

疑是琅環，别有洞天开世界

曾经沧海，不如泉水在山中

——题广州白云书院　见《古今联语汇选三集》。

明济开豁，包含宏大

简深廉洁，贞夷粹温

——赠人二

张国梁

曾官江浙提督张国梁，初名嘉祥，字殿臣，广东高要人，卒谥忠武

东南半壁，血战十年，那知劲败垂成，顿使江天空保障

俎豆千秋，荣褒九陛，自诧异言多幸中，先从草泽识英雄

——劳崇光挽张国梁　劳崇光：道光进士，云贵总督，有《奉使越南日记》、《易图详说》等。　见《古今联语汇选二集》。

高人鉴

原名德镕，字水心，一字螺舟，清钱塘（今杭州市）人，道光十二年（1832）进士，下面两联是他为琉球那霸城天使馆长风阁题写。　见《楹联新话》。

云树万家新雨后

海天一色暮潮秋

入帘山晓，卷幔海秋，家馆东西双杰阁

持节龙蟠，衔出凤翥，使槎闽浙两词臣

——高人鉴题

陆恩汀

陆恩汀系杭州紫雲书院讲席，陆以湉曾祖，历官兴化、清远知县，恺悌真诚，操守清廉，题室联曰：

登堂尽是论文客
入簏从无造孽钱

陆氏十分节俭，将废弃的字纸，必剪取空隙处以备用，他对弟子说："此虽细事，亦惜福之一端也。"因题联于簏云：

用勿弃馀，常为此生留后福
类无嫌杂，须知斯世少全材

——见《楹联四话》

陆以湉

陆以湉(1810—1865)，字敬安，号定甫，道光十六年进士，曾为台郡、杭州教授，李鸿章聘他做忠义局董事。著有《冷庐杂识》、《甦庐偶笔》、《杭州纪游诗》。陆说：凡上官所到之处，僚属无不先往伺候，其出入名曰："跕班"。余在楚北时，同僚？改翰林口号"一年事业惟公会，半世功名只早朝"二句为：

终朝事业惟跑路
毕世功名只？班

寒城跑路，满面尖风
古庙跕班，一身明月

——此亦为同僚灵宝许虎拜戏作联语。

近圣人居，大门径
享闲官福，小神仙

——陆以湉自题　见《庸闲斋笔记》

朱昌颐

字吉求，号心甫，又号朵山，道光六年(1826)进士第一，官至给事中，晚年主持敷文书院，著有《鹤天鲸海稿》。昌颐未第时，见其叔父侍儿多多，心悦之，未敢提及婚事。多多索书对联，信笔写就。事为叔父所闻，欲以多多赐之。多多云："九郎若中状元，我当归他，次年，昌颐果然中了状元，叔父即为之成事，一时传为佳话。见《楹联续话》，赠多多联云：

一心只念菠萝蜜
三祝难忘福寿男

施鸿保

初名英，字榕生，号可斋，清钱塘(今杭州市)人，著有《闽杂记》。鸿保少时读书，进馆稍迟，先生厉声以"何晏也"命对，鸿保久久才悠声应回曰"王勃然"。先生骤不解，鸿保解释道："难得"也然'两字相对耳。先生恍然称许。见《巧对录》

何晏也
王勃然

孙元培

清钱塘（今杭州市）人。江苏苏州虎丘东山滨抱绿渔庄有他题联：

倭国远求萧颖上
鉴湖高隐贺知章
——见《桐桥倚棹录》。

姚光晋

字平泉，清浙江仁和（今杭州市）人，道光五年（1825）举人。以勾股算术受知阮元，官上虞教谕。尝自绘独立图。

了他过去因缘，偶然游戏
还我本来面目，自在逍遥
——题独立图　见《楹联四话》

黄百谷

《两浙輶轩续集》：黄百谷，字农师，宗炎子。朱雪藻曰："农师幼明敏能文，业医，常居西湖之滨，吊古感伤，发于咏吟，卒以穷饿死。"从他的诗作《六一泉次女史张令畹留题韵》中可以看出他悲怜许许多多不幸的人，亦有名句传世。

微之肠断莺娘传
柳子心伤写叔铭
——黄百谷

蘇　桊

蘇桊字梅友，是清代钱塘（今杭州市）女诗人，诸生輪女，仁和孝廉许大纶内室，工诗。《秋日重过南屏山庄即事》等诗受人赞许。

无数好山青抱寺
几株垂柳绿遮楼
——苏梅友撰

双松右肖河罗汉
一塔颓如老比丘
——苏桊撰

张锡戊

张锡戊，清浙江萧山（今杭州市）人。

名成鲤对，诰锡鸾封，最惬心镜水辞官，霞城就养；
闲即栽花，病还作草，忍撇手金英正放，墨沉犹浓。
——挽陆元錞　见《楹联四话》。

汪元方

字友陈，号啸庵，清浙江余杭（今杭州市）籍，安微歙县人。道光十三年(1883)进士，官至左都御史，卒谥文端。河北沧州试院揽胜楼有他撰之联：

下笔千言，撷滹水沱山之胜
停轺一望，载清风明月而归
——见朱应镐《楹联新话》。

张文虎

字孟彪，号湖楼，上海人，诸生，。金陵书局初开，主校席十三年，有《撰联偶记》《俗语集对》、《舒艺室全集》、《南汇县志》等。西湖诸名胜如静慈寺，岳王墓等都有他撰之联。

直挺挺全身，只有半橛
圆陀陀面孔，绝无一言
——题大佛头

踏破鞋儿，管则甚闲花野草
倒却竿子，听凭他明月清风
——挽禅僧

咦，个中人者般快活
唉，门外汉适从何来
——题弥勒殿

毛　庚

原名雍，字西堂，清钱塘人（今杭州市），诸生，卒于1861年，《历代名人楹联墨迹》载有两联，皆系赠人。

林头研石开云月
涧底松根劚雪腴

雅无钱癖惟耽酒

妙有文情欲着书

许乃钊

字信臣，号贞恒，清钱塘人(今杭州市)，道光十五年(1835)进士，官至江苏巡抚，著有《城守辑要》。

眼底江山皆净域

毫端兰竹见灵源

——许乃钊题松廖阁　见《中国对联大辞典》。

惟大学问，功高心愈下

是真淡泊，身没志益明

——许乃钊挽曾国庸　见《曾文正公荣哀录》。

拍板征歌，唱大江东去

举杯邀影，待明月西来

——题镇江枕江阁　见《对联话》。

曾衍东

字七为，号七道士，清山东嘉祥人，乾隆五十七年举人，道光？官知县，坐事谪戍东瓯，在杭州，温州有其游踪，并有画稿在民间流传。著有《小豆棚》。

于睡中得一觉字

到醒来作些夢看

——自题　见《古今联语汇选三集》。

尝将冷眼观螃蟹

不向朱门画牡丹

——自题二　题内室

当以文章，横行一世

分其才技，足了十人

——自提三

此去有缘凭夙慧

归来好认旧菩提

——长老书对　见《小豆棚》卷七

农夫不息，越有稷黍

儒者立志，佩着蕙兰

——自题四　见《中国对联大辞典》

打开春梦少成佛

乱写秋山老画师

——赠人　见《中国对联大辞典》

挂冠自昔曾骑虎
闭户于今好画龙
——门对　见《小豆棚》

惊人岁月千挝鼓
老我乾坤百盏灯
——之霄灯鼓图　见《小豆棚》

牛之性犹人之性
忘其身以及其亲
——挽联　见《小豆棚》卷十三

严丽正

严丽正，字梦琴，清钱塘（今杭州市）人。下面是他挽孙翘江联，孙系道光进士，官邵武知县。见朱应镐《楹联新话》。

漫云徒死胜于不死，一死聊完臣子节
既有前生何必今生，他生莫现宰官身

周三燮

字南卿，号美生，清钱塘（今杭州市）人，道光十年（1830）岁贡，著有《抢玉堂集》。《楹联四话》收有他撰两联：

家累催人儿女大
名场责我友朋多
——自题三十初度

湖山气并文章秀
天地恩容出处宽
——周三燮挽吴锡麒

罗遵殿

罗遵殿（1798—1860）字有光，号澹邨，安慰宿松人，道光进士，咸丰间官至浙江巡抚，太平军陷杭州，服毒自尽，谥忠节。见《中华对联大典》。

孤军断外援，差同许远城中事
万马迎忠骨，新自岳王坟畔来
——曾国庸挽罗遵殿

世治正人为人，世乱正人为神，一室贞魂光国牒
大节忠臣不臣，大名忠臣不死，千秋遗恨付胥涛
——胡林翼挽罗遵殿《胡文忠公遗集》。

张之万

字子青，张之洞从兄。道光二十七年(1847)进士第一，官至东阁大学士。同治时，之万自闽浙总督任告终养，奉母居苏州之湖院，时吴下名妓张少卿色艺冠一时，为花榜状头。之万时招至府第，尝笑谓之曰："吾与汝皆状元，洵为一时佳话。"又以《四书》语集此联赠之。

少之时不亦乐乎

卿以下何足算也

——赠张少卿　见《南亭笔记》。

蔡振武

字宜之，号麟洲，清仁和(今杭州市)人，道光十六年(1836)进士，官至四川学政，有《四川全省试院楹贴》。虽皆多撰试院楹联，但各有特色，试举题眉山试院与题重庆府试院两例：

千载诗书域，坐修竹林中，尽饶佳士

四贤桑梓地，问斜川集后，谁嗣高文

诵左思蜀都赋，江汉炳灵，文物媲西京，郡合有茂才异等

读王勃益州碑，賨渝变俗，儒风被东鲁，客休歌下里巴人

汪质庵

曾官杭州通判之汪质庵，与吴恭亨业师朱克敏交往极深，时有诗文往来。

吏隐即仙，可是东坡再世

臣心似水，只饮两湖一杯

——朱克敏赠汪质庵

毛祥麟

曾官浙江候补盐运使、著有《亦可居吟草》之毛祥麟，字端文，号对山。他题豫园仰山堂联云：

山荦确，水沧涟，极林泉之幽致

馆茜深，亭高敞，效敬恭于明神

——见《中华名胜对联大典》。

龚　橙

字公襄，号石匏，又名孝拱，龚自珍子，清仁和(今杭州市)人，有《诗本谊》。

一瓯沧海横流外
环堵楼台蜃气间
——无题

秦缃业

曾官浙江候补道秦缃业(1813—1883)，字澹如，无锡人，道光副贡生，有《虹桥有屋集》。

亮节圣所褒，立祠重复齐宫旧
清风谁后继，登楼共仰吴山高
——题湖山宛在楼　见《西湖楹联新集》。

是名士，是名将，是名相，备于一身，衡岳湖钟灵，天为中兴降申甫
有立德，有立功，有立言，足以千古，江流助悲哽，人谁后起继萧曹
——挽曾国庸　见《曾文正公荣哀录》。

为政有余闲，不废登山临水
与人可同乐，无非明月清风
——题迎翠轩　见《西湖联话初集》。

梁恭辰

曾官浙江候补知府，署温州府事的梁恭辰，字敬叔，号敬叔老人，道光举人，有《巧对续录》、《楹联四话》等。

万卷皆成帙
千竿不作行
——赠竹舟、松生昆仲　竹舟松生：丁姓，钱塘人，昆仲依竹起屋，藏书其中。联取陆羽《竹山堂连句》　见《楹联四话》。

家有百旬老母
身为一代经师
——赠俞越

石脾入水即干，出水便湿
独话有风不动，无风自摇
——巧对一

天上月圆，地下人间月半，月圆偏在月半时
冬会日短，春来夏至日长，日短早为日长地
——巧对二　上联久无人续，恭辰撰作补《巧对续录》，一再思量，勉力对出下联。

需人为儒，弗人为佛，曾人为僧，以及山人为仙，宾人为傧，立人为位，下至庸人为佣，童人为僮，人均有取义
老女曰姥，夭女曰妖，生女曰姓，推之因女曰姻，商女曰嫡，亚女曰娅，贱而立女曰

妾，卑女曰婢，女各为尊属

——析字对　嫡：自注："同適"。娅：自注：同娅，以女之次相亚。见《巧对续录》。

春从天上至

人在镜中行

——叶仪昌曾梁恭辰　见朱应镐《楹联新话》。

王家治

字二南，清浙江钱塘（今杭州市）人。葛岭等处有联。

第三桥是苏学士堤，问夹岸垂杨，可似老梅冷淡

不数武有岳鄂王墓，慨中原战马，何如野鹤逍遥

——题林逋隐居处巢居阁

吴敬羲

字孟旸，一字驾六，号徽客，清钱塘（今杭州市）人，道光二十年（1840）进士，官至陕西乡试副考。见《冷庐杂识》。此联系赠虎跑寺和尚平山。

炉火红深，与我煨芋

窗树绿满，烦公写蕉

金安清

字眉生，号六幸翁，清浙江嘉善人。国子生。官至湖北督粮道，晋阶盐运使。有《六幸翁文稿》、《偶园诗稿》。杭州西湖名胜留题较多。

有美一人，中夜闻五铢环佩

遗世独立，下游俯两点金焦

——题宿松小孤山　见《水窗春呓》

七纵擒深得各国情，一箭烛孤城，是鲁仲连再世

两孝廉同负大将略，万山鼓奇气，乃张苍水后身

——挽陈政钥　见朱应镐《楹联新话》。

一月二十九日醉

百年三万六千场

——题三醉亭　亭在岳阳楼右，以吕洞宾三醉岳阳楼得名，见《水窗春呓》。

彭玉麟

字雪琴，号退省庵老人，衡阳人，诸生，官至巡阅长江水师，擢兵部尚书，辞未任。卒谥刚直。有《彭刚直公诗集》。

山色惯迎逃世客

水声常送渡潮僧

——题观音龛

开卷古今都在眼

闭门晴雨不关心

——赠俞樾　见《对联》。

水得闲情，山多画意

门无俗客，楼有赐书

——题退省庵　一见陈方镛《楹联新话》。

尽此一寸心，与点缀湖光山色

收拾数间屋，尽勾留墨客骚人

——题退省庵二　见《对联话》。

百八杵钟声，撞醒痴梦

五千言慧典，参破禅机

——题西湖凤林寺　见《中国对联大辞典》。

退食有馀闲，当载酒人来，莫辜负万顷波光，四围山色

临流无俗虑，看采莲船去，只听得一声渔唱，几杵钟声

——题退省庵三　见《南亭四话》。

萧梁逝水，往迹犹新，问谁大雅扶轮，再继元储不朽业

沧海横流，人间何世，趁我余光秉烛，补读平生未见书

——题昭明读书台　在镇江招隐寺南影萧统读书处　见《中国楹联鉴赏词典》。

得祖豫州之直，得刘并为之刚，每思击楫中流，

慨旧雨凋零，江左功名成一恸

于曾文正则师，于左文襄则友，总是昔时同泽，

座衡云黯淡，中兴人物并千秋

——李瀚章挽彭玉麟　见雷缙《楹联新话》。

于要官要钱要命中，斩断葛藤，千年试问几人比

从文正文襄文忠后，开先壁垒，三老相逢一笑云

——黄体芳挽彭玉麟　黄体芳　浙江瑞安人，同治进士，官兵部尚书，晚主金陵书院。有《江苏采访书目》

花草野亭开，居士心闲来放鹤

湖山行处好，圣朝恩重莫骑驴

——王闿运题退省庵　见《词学》。

钱　松

字叔盖，号耐青，清钱塘人（今杭州市）人，有《未虚宝印谱》。所撰联语有：

兰风载芳润

谷性多温纯

——赠人一　见《中国书法鉴赏大辞典》。

学浅自知能事少

礼疏常觉慢人多

——赠人二　见《历代名人楹联墨迹》。

江　湜

清道光间曾官浙江候补县丞的江湜，字弢叔，吴县人，诸生。有《伏敔堂诗录》。

欲与龙秋难下笔

不浙雁荡是虚生

——题雁荡山　见《中华名？对联大典》

薛时雨

薛时雨(1818—1885)，字慰农，一字澍生，晚号桑根老人。咸丰进士，曾任杭州知府，晚主崇文，惜阴书院。有《藤香馆小品》、《藤香馆诗钞》。

悬车宗广德；

讲学绍文清。

——题门联一

老去此身宜爱惜

闲来无事不从容

——题门联二　集句

老自退闲非世业

贫蒙强健得天怜

——题门联三　集白居易句

两浙东西，十年薄宦

大江南北，一个闲人

——题门联四　见《楹联新话》。

我是闲云君是鹤

卧看山色醉看花

——赠海盐炳煦村　见《楹联新话》。

风露作中元，正寒林普济之秋，娱神听，

洽乡情，喜闻白雪阳春，传来下里

沟车欣大熟，值香稻初炊之会，庆曾孙，

迓田祖，好共山歌村笛，谱入康衢

——题演剧会场

种菊成亩，种药成畦，此是僧家本分
有鸟休萝，有鱼休网，长留佛地生机
——题放生池僧舍　见《对联话》

清凉居士，安乐先生，看问字车停，东阁初开且延客
吴郡诗新，杭州酒旧，喜环滁山近，西湖虽好不如归
——赵继元题薛时雨自筑之雪庐

太傅佛，内翰仙，功德在民，宦迹相承私向往
道州诗，监门画，疮痍满地，虚堂危坐独彷徨
——题杭州府署

少角艺，老论文，客里追随，把盏各惊双鬓雪
我拥毡，君听鼓，闲中慰籍，扶筇同看六朝山
——赠江小松　江：官知县，与时雨交谊深厚　见朱应镐《楹联新话》。

赋江南春，六代莺花归眼底
后天下乐，十年休养在心头
——题南京两江督署退思堂　见陈方镛《楹联新话》。

高星甫

高星甫，举人。薛时雨曾有挽他之联，并自注云："予主讲崇文，孝廉为监院，杭人为余结庐湖上，孝廉时监守之。"

累年讲舍相随，把酒论文，师弟交情如骨肉
此后吾庐谁主，隔江挥泪，梦魂终古恋湖山
——薛时雨挽高星甫。

方　鹭

字玉裁，号云泉，晚号颐翁，清钱塘人（今杭州市）人，诸生，有《疏影庵诗》。陈观西以修志殁于江西，方鹭撰了挽联志哀。见《楹联新话》。

名士呕肝修史笔
故人挥泪拜羁魂

吴　恒

字仲英，清浙江仁和（今杭州市）人，是清代书画家，官太守。杨岘有寿吴恒六十联。杨岘，清浙江临安（今吴县）人，咸丰举人，有《迟鸿轩集》

醉即眠，醒即歌，是养生第一法
书精品，画妙品，在吴曹有几人
——杨观寿吴恒六十

章　鋆

字酡芝，号采雨，清浙江鄞县人，咸丰进士第一，官国子监祭酒。有《望云山馆诗文集》

大庇寒士皆欢颜，欣夏屋重开，纵观地有湖山美

净洗甲兵长不用，听和声共谱，鸣盛文成雅颂音

——题杭州崇文书院　见《西湖楹联新集》。

丁乃文

清钱塘人(今杭州市)。官知附。《古今滑稽联话》收进他自题一联：

车千乘，马千匹，强弩千张，统百万雄师，指麾如意

酒一斗，茶一瓯，围棋一局，约二三知己，畅叙幽情

高　枚

字小楼，清浙江萧山人(今杭州市)，道员。朱应镐《楹联新话》载有他题黄山文殊院一联：

蓬飞九品为黄海

狮吼一声下玉屏

丁绍周

曾由典试督学浙江的丁绍周(1821—1873)，字濂甫，镇江人，道光进士，官光禄寺卿，有《蜀游草》。当丁绍周路过扬州平山堂，应僧人镜妙之请，题此联：

曾从山水窟中来，秋色可人，征袂尚留巫峡雨

欲向海云深处住，邮程催我，扁舟又向浙江潮

——赠僧镜妙　见《楹联四话》。

小劫历红巾，后十三年视学来游，看儿妇衔哀，

荐兹一盏丹浆，拜公祠宇

贞心昭清吏，阅二百载易名相袭，叹祖孙济美，

留取千秋碧血，壮我江乡

——题西湖　张文贞祠　祠祀张锡康　见《西湖楹联新集》。

应宝时

字敎斋，浙江永康人，道光举人。官至江苏布政司。有《射雕馆集》

高志局四海

英名擅八区

——题西湖左公祠　集左思句　见《西湖联语初编》。

桐风绿么花十八

梨云红亚月初三

——赠风云　见《南亭四话》

母九旬，儿六旬，更欣绕膝人多，商瞿五十岁后，

兰玉丛生，得峥嵘五男子

官二品，阶一品，尤喜乞身归早，灵隐三天竺外，

园林胜地，有突兀三层楼

——俞樾贺应宝时六十寿

任道镕

官至浙江巡抚任道镕，字筱园，宜兴人。

居安思危，本恐惧修省工夫，为时事力匡积习

就中损过，行正直光明大路，与寅寮谨守官常

——题浙省藩署　集颜帖　见《古今联语汇选二集》。

玉女铜官，溪山无恙，七百年毓秀钟灵，尽是东坡桃李

鹅湖鹿洞，文字有缘，六千里寻幽选胜，依然西蜀峨嵋

——题东坡书院　在宜兴，见《中华名胜对联大典》。

董？行

字教甫，清浙江仁和(今杭州市)人。

劲节抗冰霜，千树梅花皆玉照

丛祠倚林麓，四山鹤唳即神弦

——题林典吏祠　祀林北霖，昔在林和靖墓侧　见朱应镐《楹联新话》。

江青骥

字小云，号颐园。浙江杭县(今杭州市)人，同治年间，官江苏记名道。《曾文正公荣哀录》里载有他挽曾国藩联：

生民拟山海凤麟，应五百年名世，历廿四考中书，

正学懋躬行，帝赖其勋高柱石

翊运际风云龙虎，通天地人为儒，立德言功不朽，

救时安宇内，公诚无愧补金汤

袁祖德

字少兰，号又树，清钱塘人，袁枚之孙，官宝山知县。朱应镐《楹联新话》载有

他题宝山县(今属上海市)署联:

剪取吴淞半江水

即是河阳一县花

曹　籀

字葛民,号柳桥,清浙江仁和人,诸生,五十寿时,江苏吴县进士潘祖荫撰了寿联。　见《焦廊脞录》。

代推小学有达人

天假大儒以长日

——据《中华对联大辞典》。

高鹏年

清仁和(今杭州市)人,所撰楹联不少。

竹里书声来隔院

松间棋韵静虚窗

——题敷文书院

南岳西泠,大地茅庐两个

吴头楚尾,中流砥柱一人

——题彭刚直公祠

许庚身

字星叔,一字吉珊,清浙江仁和(今杭州市)人。咸丰二年(1852)举人。官至兵部尚书。卒谥恭慎。

但有余闲惟学帖

即逢佳客莫谈天

——许庚身题书斋　见《古今联语汇选初集》

语通象译,名重鸡林,忠信涉波涛,不数凿空开绝域

经武楼船,储材泉府,艰难宏干齐,何堪尽瘁甫中年

——许庚身挽曾纪泽　见《楹联新话》。

王庆勋

官至浙江候补道王庆勋,字叔彝,号菽畦,清上海人,诸生,常游西湖,有《治安堂集》。

古洞锁寒潭,半偈有时参水月

春风吹瑶岛,一樽容我醉梅花

——题清水塘　在浙江绍兴柯岩　见《中国对联大辞典》。

欧阳利见

官至浙江提督的欧阳利见，字赓堂，号健飞，清明南祁阳人。有《金鸡谈荟》。

山与堂平，千古高风傅太守
我公去后，二分明月梦杨州

——题欧阳修祠　见《中国名联辞典》。

膺衡湘间气而生，一息尚存，血性担当天下任
恨溟海馀波未清，十年自振，遗言祭告乃翁知

——挽左宗棠　见《左文襄公诔词》。

五百年名世间生，三朝硕辅，试问汾阳福泽，
诸葛经纶，人能兼备厥躬，古今有几
数千里神州底定，一柱承乾，况复吐握贤劳，
先后忧乐，天不慭遗一老，中外皆惊

——挽曾国藩　见《曾文正公荣哀录》。

何　璟

官至闽浙总督的何璟，字伯玉，号小宋，香山人，道光进士。

当代名流，翕然崇尚
夫惟大雅，卓尔不群

——赠金武祥　集句　见《粟香四笔》。

缑岭分踪，虽处天涯皈静土
屿山寄诵，独超尘界峙中流

——题鹿湖精舍寺门，在香港鹿湖山　见《中华名胜大典》引《香港旅游黄页》。

缘法尽三生，记曾割臂疗姑，愚孝回天吾不及
别离能几日，纵使委身为国，久居重地老何堪

——挽内人　见《对联话》

盛庆蕃

字剑南，浙江余杭（今杭州市）人，居杭州，清末贡生。

红杏领春风，愿不速客来醉千日
绿杨是烟火，在小新堤上第三桥

——题端友别墅

何　溱

字方谷，方一作芳，清钱塘（今杭州市）人，有集句联，见《楹联界》，又见《鲁迅

年谱》,“年谱”作何瓦琴集句。《中华对联大典》认为瓦琴疑即溱字号。待考。

人生得一知己足矣

斯世当以同怀视之

袁祖志

字翔甫,号文斋,又号枚孙,仓山旧主,清浙江钱塘(今杭州市)人。袁枚的孙子。官同知,寓沪后,被聘为《新闻报》总编辑,有《谈瀛录》。

四座名花,难得品题尽名士

一瓯佳茗,故应比拟似佳人

——题菊花会　时在上海豫园　见朱应镐《楹联续话》。

百尺旷襟怀,更饶他翠袖联云,香事流水

四时供啸傲,最好是夕阳西坠,明月东升

——题申园　在沪静安寺西　见陈方镛《楹联新话》

张景祁

原名左钺,字孝威,清浙江钱塘(今杭州市)人,同治十三年(1874)进士。历知福建福安,连江县。有《研雅堂诗》,集句联甚丰。

恩怨谁为主

哀乐恒过人

——集龚自珍诗句

各占山城理清啸

自和冰雪写新诗

——集李慈铭诗句

当筵问古月,一家倘许圆鸥梦

四海变秋气,三更忽轸哀鸿思

——集龚自珍诗句

花下鸣琴,陶令壶觞追九日

云间泼墨,香光书画共千秋

——寿吴恒六十　见《古今联语汇选二集》。

李兴锐

官至两江总督,署闽浙总督的李兴锐,字勉林,浏阳人,诸生,卒谥勤恪。

翊运仗元臣,蓦地神仙惊帝梦

任贤真宰相,溥天桃李哭春风

——挽曾国藩　见《曾文正公荣哀录》。

鲍　超

官至浙江总督鲍超，字春亭，四川奉节人，咸丰初投隶湘军水师，屠杀太平军至为惨重，史载“斩首三十万级”。

仗节钺以谒仙灵，殄群丑，荡妖魔，看袖里青龙乘风化去

揽河山而追胜迹，开金樽，吹玉笛，阁楼头黄鹤何日飞回

——题黄鹤楼　见《中华名胜对联大典》。

许应镕

官至浙江布政司的许应镕，字星台，广东番禺人，咸丰进士，光绪十七年罢免。许应镕曾重建灵隐壑雷亭并撰联。

飞瀑渟泉，迹在名山偏耐冷

巨雷纵壑，心为山水总无惊

——见《西湖楹联欣赏》。

山水足清音，金林花港观鱼，大有濠濮间意

琴棋消永昼，高卧蕉窗梦蝶，自是羲皇上人

——题红栎山庄　见《西湖楹联新集》。

张曰衔

字秋粟，号冰子，又号思仁，清浙江仁和（今杭州市）人，咸丰三年（1853）进士。张曰衔学优品懋，及第后，不与当道往还，自撰此联悬于厅堂。

见《冷庐杂识》。

相对半床书，冀渐臻圣域

但啜一瓯粥，誓不入公门

郑心一

字渔帆，清浙江桐乡人，对西湖山水十分热爱。以名幕起家，官表州太守。后因病卜居苏州，不问政治，时有归隐西湖之思，固在书室榜此联：

无可奈何新白发

不如归去旧青山

——见《冷庐杂识》。

朱上林

字根石，号晚樵，清浙江钱塘（今杭州市）人，有《根石诗钞》。

梅鹤寄高闲，遗稿千秋笑司马
湖山写情冷，寒泉一掬拜坡仙
——题集居阁　见《冷庐杂识》。

汪守正

原名曾守，字子常，清浙江钱塘（今杭州市）人。历知鲁山，郾城等县，光绪六年由曾国荃保举入京，诊慈禧太后疾，升直隶天津知府，调宣化知府，刻有《琴台合刊六种》。自题联曰：

岁稔民愉，十邑黔黎安乐土
枝荣木固，一门和气致嘉祥
——汪守正自题联　见《楹联新话》。

华　夏

字松庵，号无疾，清钱塘（今杭州市）人，有赠人联：

春雨鳜肥菰米饭
秋风鲈美鞠花杯
——见《历代名人楹联墨迹》

崧　骏

官至浙江巡抚的崧骏，瓜尔佳氏，字镇青，清满州正蓝旗人。咸丰举　人。

远吞山光，平挹江濑
下临无地，上出重霄
——题杨州平山堂　集句《中华名胜对联大典》。

识公于琅琊，遇公于洞庭，昨年棨戟遥临，
复瞻对大贤，闲放台前闻说论
为官而江湖，辞官而节钺，历岁驰驱尽瘁，
忽惊传遗疏，饰终礼下妥英灵
——题彭刚直公祠　见《西湖联话新编》。

刘坤一

官至两江总督兼南洋通商大臣之刘坤一，字岘庄，禀生，卒谥忠诚，有《刘忠诚公遗集》。

许先帝驰驱，东连吴会
垂大名宇宙，上轶萧曹
——题武侯祠　祠在南京驻马坡　见《刘忠诚公遗集》。

莫问谁氏儿，眼前皆吾赤子
好作他人母，头上便是青天
——题育婴堂　见《刘忠诚公遗集》

因保本壁地，用妥九庙灵，君子欤，君子也
可托六尺孤，并寄百里命，如其仁，如其仁
——续昌题刘忠诚祠　见《抱碧斋杂记》。

吴左泉

吴左泉(1830—1908)　清浙江仁和(今杭州市)人，孙宝瑄业师。《忘日庐日记》里有他的自挽联：

十二万年后，尚有何人，大造难存，亦与藐躬同了
七十九岁前，何尝有我，今兹虽死，譬如昔日未生

吴　超

吴超，清浙江仁和(今杭州市)人。

石晋现相，吴越开基，历今九百馀年，依然见岭护慈云，问遵座扬辉，何如南海
灵笠在中，法镜居下，每值春秋佳日，都来乞瓶倾甘露，愿杨枝遍洒，长说西湖
——题杭州西湖上天竺寺　见《西湖楹联新集》。

德　馨

字晓峰，清满洲镶红旗人。光绪五年(1879)迁浙江布政使，护理巡抚。西湖各处题咏颇多。

胸前泉石千层起
眼底江湖一望通
——题阮公祠　见《古今联语汇选二集》。

溪水渡西冷，曲槛平分葛岭月
寺云福南浦，疏钟摇破夕阳烟
——题西湖镜清阁　见《古今联语汇选二集》。

蒋益澧

字芗泉，清湖南湖乡人，官至广西按察使。卒谥果敏。在西湖有专祠。留题颇多，略举一二。

中央宛在

一半勾留

——题西湖湖心亭　见朱应镐《楹联续话》。

文潞国位业相同，仰七省声威，佑我湘江犹再造

武乡侯经纶未竟，痛三朝元老，如公岭海更何人

——挽骆秉障　见雷瑨《楹联续话》。

金　鉴

字明斋，号奕隐，清浙江钱塘（今杭州市）人。

先生扇莲社清风，刻画六书负鸿博

此地是桃溪深处，渊源一派溯龙泓

——题西湖仰贤亭　见《西泠印社志稿》。

丁　丙

丁丙（1832—1899）　字嘉鱼，号松生，又号松存。生于杭州麒麟街16号，后迁居皮市巷5号，终卒于此。他淡于名利，博学工文，在家传“八千卷楼”的基础上，又增建“后八千卷楼”，“小八千卷楼”总称为嘉惠堂，是晚清四大藏书楼之一。撰有《善本书志》，《武林坊巷志》，与兄长丁申合编《武林掌故丛编》等。

古墨露垂秋，苏长公榜留书草

幽香风蕴夕，潞佛子石映画兰

——丁丙撰题虎跑寺

潞佛子指潞王朱常淓。《明史》在《张国维传》中云：“南都覆逾月，潞王监国于杭州，不数日出降。”昔时在虎跑寺滴翠轩石壁上，还有潞兰石刻，前后有潞王亲笔之宝：“崇兰轩宝”，崇祯十三年印苏州虎丘亦有潞石刻，恐皆后人摹刻。

朱兆璜

字于瞨，清浙江钱塘（今杭州市）人，诸生。

棣萼祀联辉，何图春草经年，分手竟成千古

荆枝遭迭折，从此秋萸会罢，伤心更少一人

——挽兄联　见朱应镐《楹联新话》。

高望曾

字稚颜，一字成父，号茶庵，清浙江仁和（今杭州市）人。工诗歌，卒时适遇雷震。

垂死尚惊人，叹芦中穷士，柳下卑官，

忽闻霹雳一声，顿悟彻黄粱大梦
平生孰知己，看竹屋词名，草堂句好，
剩得零星数卷，再商量青史千秋

——沈百墉挽高望曾　沈：举人，绍兴人　朱立镐《楹联新话》。

吴唐林

官浙江知府之吴唐林，字晋壬，号子高，又号苍缘居士，常州人，咸丰举人。有《横山草堂词》。

忽发狂言惊四座
分其馀事了十人

——赠金武祥　集句　见《粟香随笔》。

皇帝赐寿，群公上寿，中外大小百僚颂期颐寿，广轮千由旬，欧洲十四国，更梯山航海，玉帛偕来，福德亚重光。算自古迄今，奉母尊荣，盛会可入无双谱
巡抚七省，总督九省，宰相尚书两官同政奉省，东西两陕伯，勋位五等封，看拖紫纡青，羽仪亲导，起居荣八座。顾惟申及甫，作朋永祚，纯嘏共享于万年

——寿李鸿章太夫人八轶　见《楹联四话》

杨文莹

字雪渔，清钱塘（今杭州市）人，光绪进士，官至贵州学政，有《幸草亭诗钞》。联语散见于端友别墅，愚园，十八先生墓等处。下联挽袁昶。

时局艰哉，读三疏洋洋，祸福不可知，尽犬马愚诚而已
男儿死耳，叹孤忠耿耿，是非终有定，问春秋直笔何如

——见《蕉廊脞录》。

陈　豪

字蓝洲，号迈庵，清仁和人，同治优贡，有《冬暄草堂诗文集》。曾为刘庄，虎跑泉，端友别墅等处撰联。有自挽联云：

课读十年，幕府十年，牧令十年，痛中岁忽断雁行，盍归来乎，归省幸偿娱养志
戒子以慎，勖任以勤，抚孙以仁，冀后起无惭燕翼，今出处世矣，游仙何异黑甜乡

汪曾本

字子养，清浙江钱塘（今杭州市）人，有《青霞山馆楹帖》

才子修辞须当理
文人积习是争名

——集争坐位帖

论时事当出独见

披古书别有会心

——集争坐位帖

我顾置高阁，尊藏班固史，相如文，右军书，

道子画，取古来才人，诚心尚友

世安得嵩台，挺立抗九疑，凌太室，拥天柱，

挽终南，合当前名地，纵目平瞻

——汪曾本集争坐位帖

六朝书画，开人途径

百家文辞，益我见闻

——集争坐位帖

潘衍桐

官浙江学政之潘衍桐，榜名汝桐，字振清，号峰琴，同治七年(1868)进士。

沧海横流，终古波涛空咽恨

将才无数，如君忠勇更何人

——挽邓世昌　见《邓世昌哀挽录》。

南来珠海作神君，难得佳辰，开遍奇花一万柄

西会瑶池降王母，乐哉有子，结成桃实三千年

——寿王存善母太夫人　时潘衍桐知南海县事，见《古今联语汇选补编》。

谭　献

原名廷献，字仲修，号复堂，清浙江仁和(杭州市)人，同治举人，晚主经心书院，有《复堂词录》等。

热心一腔，志励少壮

忠肝千古，运际艰危

——谭献挽袁昶　见《楹联新话》。

旷代逸才，叹正始音亡，乱离仍似永嘉末

忘年知己，痛丹青手去，坎壈还为笔路人

——挽符兆纶

裹创饮血，百战此孤城，痛鼠雀已无，

云坏睢阳，方远乞贺兰破敌

循吏忠辰，一朝自千古，恨犬羊未尽，

潮悲浙水，更谁生茹草遗民

——谭仲修代挽王有龄　见《楹联新话》。

扬乃武

杨乃武(1841—1914)　字书勋,一字子钊,浙江余杭(今杭州市)人。清同治举人,同治十二年被诬与华秀姑(处于小白菜)谋杀华氏之夫,屈打成招,后得夏同善等相助洗冤,释后以植桑养蚕为生。他初入狱时,作自挽联:

斯文扫地

乃武归天

——杨乃武在狱中作　见《楹联新话》

杨乃武与小白菜一案被称为清末"四大奇案"之一,流传很广。如今在发案地建有纪念馆。

樊增祥

字嘉父,号云门,别号樊山,湖北人,清光绪进士,官江宁布政使,护理两江总督,有《樊山全集》。西湖九溪林海亭等处有留题。

晨夕东海柠龙鲊

夜草南山猛虎行

——赠徐珂　见《对联话》。

墨竹换诗诗换蟹

画松为篆篆为龙

——巧对　增祥以上联嘱儿辈为对,皆不能,乃自对之。见《艺林散叶》

挥舞双拳,打遍天下英雄,莫敢还手

运动寸铁,削平宇内豪杰,谁不低头

——题理发店　见《中国对联大辞典》。

声名具稀世之长,于今南内无人,偏又是落花时节

沧海下扬尘之泪,从此广陵绝响,再休提天宝当年

——挽谭鑫培　见《名人挽名人联选萃》。

取海外六大邦政艺,豁中华二千载颛蒙,

弱者使强,愚者使智

有晏婴三十年狐裘,无孔明八百株桑树,

公而忘私,国而忘家

——挽张之洞　见《张文襄公荣哀录》。

能任天下伊尹似之,治亦进,乱亦进

不以兵车管仲之力,为其仁,为其仁

——挽李鸿章　见《疚存斋集》。

孙诒经

字子受。清钱塘(今杭州市)人，宝琦、宝瑄父，咸丰进士，官至吏部右侍郎。从下联可看出孙诒经的经历，撰在系光绪进士，著有《写礼顾遗著》。

公以枚乘笔札，兼浮邱授诗，直道难行，
往事不须澌醴酒
我本词馆门生，备司农椽属，文章无命，
逢人犹自惜焦桐
——王颂蔚挽孙诒经　见《古今联语汇选初集》。

吴庆坻

字子修，号悔馀生，浙江钱塘(今杭州市)人，光绪十二年进士。官至布政使。辛亥后，在上海与冯煦、樊增祥等组织超社和逸社。有《補松庐文录》。曾任某国公使参赞，辛亥后专事著述之张识三。吴曾赠其寿联：

读百国宝书，异域见闻，轶段西阳杂俎而上
集四明文献，端居著述，正王深宁杜门之年
——见陈方镛《楹联新话》。

记先公宦迹频空，依然岩古云飞，万里来寻旧题句
缅往哲风流未沫，对此潭空月印，几人悟徹致良知
——吴庆坻题飞云岩　见《中华名胜对联大典》。

垂白有高堂，追思哭寢餘哀，籍湜文章慚老去
汗青待良史，未了匡时伟抱，江湖风雨送悲来
——挽黄绍箕　见《古今联语汇选三集》

独漉古遗民，江南客，岭南渡，顾借卷葹评泊语
太鸿老词伯，月长圆，人长寿，试披榆荫画图看
——寿潘飞声六十，见陈方镛《楹联新话》

文苑为一傳，循吏为一傳，中岁高隐，天下惜之。
试看治谱传家，法学专门堪致用
前年哭息庐，去年哭潜庐，平生故人，而今已矣！
忍检行滕赠砚，泪痕和墨不能干
——挽陈豪见《古今联语汇选三集》

李光久

曾官浙江按察使之李光久，字健斋，湖南湘乡人，清光绪二十五年被调职，后専办海防。

万里扫妖氛，收还三竺六桥，龙虎韬钤初试手
千秋隆庙祀，对此湖光山色，鸢飞鱼跃亦衔恩
——题彭刚直公祠　见《古今联语汇选二集》

故安阳门巷犹存，千载而还，又复封侯出乡井
先忠武英灵不昧，九原相见，可胜流涕话山河
——挽曾国藩　见《古今联语汇选二集》

沈麟元

字竹斋，一字卓哉，号人龙。清钱塘（今杭州市）人，同治、光绪年间官河南浙川厅同知。有联语题百花洲沈文肃公祠遗像楼。

佳客满楼皆俊杰
宗臣遗像肃清高
——见《古今联语汇选初集》

樊恭煦

字介轩，清仁和（今杭州市）人，同治进士，官司经局洗马。《缘督庐日记钞》有挽张之洞联：

遗泽在江汉各行省为多，转移风气，
早树先声，展布裕闳猷，放四海而皆准
伟业继湘淮诸勋臣之后，宏济艰难，
独参新政，存亡关时局，合天地以同悲

江枫渔火，胜地重来，与国清寺并起宗风，依旧钟声闻夜半
木屐桦冠，仰天狂笑，有寒山集独参妙谛，长留诗句在吴中
——樊恭煦题寒山寺，见《古今联语汇选初集》

公本传人，有五百卷遗书，才见名山真事业
世敦交谊，数十一科通籍，更无前辈旧风流
——挽俞樾　见《春在堂挽言》

徐　琪

号花农，浙江仁和（今杭州市）人，光绪进士，官内阁学士。有《粤东葺胜记》《日边酬唱集》等，撰联颇多，略撷一二。

芳冢尚如新，尺地是为山水重
清宵偏不昧，半天疑有佩环来
——题朝云墓　墓在惠州，见《古今名人自撰对联采珠录》

来粤中管领溪山，函谷不妨移紫气
似东坡后先赤壁，武昌亦可借黄州
——题潮州韩愈祠　在潮州蓝关　见《古今楹联名作选萃》

小筑地无多，隔年驻节来游，想见江湖思魏阙
师恩春似海，容我举杯问字，敢夸桃李属公门
——题西湖秋水苹花馆　见《中国对联大辞典》

我久住西湖，晴好雨奇，曾向春堤吟柳色
公连渡东海，朱崖儋耳，何如此地近梅花
——徐琪踢东坡祠　祠在惠州，见《对联话》

坐曝书亭，登小仓山，文采风流，二百余年无此盛
对退省庵，近巢居阁，勋名德业，两三间屋并生春
——题西湖孤山俞楼，见《对联话》

中禁词臣咸引领；
相门才子称华簪。
——邹镜堂赠徐琪　见邹著《集句楹联》

梦断旧巢痕，长庆论交同骨肉
愁看新历日，山阳感逝到桑榆
——朱福诜挽徐琪

朱福诜系光绪进士，官学政。见《古今联语汇选三集》

时庆莱

曾官浙江按察使的时庆莱，字蓬仙，清江苏仪征人。同治十三年(1874)进士，在西湖留题颇多。

高处峙双山，毓秀钟英，翼多储经纬奇才，一代文章增藻采
别来刚十稔，抚今追昔，顾更溥蚕桑美利，万家灯火试机声
——题絲业公所　民国初年，浙江宁海硖石镇创建絲业公所，作为絲商议事集会之地。见陈方镰《楹联新话》

雷不惊人，在蛰原非真霹雳
泉解泽物，出山要有热心肠
——题亭亭亭　见《中华名胜对联大典》

地连石壁双峰起
天占钱塘一角多
——题西湖烟霞洞　见《古今联语汇选三集》

王存善

字子展，清浙江仁和(今杭州市)人，诸生，官广东试用道。撰联有：

一代伟人，中外大名垂宇宙
五年宪府，衰迟无术答涓消埃
——挽张之洞　见《张文襄公荣哀录》

殷有三仁焉，事君以忠，勿欺也而犯之
可谓大臣矣，见危致命，知我在其天乎
——挽袁昶

赵　藩

祖籍浙江，云南剑川人赵藩(1850～1927)，字樾村，号蝯仙，白族，光绪举人，官川南按察使，返滇后，任省图书馆之长，善联语，精书法。有《向湖村舍诗集》、《介庵楹句正续合钞》。

南渡家居，揽贺监湖光，曾是钓游先世地
西川宾馆，饫浙庖风味，依然篸盍故乡人
——题浙江会馆　在成都　按藩先世曾居浙江　见《介庵楹句正续合钞》

曾闻父子入京师，倾倒天下贤豪，一日声名鹏奋起；
何碍儿孙迁汝颍，消受里中香火，千秋魂魄鹤归来。
——题三苏祠·祀苏洵、苏轼、苏澈父子在眉山

南滇两树义旗，强我周旋，回道下交成往事
东海顿惊噩耗，悲君俎谢，比肩中国几人才
——赵藩挽蔡锷

七百里劈峡导江，斧凿难为功，明德同怀夏先后
十二峰兴云降雨，神仙不可接，微词特讽楚襄王
——题神女庙　在巫山见《介庵楹句正续合钞》

百丈井照影可憐，况餘笺样诗心，才调信如春茗绝
十一镇传人能几，难得鬓边裙角，姓名翻借护花留
——题薛涛井　在成都望江楼公园

圣未见刚，应在门墙高第列
道解容直，恰逢朝野中兴年
——题彭刚直公祠　见《介庵楹句正续合钞》

戴启文

官浙江二十年直戴启文，字子开，号壶翁，清江苏丹徒人，以道员致仕，有《招隐山房诗钞》见《中华对联大典》。西湖道村、灵峰等处皆有其撰联。

四大空中留云住
一峰缺处看湖来
——题西湖南高峰汲江亭　见《中国对联大辞典》

乾坤此胜概

我辈复登临

——题大观亭　在温州华盖山　见《中国对联大辞典》

轺车视学，讲席传经，八十寿重宴鹿鸣，佳话祖孙同翰苑

西浙种灵，东瀛奉教，五百卷遗文鸿富，大名史传冠儒林

——挽俞樾，见《春在堂挽言》

周锡恩

曾任浙江乡试考官之周锡恩(1852—1900)字伯檙，号是园，浙江平湖籍，湖北罗田人，光绪进士，有《传鲁堂遗书》。

野寺越千年，天以慈航来渡世

山门供一览，我无宝带只当名

——题观音寺　在罗田，见《中华名胜对联大典》

持菩萨戒，二十年欲借慈航登上界

舍臣相宅，八百载恨无宝带镇山门

——题玄妙观　见《中华名胜对联大典》

清宴初开，趁今朝酒酽歌圆，小集题襟吟汉水

相亲未解，問何处笋香鱼美，大家扶几话同州

——题黄州会馆　见《中华名胜对联大典》。

王紫仙

王紫仙，浙江仁和(今杭州市)人。其题妙相庵联，由《古今联语汇选初集》收录。妙相庵在南京，旧为石达开王府。

燹前楼阁未成灰，只剩得半折磬，一卷经，五更钟，六月凉风，三冬积雪

雨后园林无限好，最爱是百本蕉，千条柳，万竿竹，数声啼鸟，几寸游鱼

——王紫仙题妙相庵

罗　椝

罗椝，清浙江钱塘(今杭州市)人。

一檐虚待山光补

片席平分潭影清

——题三潭印月

宰相溯家声，诗赋流传，鸿篇诵红杏词妍，观寒梅丽句、

林泉客小筑，壶觞雅集，胜景看平湖秋月，览竺岭云还

——题端友别墅即郭庄

以上两联均见《西湖楹联新集》

王同伯

号吕庐老人，清浙江仁和（今杭州市）人。有《石鼓集联》。

为人不可自是
处事御以公平

平安即是乐处
古朴出自天真

艺事工为关道子
大贤古有陆宣公

——以上三联王同伯皆集石鼓文

车工马同，是用大简
贤人君子，不治小流

深渊之鱼，处而不出
原田有雍，乐其所安

——以上两联王同伯集成句

戴兆春

字青来，一号展韶，清钱塘（今杭州市）人，光绪进士，官至陕西乡试正考。《龙眠联话续编》载有他题西安浙江会馆联：

河声岳色，灵秀所钟，此来历二千余里而遥，
放犯杞梓搜材，奇士无遗山南北
劝酒征歌，情文备至，相叙得三十一人之众，
最是枌榆话旧，乡心多绕浙东西

濮子潼

字子潜，一字紫诠，号霞孙，清钱塘（今杭州市）人，光绪三年进士。

撞坏好家居，主辱固应臣死日
珍藏此疏稿，拨云会有见天时

——濮子潼挽袁昶　见《疢存斋集》

遗疏感璇害，怆深轩鼎龙胡，两制重宣慈意
封章留黼坐，忆到蓟门马将，九天定眷孤忠

——濮子潼挽吴可读　见《吴柳堂先生诔文》

童钀德

童钀德，清浙江钱塘（今杭州市）人。杭府西湖祀白居易之白文公祠有其联：

昔与香山友，今与香山祀，载诵篇章，允配西湖新结社

生而退之状，殁而退之铭，聿传著作，派分东浙再开宗

——见《西湖楹语新编》

聂缉槼

曾任浙江巡抚之聂缉槼，字仲芳，号心斋，是曾国藩之女婿，衡山人，后因铜元局舞弊案被撤职。在《曾国藩年谱》里有收他挽岳父曾国藩之联语：

出师律以定中原，想百战芒销，金瓯再巩，

九重枚卜，锡爵增荣，卅年来纬武经文，

总归夕惕维寅，吐握公诚如一日

登泰山而小天下，念衡湘地接，忝荫桑枌，

褒鄂门高，谬施萝茑，五岭外御轮亲迎，

岂意早违半子，音容仿佛邈千秋

——聂缉槼挽曾国藩　见《中华对联大典》

夏孙桐

曾知杭州府之夏孙桐，字闰枝，晚号闰庵，江阳人，光绪十八年（1892）进士。民国初年，入清史馆。有《观所尚斋文存》。

玉杯遗著传经表

锦瑟离筵感旧诗

——挽麦孟华　见《古今联语汇选初集》

胡瑗教授为时法

庾信文章特老成

——挽郑汝成　见《古今联语汇选初集》

庄景仲

字崧甫，号求我山人，奉化人，清末诸生。同盟会会员。杭州光复，任军政府财政部司长、浙江盐政局局长。有《求我山人文集》。

唤起共和魂，民族民权民生革故鼎新，君自谋深虑远

誓除专制毒，一次两次三次东征西讨，我嗟栋折榱崩

——挽陈其美　见《陈英士先生纪念全集》

俞陛云

俞陛云(1868—1950)字阶青，别号斐盦，俞平伯父亲，光绪进士，有《蜀輶诗记》。

云思遥想疑三岛
花影湖光会一亭

——题杭州西湖川上亭　见《古今楹联汇选三集》

白云抱幽石
绿水荡潭波

——题寒山寺　见《古今楹联汇选三集》

秋菊寒泉，千古水仙配食
梦幻泡影，刹那龙女参禅

——赠志能　志能：水仙祠雏尼，敏慧绝伦　见《古今楹联汇选初集》

身后是非，盲女对翁多乱说
眼前热闹，解元才子几文钱

——题唐六如祠　在苏州，祀唐寅。见《古文联语汇选初集》。

地当太白东南际
人在琼楼玉宇间

——题张留侯庙　在紫柏山，祀张良。

按此联见陛云所作《紫柏山张留侯庙》诗。当地羽士乞题联刻石，陛云“即以第三联书与之”。见《蜀輶诗记》。

少日名流，中年清秩，晚岁贞臣，
数百卷著作等身，家世清风应不朽
吴门下榻，湖上登楼，京华问字，
四十载沧桑雪涕，大荒坡发痛招魂

——挽徐琪　见《古今联语汇选三集》。

汪康年

汪康年(1860—1911)字穰卿，晚号恢伯，光诸二十年进士，钱塘(今杭州市)人。甲午战争后，参加强学会，创办《时务报》《昌言报》《刍言报》等，著有《汪康年遗著》等，其中《汪穰卿笔记》，近年由上海书店出版社出版，对研究民国史颇有价值。

汪患噎，喉间时作响，自题此联：

百端到眼都成梦
万感填胸欲转雷

——见《忘山庐日记》。

生年死日皆离乱

箴世哀时有至言

——光绪三十年进士章梫挽汪康年　见《古今楹联名作选集》。

惜此伤心人，寒竹荒梅寻故宅

频闻救世论，断金攻玉怆生年

——梁鼎芬挽汪康年　梁鼎芬，光诸进士，为汪康年聘任《刍言报》主笔。见《古今楹联名作选粹》。

叶　瀚

字浩吾，浙江余杭（今杭州市）人，曾任北京大学史学门教授兼研究所导师、浙江大学教授，译有《世界通史》。下面是叶瀚挽邱宗华联，邱于1897年游日本，学陆军，以病退，梁启超曾与其同登舟，归来一月卒。

中国少年死

知己一人亡

——见梁启超《饮冰室诗话》

贫贱何伤，只要把物与民胞安排下去

精神能固，却须从冰天雪地磨炼过来

——叶瀚撰纪游联，1919年2月12日瀚与蔡元培等至北京什刹海赏雪，乘冰橇游湖，归而撰此联。见《中国楹联鉴赏辞典》。

徐绍桢

字固卿，清光绪二十年举人，浙江钱塘籍，生于广东番禺。官江北提督。辛亥革命后，任广东省省长，有《四书质疑》。

道不能忘，三民主义长留天壤

国乌手建，卌载辛苦尽沥胸肝

——徐绍桢挽孙中山

奔走国事十余年，不图竟有今日

屈指故交三五辈，何堪又弱一人

——徐绍桢挽陈其美　见《陈美士先生纪念全集》。

为熙朝应云而生，无愧致太平宰相

开中国维新之学，是乃造时世英雄

——徐绍桢挽张之洞　见《张文襄公荣哀录》。

旧日科名居第一

即今德业号无双

——寿张謇七十　见《张南通先生荣哀录》。

应德闳

字季中，浙江人，清末举人，官山西布政使。辛亥革命后，任江苏省都督府秘书长、民政长。

北门锁钥丈夫子

南极星辰太乙君

——寿刘清淮封翁七十　见《古今联语汇选初集》。

名山平议，注子注经，海内称著作大家，

不数徐南陔文豪，胡东樵贡指

父执齐年，同庚同榜，膝下听琴樽旧事，

犹记龙门订古礼，虎阜吊遗贤

——挽俞樾　见《寿古堂挽言》。

陈方镛

字鸿甫，号诉鸥，浙江海宁人，他对楹联重于收集亦很有研究，著有《楹联新话》。

于苕溪拓地结庐，门对吴山，安顿诗人无俗累

挐渔艇寻花沽酒，村临越水，倘佯隐士即神仙

——苕隐嵌字联　见《楹联新话》。

幽赏惬寿晴，片石留云连草色

闲吟眈画水，一帘映日碎花荫

——题某轩　见《楹联新话》。

轩开别有风光，割半壁紫薇，还继昔贤传韶事

世变遑论清浊，留一泓白水，聊为过客涤尘襟

——题白水泉　在海宁紫微山　见《楹联新话》。

野鸥不竞，云鹤不羁，到处尽堪游，怕遇彼党员政客

以画陶情，以诗言志，闲人自有乐，奚问他世变时危

——退隐后自题

白沙诗思，玉局禅机，君岂徒松节弥坚，

闭户养天真，淡定早觇出世概

图绘勘经，册题访碣，我曾藉墨缘结契，

挑灯忆尘梦，凄凉怕撰挽公词

——挽蒋子贞　蒋：晚年学佛参禅，同乡人。

均见《楹联新话》。

吕本元

曾官浙江提督之吕本元，安徽滁州人，宣统二年病免，旋卒。

阅世几沧桑，溯艰难百战平吴，

青史垂名，列传应随先太傅

环滁好山水，知魂魄千年思沛，

丹旆归葬，遗黎争吊放将军

——李宝淦挽吕本元　李宝淦：以诸生官　湖南候补道，有《汉堂奠稿》。见《对联话》。

邹　安

字寿棋，号适庐，浙江杭县（今杭州市）人，任上海仓圣明智大学教授，有《艺术类征》。《中华对联大典》录有他两副联语。

学海堂中旧名宿

吴淞江上老诗人

——寿潘飞声六十　见《古今联语汇选二集》。

剪取吴淞一泓水

权作广陵八月观

——邹安题爱俪园　见《对联话》。

沈宗畸

浙江籍，番禺人，字太侔，号孝耕，又号南雅，光绪举人，与贝大年同以《落花诗》负盛名。

醴泉饮凤凰，折心赖有纲常热

白日接魍魉，爱国宁宽地下忧

——集林抒诗句挽林抒　见《林畏庐先生学行谱记四种》。

订交在廿五年前，是时君始习戏，吾始攻试，

劫后一相逢，万海千桑供茗话

登场翻两朝史案，最怜为党人悲，为祖庙哭，

眼中此令隐，寸心双泪痛琴亡

——挽汪笑侬　见《古今联语汇选补编》。

骆成骧

骆成骧虽为四川人，但对西湖十分喜爱，多次浏览并留题。清光绪二十一年进士第一，官山西提学使。辛亥革命后，被推举为四川省议会议长。晚年参与筹

建四川大学,有《清漪楼遗稿》。

万井桑淋中,点缀六朝花柳

一城灯火下,辉映十里湖天

——题西湖三潭印月　见《中国对联大辞典》。

天生慕容绍宗,专为侯景

谁怜公子无忌,不死蒙敖

——挽蔡锷　见《蔡松坡先生荣哀录》。

溢符武分侯,成败利钝,非所逆睹

志同文信国,日星河岳,正气流形

——挽张勳　见《奉新张忠武公哀挽录》。

齐耀珊

曾任浙江、山东省省长之齐耀珊,字照岩,吉林人,光绪十六年(1890)进士。

词源倒顷三峡水

垂杨宜作两家春

——题樊谏议祠　祠在西湖白文公祠内,祀唐谏议大夫樊公　见《西湖楹联新话》。

钟以敬

字越生,号让生,浙江钱塘人(今杭州市)人。

筑数椽在柏堂竹阁之西,讲艺论交,岂仅湖山供眺览

树一帜于文苑词坛而外,抗心希古,更欣风雨共摩挲

——题山川雨露图书室　在西湖西泠印社　见《西泠印社志稿》。

汪诒年

字仲策,号颂阁,又号仲谷,浙江钱塘(今杭州市)人,在上海与其兄康年创办《中外日报》。他有联:

先只由岁试受知,小子由童试受知,公谊私情,每系两重恩遇

平生早以清名著,晚岁隐以高尚著,孤忠大节,蔚为一代完人

——汪诒年挽瞿鸿禨　见《古今楹联汇选二集》。

赵君坚

曾官浙江知府的赵君坚,江苏人,甫到杭州,即患痢疾病殁。章钰有挽联,章钰:苏州人,光绪进士。入民国,任清史馆纂修。《集殷虚文字楹贴》有联语一辑。

识道咸同,当代名流,亦庄亦谐,屡向尊前称小友

溯苏虞杭，旧游陈迹，如梦如幻，苦从座上忆中郎

——章钰挽赵君坚　见《古今联语汇选初集》。

杜　纯

曾任杭州关监督，两浙盐运使杜纯，字梅叔，广东番禺（今广州市）人。与吴研人善。

报国仗精忠，当年唾手燕云，矢心天地

新祠共瞻仰，保我青山长在，碧水无尘

——杜纯题岳王庙　见《西湖联话新偏》。

吴　隐

字石潜，号遁盦，绍兴人，与丁仁，王福庵等创设西泠印社，又自设分社于上海，有《古今楹联汇汇刻》《遁盦集古印存》。

治铜刓石，拔蜡销金，解得汉人成印处

楺艾研砂，封泥署纸，流传谱录任君参

——题西泠印社　集论印诗句。刓：雕刻。　拔蜡：又称铸印，制作金属印章的方法。　封泥：古代指钤有印章的泥块，魏晋后，封泥之制渐废。　见《西泠印社志稿》。

徐　珂

徐珂（1869—1929）字仲可，杭县（今杭州市）人，徐琪弟，清光绪十五年举人，官内阁中书，戊戌政变失败后回杭州，任职于上海商务印书馆，南社社员。所编《清稗类钞》，《历代白话诗选》，《古今词选集评》，所著《可言》、《纯龙馆词》，所辑《易林分类集联》皆颇得好评。

东海家事忧或替

西湖乡梦约谁寻

——自撰门对一

一举两得，废物利用

六通四辟，好学深思

——自撰座右铭

天荆地棘，人世将安之，毋宁死

室异穴同，其愚不可及，真自由

——徐珂挽陈宛珍，陈宛珍绍兴人，殉未婚夫而死，见《对联话》。

扫经侍延客

闭门思读书

——门对二　见《古今联语汇选二集》。

海上居，大不易
人间世，将何之

——门对三

春已堪怜，更能消几番风雨
树犹如此，最可惜一片江山

——集宋词联　见《寒云日记》

居室为人之大伦，一派真传，朱源于孔
宜家乃日有馀庆，百年偕老，夫宾其妻

——贺朱某新婚　钱塘朱剑芝之公子娶鄞县　孔仁斋女，徐珂撰贺此联。见《古今联语汇选初集》。

小站四年，胥台一别，岂不怀哉，窃喜公为上柱国
弓旌两却，简牍百疏，而今已矣，只堪私酹故将军

——徐珂挽张勲　见《奉新张忠武公哀挽录》。

荐两浙词人，西溪蓌白
哭四朝遗老，东海桑红

——徐　鋆挽徐珂　徐鋆任职交通部，曾有《澹庐楹语》等。

吴士鉴

字絅斋，浙江钱塘（今杭州市）人，清光绪十八年进士，官侍讲。有《晋书斠注》。

独抱精诚悲望席
即论藻翰许传人

——挽林抒　见《林畏庐先生学行谱记四种》。

商确到千秋，援留待成水经序
弥留仅三日，绝笔还论伏乞碑

——挽杨守敬　见雷瑨《楹联新话》。

德公座上，有诸葛司马相宾主
绿野堂中，与香山梦寻为文章

——题爱俪园　在上海静安寺路，又名哈同花园。

祀霓裳同宴，纵谈涑水编年，儒将襟期能有几
自宿卫宣勤，直待虞渊寒日，荩臣心事总无他

——挽张勋　见《奉新张忠武公哀挽录》。

史才与王季友齐名，记执别黄浦滩头，示我潮流无苟作；
卜居近顾亭林旧里，怆招魂玉山佳处，知公身世有馀哀，

——挽于式枚　见《古今联语汇选二集》。

何汝穆

字熙伯，号洗钵，浙江人，一作安徽人，在上海招商局任职。

南海词人，南山有庆

西崐俪句，西子同赓

——寿潘飞声六十　见《古今联语汇选二集》

冰心雪干，独挺贞姿，郑虔三绝之才，特其馀绪

吉光片羽，犹存正气，文山一歌而后，痛失斯人

——挽李瑞清　见《清道人遗集》。

下册

卷二十二

二十世纪至二十世纪五十年代

孙宝琦

孙宝琦(1867—1931),字幕韩,杭州人,其父孙诒经,光绪光绪帝师之一,纳资捐道台衔,任袁世凯政府外交总长,曹锟为总统,任国务院总理,竭力维护国家利益和主权。所撰联有:

共秋闱亲见抡元,忆当京国盍簪,直谅喜闻挥麈论

谈水利群推第一,惊看中原沸鼎,忧伤谁奏斩蛟功

——孙宝琦挽张謇,见《张南通先生荣哀录》。

对一碧渊泉,便欲澄清及民物

看百年乔木,须知盘错待冰霜

——孙宝琦题珍珠泉　见《论语》半月刊。

遗事眷春明,诗龛梦冷,史阁尘昏,数先公同岁耆贤,风流顿尽

灵光拱衡岳,经苑星高,选楼云峻,仰当日中兴元老,俎豆俱新

——挽王闿运　见《古今联语汇选初集》。

具峰岚起伏之奇,晴云吐月,夕照含晖,尘劫几经年,胜地重新狮子座

于觞咏流连而外,赡族承先,树人裕后,名园今得主,高风不忘谢公墩

——题燕誉厅　在苏州狮子林,乾隆游园时,作为临时御膳房。狮子座=佛书名,这里代指狮子林。见《苏州园林匾额楹联鉴赏》。

卅年勋望,弁冕时贤,始也绾疆符,继也筦部政,终也秉国钧,恨遭逢屡涉艰危,至竟未酬公辅志

一代典型,渊源家学,貌严而性慈,与惠而取廉,外和而内介,为遐迩同深信仰,那堪遽丧老成人

——朱彭寿挽孙宝琦

李光泰

李光泰,字星恒,号竹溪,浙江钱塘(今杭州市)人。

《西湖联选新编》载有他题孤山联:

孤屿含光,千秋高隐;

巢居潜德,百代清标。

谢　震

曾被卢永祥杀害于杭州的谢震,字飞麟,号侠佛,嵊县人。清廪贡生,入同盟会,任上海《女报》主笔。辛亥后,任绍兴军政府总参议兼秘书长。有《谢飞麟遗著》

真革命必真读书,抢道在躬,天丧斯文哀后学;

能做人乃能任事，名言至理，我为民国哭先生。

——挽汪允宗　汪是俞越弟子，与蔡元培等发起成立中国教育会，任《警钟日报》主编、《神州日报》主笔。见《疚存斋集》。

身命轻尘乎，拼身家谋民国，民国未定，遂尔亡身。身虽亡，志犹在，况留将十百世馨香，惟无我，乃常有我。

死生平等事，以死力争共和，共和垂成，偏遭惨死，死诚惨，心已甘，且赢得十万人哀悼，欲吊君，转宜贺君。

——挽陈其美　见《陈英士先生纪念全集》。

张元济

清光绪十八年(1892)进士，浙江海盐人，官刑部主事。曾创通艺学堂，发行维新报刊。戊戌变法时革官刑部主事职。后主持商务印书馆。先后出版教科书、《四部丛书》三编，百纳本《二十四史》和《东方杂志》等。

志轶云霄外，

诗留天地间。

——挽徐志摩　见《张元济诗文》

形其量者沧海，

何以寿之名山。

——寿康有为六十　见《古今联语汇选初集》

天既生才胡不用，

士惟有品乃能贫。

——挽伍光建

伍：留学美国，授文科进士出身。民国后，任复旦大学教授，驻美公使秘书，译著甚丰，有《悲惨世界》等。见《张元济年谱》

数百年旧家，无非积德。

第一件好事，还是读书。

——题香港三联书店　1949年春作

名满天下，谤亦随之，今日盖棺应论定。

我相此邦，无不溃止，微闻亦赞尚哀鸣。

——挽梁士治　见《张元济诗文》

无父何怙，我独何归，适子馆兮，风人雨人，百年如一日。

大厦落成，公不复见，登斯堂也，顾我复我，九原有二天。

——题孤儿院　在上海，夏瑞芳所办，未及落成，夏就死了。

好副臭皮囊，为你忙着过九十年，而今可要交卸了。

这般新世界，纵我活不到一百岁，及身已见太平来。

——张元济自挽　约作于1957年　见《张元济诗文》。

孙中山

名文，字逸仙，广东香山（今中山市）人，创办兴中会，立志推翻清朝，成立同盟会，被推为总理。1917 年组织护法军政府，当选为大元帅。1921 年于广东任非常大总统。孙中山曾三度来杭州，奔波革命。悼念先烈，在西湖山山水水间留下身影与墨迹。

丹心一点祭余肉，
白骨三年死后香。

——挽徐锡麟　见《孙中山集外集》

修身岂为名传世，
作事惟思利及人。

——自题

精诚无间同忧乐，
笃爱有缘共死生。

——赠宋庆龄　约作于 1922 年，边颖署："庆龄贤妻鉴。"

白虹贯日，
紫气滔天。

——题柔道场　1910 年为日本友人内田良平的的天真馆柔道场题联　见《孙中山全集》

大道之行，
天下为公。

——赠蒋介石　1923 年 1 月作　见《孙中山全集》

常恨随陆无武，绛灌无文，纵九等论交到古人，此才不易；
试问夷惠谁贤，彭殇谁寿，只十载同盟有今日，后死何堪。

——挽黄兴　见《名人挽名人联选萃》。

一椽得所，
五桂安居。

——题翠亭新居　1892 年榜于故居大门　见《孙中山全集》。

尘事未除人自若，
江山无恙我重游。

——题庆云寺　在广东肇庆　见《孙中山集外集》。

作民权保障，谁非后死者。
为宪法流血，公真第一人。

——挽宋教仁　见《龙眠联话续编》引《北洋外史》。

苍梧偏东，桂林偏北，惟此地前列平原，后横峻岭，左黔右郁，会交二十四江河，灵气集中枢，人挺英才天设险。

乳泉有亭，吏隐有洞，最妙处茶称老树，柳纪半青，文阁慈岩，掩映一十八罗汉，游踪来绝顶，眼底层塔足凌云。

——西山　约作于1921年10月20日。中山率军北伐，当日抵广西桂平，与胡汉民等同登西山。见《孙中山全集》。

罗振玉

字叔言，号雪堂，浙江上虞人。任京师大学堂农科监督。伪满洲国成立，任监察院院长。与杭州西湖游不解之缘。专心钻研文字楹帖，著有《集殷虚文字楹帖》《殷虚书契前后编》等。

无往不复见天德，
有求即得在人为。

——集甲骨文

告往知来，为学日益
乐于安命，于人无求

——集甲骨文

至诚格天，邀数百载所无旷典
孤忠盖代，系三千年垂绝纲常

——挽王国维　见《文学周报》。

外物不移方是学，
百家屏尽独穷经。

——赠人　集句见《龙眠联话续编》引《罗雪堂全集》。

卢永祥

曾任浙江督军的卢永祥，字子嘉，山东济阳人，北洋武备学堂毕业。有题钱王祠等联。

艰危百变，奋不顾身，此何为群萌示范
奔走卅年，忠于某国，今何堪海宇同悲

——卢永祥挽孙中山一，见《哀思录》

梁案齐眉，笄珈皆老。
莱衣绕膝，弧帨联辉。

——卢永祥寿张謇七十　见《张南通先生荣哀录》。

以主义奋斗，乃厄于年，岂仅薄海同悲，无忘今日。
惟精神不死，有利于国，太息弥留遗语，可见平生。

——挽孙仲山二　见《哀思录》。

王　震

字一亭，法名觉器，号白龙山人，吴兴人，在西湖与超山有些留题。与吴昌硕最为相淂。

金仙阅世，

石室遁形。

——题西溪邱邱社缶亭

皆以无为法，

当生如是心。

——题面壁石亭　在登封达摩亭前东侧，供奉达摩面壁影石，相传达摩于洞中修行九年，其身影投在一块巨石上，久之，身影历历可见。见《河南名胜楹联》。

浮香绕曲岸，

圆影覆华池。

——题泼墨荷花图　见《逸梅杂札》。

真观清净观，广大智慧观。

妙世观世音，胜彼世间音。

——题南普陀寺　在厦门　见《厦门名胜诗词楹联》。

四海滔滔，安得一苇航彼岸，

孤亭矫矫，欲齐万岳耸南天。

——题望海亭　在浙江普陀山　见《中国名联辞典》。

对酒邀音尘，结习阳冰，三宿共谁扪碧落，

临风挥涕泪，哀时杜老，一清何日见黄河。

——挽李瑞清　与吴昌硕共挽　见《清道人遗集》

拔薙树棠，宣恩威以政治，

荣衮严钺，操褒贬于报章。

——挽汪廷溪　汪曾任上海《新闻报》总经理兼主笔，提出以“无党无偏”、“经济自主”为办报宗旨。

名世见才难，道德文章饮海内，

大量惊石陨，天高木落感淮南。

——挽张謇

强运开

曾任浙江省督练所副参议兼兵备处帮办的强运开，字梦渔，江苏溧阳人，清附贡生。民国政府成立辞归，有《石鼓释文》。

功在民生，观乡知道，

祥征家庆，寿宇同登。

——寿张謇七十

高不必高，嵌松则古，

石焉能怪，得竹乃幽。

——集峿台铭一　见《集联汇选二编》。

亭古竹幽，月清若水，
山深人鲜，日长如年。

——集峿台铭二

绝壁回潭，无非胜异，
长松小竹，毕皆幽奇。

——集峿台铭三

得大山铭，余廿九字
砻之玉石，刻十三行。

——集峿台铭四

轩然大波，泛泛从石底出，
清绝半月，苍苍嵌松窦间。

——集峿台铭五

溪畔行三四百步，前者怪石
磴道高八九十尺，下当回潭。

——集峿台铭六　以上集句联均见《集联汇选二编》。

叶为铭

叶为铭（1867—1948）字品三，号叶舟，杭州人，祖籍安徽歙县，著有《广印人传》。在西泠印社仰贤亭、石坊皆有联。

乐金吉石以为鉴，
苍官青山伴斯亭。

——题鉴亭　见《西泠印社志稿》。

伍元芝

曾官浙江武备学堂总办伍元芝，江苏上元（今南京）人，光绪十八年（1892）进士。

十年教训，君子成军，溯数千载祖雨宗风，再造英雄于越地，
九世复仇，春秋之义，愿尔多士修鳞养瓜，毋忘寇盗满中原。

——题浙江武备学堂　见《龙眠联话续编》引《亦云回忆》。

陆懋勋

字勉侪，号潜庐，浙江仁和人（今杭州市），光绪进士，官侯补知府，入民国，任浙江巡按使署秘书。有《历代户口考略》。西湖宋庄有其撰联。

负绝世之血性，才望巍偐，未竟其施，天乎人哉，吾中国已矣。
访我公于武林，郡斋忽遽，不得一晤，缘何铿耶，幸遗容在焉。

——挽高凤岐，见《古今联语汇选初集》。

绝学二千年，丛书五百卷，邮通汉宋，经师人师，天语几褒嘉，恩遇永垂柱下史

重赴鹿鸣宴，再传寯掖班，望炳华彝，名世寿世，达观悟生死，灵爽常存春在堂。

——挽俞樾　见《春在堂挽言》

丰　鐄

光绪二十七年举人，以教读为业，丰子恺的父亲。

古曾为吴越战场，迄今爱草荒烟，当是英雄埋头地；

近复遭咸同发逆，记否昔年此日，正当兵火破家时。

——放焰口联　丰子恺在《放焰口》一文中做了详细叙述。

褚德澂

号大涤山人，又号以韦，问堂，余杭（今杭州市）人。

惟我公位望俱崇，允无愧色，百年感衣被，溥惠闾阎，方期缔造艰难，伟业大成，真是天生为社稷。

念小子飘零失所，雅意优容，十载赖维持，仰承荫庇，讵料风雨变幻，惊传噩耗，竭来何处哭长城。

——挽张謇　见《张南通先生荣哀录》。

吴昌绶

字伯宛，一字邱居，号甘遁，又号松邻，浙江仁和（今杭州市）人，著有《松邻遗集》。

断碧空尘，铸泪相思渺天外，

看花载鹤，酿愁尔许落江南。

——吴昌绶挽郑文焯　见《古今联语汇选补编》。

孙芝園

孙芝園，杭州人。《古今联语汇选初集》载有廉泉挽联。廉泉字惠卿，号岫云山人，吴芝瑛丈夫，清末官户部郎中，民国时任故宫清理委员。

一笑凌云，海上难求不死药

几人擪笛，山阳犹有未归魂

——廉泉挽孙芝園

高梦旦

高梦旦，曾任浙江大学宗教习，赴日任留学监督。回国后任职于上海商务印书书馆，参与编纂《辞源》。有挽梁启超联。

不朽在立言，独有千秋追介甫
自任以天下，何辞五就比河衡
——见《梁启超年谱长编》。

周承德

周承德(1877—1935)，字逸舜，号轶翁，留学日本，任求是书院，浙江高等学堂教席，南社社员，书法自成一格，亦工金石，康有为目睹其书法后，赞誉为“浙省一人”。紫云洞石壁上。原函有他书写的“洞天福地”。

鹅费羲之墨
貂余季子裘
——章炳麟赠周承德　见《葑汉大师连语》。

精物起东吴，张长史独呼草圣，
才名动西蜀，郑广文偏滞冷宫。
——章炳麟赠周承德　见《葑汉大师连语》。

章　籛

名炳森，字椿伯，张炳麟长兄，光绪举人，辛亥革命时，被推为临时省议会议员，1912年任余杭县(今杭州市)议会议员，长于医术。1928年逝世。

素无大功亲，同气余三，夺我寡兄何泰酷，
偕行六十载，残年有几，别当多难更谁堪。
——章炳麟晚长兄章　籛

阮荀伯

阮荀伯，杭州人。章炳麟门人孙世扬所辑《刘汉大师连语》中，在挽联下按：“阮君杭人，精法律。”

以方观方，其德乃长，良吏何劳书越绝
有法无法，因时为业，达人原不讯韩非
——章炳麟挽阮荀伯

王家襄

字幼山，浙江山阴人，留学日本，曾任浙江省高等学堂教习、参议院副院长、进步党党务部长。

抱定主义以演进生存，心口如一
网罗英俊而竭其死力，肝胆殊人
——挽孙中山　见《哀思录》。

烽火动尘寰，公不少留，省几许伤心惨目
英灵归碧落，人将安仰，空愚拟河岳日月
——挽张謇　见《张南通先生荣哀录》。

兼文事武备之长，百战勋名高海内
为公谊私情而哭，万方多难惜斯人
——挽川中殉难诸人　见《古今联语汇选补集》。

陈　达

陈达（1892—1975），字通夫，浙江余杭（今杭州）人，清华学校毕业，留学美国，著有《中国劳工问题》、《人口问题》、《浪迹十年》。

以浅持博，以一持万，
自知着明，自胜者强。
——梁启超赠陈达　见《中国楹联鉴赏辞典》

劳之常

清末任浙江铁路技师，字逊五，山东人，张勋复辟，授邮传部右丞，1926 年任京汉铁路局局长。

壮烈剌红线，如公道德文章，自有千秋事业
疑年齐绛县，即轮声名福泽，洵为一代贤豪
——劳之常挽张謇　见《张南通先生荣哀录》。

褚辅成

褚辅成（1871—1948），字慧僧，嘉兴人，留学日本，入光复会、同盟会，1912 年任浙江省民政长时，拆除杭州城墙及西湖上满族人所占据的旗营，即建为湖滨公园及新市场，自己不置分厘私产，可谓廉政。抗战时期赴延安接洽国共谈判事宜。

诚信未能感人，三载驻滇亏职责
虎凶谁使出柙，二公代民受牺牲
——褚辅成挽李公朴、闻一多　见《近现代名人对联辑注》。

为和平民主统一团结奔走而牺牲，同声一哭
合党政军民男女老少遇险而殉难，各有千秋
——褚辅成挽四八遇难烈士　见《四八遇难烈士纪念册》。

惟有洗心能革面
虽非造极已登峰
——褚辅成题峨眉山雷洞坪　见《中华名胜对联大典》

汪立元

字健斋，一字简斋，浙江余杭（今杭州市）人，民国后，任内务部佥事。

当年适我馆兮，论文曾下徐孺榻；

海外不可居也，携酒来招屈子魂。

——挽黄远庸　见《古今联语汇选初集》

艰难缔五族共和，公真名世才，所全者大

涕泣数半生知遇，我为天下痛，兼哭其私

——挽赵秉钧　见《疚存斋集》。

虚　云

僧虚云，原在福州涌泉寺出家，云游闽浙，苏皖、藏滇、台湾以及日本等地。

坐阅五帝四朝，不觉沧桑几度

受尽九难一磨，了知世事无常

——自题　1952年作　见《虚云法师年谱》。

两手将山河大地捏扁搓圆，掬碎了遍撒虚空，浑无世相

一棒把千古孽魔打死救活，唤醒来放入微尘，共作道场

——虚云题华亭寺　见《名联谈趣》。

陈训正

字纪俵，浙江慈溪人，昔日曾任杭州市市长，早年东渡日本，入同盟会，后任上海商报社社长。

飞鹫何来，佛国有缘留净土

骏驴且去，湖山无恙付斜阳

——题西湖飞来峰翠微亭　见《西湖楹联欣赏》。

邵　章

字伯褧，一字伯絅，号崇伯，浙江仁和（今杭州市）人，清光绪二十九年（1903）进士，留学日本，清末官至奉天提学使。民国后，任民政院评事。有词集《云淙琴趣》。西湖林社，有共撰联两副。

佳处峦湖山，此身那堕交芦影

寓言寄诗画，晚岁更参黄蘖禅

——挽林抒　见《林畏庐先生学行谱记四种》。

泗水鼎长沱，此后横流谁砥柱

黄池槃不歃，奈何老死弃神州

——挽杨士琦　见《古今联语汇选三集》。

丧东南大师，为国脉丧，为兮学恸
有河汾高第，谁新命佐，谁绝学传

——挽章炳麟　见《制言》。

万言当路倾心，生际昌期，相业肯随翁陆后
三杰惟公闲世，文犹未事，诗名合让范朱先

——挽张謇　见《张南通先生荣哀录》。

官余长物，冷树千株，胜地平分高士席
眼底旧都，炊烟万户，苍生来往我公心

——题杭州西湖林社　见《西湖楹联新编》。

徐锡麟

字伯务，一字伯圣，号光汉子，绍兴人，留学日本。官安徽巡警学堂会办，枪杀巡抚恩铭，被逮牺牲，葬于西子湖畔。

有热心人，可与共学
据诚意者，得入斯堂

——题热诚学堂。　在绍兴。　见《徐锡麟集》。

雷貽性

曾一度入杭州白云庵为僧的雷貽性，一名照性，号蜀南饮者，又号蜀南北山隐者，四川富顺人，留学日本，入同盟会，为南社社员。办有《鹃声》杂志。宣统元年任教上海中国新公学，同年秋被清廷通缉。后赴新加坡办报。病卒于四川。有《雷铁厓文集》、《中华对联大典》收录她挽袁世凯联十四副，兹录二副。

天意如斯，黄屋白宫成泡影
民情可见，苍生黎庶早伤心

满廷优遇，宠锡侯封，重泉尚见清德宗，肉居何处
举国不容，逃归地府，冥路若逢梅特涅，定与同游

公生则人民死，公死则人民生，生死相环，互为因果
天视自我民视，天听自我民听，视听同澈，不爽豪厘

诛满贼何问奸愚，志雪九世公仇，霹雳一声，黑铁饥餐胡虏血
为同胞岂顾生死，怒撑满身侠骨，訇訇皿响，黄灵笑迓汉儿魂

——雷貽性挽温生才

温生才：梅县人，在马来西亚加入同盟会。宣统五年归国，拟刺杀广东北师

提督李准，后误将署广州将军孚琦击毙，被捕后英勇就义。

以上数联均见《雷铁厓文集》。

张尔田

原名采田，字孟劬，号遁堪，清末举人，钱塘（今杭州市）人，官刑部主事，1921年后，任北京大学等校教授，有《遁龛文集》、《玉溪生年谱会笺》。

去矣竟输君，无泪可挥，惭贳巨卿死友

伤哉岂独我，有情应恸，依然阮籍穷途

——挽黄节　见《吴宓诗集》。

国仇家恨，萃于一身，居夷廿余年，何愧西山高卧

孔思周情，期望终古，著书数百卷，卓然东塾正传

——张尔田挽汪兆镛　见《名联读趣》。

夏偕复

字地山，浙江杭县（今杭州）人，1913年至1915年任驻美兼驻古巴公使。

礼廷舞蹈重阳曙

甥馆涵儒甲子周

——叶景葵寿夏偕复七十　见《卷盦联存》。

张锡銮

字金波，浙江钱塘（今杭州市）籍，生于四川，监生，官至山西巡抚。直隶总督，1917年退出政界，1922年去世。有《张都护诗存》。

忆当年实骑治狄，试搴大宛名驹，只肯归降老充国；

看今日积骸成莽，太息前影玄菟，无人生殉故将军。

——叶景葵挽张锡銮

矍铄哉是翁，不遇真龙，空悲射虎

逍遥从容与，中年快马，老去骑驴。

——表克文挽张锡銮

沈金鉴

沈金鉴（1875—1924）字教詹，清末官至湖南巡按使，入民国，任浙江省省长。吴县人。有联云：

寝阁委中兴之任，孰如高庙知人，血战两河深，明月刀环虚二圣

起家由列校立功，旋与蕲王并将，冤沉三年恨，栖霞祠墓表孤忠

——沈金鉴题岳飞庙墓

张难先

曾任浙江省省长张难先(1874—1968),字辉澧,号义痴,湖北人,任过湖北省民政厅长。1949年后,任全国政协常委。有《湖北革命知之录》。

垂老当戒得
执中易无权

——题耻庐一　1942年底,日本侵略者西犯,难先蛰居鄂西深山之耻庐,题堂门。见《对联》。

既老且聋,闭门谢客
本愚复鲁。羞面见人

——题耻庐二

历幼时,历壮岁,历万年,历尽苦恼
少会家,少出门,少说话,少些麻烦

——题耻庐三

哭公只有泪
提笔竟无言

——挽石瑛

我佛一生居地狱
中原何日净胡尘

——赠狱吏　清光绪三十二年(1906),难先组织反清团体日知会被捕入狱,应狱吏请,撰此联。

看山感旧欣先死
筑土为庵当话埋

——题思旧庵　抗日战争胜利后,难先辞去一切公职,隐于武昌珞珈山思旧庵。此为自题门对。

哭终旧雨未新雨
痛念生人忘死人

——挽严重一　严重,曾任湖北省政府代主席,湖北麻城人。有《大学释义》、《大学辨宗》。

三军夺两帅,死君严重
一人咻众楚,留我难先

——挽严重二

拍马吹牛,是真类狗
攀龙附凤,不如养鸡

——戏题

少与恶社会斗,长与恶政府斗,拔剑揭竿,祸闯万千饶幸过

贫病足以死吾，忧患是以死吾，连灾累劫，我生七十实难真

——张难先七十自寿　自序："吾少时嫉恶如仇，见强豪之荼毒地方者，辄拔剑而起，不惜捐生命与之拼。长益多事，投身党会，随时可成齑粉，乃孽债太深，造物不许轻易放过，致皓首犹存人间，兹当七十初度之际，百感交集，特写此以歉耳。"

诸宗元

字贞壮，绍兴人，清末副贡生，官知府。南社社员，有《大至阁集》。

一卷守魁纪

百世尊南阳

——题西湖白文公祠，祀白居易　见《西湖楹联初编》。

心事重泉盟日皎

冰雪满地长冬青

——题杭州西湖郑贞女墓　见《南社丛谈》。

张　弧

张弧(1875—1937)，又名毓源，字岱杉，号超观，浙江萧山(今杭州市)人。清末举人，任北洋政府长芦盐运使，财政总长，有《超观室诗集》，见《中华对联大典》。

谋国昔曾闻杜断，

之官吾幸得萧规。

——挽张謇　见《张南通先生荣哀录》。

不死于专制，不殒于疆场，被盗从容，如汉末歙唐武元衡，一例赤诚徇社稷

相识在京华，相期在道义，盖棺论定，与美林肯日大久保，百年青史竞光荣

——张弧挽宋教仁　见《近现代历史事件对联辑注》。

只手挽乾坤，三民主义达共一

精诚贯日月，五洲人物孰与京

——挽孙中山　见《哀思录》

张载阳

张载阳(1875—?)字暄初，浙江余杭(今杭州市)人，浙江武备学堂毕业。江浙战争中，任南路总司令。灵隐寺、岳王庙皆幽其撰联。西湖曲院风荷旁，旧有汪社，祀杭县知事汪曼锋，张载阳有撰联。见《西湖楹联新集》。

于左蒋外别开一局

继苏白后各有千秋

——题汪社

马敦仁

字朴仙，在杭州西湖小瀛洲有题联：

贪看湖山来作客

不知风月属何人

——见《西湖楹联新集》

傅泽鸿

历署浙江知府，官至湖州厘局总办的傅泽鸿，字少卿，湘乡人，以拔贡从军。

本潇湘硕望，早箔花骢，历官王郡通侯，合吴越士民而颂德

与苕霅多缘，重迎竹马，方祝万家生佛，先释迦诞日以归真

——朱建燮挽傅泽鸿

德　山

字蔚苍，江苏昆山人，杭州西湖白云庵僧人。

哲人云亡，邦之不幸

共和复活，民何能忘

——挽陈其美　见《陈英士先生纪念全集》。

朱献文

辛亥革命后，曾任浙江省临时参议会议长的朱献文，字郁堂，义乌人，留学日本，曾官翰林院检讨。

大德大年，东山望重

如冈如阜，南极辉腾

——寿张謇七十　与许受衡同贺。许受衡，光绪进士，曾住在直隶高等监察厅厅长。见《张南通先生荣哀录》

遗爱在江淮，为乡邦人伦之望

大名垂宇宙，是山川间气所钟

——挽张謇。

陈曾寿

字仁先，河北人，清光绪进士，任监察御史。伪满执政府秘书，陵庙事务总裁，有《苍虬阁集》。他在西湖留题不少。

两株玉蕊明朝暇，定是香山老居士

一盏寒泉荐秋菊，仍呼我辈不羁人

——题西湖孤山白公祠　见《郑孝胥日记》

故乡无此好湖山，公如鸾鹤偶飘坠

何人更似苏夫子，肯与梅花作伴来

——题西湖苏公祠二 见《郑孝胥日记》

生有何乐，死有何哀，辛螫十年心，应难瞑目

病不及知，殁不及视，苍亮终古诀，谁实为之

——挽李瑞清 见《清道人遗集》。

傅 疆

字乌忱，浙江杭县(今杭州市)人，清末附生，留学日本，任吉林滨江道尹。民国后，任江苏省清乡会办。

淮海未安澜，民生国计留遗憾

中原方鼎沸，定倾扶危失导师。

——挽张謇 见《张南通先生荣哀录》

张树森

徐志摩业师张树森，字仲梧，浙江海宁人，清末副榜。

噩梦千里，再见难期，最可怜父老母亡，妻嫠子幼，忽与刘安同升，真堪一恸

耿报二传，惊心欲裂，惨莫如仙龙佛化，骨粉头焦，若比仲由之醢，更若十分

——挽徐志摩 见《徐志摩年谱》。

卢公耀

名维照，浙江人，任全浙铁路公司工程师，1913 年春到甬江之慈溪观壮桥牺牲，殁后，该桥易名卢公耀桥。

千古并论，除王杨骆三家，更有名桥豫让

同声一哭，合士农商诸子，哀于歧路杨朱

——徐鋆挽卢公耀 徐鋆：南通人，知县，有《澹庐楹语》等。

蒋桂鸣

字秋平。周作人《鲁迅的故家》云："蒋君大概是陆师学堂的学生，记得年纪较大，在前清还有点功名，不知道秀才还是廪生了，也是浙江人，或者是台州人也说不定。"见《鲁迅与同时代的人》

使君是终军长吉一流，学业将成，三年呕尽心头血

故乡在镜水稽山之地，家书未达，千里犹缝游子衣

——挽丁文擢 丁君，绍兴人，南京铁路学堂毕业。死于肺病。

张　相

原名廷相，字献之，号达东，杭州人，清末诸生，曾任中华书局主编文史地理教材。著有《诗词曲语辞汇释》，译有《十九世纪外交史》，见《中华对联大典》。

清过尚文而先生早达，民国尚武而先生无争，时行时藏，庶几两得

阎公治晋以模范省名，我公治通以模范县著，一生一死，俱足千秋

——挽张謇　见《陈南通先生荣哀录》。

施肇基

字植之，浙江钱塘人（今杭州人），留学日本，入张之洞幕，官至外务部左丞。

入民国，任驻英、美公使、大使，卒于美国。有《施肇基早年回忆录》。挽林纾联云：

没世以孝廉，昭法只今馀画稿

及门多贤达，文中犹待订遗书

——见《中华对联大典》。

江万平

杭州人，有挽李瑞清联，见《清道人选集》。

暂辞函丈去京华，何期易箦一朝，归拜遗容空绛帐

忝列宫墙愧桃李，恨未会心六法，深辜诲立程门

——江万平挽李瑞清

汪　怡

字一庵，杭州人，两湖书院毕业，任中国大辞典编纂处国音普通辞典组主任。1947 年去台湾。著有《新著国语发音学》、《汪怡国语速记学》。

平生志愿刘诚意

绝代文章杨子云

——汪怡与陈中平共挽章炳麟，见《制言》

百灵庙冷著烟昏，虮虱跳梁麈，回归急剧医迟误，乞刀圭无术回春，

魂返江阴月黑，又惊天上修文

审音协律绝凡伦，谐语更翻新，敦煌掇琐重繙检，校云瑶杂曲准论，

叹息数人会里，而今何处寻君

——汪怡挽刘半农　见《刘半农评传》。

圆　瑛

俗姓吴，法名宏悟，福建古田人，任中国佛教会会长。有《圆英法汇》。与西

湖诸多僧人居士交往甚密。

应迹婆娑界内
退藏常寂光中
——挽弘一　与僧转道、转物合挽　见《弘一法师》

翻经常作将来眼
问法先空现在心
——无题　见《中华名胜对联大典》。

佛是众生慈父
戒为汝等大师
——题开元寺　在在泉州西街　见《中华名胜对联大典》

万念冰销，慧照穷源无一物
石头路滑，脚跟点地入三摩
——题万石岩　在厦门　见《厦门名胜诗词楹联》。

王福庵

名禔，又名寿祺，字维季，杭州人，与丁仁等创设西泠印社。民国初年，任印铸局技正，后在上海鬻字治印自给。1949年后，任中国画院画师。见《中国对联大典》。

王福庵赠马国权联：

师承魏冢传心得
功自兰亭换骨来
——王福庵赠马国权　见《名联趣谈》

许德芬

字九畹，精算术，尤习相邦文献，杭州求是学院毕业后，为青梅小学监督，一生奔波，

穷愁以卒。从下列两挽联中可略知一二。

如此好人，穷饿以终，天道何在
而今同志，凋丧已尽，后死徒悲

万金不受，一钱不私，贪病廿年同饿死
博学无书，考工无记，辛勤半世竟虚生
——上两联皆金梁撰，金梁，满洲正白旗人，清光绪进士，有《四朝轶闻》。

叶颂清

清末在浙军任职之叶颂清，辛亥革命时参加浙江宁波独立。

民国后，任第六师师长。1916年随朱瑞同时去职。1929年任立法院军事委员会秘书。

原中华造基，公为先觉

读建国方略，我思其人

——挽孙中山　见《哀思录》。

遵海而居称大老

导淮有策慰仓山

——挽张謇　见《张南通先生荣哀录》

养士敢弯弓，天上英灵，白水此心誓知己

事农曾解甲，田向旧部，青山有泪哭将军

——题朱瑞墓　见《中华名胜对联大典》。

杨　晋

原名临，字拜苏，杭县人今杭州市人，抗日战争胜利后逝世。

林下有宗风，终古梅花两知己

薛庐公明水，吾杭太守一传人

——杨晋题孤山林社　见《中国对联大辞典》

受业曲园门，清望无惭守书鹤

嬉春崇效寺，明年竟少看死人

——杨晋挽徐琪　见《古今联语汇选三集》。

陈敬第

浙江仁和（今杭州市）人，清光绪二十九年（1903）进士。下面是他挽林纾联语

谤与大名俱，一代高文尊北斗

没犹遗教在，卅年四常说西泠

——见《林畏庐先生学行谱论四种》

夏循垲

字爽夫，号蕊卿，浙江杭县人今杭州市，留学日本，辛亥后，任北京政府农商部参事，四川实业厅厅长。

道德学问，事业文章，足传千古

通家旧谊，后进末僚，私淑平生

——挽张謇

周凤岐

原名清原，字恭先，浙江长兴人。清末秀才，辛亥后，任浙江省督府参谋长，浙军第六师旅长，浙江省政府主席。1938 年 3 月 7 日在上海被暗杀。

流君叔血，必由此贼

断路易头，即兴报公

——挽陈其美

江一平

江一平(1898—1971)，字颖君，浙江余杭(今杭州市)人，复旦大学毕业，律师，1949 年去台湾，见《人物》

进为天下利

退有百世名

——于右住赠江一平　1942 年作

吕公望

原名占鳌，字戴之，清末廪生，光复会会员，任护法军援闽浙总司令，浙江参议会副议长。1949 后，任浙江省政协委员。

民其无忘，以有今日

国之不幸，乃哭二公

——挽蔡锷、黄兴　见《古今对语汇选初集》

故国几沧桑，尘劫难消三户恨

新亭馀涕泪，时艰凋丧百年身

——挽黄兴　见《古今联语汇选初集》

沪渎一星沉，忍听风落彭亡，益令我伤邦国瘁

吴门双目在，尽𥘵龙争鹿逐，终教君见盛平时

——挽陈其美　见《陈其美先生纪念全集》。

于右任

字伯循，陕西三原人，光绪举人，在日本人同盟会，在上海创办《神州日报》《民呼报》等，宣传革命。1918 年陕西靖国军起，任总司令。

任国民政府审计院院长，监察院院长，精于书法。有《右任诗存》今人编有《于右任对联集锦》。

在杭州与各界人士交往颇多，留题也多。

无极原有极
欲仁存至仁
——自题　见《中国对联大辞典》

先生年百岁
世界一晨星
——贺马相伯百岁　见《中国对联鉴赏》

文章天下泪
风雨放人心
——挽陈布雷　见《中国对联大辞典》。

性悟长生海
花香万里桥
——赠释戒乘　见《中国书法鉴赏大辞典》。

险艰自得力
金石不随波
——赠钱君匋　《中国对联大辞典》

继往圣绝学
开国画新机
——赠潘絜兹　潘：1915 年生，浙江人，北京画院画师，擅长中国画。　见《中国对联大辞典》

名垂宇宙生无忝
气壮山河笔有神
——挽张善子　见《张大千年谱》

累尽神仙端可致
心虚造化欲无功
——题建福宫　在青城山　见《近现代名人对联辑注》

百战功高，魂影旧随秦塞月
三军泪坠，哭声欲憾栎阳城
——挽靖国军将士　1918 年 4 月　见《近现代名人对联辑注》

忠义二字，团结了中华儿女
春秋一书，代表着名族精神
——题关帝庙　在马来西亚见《中华名胜楹联注释》。

卢香亭

江浙战起时，曾任五省联军浙军总司令之卢香亭，字子磬，河北河间人。北伐后闲居天津。

合文章经济以同传，名满寰区，域外皆知司马

居钟鼎山林而何有，人思元老，江东顿失夷吾

——挽张謇　见《张南通先生荣哀录》

张钧衡

字石铭，号适园，吴兴人。有《适园丛书》。1924 年 1 月，他集《诗经》句，为西泠印社题联：

我思古人，有扁斯石

其究安宅，莫高匪山

——此联刻在汉三老石室门侧石柱上　见《西湖楹联欣赏》。

汪有龄

字子健，钱塘(今杭州市)人，留学日本，任《商务官报》编辑。入民国，任司法次长，朝阳学院院长。译有《日本议会史》。下面是汪有龄挽张謇联：

文章道德为海内物望所归，岂独大魁多士

水利农桑是儒者经世之学，定当不巧千秋

——见《中华对联大典》　龚联寿编著

杨学洛

字云门，善擘窠字，旧时西湖放鹤亭匾额为其所书，杭州人，下面是他为三潭印月先贤祠撰联：

三杰唱民权，日月更新，革命导源留种子

一龛崇祀典，湖山洗净，复仇报旅慰遗臣

——杨学洛题西湖先贤祠　见《中国对联大辞典》。

魏　易

字冲叔，浙江杭县人(今杭州市)，就读于上海圣约翰大学。任京师大学堂教师，大清银行总裁秘书。入民国，任国务总理顾问。清末与林抒合作，有其口述译外国名著数十种。

是今高士，是古逸民，以文坛宿将，作学界导师，溯从移译新书，曾向名山分片席

不忘旧君，不慕荣利，经沧海变迁，洒园陵涕泗，得此流传惇史，岂惟艺苑式遗型

——挽林纾　见《林畏庐先生学作谱论四种》。

张伯岐

佣工出身的光复会会员张伯岐，原名南月，浙江嵊县人。受陈其美派遣，刺

杀上海道于大东茶室。入民国，任镇海炮台统领，他题岳飞墓之联云：

岳军振难撼威名，扫敌在指顾间，奉诏班师成遗恨

秦贼施摧残毒计，加罪以莫须有，尽忠报国复何人

——见《见中国名联辞典》。

郭则澐

曾官浙江温处道，侨务局总裁郭则澐，字啸麓，号蛰云，又号逅圃，福州人，清光绪二十九年(1903)进士。有《龙顾山人集》，小说《红楼真梦》。在《红楼真梦》中有许多佳联：

假作真时真亦假

无为有处有还无

——太虚幻境(第 2 回)

春恨秋悲皆自惹

花容月貌为谁妍

——薄命司(第 11 回)

梅花涨方池，便准备新诗，安排画舸，

花香闻小榭，要满斟芳醑，亲举荷觞

——静芳亭(第 24 回)

芳径与谁同斗草

花前侧听有流莺

——蘅香苑(第 30 回下同)

湖山饶尊酒

环佩拥神仙

——天绘亭

一径绿台凝晓露

万条红烛动春天

——留春堂一

香气向人如有意

风情莫道不因春

——留春堂二

明月当空开宝镜

春风吹绿上眉峰

——湘春馆

碧云梦后山风气

长笛声中海月飞

——香胜亭

清唱和鸣鸥，为爱琉璃三万顷
御风跨皓鹤，好去蓬山十二重
——涵万阁

淡伫洞庭秋，几阵凉风生客袖；
笑把浮丘袖，四围晴黛入雕栏
——延青阁

小园新展西南角
明月平分上下池
——披香榭一

家在落霞边，横波清剪西湖水
梦回芳草夜，天风吹送广寒秋
——披香榭二

玉珰缄札何由达
珠箔飘灯独自归
——黄山谷集李义山句(第34面)

时闻流水声，一障湖山看未遍
谁会凭栏意，平生鱼鸟与同归
——霞山馆(第40回)

云锦重霄涵湛露
霞绡五色捧祥晖
——牡丹台(第48回)

入社早从陶靖节
谒陵晚见顾亭林
——挽林纾　见《林畏庐先生学行谱论四种》。

叶恭绰

清末廪生。入民任交通部总长，国民政府国学馆馆长。三州人。有《遐庵汇稿》、《全清□钞》等。

洛阳名园，扬州画舫
武林遗事，日下旧闻
——赠陈从周　此联四句分别指《洛阳名图论》、《杨州画舫录》、《武林遗事》、《日下旧闻考》四部论述地方围林的名著。见《中国对联大辞典》

粉碎向虚空，昆山真惊成并尽
文章憎命达，云鹏应悔不高飞
——挽徐志摩　见《徐志摩年谱》

历劫不磨，度人间世

上寿无疆，为天下春

——贺康有为六十　见《古今联语汇选初集》。

绩学源三郑

奇珍集四欧

——赠吴湖帆　三郑：吴湖帆为吴郑龛孙、沈郑斋外甥、潘郑盦倒婿。四欧：吴藏有欧阳率更四帖　见《艺林散叶》

目穷沧海通南纪

首戴灵山拱北长

——题集美学材村　在厦门陈嘉庚故里

构厦青群材，喜见太邱真道广

障川收万派，共知左海还风同

——题集美学村　在厦门陈嘉庚故里

王文庆

入民国任浙江省民政长之王文庆，又名军，字文卿，台州人，留学日本，清末在上海组织起义敢死队。

一生志业对东风，何甘投笔抽刀，不瞑神明终含视

二载交情消逝水，行矣素车白马，未温旧酝竟长辞

——挽陈其美

夏　超

字定侯，浙江青田人。浙江武备学堂毕业。同盟会浙江支部长。

入民国任浙江省省长，国民政府第十八军军长。后为宋梅村部杀害。

父子北征，忠孝岳家军第一

君臣南渡，湖山宋室庙无双

——题岳王庙　见《西湖联话新编》。

蒋尊簋

字伯器，诸暨人，留学日本，入同盟会，任浙江都督，总统府高等顾问。

东粤亲征，北燕命驾，忆昔年患难相从，风雨鸡鸣尝胆苦

岁暮归来，春初闻耗，痛此日形容顿杳，钟山龙骨黯魂销

——挽孙中山　见《哀思录》

冯玉祥

字焕章，安徽巢县人，任国民陆军总司令，抗日同盟军总司令，国民政府行政

院副院长兼军政部长。1946 年出国考察,回归途径黑海,因轮船失火遇难。有《我的生活》。西湖秋瑾,岳庙有其撰联。

人民为主宰
科学是极星
——题词一 见《对联》

守旧必淘汰
维科方适存
——题词二

尺山尺水,永留血迹
一花一木。想见英风
——题辛亥革命烈士纪念塔 见《对联》。

丹心应结平权果
碧血常开革命花
——题秋瑾墓联

矢志移山亦艰苦
大才为海更纵横
——挽梁启超 见《梁启超年谱长篇》。

一朝群杰逝
四野挽歌声
——挽四八烈士 与夫人李德全共挽。见《四八被难烈士纪念册》。

永志五原,奋斗到底
苦撑八月,生死与之
——赠杨虎城 1935 年作 见《中国对联大辞典》。

万里归国来,室侍党化
五原誓师后,先解陕围
——赠于右任 见《中国对联大辞典》。

先哲捍宗邦,民族光荣垂万世
后生驱劲敌,愚枕惨淡继前贤
——题戚继光词 在山东蓬莱 见《对联》

潘国纲

字鉴宗,浙江永嘉人,陈其美妹婿,北京陆军大学毕业。任浙江第二十五师旅长,卢永祥部第三军副司令。

五族共和,南北统一,君其造之
四海咸饮,中外欢迎,公惜逝也
——挽陈其美 见《陈英士先生纪念选集》。

朱　瑞

朱瑞(1883—1916),字介人,海盐人,南京陆师学堂毕业,任浙江新军管带、标统。民国后历任师长、军长。二次革命时,依附袁世凯。帝制失败,避居上海,见《中华对联大典》

贼君果何仇,料其人终难逃罪

在我有馀痛,为时局非哭己私

——朱瑞题徐锡麟祠,在跨虹桥,附祀虞赓甫,赵伯先,此联题虞赓甫。　见《西湖楹联新集》。

共和五载竞前功,英名直抗罗兰,欧亚东西,烈女双烈

风雨一亭还慧业,抔土重衣武穆,湖山今古,秋社千秋

——朱瑞　赵秋社

唐乃康

毕业于浙江高等学堂之唐乃康,字伯耆,浙江吴兴(今湖州)人,随陈其美赴上海,任沪军都督府秘书,1936年任交通部监察委员,次年免职。

国事不可为,撒手万缘公去了

人心如此险,放声一哭我来迟

——唐乃康挽陈其美

邹　鲁

字海滨,广东大浦人,同盟会员,留学日本,任广东大学校长,孙中山逝世后,组织国民党在右派形成西山会议派,有《部鲁文存》。

鱼乐人亦乐

浓情心共清

——西湖玉泉　见《西湖对联欣赏》。

不亡于惠州之役,不没于石井之囚,肃杀起初秋,遂狙击横来,惨逾虎门流血史

是盖为主义而生,是直为奋斗而死,哀声动大地,纵澄清有志,君堪风雨听鸡鸣

——挽廖仲恺　见《廖仲恺先生哀思录》。

朱执信

名大符。浙江萧山籍(今属杭州市),生于广东番禺(今广州),留学日本,加入同盟会。

参加广州新军起义和广州起义。五四时期在上海办《建设》杂志,后为桂军阀杀害,有《朱执信集》。宣统元年朱执信在《中国日报》上刊应征对,应征者有十

万之众，获第一名者为刘姓的香港人。见《革命逸史》。

未除乳臭先排汉

将到长毛又剪清

——上胼为朱执信所出，下胼为刘一伟所对。上胼指宣统三岁当皇帝，汗与汗同音，排汗排汉双关。下联实指推翻清朝统治。

莫永贞

字伯恒，一作伯衡，安吉人，1916年浙江独立，任浙江财政厅厅长。其时，马叙伦任莫永贞秘书，代莫永贞撰写下刘挽联。

助庸在国，妇女也争傳姓氏

豪杰为神，美灵犹自镇山河

——挽黄兴

父子负文武才名，母虽骞参天上，青史犹余千岁寿；

宾客多郭苻俦类，我欲鹤化庭中，秋风未许一杭来。

——挽蒋智由夫人　郭，指东晋郭隊；符，指十六国时前秦皇帝苻坚　见《石屋馀沈》

沈钧业

曾任浙江省会议院长沈钧业（1884—1951）字馥生，山阴人，清末诸生，随徐锡麟赴日本留学，同盟会会员。

以天下为己任

唯公独有千秋

——挽孙中山　与李杰共挽　见《哀思录》

吾道属艰难，悲见生涯百忧乐

大雅何寥阔，不废江河万古流

——挽章炳麟　见《制言》

我国有大老

是身得长生

——寿张骞七十　《古今楹联名作选粹》认为此联系吴汝论寿李鸿章，两联并存。见《张南通先生荣哀录》。

苏曼殊

十二岁剃发为僧，法名博经，号曼殊（1884—1918）。生于日本，广东香山籍，母为日本人，有《苏曼殊全集》。苏曼殊墓原在孙山，今不存。

乾坤容我静

名利任人忙

——苏曼殊题兵院山普济寺　见《艺林散叶》

花都忧愁春正苦

江山无主月团圆

——苏曼殊题月照柳林图　见《中国对联大辞典》。

说法堂前龙侧耳

读经座上虎低头

——苏曼殊题广东白云山能仁寺　见《龙眠联话续编》。

张　洁

字南樵，浙江高等巡警学堂毕业，留学日本。浙江光复，任省城警察厅厅长，众议院议员，浙江参议会副议长。下列两联是她挽陈其美的。

国难未消，我公遽死

英才遭狙，天道宁论

忍泪哽无言，愧我难完知己志

招魂滋隐恨，奠君尚歉独夫头

单　丕

名荣修，字诒孙，号伯宽，更号不庵，浙江萧山（今杭州市）人，留学日本，任中央研究院中文科主任。有《宋儒年谱》。

大盗寿终，伯夷饿死

举世皆醉，灵均独醒

——杨树达挽单丕　杨，长沙人，有《杨树达文集》。

周佩箴

曾任浙江省实业局局长周佩箴（1883—1952）

吴兴人，清末補博士弟子员，同盟会会员。1949年去台湾，下面是他挽陈其美联：

使元恶早除，先生可以不死

只国是未定，九原应有馀哀

陈忍茹

名沛德，号小髯，光复会会员，留学日本，曾任浙江总督府咨议，沪军都督府参议，国民党史料编纂委员会编纂。1949去台湾。有《碧吟馆诗集》。

屯豺虎于一室，公不死贼，贼不生公，浩气总难磨，毁誉何妨听史直

共患难者十年，为天下哭，为知己哭，大仇犹未复，头颅且莫殉田横

——陈忍茹挽陈其美

高时显

高时显(1878—1952)字欣木,号野侯,又号四遇岁朝春老人,浙江杭县(今杭州市)人,举人。曾任中华书局董事,美术部主任,编审。有《方寸铁斋印存》等。高时显曾与陆费逵共寿张謇七十之联句:

模范县,模范人,模范在事功,勤俭尤为好模范

寿星翁,寿星婆,寿星有福泽,儿孙同拜双寿星

——高时显,陆费逵共寿张謇七十

陆费逵,辛亥后与人创办中华书局,出版《辞海》《四部备案》《古今图书集成》等要籍,以及教科学等数万种,还有《教育文存》。陆浙江嘉兴籍。

杜亚泉

曾就读于杭州崇文书院的杜亚泉,会稽(今绍兴)人,旧时创办我国第一份科学期刊《亚泉杂志》,主编《东方杂志》。翻译有《东西文化批评》、《盖氏对数表》

先生有造于浙,今死矣,吾等浙人为此悲耳

中国有望之言,其信乎,闻斯言者愿共勉焉

——杜亚泉挽高风岐　见《古今联语汇选初集》。

邵元冲

曾入杭州浙江高等学堂之邵元冲(0890—1936),名骥,号玄圃,绍兴人,举拔贡。入同盟会,南社社员,曾任上海《民国新闻》总编辑,北京《民国日报》社社长。1929年,任立法院副院长,代院长。著有《陈英士先生革命历史》。1936年西安事变过程中被击伤,两日后去世。

誉满天下,谤满天下

忧以终身,乐以终身

——偶得

清襟照笔事,恢廓共推黄叔度

文章存大雅,风流长忆谢东山

——挽谭延闿

天马自行空,猛志觥觥,直向云霄争万古

神龙曾见首,英才济济,还仗巾帼继前功

——邵元冲题仙逸学校　见《邵元冲日记》。

屈指数兴中,耆归宿草同悲,犹欣鲁殿灵光,乃存一老

伤心望蓟北,烟云羁魂难返,从此名山著述,更质何人

——邵元冲挽陈少白　见《陈少白先生哀思录》。

徐行恭

别号曙岑，晚号玄发老人，浙江杭州人，年逾九十，犹不废辞翰，有砚癖。

笔端无俗韵

腕底有阳秋

——徐行恭自题联　见《艺苑琐闻》

徐新六

徐新六（1890—1938），字振飞，杭州人，留学美国。第一次世界大战后，被任为巴黎和会赔款委员会的中国代表，后任浙江兴业银行总经理。又任复旦大学校董，《时事新报》《大晚报》董事长，上海泰山保险公司董事长。1938 年由港赴渝，所乘的飞机遭日机截击死难。

轮盘永转，新月长悬，虽死难忘裘丽亚

猛虎未除，翡翠终冷，此恨当伴曼殊斐

——徐新六挽徐志摩，某徐志摩作品名，见《论语》半月刊。

沧海忆归人，刮目论姻，正似昌黎知李汉

江美惊岁晚，伤心望祭，差同子美念祁公

——徐新六挽杨士陵，新六为杨士琦倒女婿　见《古今联语汇选集》。

黄文中

民国初年，留学日本，甘肃临洮人，同盟会会员，抗日战争期间积极主张抗战。译有《日本民权发达史》。1934 年游览西湖，创作了不少楹联。

湖光塔影连三竺

海日江湖共一楼

——题西湖北高峰韬光庵

山水多奇踪，二涧春淙一灵鹫

天地无凋换，百顷西湖十里源

——题春深亭联　在西湖灵隐，集句。

赵乃抟

赵乃抟（1897—1986），字廉澄，杭州人，留学美国，任北大，西南联大等校教授，著有《披沙录》。

徒手的学生，中手弹而殉命，谁偿此赤血

无党的青年，受党棍无欺压，惟诉诸青天

——赵乃抟挽一二一烈士　见《近现代历史事件对联辑注》

朱自清

原名自华，号秋实，一号佩弦，文学研究会成员，在清华大学，杭州、温州等地执教。有《朱自清文集》。

但愿夕阳无限好
何项惆怅近黄昏
——自题　1948年作　见《新文学史料》

朱　奇

字大可，别署亚凤，浙江嘉兴县人。有《墨池集》，《嚶鸣新话》《梡鞠续录》等。

四声平上去
三才天地人
——谐对　见《艺林散叶》。

齐物逍遥，一文仙踪圆蝶梦
儒林货殖，千秋史笔属龙门
——挽陈磲仙　见《南社丛谈》。

历道咸同光宣五朝，金寿门之平生，及瞻辇下诸先辈
兼诗书画篆刻四绝，徐俟斋于晚岁，惟署秦馀一老人
——挽吴昌硕　见《龙眠联话》。

钱宗泽

字暮霖，浙江杭州人，陆军大学毕业，任北京政府交通部全国队警总局副局长，徐州警察厅厅长，国民政府铁道部政务次长。下面是他挽张謇联：

中外仰清才，陶熔群彦，有造邦家，伟绩钦光民国史
东南遗实业，衣食万人，如伤父母，哀声咽断海潮天

汪亚尘

浙江杭县人今杭州市人，寄居上海，东京美术学校毕业，任上海美专教授，抗战胜利赴美举办画展，一直未归。他有联语：

独创新吟，奇死亦馀诗意
雄飞失坠，阴霾竟葬青年
——汪亚尘挽徐志摩

方志敏

曾任闽浙赣工农业民主政府主席方志敏，江西弋阳人。被捕后在南昌就义。

有《方志敏文集》。

云龙搏浪飞三级

天马行空载五年

——字题一　见《中国楹联鉴赏辞典》

心有三爱，美书骏马佳山水

园载四物，青松翠竹白梅兰

——自题二　见《中国对联大辞典》。

饶信襟咽故地

古今冠盖名人

——题凉州　见《古今名联巧对楹联佳话》

刘　英

曾任中共浙江省委书记的刘英，江西瑞金人。1942 年在永康方岩光荣牺牲。有联：

夜静书为友

春深笔吐花

——刘英在江西瑞金小学读书时撰

四世同堂，极尽天伦之乐

年届古稀，爱国犹不落后

——1937 年，刘英曾为郑海啸堂兄郑志西撰题的祝寿联

下册

卷二十三

二十世纪五十年代至今

邵力子

原名凤寿，字仲辉，浙江绍兴人，清末举人，主持上海《民国日报》，任上海大学代理校长，中国公学校长，国民党中央宣传部部长。1949年后，任全国人大常委会常委。有《建国在作战的时候》。

齿牙吐慧艳如雪

肝胆照人清若秋

——无题　见《中国书法鉴赏大辞典》。

佳作尤称孔乙己

大名堪配高尔基

——挽鲁迅　1936年冬，国共两党在西安举行鲁迅追悼会，力子时任陕西省政府主席，撰送此联。见《近现代名人对联辑注》。

民族精神，于兹荟萃

天地正气，将益发扬

——题郑成祠功词　1948年6月游台湾时撰

爱人甚于爱己，凭一片赤诚，化除种族积久怨仇，正符孙总理嘉言，不作大官，应作大事

成仁即是成功，洒满腔热血，持续宇宙永恒生命，岂让郑延平伟绩，造福全岛，示范全民

——题吴凤庙　庙址在台湾嘉义，1948年游台湾撰　见《近现代名人对联辑注》。

慈父方逝，又失长兄，岂只吾校不幸

革命未成，尚须努力，凡我同志勉旃

——挽廖仲恺　慈父指孙中山，吾校指黄埔军校　见《廖仲恺先生哀思录》。

沈鸿烈

沈鸿烈(1882—1969)，字成章，湖北天门人，留学日本，入同盟会，任浙江省政府主席。1949年去台湾。有《欧战与海权》。

彝训承先，闻诗闻礼

名宗延庆，宜室宜家

——题孔府后堂　见《对联》。

海上息鲸波，从此风调雨顺

山中开见阙，应知物阜民康

——沈鸿烈题山东长岛县显应宫　见《中华名胜对联大典》。

祝绍周

祝绍周(1893—1976)，字芾南，杭州人，曾任陕西省政府主席，京沪杭警备总

部副总司令，1949年去台湾。

咸阳记刘季之功，不妨王汉

赤壁分周郎之绩，姑且借荆

——谢觉哉赠祝绍周联　见《中国对联大辞典》。

孙传芳

曾任闽浙巡阅史，浙闽苏皖赣五省联军总司令孙传芳，山东历城人，日本士官学校毕业，后在天津被一为报杀父之仇的女子杀死。孙传芳挽中山联曰：

大业垂成，宏愿誓为天下雨

英灵不闷，悲思遥逐浙江潮

——见《哀思录》

张东荪

字圣心，浙江钱塘(今杭州市)人，留学日本，任北京大学教授。有《道德哲学》。

人之云亡，郭林宗太息党祸

鬼能为厉，颍考叔终殛其凶

——挽李公朴闻一多

信仰虽不同，为民主共鸣，无分你我

人天顿远隔，叹宪草未订，遂失友朋

——张东荪与张君劢、蒋匀田共勉四八烈士　见《四八被难烈士纪念册》。

本方寸间不容已愿轮，为先哲后哲续千灯，学通中外古今，言满天下，名满天下，智过于师，万口争传大王路

是历史上有关系人物，更升平津平张三世，身阅坏空成住，知惟春秋，罪惟春秋，泣尽心血，一生肯作宁馨儿

——与张尔田共勉　梁启超　见《梁启超年谱长编》。

杨孝述

曾任浙江大学教授，杨孝述(1888—1974)，字允中，上海人，留学美国。还当过南京河海工科大学校长，中国科学社总干事。他有两副挽张謇联：

邦家多难，方恃耆勋，当代失完人，涕泣悲哀遍全国

校事惟艰，自伤蹇劣，助予赖将伯，维持继续到嗣君

具大计画以福社会，出真精神以利国家，事业炳日星，始终不肯却一步

谋治水则兴学必先，筹经常则到底弗懈，瞻依失山斗，继续还须第二人

卢钟岳

任浙江巡警学校，东湖法政学堂教员的卢钟岳，字迎仙，号临先，浙江诸暨人，留学日本。与徐锡麟共谋起义，事败被捕入狱。出狱后赴奉天创办微言报馆。辛亥后，任众议院议员。

真神州多故，又贼英贤，使人情何能已已

数仙岛旧俦，来登鬼箓，问天道只是苍苍

——挽陈其美　见《陈英士先生纪念全集》。

陶孟和

浙江绍县籍之陶孟和，原名履恭，北京大学教授，中央研究院院士。1949 年后，任中国科学院副院长。有《孟和文存》。

训诂字别著新书，乘业应谐元韵谱

教育界共推名宿，问天何夺出群才

——挽刘半农　见《刘半农评传》。

葛敬思

曾任浙军总司令部主任参谋、航空署署长的葛敬思（1889—1979），字湛候，北京陆军大学毕业，嘉兴人。1934 年曾入狱。抗战期间，任汪伪立法委员。抗战胜利后去台湾，任行政长官公署秘书长。1949 年 5 月，与沪、港两地立法委员通电起义，卒于上海。见《中华对联大典》。

杀贼事本拼一死

招国魂惟有三号

流血五步，缟素三军，英灵在日星河岳

崎岖半生，遗恨千古，涕泪遍南北东西

以上两联，皆葛敬思挽陈其美

江南苹

陈师曾（衡格）入室弟子江南苹（1901—1986）名采，浙江杭州籍，生于河南，善画梅。江南苹与工辞翰，善吹笛之吴静庵一堆艺坛夫妇。旧有赠吴静庵江南苹夫妇联。

汉大王镜。魏孝昌佛，日利长生，一龛供养

管仲姬画，韩约素印，藻思美意，三绝绸缪

——袁克文赠吴静庵江南苹夫妇　见《艺术散叶》。

陆维创

陆维创(1899—1980),字维昭,晚署劭翁,浙江美术学院教授。浙江平湖人,有《中国书法》。

室有尊彝,门无车马
家食旧德,农服先畴
——集甲骨文联　见《古今百家明联墨迹欣赏》。

杨耀德

杨耀德,上海工业专门学校毕业,留学美国,浙江大学教授,上海人。主编《电机学》。

邦命维新,欲起九泉销旧恨
魅魑是惩,长留正气壮山河
——挽费巩　见《费巩烈士纪念文集》。

罗庸

曾任浙江大学、北京大学、中山大学教授的罗庸,北京人,江苏江都籍。有《陶诗编年》。

人间惊噩梦,忍过桐花芝豆堂
天上知遗音,愁闻鸟语空山音
——挽刘半农　见《刘半农评传》。

荷戟独彷徨,岂惜芳馨遗远者
大圜犹酩酊,如磐夜气压重楼
——挽鲁迅　见《鲁迅先生纪念集》。

胡士莹

胡士莹(1901—1979),字宛春,浙江平湖人,东南大学毕业,之江大学、杭州大学教授。著有《话本小说概论》《宛春杂著》等。挽胡士莹联乃王驾吾撰,王曾任浙江大学、杭州大学教授,南通人,著有《先秦寓言研究》、《曾南丰先生年谱》。

书其可传,独创鸿纲评话本
病不废学,犹裁素绢写兰亭
——王驾吾挽胡士莹

邵祖平

曾任浙江大学副教授之邵祖平,字谭秋,南昌人。有《中国文学概论》、《培风楼诗存》。

神交逾五稔，曾无车笠论欢，死别转吞声，欲向钱塘访圆泽
冲绪企三高，况有文章惊俗，哀歌来赠泪，何殊东野丧元宾
——挽谢觐虞　见《玉岑词人悼感录》。

方介堪

名岩，温州人，曾任西泠印社副社长，有《方介堪印存》。

访三老碑亭，东汉文留遗迹在
问八家金石，西泠社近断桥边
——题西泠印社石交亭

许宝驹

浙江杭州人，民革中央常委，曾与侯外庐、金仲华、阳翰笙、曹孟君，于振沄共挽李公朴闻一多联。联云：

永矢丹忱，至死为和平奋斗
可以瞑目，已培成民主始基

郑　岳

字曼青，号莲父，浙江永嘉人，任暨南大学教授，上海美专国画系主任，湖南国术馆馆长。对西湖极其热爱，多次漫游，留有佳作。卒于台湾。有《玉井草堂诗》等。

生婴子厚诗词之病，君其不死
愧无退之文章致祭，我负故人
——挽谢觐虞　见《玉岑词人悼感录》。

汪静之

1902 年生，安徽绩溪人，曾任建设大学，安徽士子，暨南大学、复旦大学教授。1955 年去职，定居杭州。有诗集《蕙的风》等。笔者曾在九溪空军招待听一次诗歌创作会上与汪先生交谈过。

雪山烂草地，艰难里锻成忠胆
上饶集中营，烈火中炼成真人
——挽冯雪峰

陈　立

陈立，1902 年出生在湖南，学成于伦敦。1939 年应竺可桢之邀请来杭州，先

后任浙江师范学院院长，杭州大学校长等职。2003年3月，103岁时辞世。在杭州整整度过65个春秋，他是中国工业心理学鼻祖。著有《工业心理学概观》等。

尽心育才，生无憾其素学
致命遂志，死有重于泰山
——陈立挽费巩　见《费巩烈士纪念文集》

众星仰北辰，草木难忘受教日
遗爱遍两浙，湖山常有举香人
——浙大学生教挽陈立先生　见杭州名报

胡健中

别号经业，浙江杭县（今杭州市）人，任杭州《民国日报》社社长，国民党中央△△委员。1949年去台湾。

一室顿凄清，余笔犹浓，广陵散绝摩耶舍
双溪共鸣咽，高标永仰，合浦珠还御柳图
——挽张大千　合浦句：健中旧藏张大千业师清道人（李瑞清）所绘的《御柳图》，抗战期间遗失。后为张大千在香港觅购得回。见《中国对联大辞典》。

黄钟响绝，歇浦星沉，沧海月明珠有泪
贤母家箴，元戎背字，绕梁声咽记犹鲜
——挽姚谷香　见《中国对联大辞典》。

姜亮夫

1902年生，原名寅清，云南昭通人，曾任大厦大学、复旦大学、东北大学、云南大学、浙江师范大学、杭州大学等院校教授。著有《中国音韵学》、《屈原赋校注》等，全部作品已汇编为《成均老人著书目》

深邃突过俞荫甫
规模有似王念孙
——赠徐林甫　见《艺林散叶续编》

踏开世界不平路
援登科学第一峰
——赠胡道静　胡，任上海通志馆编辑《通报》主编，1949年后任上海出版社编审。有《梦溪笔谈校正》等著作。

孙师毅

浙江杭州籍，生于江西南昌。曾任江西《新民报》副刊编辑，影片公司编剧，香港《文汇报》总编辑，有电影剧本《新女性》等。

谁不想活着，说影片教唆人自杀吗，为什么许许多多，志节攸亏，廉耻丧尽，良心抹煞，正义偷藏，反自鸣卫道之徒，都尚苟安在人世

我敢说死者，是社会胁迫她致死的，请只看啰啰唣唣，是非倒置。经纬混淆，黑折不分，因果莫辨，却号称舆论的话，居然发卖到灵前

——孙师毅挽阮玲玉　阮玲玉主演影片二十余部，受恶势力迫害，服毒自尽。

韦名之前，尚存万难

艾霞之后，此又一人

——孙师毅夫人蓝馥清挽阮玲玉

注：艾霞，厦门人，曾自编并主演《现代一女性》，由于个人爱情生活之不幸和黄色小报的中伤，于 1943 年吞服烟土自尽，是我国电影史上第一个自尽的著名影星。见《团结报》。

刘开渠

曾任杭州艺术专科学校校长、中央美术学校副院长刘开渠，安徽人，北京艺术专科学校毕业，留学法国。有《刘开渠雕塑集》、《艺术的批评》等。

宛子城中藏虎豹

蓼儿洼里聚蛟龙

——题忠义堂　在山东梁山虎头峰宋江大寨，1988 年重建时撰书。见《中华名胜对联大典》。

莫上层峦，睹江水狂澜，洒不尽英雄涕泪

聊城蚁酒，听秋林落叶，感从来才子飘零

——题李白纪念馆　在四川江油　见《中华名胜对联大典》。

邓小平

又名斌，四川广安人，主要著作编入《邓小平文选》。曾多次来浙江考察，在西湖留下足迹。

列为无产者

宁不革命手

——自题　句首嵌“列宁”两字　见《中国对联大辞典》。

处世须防开口错

交人只要到头真

——赠人　这是 1937 年送给甘肃正宁一位基层干部的对联　见《中国楹联报》。

邵　锐

1905 年生，浙江杭州人，字茗生，考古学社社员，在故宫博物院古物馆任职，有《衲词楹帖》等。△就集宋词联选录几副：

尽日东风吹柳絮
一犁春雨种瓜田

桃李无言，倚风微笑
海棠似语，明月多情

芬草斜晖，乳燕飞华屋
落花微雨，青螺添远山

翠帐犀帘，金兽盛熏兰炷
莺丝凤竹，玉龙吹散幽香

吟思难抽，只愿长留相见面
芳游自许，谁能拘束少年心

芳堤十里新晴，春态苗条先到柳
翠叠万山如绣，点缀风流却欠梅

且寻诗酒，莫问功名，高冠长剑都闲物
如此江山，依然风月，葛巾藜杖正关情

问古今几度斜阳，倚阑凝想，远月不堪空际邃
登览处一江秋色，飞盖相追，赏心多是酒中仙

施蛰存

杭州人，1905年生，曾任厦门大学、暨南大学、华东师范大学教授，有《上元灯》、《善女人作品》等小说集以及《唐诗百话》等。

词坛@北斗
诗教寿南山

——贺夏承焘从事教育与学术工作六十五周年，联署：词学编辑施蛰存、马兴荣。

走海移桑，闲老京华贵公子
尘琴掩瑟，歌残梁苑旧词人

——挽张伯驹　见《艺林散叶续编》。

复雅歌残，乐府新声叹廖落
梁塞人去，疆邨遗砚失音徽

——施蛰存挽龙榆生　龙历任暨南、中山、复旦等大学教授。有《唐宋词格律》、《辞典概论》、《中国韵文史》等。

沅芷湘兰，一代风骚传说部

滇云浦两，平生交谊仰文华

——挽沈从文　见《新文学史料》。

七十载征存辑佚，词学入乾嘉，建业论功，善本先开垂典则

百万言别非正误，宗风绍朱郑，景行继志，几人后起仰仪型

——施蛰存挽唐圭璋　见《词学》。

钱君匋

浙江海宁籍，桐乡人，1906 年生，任北京音乐出版社副总编辑，西泠印社副社长，有诗集《水晶座》与《鲁迅印谱》等。

休美巨鱼夺食

聊以清泉洗心

——题玉泉鱼池

惠日朗虚室

清风怀古人

——题兰亭　见《中华名胜对联大典》

艺术精能备众长，声名中外春雷震

律宗功德诚无量，词曲诗书国宝传

——题李叔同纪念馆

王淦昌

曾任浙江大学、山东大学教授、原子能研究所所长、中国科学院学部委员的王淦昌，1907 年生，江苏常熟人，清华大学毕业，留学德国。下面是他挽费巩联。见《费巩烈士纪念文集》。

重庆沉冤，先生痛史蜀水咽

武林遗爱，烈士英名越山红

——朱伯康

曾任浙江大学、中央大学、复旦大学、中山大学教授的朱伯康，浙江温岭人，留学德国。

刀丛争民主，大义凛然，正气长存终不朽

平生感知遇，绨袍犹在，甘棠有后愿长青

——朱伯康挽费巩　见《费巩烈士纪念文集》。

赵朴初

太湖人，任中国佛教协会会长，中国楹联学会名誉主席，全国政协副主席。有《涌水集》、《片石集》等。西湖岳王庙等处有留题。

莫忘祖狄中流楫
同饮山亭一钵茶
——题浙江富阳鹤山双烈亭　见《中国名联辞典》。

无尽奇珍供世眼
一轮圆月耀天心
——题西湖虎跑李叔同纪念室

不矜威益重
无私功自高
——自题　见《中国古今实用对联大全》。

雄笔映千古
巨川非一港
——挽林散之　见《对联》。

天著雾衣迎日出
峰腾云海占月浮
——题清音阁　在峨眉山。见《中国名胜楹联大观》。

教被寰宇光曲阜
泽流海外润长崎
——题孔庙　在日本长崎

勤学五明，弘范三界
庄严国土，利乐有情
——题上海玉佛寺　见《对联》。

积毁铸奇冤，十年风雨燕山夜
丹心同皎日，千古昭垂赤县天
——挽邓拓

苏渊雷

原名中常，字仲翔，别名钵翁，浙江平阳（今属苍南县）人。在杭州陆军监狱被关七年，任华东师范大学教授，上海佛教会副会长，有《读史举要》等多种著作，主编《绝妙好联赏析辞典》，今人辑为《苏渊雷全集》刊行。

白云在天，萦南北孤捿之毅魄
松涛动地，激万千来者之心潮
——此联从苏渊雷所撰《浙江省陆军监狱牺牲烈士纪念亭碑记》中由笔者辨认录出，可见苏渊雷对楹联的创作与研究功夫之深。

亭危独揽江湖秀
潮退能迴天地青
——苏渊雷题西湖积义亭

千山耸翠悲心起

万壑奔流慧眼开

——观音洞　在雁荡山

秋色平分南北雁

高风遥接东西林

——南雁荡门青山寺山门。苏渊雷撰，赵朴初书。

本色天真，人生归有道

笔精墨妙，艺术是千秋

——挽朱复戡　见《近代名人丛话》。

疆邨传砚，石遗称诗，绮梦才名惊叔宝

词学发刊，上庠设教，暮年心迹托兰成

——挽龙榆生　见《龙榆生先生哀挽录》。

苏渊雷以上楹联已收入《郑立于文集》第七卷《西湖楹联大观》下编名人名联近代部。

王蘧常

字瑗仲，浙江嘉兴人，复旦大学教授。有《商史汤本纪》、《顾亭林诗集汇注》、《王遂常书法集》等。岳王庙等处有其题联。

余事艺三绝

狂吟月二分

——题郑板桥纪念馆，在兴化　见《艺林散叶续编》。

毕生劝学书成海

旷世高风义作航

——题张元济图书馆　在海盐　见《商务印书馆九十年》。

一画开天闻鬼哭

群书似海此薪传

——仓圣祠　在嘉兴，祀仓颉。见《对联》。

我与同庚，卌年石友

君应不死，一代词宗

——挽夏承焘　见《夏承焘教授纪念集》。

受人以虚，求是以实

能见甚大，独为其难

——自题　见《中国对联大辞典》。

孤屿常留天地正气

一死终明孔孟真传

——文天祥祠　在温州　见《对联》。

笔阵纵横，足征上寿
汉家规范，愧拜下风

——赠苏局仙　见《对联》。

叠石流泉，长房缩地
模山范水，云林复生

——赠陈从周

同名冠香山，群尊司马
待梅开春日，再颂罗浮

——寿郑逸梅　郑逸梅八十九岁，蘧常赠此联预祝九轶。见《对联》。

熔铸万家，远惊海客
雕镂万象，独得骊珠

——赠钱钟书　见《中国对联大辞典》。

修竹风吟，似闻群彦咏
清流雾结，想见大王书

——题兰亭　在绍兴。见《对联》。

万木风高，际海蟠天终不灭
一言心许，镂肌铭骨感平生

——题康有为墓　见《中国对联大辞典》。

木落归根，何时结伴还乡水
笔开生面，精意新汇记事珠

——赠陈左高　左高，浙江平湖人，见《艺林散叶续编》。

五十年昆弟之交，亲似骨肉
八万卷文章寿世，雄视古今

——寿钱仲联八十　见《文汇报》。

回忆吴门，怪木奇峰追尊者
遥伤艺苑，摹天绘海失斯人

——挽张大千　见《对联》。

抗日争先，终得朝宗归大海
惟民为主，永留遗爱在人间

——纪念沈钧儒　沈钧儒是蘧常内兄，沈诞辰百十周年，与夫人沈静儒寄题此联。

侃侃高谈，贻谋垂千古
循循善诱，食报享大年

——挽梁漱溟　见《梁漱溟先生纪念文集》。

只手提三万水犀，六十海舶，七下西洋，威灵震千岛百屿，古今谁匹
后人效太公封神，玄奘取经，广搜异说，恣纵写神灯宝舰，童叟艳称

——题郑和纪念馆　见《对联》。

许宝骙

1909 年生，字揆若，杭州人，燕京大学毕业，任《中国建设》杂志中文版顾问。译有《新工具》、《论自由》等。

同病剧相怜，骤别人天行自念

新期刊共创，独拾遗稿不胜悲

——挽孟周　见《当代对联艺术家辞典》。

数载接高邻，灯影书声今在忆

别来驻宝岛，学名德望史留芳

——挽钱穆　见《钱穆纪念文集》。

行大道，立大法，昭大信，臻大治

庆新年，换新猷，创新局，布新风

——许宝骙 1983 年撰春联　见《当代对联艺术家辞典》。

徐懋庸

原名茂荣，浙江上虞人，任武汉大学副校长，中国社会科学院哲学研究所研究员。有《徐懋庸杂文集》、《徐懋庸选集》。

敌乎友乎，余惟自问

知我罪我，公已无言

——挽鲁迅

喜能歌舞，怒能战斗

勤靡余劳，心有常闲

——集任嘏、陶潜句　见《徐懋庸选集》。

钱思亮

钱思亮(1908—1983)，浙江杭县(今杭州市)人，清华大学毕业，任北京大学等校教授。1949 年去台湾，任台湾大学校长，著有《立体化学研究》等。

为兴学育贤，鞠躬尽瘁

看兰香桂馥，继绍家风

——马星野挽钱思亮　马星野，浙江平阳人，留学美国，曾任中央日报社社长，有《新闻学概论》等　见《中国对联大辞典》。

范钧宏

浙江杭州人，从事戏剧创作，有《猎虎记》、《杨门女将》等。

荣于剧，衰于剧，得编剧之三昧，逝而无憾

生其才，展其才，标奇才于千古，后者来仪

——翁偶虹挽范钧宏一

猎虎三座山，初出茅庐，卧薪尝胆，正喜玉簪辉强项

牧羊九龙口，点将杨门，锦车持节，陡惊春草萎雪原

——翁偶虹挽范钧宏二　此联分别融入范创作或改编的十二个剧目。翁：北京人，亦是剧作家。见《对联》。

谷斯范

曾任中国作家协会浙江分会副主席之谷斯范，1916 年生，上虞人，有长篇小说《新桃花扇》、《新水浒》等。在小说《新水浒》中有联：

莫坏良心，极恶巨奸，转眼终归失败

请看好样，忠臣孝子，到头毕竟团圆

——《新水浒》等一回　关帝庙戏台联

陈从周

毕业于之江大学的陈从周，绍兴人，任同济大学教授，对西湖景区建设颇尽心力，有《苏州园林》、《徐志摩年谱》等。

万卷留遗著

一代失词宗

——挽夏承焘

潮有音，松添韵

山不尽，水无边

——题普陀山慈云庵

忝列门生五十春，知恩难报

欣逢夫子九秩庆，小草沐晖

——贺王蘧常九十寿

天增岁月人增寿

花满楼台景满园

——赠倪天增　倪，嘉善人，曾任上海工业建设设计院副院长、上海市副市长

孔　厥

孔厥(1917—1966)原名郑直，吴县人，1939 年入延安鲁迅艺术学院。与袁静共同创作的章回体长编小说《新儿女英雄传》，后来又出版了《新儿女英雄续传》。他游过西湖，但未见留下笔墨。现录出他小说中之联语，见《中华对联大典》

打日本才算好儿女
救中国方是真英雄
——黑老蔡贺婚联　见《新儿女英雄传》第十六回。下同。

新人儿推倒旧制度
老战友结成新夫妻
——程平贺婚联

清算恶霸，善水吐出千载恨
斗争地主，良田收回万民欢
——龚绍禹自题　见《新儿女英雄续传》第十四章。

吴　恒

吴恒，字仲英，清末书画家，仁和人。前人评吴恒之书画云："不落窠白，秀劲之致，得之自然。"

醉即眠，醒即歌，是养生第一诀
书精品，画妙品，在吴侪有几人
——杨岘贺吴恒六十寿

王延龄

1921年生，原名寿山，浙江杭州人，在上海艺术研究所任职，译有《妇人输送船》等。下面是他与友人贺夏承焘从事学术与教育工作六十五周年的联语。

乐天长短三千首
住世因循五百年

山上月轮，千秋词赋开新境
阁来天籁，九畹芝兰被厚恩
——此联王与刘乃昌、喻朝纲共贺

高　阳

高阳(1922—1992)，原名许晏骈，杭州人，大学时入空军军官学校，1940年随军去台湾。任《中华日报》主笔，有历史小说《乾隆韵事》、《慈溪全传》、《曹雪芹别传》等六十余部。

人世难逢开口笑
乡音未改鬓毛衰
——高阳自题联　在高阳许多小说中还有不少楹联，选录几副：

天家富贵

地上神仙

——《玉座珠帘》同治帝自题联

孔门弟子

鬼谷先生

——《玉座珠帘》宝鋆自题联

宣德楼，弘德殿，德业无疆，幸喜词臣工词曲

进春方，献春册，春光有限，可怜天子出天花

——《玉座珠帘》　讽王庆祺

青女素娥俱耐冷

名花倾国两相欢

——《慈溪全传·瀛台落日》某状元集句联

逢君之恶，罪不容于死

时日曷丧，予及汝偕亡

——《慈溪全传·瀛台落日》　讽柯逢时

荒村古庙犹留汉

野店浮桥独姓诸

——《乾隆韵事》　关帝庙联

因火成烟，若不撇开终是苦

三酉成酒，入能回首便成人

——《曹雪芹别传》　吕纯阳香堂联

余三胜重兴四喜班

吴大嫖再住九天庙

——《清宫外史》　讽吴可读余三胜

天意悯孤忠，三月长安忽飞雪

臣心完夙愿，五更萧寺尚吟诗

——《清宫外史》　挽吴可读

创千古未有奇闻，非左非右，攻异端而正人心，忠孝节廉，只此精诚未泯

为斯世少留佳话，一惊一喜，仗神威以寒夷胆，农工商贾，于今怨愤能消

——《清宫外史》　瑞王府拳坛联

徐朔方

1923年生，浙江东阳人，浙江大学毕业，任杭州大学中文系教授，著有《汤显祖年谱》、《汤显祖诗文集编年笺注》等。

攒古今之千变

极人物之万途

——题汤显祖墓园一

虚虚实实，曲中哀乐
假假真真，笔底风云
——题汤显祖墓园二

一代词宗，音徽已杳
天风高阁，弘范九州
——挽夏承焘

陈玮君

浙江大学毕业，在浙江省文联任职，1923 年生，江苏泗阳人，有《济公外传》，其中有几副联语：

樵郎有义胥
路厅存仁风
——第 13 回　还舍亭联

行止无愧天地
褒贬自有春秋
——第 20 回　济公庙联

常在有日思无日
莫到无时想有时
——第 5 回　汪王庙联

如不回头，谁为你救苦救难
若能转念，何须我大慈大悲
——第 5 回　济公代撰联

看我苦婆，竟也成佛，泥身皆呈金色
笑你懒汉，枉自为人，银锭尽化土灰
——第 3 回　老娘庙联

郑立于

浙江省苍南县人，1930 年中秋节出生，定居杭州西湖东河锦园言志楼。现为中国作家协会会员，中国楹联学会会员，文联、历史文化、书法协会等单位顾问。著有《祖国的矾都》《青春的火花》《郑立于短诗选》(中英文对照)《百鸟诗集》《西湖楹联大观·上编名胜名腾》《西湖楹联大观·下编名人名联》《西湖楹联》(收入西湖全书)《高陈传》、《郑立于楹联选集》等十五种，已汇集为《郑立于文集》八大卷 260 万字，年内正式出版。下面录其与西湖的几副楹联：

题杭州皋亭山景区

千年烟已杳，尚见残碑扶宋室

万竹节竞高，犹闻全围咏华宗

——皋亭区，俗称半山，在杭州东北部，文天祥受命右丞相兼枢密使时，曾在此抵抗元兵。近年还在此出土断石柱，镌有“扶宋室”三字，现存附近“娘娘庙”里。

杭州苏东坡纪念亭联

法相依然，百络幽思牵巴峡

怀缘未了，千年调别返杭州

题上虞东山风景区

洞府弦歌鸣今古，先哲遗踪，东山再起

越瓷翠彩映乾坤，虞黎发迹，舜水重熙

敬挽苏步清先生

兴教著书八十载，功成也，伟绩镌碑铭，英名留青史

育才济世逾百龄，圆满矣，西湖印身影，南胜仰忠魂

——苏步青曾任全国政协副主席，浙江大学教务长，复旦大学校长

敬挽吴景荣先生

语言通中外，沥血育才，高足门生遍四海

学识贯古今，精心著述，深渊智慧映千秋

——吴景荣杭州高中毕业，留学英国，译著有《新时代汉英大词典》《英国文学发展史》《英诗全库》《当代英文散文选读》《汉英词典》等。

题郑海啸、郑明德父女故居联

中堂经风雨，尚残留志士誓言，刘公手迹

西境尽溪山，犹恍听杜鹃啼血，明德清歌

——郑海啸曾任浙江省民政厅副厅长。刘公手迹指刘英同志曾题联赠郑海啸堂兄郑志西，为今手迹还在。

冯骥才

浙江慈溪人，在天津工人美术大学任教，有长篇小说《神灯》、《阴阳八卦》。在《阴阳八卦》中有些联语有江南气息、西湖风光，因录几副。见《中华对联大典》。

天下事无非是戏

世间人何必认真

——影戏班一　见第八回

有口无口，且将内口傅皮口

是人非人，聊借真人弄偶人

——影戏班二　见第五回

山巅听海涛，有情耳枕海涛眠

亭中看天下，无劳心身天下行

——望海亭　见第八回

学端品详由正路

文心活泼认源头

——黄家书房一　见第八回

潇洒谢红尘，满架图书朝试笔

光明生玉案，一窗明月夜鸣琴

——黄家书房二　见《阴阳八卦》

贾平凹

陕西丹凤人，西北大学毕业，有《贾平凹散文自选集》，长篇小说《商城》、《废都》、《浮躁》等多部。曾来杭州、绍兴等地游山玩水，体验生活，并留下长篇散文随笔。现就《废都》中撷出几副楹联：

蝶来风有致

人去月无聊

——庄之碟自题

苍竹一竿风雨

长年直写青云

——照壁

佛理如云，云在心头，登上山头云更远

教义似月，月在水中，拨开水面月更深

——升座典礼

存亡四兄弟

生死一小乙

——挽龚靖元

生比你迟，死比我早，西京自古不留客，风哭你哭我，生死无界

兄在阴间，弟在阳间，哪里黄土都埋人，雨笑兄笑弟，阴阳难分

——再挽龚靖元　见《中华对联大典》

贾平凹游西湖时，曾访吴山明。吴山明为黄宾虹造像，作草图三幅，一幅赠贾平凹，一幅赠陈军。贾并为宾虹老造像作三题记，记中有句：

大师之造像，南国北国共奉

先生之画艺，江头江尾共赏

有茶待清客

无事乱翻书

——见贾平凹为吴山明《陆羽品茗图》题记，此图乃吴山明赠宋丛敏。

邵燕祥

1933年生，浙江萧山(今杭州市)人，中法大学肄业，曾任中央人民广播电台编辑，《诗刊》副主编。有诗集《到远方去》、《在远方》、《迟开的花》等。吴小如曾赠联给他。吴小如，系北京大学教授，著有《读书从札》、《古典小说漫稿》、《吴小如先生联语集粹》等。

论交共到忘言地
谋道从来不计身
——吴小如赠邵燕祥

施耐庵

施耐庵(约1296—约1370)据《兴化县续志》载："原名耳，一名子安，以字行，祖籍姑苏，迁居兴化。至顺进士，曾出任钱塘(今浙江杭州市)，以不合当道权贵，弃官归里。在他所著的《水浒传》中有浔阳楼两联：

世间无此酒
天下有名楼

醉里乾坤大
壶中日月长

吴稚晖撰联

吴稚晖八十八岁在台湾住院 ，一位友人到医院看他，顺便索求墨宝。吴的书法尤其是篆书可谓高手，欣然挥毫写下“纵横十万里”五个字，正要落笔写“上下五千年”的“上”字时，有人提醒“石经”应是“纟”字旁。吴听后马上将应写的“上”字改为“是”字，成为“是下五千年”，以“是”对“”，贴切自然。

吴稚晖是国民党元老，1953年10月30日病逝，老友于右任治丧。蒋介石主祭，并赠“痛失良师”匾额，张道藩宣读祭文，蒋经国主持海葬，吴去世一周后，蒋经国发表纪念长文《永远与自然同在》。蒋介石死后的铜像，以吴稚晖的铜像旁祀。

摘自东方出版社《民国风景—文化名人的背影之二》一书。

红庙在杭州市西湖今梵村　财神土地爷　三个娘娘
身桌惟是佛光普照

薛时雨题吴江王氏义庄

大义惟敬宗，收族最先，割千百亩膏腴，其川三江，其浸五湖，荷锸决渠同食福达孝以继志，述事为善，经一再传封殖，我仓既盈，我庚维亿，瓜绵椒衍永承庥。

马鸿烈题杭州岳王庙

治春秋比壮缪侯，上表章比诸葛侯，百战振军威，马蹀旗枭，恨未痛饮黄龙府

前祠有钱王武肃，后墓有于公忠肃，万年崇祀典，苹馨藻洁，各分片席金牛湖

薛时雨题清金陵督署煦园

宸翰壁间嵌，想日华云烂，露湛恩浓，遭逢一德明良，退食多闲，绿野平泉公廨筑

都城江左重，幸鲽伏鹣驯，河荣海若，旷览六朝名胜，遥岚入座，迂倪颠米画图开

戴兆春题西安浙江会稽

河声岳色，灵秀所钟，此来历二千余里而遥，敢犯杞梓搜材，奇士无遗山南北

劝酒征歌，情文备至，相叙得三十一之众，最是粉榆话旧，今心多绕浙东西

吴超题杭州龙井湖刘墓

宿重压群英，政继大苏，铭传小范，复得颖滨海岳，摹绘山灵，悉数皆为公后辈

孤坟欣有偶，林家和靖，岳氏精忠，傍乃菊涧梅川，经营湖上，相依都属宋名流

俞樾题九华山西南石门高氏祠堂

卜宅晋元兴，石门秋色，桃。春风，聚九华秀气，绵延累代簪缨，后裔至今不祖泽

溯源齐公族，谷熟分丈，姑苏别派，守百祀清芬，崇奉不祧俎豆，先祠终古傍斜峰

陈豪题杭州西湖刘庄

泉石亦经纶，揽全湖多少楼台，试大开绮户，遍倚雕阑，对西子新妆，如此文章真富丽

琴樽容啸傲，看佳日联翩裙屐，有万树琪花，四围岚翠，话天台轶事，本来家世是神仙

孙家谷题杭州岳飞庙

义师指挥复中原，双金牌赴召，铁狱冤沉，一生报主矢精忠，所期官节无亏，蒙难深悲羑里摇

读史鬐余热泪，溯鄂国英买，吴山伟烈，两地服官寻旧址，喜见神祠新葺，近光被柏台阴

唐赞衮题杭州西湖退省庵

为国家三朝柱石，天子失元辅，将士失主帅，濒江万里失长城，俎豆荐馨香，至今堤畔闲游，多少讴吟怀细柳；

奠东南半壁河山，伟绩似鄂王，高隐似和靖，灏气孤行似武肃，巴辞留彩笔，此日崇祠并峙，那堪问讯到秋苹。

德德馨题岳坟后启忠祠

留守是英雄，求才褒鄂厥后。内有赵鼎，外有张浚，知上流利害，将佐交推，要不外教秉慈闱，子道兼由臣道立

将军饶学问，卒业春秋无愧，义如壮缪，勇如恒侯，但有志竟成帝王可配，试追溯封

邀胜国，靖魔长伏魔传

王文韶题昆明三迤会馆

郁葱佳气革苴兰，看东走西沙，西蟠雪岭，南去调沧，名山大川，炳灵辐凑，边境信多才，岂徒称张叔授经，盛览诗赋

轮奂新居远阛阓，喜梅花拓圃，莲子邻湖，修榆结社，彼都人士，稚集风流，乡情编触我，恍如晤六桥话旧，三竺联吟

徐渭题龙蛇之垫堂

学者藏修譬彼龙蛇之蛰，不可得而密迩，况可狎而嬉游乎，深潜远遁，无心夺宝探珠，特行满功圆，自尔风云际会；

凡人克己当如大敌之临，若是招之使来，便是养之成乱也，利斧快刀，拼命勤王斩将，看凯旋饮至，洒然天地清明。

蒯贺荪题杭州西湖忠坟

光汝存神床，七十日固守岩疆，几经戎马关河，猋驰电扫。溯自贤豪梦锡，保卫中原，臣节凛春秋，亘古丹心照日月

湖山新庙貌，数千里荡平巨寇，共赖精忠伟烈，浪静风销。迄今旧地重临，敬瞻遗像，宋宫埋草露，独留正气在乾坤

胡君复题凤阳谯楼

相阴阳，度原阳，想前朝创业艰难，知只赢得灵寝盘空，江淮带郭，黍离离满目旧山河，伊何人耶？顿伤心于青袍白马

省刑罚，薄税敛，沐当代深仁浩泽，试看那闾阎扑地，舸舰迷津，瑞雪霭霭一天新雨露，登斯楼也，岂独观乎绿树红云

金安清题黄冈苏公祠

一生与宰相无缘：始进时，魏公误抑之，中岁时，荆公力扼之，即论免役，温公亦深厌其言，贤奸虽殊，同帐军门违万里

到处有西湖作伴：通判日，杭州得诗名，出守日，颍州以政名，垂老投荒，惠州更寄情于佛，江山何幸，但经宦辙便千秋

彭玉麟题永修望湖亭

战舰列千军，想当年小乔夫婿，破浪乘风，我少雄姿英发。今我戈船来击楫，吊古凭栏，叹几许事业兴亡，只赢得残灰劫火

湖天开一碧，看此日大地山河，落霞孤鹜，无非活泼生机，谁家铁笛暗飞声？悲歌击筑，把那些沧桑感慨，都付与芳草斜阳

陈璚题杭州俞楼

辟经平议，诸子平议，合史传百家，曾力排众议，此外稽掌故，论词章，订金石，洋洋万卷，诵遍瀛寰，无非沧海余波，聊为山林娱暇日；庠序有人，贤书有人，游木天粉署，更不乏其人，其间说礼乐，习兵农，商道德，雍雍一堂，各承衣钵，看取数椽小筑，

早知梁栋寓奇材。

胡君复题商务印书馆建馆十周年

昔晚唐建安余氏，笔启书林，世界阅千余岁矣，其后三峰万卷，同时梅奚秀岩，文采风流，我思古人，聊从公筹纂坊间雅闻、缥缃掌故

自北宋布衣毕升，始为活版，变迁可一二数耶？近稽兰雪桂坡，上溯石经漆简，隶通演进，以有今日，何况此间称水陆形胜、东南辖枢。

胡光墉题杭州吴山城隍庙

问你平生所作何事"诈人财、害人命、奸淫人妇女、争夺人财产，日积月累，是不是睁睁眼睛，你看世上多少恶焰山峰，可饶恕了哪一个

到我这里有仇必报：荡尔产、追尔魂、灾祸尔门庭、灭绝尔子孙、神号鬼哭：怕不怕摸摸心头，尔在阳间做无数诡谲机谋，如今还用得什么

宋恕题瑞安飞云阁

苟曾登日本凌云阁之客，岂屑此一观，然而邑上下社会经济殊困难，画蜗角赏美区，勿苛责庭欠石、阶乏花，土木粗告成，极知创始良非易；

即近取永嘉飞霞观相方，犹下之数等，徒以城内外町番息游太尘隘，得凤毛建筑物，虽但免户碍眉、檐妨帽，江山堪坐咏，至竟慰情聊胜无。

俞樾题湖南船山书院

读船山先生所著全编，得三百余卷之多，经史子集，蔚一代巨观，承其后者，勿徒争门户异同，汉详名物，宋主义理，各有师传，总不外古大儒根底实学

卜衡岳胜地而开讲舍，看七十二峰在望，春夏秋冬，备四时佳境，登斯堂也，尚共矢晨昏黾勉，出建功勋，处修节操，交相自励，以毋负老尚书创建初心

袁枚题关庙

识者观时 当西蜀未收 昭烈尚无寸土 操虽汉贼 犹是朝臣 至一十八骑走华容 势方穷促 而慨释非徒报德 只缘急大计而缓奸雄 千古有谁共白

君子喻义 恨东吴割据 刘氏已失偏隅 权即人豪 讵应抗主 以八十一州称敌国 罪实难逃 而拒婚岂曰骄矜 明示绝强援而尊王室 寸心只可自知

赵锦春题南通海海潮寺

千百年奇石直立天穹，古今来诗人韵士，看西刺秧针、南飞芦絮、北撑荷蓬、东插莲笔，皆成锦绣文章，姑勿论布谷催耕、醍醐劝饮、燕剪穿花、莺梭织柳；

亿万顷狂浪奔来眼底，俯仰问龙吟虎啸，喜风生水面、月点波心、云螟海角、日照山巅，别有烟霞世界，更可赏虾兵舞剑、蟹将执戈、螺师献宝、蛟客呈珠。

宋恕贺陈黻宸

德行文字，是唐陆机、宋司马光，浙东西幸福编多，其天其人哉！竟克获斯代表

历史时机，异西欧洲，东湍篱园，海内外馨香共祝，且喜且惧曰：何由慰我相期

徐士楷题杭州西湖岳王庙

报国刺背，复仇铭心，以孝子作忠臣，宜其叱咤风云，所向无敌，迎还二圣，指日可期。虽未竟臣功，却非臣罪，使二圣不返者，我有权奸，孤愤冲层霄，漠漠皇图沦异域；幼熟春秋，长精兵法，以通儒为主将，咸叹出没鬼神，布置裕如，威镇四夷，撼山设喻。乃贼据中枢，祸遍中原，召四夷侮华者，今犹跪像，杀身成大节，凛凛生气在人间。

李渔贺方太夫人七十寿

出宰相之门入宫詹室居学士侍御孝廉胄子之堂足不履民家户阈者七十年于兹矣

继麻姑之迹追王母之踪证如来观音文殊普贤之果口遍食人间烟火者八千岁犹然乎

王叔兰贺梁章柜七十寿

二十举乡，三十登第，四十还朝，五十出守，六十开府，七十归田，须知此后逍遥，一代福人多暇日

简如格言，详如随笔，博如旁证，精如选学，巧如联话，富如诗集，略数平生著述，千秋大业擅名山

康有为六十自寿

傀儡曾遣登场，维新变法，备历艰辛，廿年出奔已矣。中间灰飞劫易，几阅沧桑，寿人笙磬忽闻，北海归来如梦幻；

歌舞业经换剧，得失兴亡，空劳争攘，一世之雄安在？此时雾散烟消，徒留感慨，老子婆娑未已，东山兴罢整乾坤。

章炳麟“祝”慈禧太后寿

今日到南苑，明日到北海，何日再到古长安？叹黎民膏血全枯，只为一人歌庆有

五十割疏球，六十割台湾，而今又割东三省！痛赤县邦圻益蹙，每逢万寿祝疆无

穆图善挽左宗棠

忆昔秦陇相随，揽辔前驱，数年西域尘清，赫然勒鼎铭钟，位智通侯膺上桐窃幸瓯闽重会，同舟共济，甫一稔东瀛浪靖，忽而骑箕戴斗，名垂青史照丹心

孙承宗挽袁崇焕

未死冰霜，未死胡虏，而屈死谗言，不辨忠奸贤愚，悲愤一腔，百战英雄归西去；

有功宁锦，有功蓟辽，却亏功宵小，无分是非曲直，惋叹几句，千里锦绣付东流

盛宣怀挽余联沅

当时事千端万绪，共我折冲俎豆，为撼危机，尤幸同志相孚，得保东南支保局 看酬庸一月三迁，如公破浪乘风，方期大用，乃竟鞠躬尽瘁，长为中外哭斯人

叶景葵挽潘承厚

冰雪聪明，雷霆精锐，此情材非浊世所能容，祇宜玉宇琼楼，长共飞仙适风月；门有通德，家承赐书，幸群从与阿兄为同调，可卜牙签锦軸，不随急难付云烟

陆懋勋挽俞樾

绝学二千年，丛书五百卷，邮通汉宋经师人师，天语几褒嘉，因遇永垂柱下史；

重赴鹿鸣宴，再传骞掖班，望炳华彝名世寿世，达观悟生死，灵爽常存春在堂。

陈豪自挽

课读十年，幕府十年，敕令十年，痛中岁忽断雁行，盍归来乎？归省幸偿娱养志

诫子以慎，勖侄以勤，抚孙以仁，翼后起无惭燕翼，今出世矣！游仙何异里甜香

宋恕挽陈承绂母

流水十年，忆溪上秋清郭林宗，行宿陈留孝，德信睹义声倾闻，恨未登堂拜母

停云四月，惊山中夏惨潘安仁，闲居洛诶寿，殇待举轻轩忽折，宁惟阖户哀

吴庆坻挽陈豪

文苑为一傅，循吏为一传，中岁高隐天下惜之，试看治谱传家，法学车门堪致用

前年哭息庐，去年哭潜庐，平生故人而今已矣，忍检行縢赠送砚，泪痕和墨不能干

黄郛挽陈其美

忆昔日建牙沪渎，我非景略，谬许谈兵，际兹大义复伸，方期重赋同仇，永安华厦；

痛今朝撒手尘寰，世无鉏麑，竟贼民主，所幸人心未死，誓当灭此朝食，上慰英灵。

徐申如挽徐志摩

考史诗所载，沉湘捉月，文人横死，各有伤心；尔本超然，岂期邂逅罡风，亦遭惨劫！

自襁褓以来，求学从师，夫妇保持，最怜独子；母今逝矣，忍使凄凉老父，重赋招魂？

蔡元培挽伍朝枢

知宪法精义，在保障民权，以外交手腕，废不平条约，扬历多年党国勋劳真柱石

握使节美洲，是家门旧事，作公断海牙，亦先德良模，缵承弗替庄严堂构有光辉。

马叙伦挽许叔玑

通经致用，自儒志一脉相承，谁令竟阏其长，树人以老，狼籍讲疏，讵意忽趋天上召；

志大才疏，负横塘廿年期许，自知终无所试，玩世不恭，陆沉人海，偏教连哭故人丧

向楚挽陈其美

精神殉国，财力殉国，生命殉国，继之以生命殉国，使国中多有数人，于乎天下定矣

大盗忘公，小盗畏公，辟盗国公，因而遣他盗杀公，知公早拼就一死，大哉君子息焉

黄兴挽袁世凯

好算得四十余年天下英雄，陡起野心，假筹安两字美名，一意进行，居然想学黄公路。

仅做了八旬三日屋里皇帝，伤哉短命，援快活一时谚语，两相比较，毕竟差胜郭彦威

陈祖基挽章炳麟

能言汤武革命、周召共和，中晚际横流论学力，早著訄书，天丧斯文，忽告两楹伤梦奠

犹忆歇浦造庐、金台议政，后先申仰止苦风尘，莫由师事，手摹遗墨，只余三字署车茵

陆宗达挽章炳麟

博学于文，行己有耻，亭林标其义，先生植其躬，三百年薪尽火传，两汉微言，今兹永绝

籀述古韵，独崇许书，余杭钩其玄，吾师昶其旨，未半載山颓木坏，九原不作，小子安归

徐时挽朱瑞

下巨鹿十余壁，楚兵常冠诸侯，算五年开府钱塘，风鹤不惊，史称周亚夫将军，如是如是

图云台廿八人，安阳独尊儒术，把一卷征南癖，江山坐啸，天靳郭令公寿考已而已而

康有为挽刘光第

龙比烙刑，岳于惨祸，昔贤乃尔，君又何忧？魂魄若有知，应同正学先生，矢口问成王安在？汉庭党锢，晋世清流，前代如斯，今复再见！国家方多难，当效子胥帮事，留眼观越寇飞来

康有为挽瞿鸿禨

毕生不茹荤，信乎房琯，为永师后身，为排袁而三黜，虽败犹荣，若老谋能成，今何至乱世；

重暮遘移朝，不似杨彪，为曹丕屈节，曾荐我而冒险，无言竟逝，叹孤忠莫白，古之伤心人。康有为挽瞿鸿禨

释复三挽朱瑞

英雄本来佛性，公余匹马登高，携两三宾从，命安排苦笋清茶，纵谈洞里烟霞，山中猿鹤

世事不到禅关，闻说天龙度劫，降十万天魔，愿忏悔善因恶果，莫问生前武肃，死后岳王

盛宣怀挽费屺怀

谓子不遇，早羡金坡珥笔，玉尺持衡，十年来卧老沧江，若论冠盖京华，似惜斯人独憔悴

与世长辞，只余文苑数行，名山片席，千里外惊闻朝露，为念裘箕堂构，聿看后起已腾骧

祝秋台挽梁章钜妻姚夫人

千里莼羹方偕归隐三间茆屋幸免赁舂卅八载鸿案相庄痛半世钗荆形史遽亡贤德曜

鉴鞶才思葭末心钦书带家声兰畮耳熟廿六年鲤庭陪侍对后堂丝竹绛帷望断老彭宣

齐梅麓挽陶澍

以宽厚孚民望，以忠诚结主知，敬宾朋，体僚属，教育英才，二十年节钺尊严，未改书生面目

为畿辅急粮储，为东南兴水利，拯灾黎，化枭徒，恤慈孤幼，数千里帡幪荫庇，何殊菩萨心肠。

柳亚子挽陈其美

好客如郑当时，犯难如翟义公，任侠如郭荀伯，昔年杯酒论交，送抱推襟，十载风云革命史；

黄岗哭赵丹徒，石庄哭吴云梦，歇浦哭宋桃源，今日将星又陨，人亡国瘁，万家涕泪自由神

唐弢挽鲁迅

痛不哭，苦不哭，屈辱不哭。今年诚何年？四个月前，流过两行泪痕，又谁料，这番重为先生湿；

言可传，行可传，牙眼可传。斯老真大老，三十载来，打出一条血路，待吩咐，此责端赖后死肩。

刘承幹挽李瑞青

与家君蕊榜同年，供奉翰林，知道屏藩江左，浩修罗一劫打开，大节凛寒霜，草草费冠变隐去

合遗老淞滨结社，生涯笔墨，犹然魂梦朝端，莽阎浮九原催召，易名待恩露觥觥青史特书来

东纫秋挽赵超构

去重庆，访延安，来上海，赴香港，到北平，一步一个脚印，都为求中国人民的胜利进步解放事业

写杂文做来访，办报纸，论时事，进诤言，万字千行笔墨，均怀着赤诚坦率的党外布什维克心肠

刘大白挽徐锡麟

读春秋左传，吴有胥，越有种，皆为名报仇雪耻，奈无民族精神。成败若弗论，潮汐往来，应惭后起。严中外大防，宋则岳，明则于；惜志在尊王攘夷，难免家奴事业。英雄纵不朽，湖山管领，合让先生。

汪怡挽刘半农

百灵庙冷暮烟昏，虮虱跳梁尘，回归急剧医迟误气，刀圭无术回春，月黑又惊天上修文

审音协律绝凡伦，谐语更翻新，敦煌掇琐重緟检校，云遥杂曲谁伦。叹数人，会里而今何处寻君

秋瑾挽母

树欲宁而风不静，子欲养而亲不待，奉母百年岂足？哀哉数朝卧病，何意撒手竟长逝？只享春秋六二

爱我国矣志未酬，育我身矣恩未报，愧儿七尺微躯！幸也他日流芳，应是慈容无再见，难寻瑶岛三千

郭沫若挽吴耦逖

贾长沙室来飞鹏，王仲宣声辍，驴鸣血泪洒千行，堪痛为学捐躯，毕竟苍昊嫉才，成万古伤心人语

卫共姜志矢柏舟，鲁陶婴歌悲，黄鹄欢情才一载，形成望夫化石，又为红颜薄命，深一桩新色证明

宋恕挽俞越

充栋成书、栖岩养性，年将九十，神明不衰，未觉近黄昏，夕阳犹自好，私期辕固被征，吾道稍行庶有日

茶香室雅、春在堂深，名列三千，教诲如昨，太息先生去，萧条赤县空，从此王符著论，中心相赏更何人

张静江挽陈其美

知己重感恩，溯频年海上追随，气谊之投，箴规之挚，诚堪刻骨铭心，不图小别经旬，伏枕 一函悲永诀；如公安可死，叹今日域中扰攘，元凶未灭，群逆未歼，正待犁庭扫穴，讵料猝演惨剧，同袍五族哭先生

陈其采挽陈其美

别老母、抛妻儿，兄弟不相见，茕茕蝺蝺，哥胡为者？自弃高就学，负笈东瀛，早经许国以身，好示我同胞榜样

弗苟取，重然诺，劳怨复无辞，人能道之？乃锐进疏防，舍生南沪，即此遗衿溅血，已是表共和精神

郑文焯挽俞樾

五百卷书藏流芬，风行寰中域外，溯鹿苹再赋、芹藻重赓，更儒林列传褒荣，人皆望若升仙，漫数词曹今第二

三十年礼堂问难，义兼父执师资，记渤海同舟、湖楼撰杖，又吴巷德邻近接，天不慭遗一老，咸悲国士世无双

张东荪挽梁启超

本方寸间不容许已愿轮，为先哲后哲续千东学通中外古今，言满天下，名满天下，智过于师，万口参使大王路

是历史上有关系人物，更升平津张三世身，阅坏空成体，罪惟春秋，泣尽心血，一生肯作宁馨儿

柳亚子挽江皖倡义烈士

头颅走千里，剧怜燕市歌残、榆关月冷、香江潮咽、梅岭风凄；一朝化鹤归来，为问虎踞龙蟠，大地河山可无恙

豪杰满中原，缅想糜躯纪信、环柱荆轲、化碧苌弘、渡河宗泽；十载报韩愿，遂正值莺飞草长，六朝城郭与招魂

宋恕挽杨士骧

债师殃民，强藩梗政，惟仆悯此同胞，五载建牙，人荒力辟，齐鲁燕赵勃发生机，宪法

相须，天何偏吝良臣寿

大裘千丈，广厦千万间，至先生形诸实事，一朝捐馆，客散途穷，河汉江淮都成泪渎，病怀凄益甚，我亦曾承国士知

宋恕挽孙冶让

墨氏之巨子，华严宗之道嗣，师儒高密郑，鸿博弗如悲，积雪压神州，更披绝域图书，去障研究深入理

甲午哭太仆，庚子哭学士，戎申又哭征君，人物颍川荀，音尘如梦怅，沈阴埋雁荡，最惜乡邦文献，精心搜补未终篇

端方挽王文韶联

外总师干，以旧勋居九牧之首；内登揆席，以计相综两府之劳；让善不伐、成功弗矜，晚年极疏广殊荣，思许归田，庞眉寿比孤山鹤；

翠花西狩，则有兴元草诏之功；赤舄东还，则有免胄扶轮之宠；寄重腹心、谊均骨肉，矢志与子车同殉，哀传凭几，攀髯魂逐鼎湖龙。

朱瑞挽秋瑾

大通讲学，光复联盟，按剑说同仇，不图三十三龄奇女子，成仁取义，腥血先埋。抱沉痛四年余，竟英灵旋转乾坤，试想贵福奸权，而今安在

春社留题，西泠感旧，拈花谈慧果，长作六月六日新纪念，崇德报功，丰碑重树。垂令名千载后，使普党眷怀风雨，当并伯荪诸烈，终古难忘

宋恕挽谭献

龚氏经，章氏史，浙东西百年危学，一发系先生，块独伤仲蔚穷居、渊明乞食，著书盈箧，坐视飞鹅复堂集，卓尔轶群，吾道非耶？忽忽老病死

楚天秋，吴天春，江上下两接清尘，五湖催遽别，竟未质钟嵘诗品、王充论衡，请益有期，惊闻鸣鸩求是院，黯然思旧，斯人逝矣！恨恨去来今

叶景葵挽赵世基

昔时豪气安在哉？黄金易尽，红颜易老，白日易颓，只剩有傲骨嶙峋、柔肠悱恻，送与药炉经卷，了此华年，海山兜率两苍茫，骏马名姝双寂寞；

如我交期今已矣！玄菟之云，洞庭之波，太行之雪，说甚么联床情绪、并辔襟怀，忽闻断雁寒笳，意成永诀，挂剑不知营葬处，沾巾未到寝门前。

钱玄同挽章炳麟

缵苍水、宁人、太冲、美斋之遗绪而革命，蛮夷戎狄，矢志攘除，遭名捕七回，拘幽三载，卒能驱逐客帝，光复中华，国土云亡，是诚宜勒石纪绩，铸铜立像；

萃庄生、荀卿、子长、叔重之道术于一身，文史儒玄，殚心研究，凡著书廿种、讲学卅年，期欲拥护民彝，发扬族姓，昊天不吊，痛从此微言遽绝，大义无闻。

陈峥宇挽鲁迅

拯弱是前锋，才德兼备，君乃勇于义者。冲拓荒霾，拥护自由，开辟光明途径。阐文

化而驰驱，作民众之导师。那料半世冷官青毡，宏业忽中阻，则感到彷徨故宅，白发红颜黄口共衔悲哀，招魂何处，归鹤几时，气魄非常生无敌；

著述称巨擘，知识先觉，人固莫如命也。抗衡环境，砥柱潮流，散布伟大种子。慨社会将沉沦，挽国难于狂澜。太息当兹凄风苦雨，鲁殿又圮灵，只留得呐喊余声，断稿残篇遗迹同资纪念，盖棺论定，下笔千秋，学术卓荦殁为神。

左宗棠自挽联

倘此日骑鲸西去　七尺躯萎残荒草　满腔血洒向空林　为谁来歌骚歌曲　鼓琵琶井畔　挂宝剑枝头　凭吊枯木秋魂魄　情激千秋　纵令黄土埋予　应呼雄鬼

喜今朝化鹤东还　一瓣香祝完本性　三身月显出金身　愿以此为樵为渔　访鹿友山中　订鸥盟水上　销磨锦绣热心肠　逍遥半世　只怕苍天厄我　又作劳人

朱汝略挽蒋经国

百里峰峦，千秋屏障，飞天阁外，古栈晒衣，桃花两岸羞七女，龙泉清碧润苍山，开窗纳洱海，喜茫茫风月无边，五台诗，云岭画，笔底残联，巧挥四季春光，九州翰墨；

半空索道，一堑虹桥，观锦廊前，悲鸿祈雨，荆树十年醉八仙，马耳感通识大理，把酒对南疆，叹滚滚英雄安在，三阳雪，玉局松，胸中寂照，难抹六朝往事，万代沧桑。

徐琪挽罗君怀

理想判升沉，同为仕宦清流，君独置身散秩，均是词坛健将，我便鞅掌嚣尘，以专制私臣，比自由公仆，知量长挈短，窃愧弗如，只余顽福痴年，差比故人优一点

交情见生死，回忆昔时游钓，俱成过眼浮云，可怜异地风波，各有伤心历史，虽良朋道义，得社会揄扬，而送往事居，究将谁赖，每念孤儿寡女，顿教老友泪双行

宋恕挽孙诒让

今说先行，古文后立，经师相攻击，如怨敌于是，尊董何者斥周礼，讲许郑者非公羊，至东洋哲学、西洋哲学，盖鲜克观通，九域数方，闻先生最门户不分，良钦盛德

不欲勿施，以直为报，圣训无偏倚，可疵瑕奈何，谈自由则昧他界，慕兼爱则弃人权，恐北方之强、南方之强，皆未免过正，八儒妄思，述贱子恨风尘多病，未慰殷期。

以上摘录《长联雅藏》中州古籍出版社李志更主编　李萍　张俊　郑奇腾　王新民选